Al amanecer entenderás la vida

Gustavo Bolívar Moreno (Girardot, Colombia) es periodista, guionista y escritor. Ha publicado los libros *Sin tetas no hay paraíso*, *El suicidiario del Monte Venir* y *El Capo*. Ha escrito más de 1,400 guiones de programas periodísticos, docudramas, series, telenovelas y documentales, así como guiones cinematográficos y de teatro. Ha sido galardonado con diversos premios y reconocimientos.

Al amanecer
entenderás la vida

Al amanecer entenderás la vida

GUSTAVO BOLÍVAR

Vintage Español
Una división de Random House LLC
Nueva York

PRIMERA EDICIÓN VINTAGE ESPAÑOL, FEBRERO 2014

Información de catalogación de publicaciones disponible en la
Biblioteca del Congreso de los Estados Unidos.

Vintage ISBN: 978-0-8041-6958-5
Vintage eISBN: 978-0-8041-6959-2

Para venta exclusiva en EE.UU., Canadá, Puerto Rico y Filipinas.

www.vintageespanol.com

Impreso en los Estados Unidos de América
10   9   8   7   6   5   4   3   2   1

Índice

Primera parte

Segunda parte

Como no sabían que era imposible, lo hicieron

Anónimo

Los cobardes no necesitan morir para ser olvidados.
Los valientes no necesitan vivir para perdurar en la
memoria.

G.B.

Al amanecer entenderás la vida

Primera Parte

CAPÍTULO UNO

La parábola de la traición

⋯•⊶⟨⟨≈⟩⟩⊷•⋯

as madrugadas lluviosas y frías no suelen producir noticias. Ni buenas ni malas. Y menos las de los lunes. Y menos las de noviembre. Y menos las de 1929 en aquella Bogotá gris y lúgubre.

Esa helada mañana, que petrificaba los huesos gracias a una nube rastrera que se posó en la ciudad desde la tarde anterior, sería la excepción.

Los hechos sucedieron en el número 23 de la calle de las Tres Lunas, la menos principal del lujoso Barrio de Teusaquillo, en una casa celestina de dos plantas y tejados puntiagudos que Jazmín y Alejandro rentaron, tres meses atrás, para sostener allí sus encuentros clandestinos.

Luego de disfrutarse como animales en celo, respirando a cuotas para recuperar la vida acabada de entregar, mirándose con picardía y disimulando con sonrisitas socarronas su vergüenza por la fornicación acabada de cometer, los amantes empezaron a tejer sueños, entre el sudor de sus cuerpos y el humo de un cigarro que Alejandro encendió con ansiedad, con sus manos aún temblorosas.

Sin poder responder a un "te amo" que Jazmín acaba de decirle al oído, por una bocanada de humo que copaba sus pulmones,

Alejandro se levantó de la cama y caminó, con gracia, hasta un ventanal de marco rectangular en el que se fusionaban la madera con el hierro de las rejas y seis vidrios del tamaño de un gato gordo. Arrugando un borde de la cortina de terciopelo azul que defendía su intimidad del sol y de la vista de los mirones de las terrazas y buhardillas aledañas, se asomó sutilmente a la ciudad y desocupó su boca para responderle, a la dueña de esos ojos repletos de amor, que él también la amaba. Luego le sopló, desde la distancia, un beso que estampó en su mano.

Antes de cerrar el ventanal, observó que las calles mojadas absorbían el incipiente alumbrado eléctrico y que solo llovía cerca de las farolas encendidas. Luego, lanzó la colilla del cigarrillo aún ardiente a la calle, cerró la cortina, se detuvo a observar los pezones rosados de Jazmín, que le apuntaban con inocencia, y saltó hasta a la cama a cubrirlos, uno con su boca y el otro con su mano. Luego enroscó con sus piernas las de su mujer y le dijo sin ambages que moría de deseos por hacerla suya una vez más. Y estaban preparando como pavos reales la ceremonia de su segunda fornicación, porque se sabían en pecado, cuando escucharon a lo lejos las sirenas angustiadas de algún vehículo del gobierno. Pensando que aquel sonido nada tenía que ver con ellos, aunque taladrara sus oídos con dramatismo, los amantes siguieron su ritual en medio del olor ácido de sus sábanas humedecidas por el sudor de sus cuerpos.

De repente, el bullicio de las sirenas creció dentro de sus sentidos y se estacionó abruptamente frente a la casa, sacándolos del delicioso letargo en el que estaban inmersos dentro de la mediana oscuridad de aquella habitación.

El estruendo del camión al detenerse y los pasos de varios hombres afanados, los hizo aterrizar, de barriga, en los terrenos fangosos de una realidad avasallante que hasta hacía segundos creían ajena. A partir de entonces el caos empezó a rebotar como pelota de caucho contra las paredes blancas de la alcoba.

Las luces de colores dando vueltas en círculos sobre la fachada del edificio, los llenó de angustia. Alejandro se incorporó de un brinco. Trastabillando mientras se ponía los calzoncillos, volvió hasta la ventana que daba a la calle y se asomó de nuevo sin la tranquilidad de hace un rato. Al ver descender a varios hombres de un camión, vestidos de manera extraña, sintió cómo su corazón comenzaba a caminar hacia el olvido. Supo que venían por él.

Algo grave debió estar guardando en su conciencia, bajo llave, porque a la cama regresó de dos zancadas, con cara de espanto y suplicando a su amada que corriera a esconderse, donde fuera, del modo que fuera, pero de inmediato porque el reloj que contaba los últimos días de su noviazgo acababa de empezar a correr. Ni siquiera le permitió vestirse. La tomó de la mano y la arrastró hasta el baño sin atender sus interrogantes:

—¿Y nuestra boda? ¿Y los invitados?

Alejandro respondió con un silencio amargo seguido de un suspiro profundo. Sus ojos de gato se humedecieron. Ella se atragantó con muchas preguntas al tiempo, mientras él cubría su menudo cuerpo con su insoportable levantadora de paño a cuadros rojos y azules que Jazmín tanto detestaba, al tiempo que le hacía todo tipo de advertencias desesperadas:

—Escúchame bien amor. No puedes respirar. Por ningún motivo puedes hablar, ni toser, ni estornudar, ni siquiera pensar. Si algo de eso ocurre las cosas van a empeorar. Si salgo de esto con vida te voy a buscar para contarte el porqué de esta pesadilla.

Jazmín asintió con la cabeza, muerta del susto como estaba, y se aferró a él sin poder evitar que una avalancha de sentimientos paralizara su corazón. Consciente de que ése podía ser el último abrazo que le daba en la vida, Alejandro la apretó contra su pecho y limpió sus lágrimas con besos apresurados, conteniendo de paso las suyas que ya hacían fila en cada esquina de sus ojos para ver la luz del mundo.

En esas se escuchó el sonido seco y estrepitoso de la puerta de su casa al caer abatida, y el eco de las botas de los soldados subiendo las escaleras inundó todo el ambiente. Alejandro escapó por una ventana que daba al patio y estaba tratando de ganar el zarzo para resbalar por el tejado humedecido de la buhardilla hacia el patio de la casa vecina, cuando varios soldados y los hombres de la Sanidad lo sorprendieron con el chorro de luz de una linterna sobre su rostro y los cañones de sus escopetas apuntando a su pecho. La luz le permitió ver los hilos de lluvia desvaneciéndose sobre el tejado, pero no los rostros de sus perseguidores.

—Se mueve y se muere, doctor Varoni —le dijo Conrado Esguerra, el jefe de la operación, enseñándole su pistola. La voz salía desde el interior de un casco parecido a una escafandra que le generó un eco espantoso al hablar. El militar era un hombre parco y educado de modales finos, pero no amanerados, que estaba vestido, como el resto de sus acompañantes, con un traje extraño a su cuerpo, holgado y de un material grueso, con el que pretendían defenderse de la enfermedad que, supuestamente, padecía el hombre que estaban arrestando.

—La lepra no es contagiosa, oficial. Permítame explicarle —gritó Alejandro con las manos en alto y totalmente convencido de sus palabras, pero el militar no atendió su súplica y con su voz de ultratumba continuó con la captura.

—Lo sentimos mucho, doctor Varoni, pero ya no hay tiempo para explicaciones. Además, las autoridades sanitarias dicen otra cosa. Tiene que acompañarnos y no intente nada si su deseo es seguir viviendo, aunque sea otro poco.

Sin más remedio, pero satisfecho porque Jazmín quedaba a salvo de aquellas que consideró "bestias incomprensibles", Alejandro aceptó acompañarlos con nobleza y gallardía y dejó deslizar su trasero sobre las tejas resbalosas por el musgo y el frío de la madrugada. Apenas entró de nuevo a la casa, recibió desde la distancia un traje igual de extraño y pesado al del oficial, que lo cubriría de los pies a la cabeza, y que, de igual forma, encajonaba su voz. Se lo puso con rapidez tratando de encontrar los ojos de Jazmín por algún agujero del baño, mientras era acosado por los militares. Luego fue sacado con escrúpulos de la casa y, sin quererlo, pisó la colilla que hacía minutos había lanzado desde la ventana y que permanecía humeante. Supo que al apagarla, extinguía por un buen tiempo el fuego de esa pasión infinita que sentía por la mujer que desde el borde de la cortina lo observaba horrorizada. Luego fue encaramado a la carrocería del camión y amarrado a ella como un animal.

Cuando el automotor se movilizó sobre el piso encharcado, Alejandro advirtió, desde un agujero de la carpa negra, la presencia abatida de su amada a través del ventanal cuadriculado de su alcoba. La supuso con el corazón destrozado mientras lo miraba alejarse, tratando de dibujar en su mente y con la mayor perfección posible su rostro. Sintió, sin admitirlo, que ésa sería la última vez que la verían sus ojos. Y no era pesimismo. Como médico y como leproso, estaba consciente de su destino: Agua de Dios. Una pequeña población creada por el gobierno para confinar allí y para siempre, a los pacientes de esa terrible enfermedad que mató más gente de congoja que de dolor.

Durante el trayecto hasta las instalaciones de un lugar no menos cómodo que una perrera municipal, donde pasaría el resto de la madrugada junto a otros desafortunados enfermos, Alejandro trató de indagar dentro de su corazón por la persona que lo delató ante las autoridades sanitarias y, por más que armó una y otra conjetura, sólo pudo obtener sospechas. Tuvo por cierto que lo había entregado alguien muy cercano, pues muy pocos en su familia conocían de su enfermedad. Pero no imaginó quién. Descartó que fueran sus padres porque jamás un padre entregaría a su hijo, aun a sabiendas de que el mundo entero corriera riesgo de contagio. Descartó a Jazmín porque ella nunca se enteró de la mancha púrpura que se empezaba a entrelazar por entre los dedos de su pie izquierdo y porque en el caso en que lo hubiese descubierto, ella no se hubiera atrevido a truncar la felicidad de los dos, máxime cuando, de mil maneras, él le había demostrado que su amor estaba blindado contra tempestades, calumnias, tentaciones, enfermedades contagiosas e incurables e incluso contra el olvido. Además, más de un centenar de amigos y familiares ya tenían en sus manos la invitación a la boda de ambos que tendría lugar el sábado siguiente, es decir, menos de una semana.

Descartó a su médico, pues más que el profesional en quien confió el diagnóstico de su enfermedad, Martín Mejía era su amigo de infancia, su colega y compañero de trabajo en el Hospital San Juan de Dios. De quien más tuvo sospechas fue de Eliécer Campusano, un médico más experimentado y amigo de infancia de Jazmín, que siempre la pretendió, incluso con la anuencia de sus padres, aunque ella lo rechazara una y mil veces. Pero Alejandro también lo descartó porque si no lo sabía Jazmín, menos él que nunca tenía el chance de verla, salvo aquellas noches en que su padre montaba alguna cena con motivos reforzados para tratar de juntarlos con la esperanza de que el amor se instalara de repente en el corazón de su hija.

Y pensando y pensando en la manera de descubrir al causante de su tragedia y descartando y descartando sospechosos, se desplazó con incertidumbre en su jaula de animal herido, por la carrera séptima y luego por las angostas calles del barrio Las Cruces. Mirando pasar postes de hierro forjado del alumbrado y leyendo nombres de caminos, que era lo único que el pequeño orificio en la carpa ubicado en lo alto de la carrocería le permitía ver, llegó con sed a la estación de la Policía Sanitaria.

Un frenazo en seco lo sorprendió ensimismado y lo hizo golpear contra la parte delantera de la cabina. El viaje llegó a su fin en el mismo instante en que Jazmín exhalaba su primer grito de dolor mientras se torcía de tristeza engendrando en su alma un ardor que le quemaba la garganta y con el cual tuvo que acostumbrarse a vivir.

Lo arrojaron como escoria dentro de una celda húmeda y de paredes corroídas por el tiempo y por todo tipo de escritos, desde fechas y nombres, hasta apodos y groserías. Allí dentro, se encontró con un hombre de unos cincuenta y dos años, de nombre Jorge Isaac Manjarrés y una mujer de veintidós, llamada Consuelo, al parecer su hija, a juzgar por su parecido físico. Estaban tan callados y se les notaba tanto el miedo y el pesimismo, que no quisieron saludarlo por temor a empezar una amistad.

Buscando cómo romper ese muro de silencio, Alejandro se les presentó con una amabilidad que lo hacía ver amaricado y les dijo que era médico, que también padecía de lepra y que estaba sinceramente a sus órdenes por si necesitaban su ayuda. Ambos asintieron agradecidos pero permanecieron callados, tal vez para no tener que contarle al recién llegado que le esperaban horas macabras en manos de un verdugo que lo intentaría convencer, a punta de malos modales, de delatar a otros enfermos.

Alejandro soportó cuatro horas de vejámenes entre baños con agua helada sobre su cuerpo desnudo y gritos del director de la Policía Sanitaria, el coronel Ismael Buitrago, antes de entregar el nombre de algún leproso. Las autoridades sanitarias andaban tras el rastro de personas que convivieran con los enfermos para aumentar la estadística de pacientes aislados, con las que el Gobernador de Cundinamarca podía defenderse frente al gobierno Central y la prensa de la Capital, que lo estaban acusando de actuar con laxitud frente a la enfermedad que ahuyentaba de Colombia, con dramatismo creciente, a turistas e inversionistas del mundo entero.

Alejandro no habría tenido ningún reparo en morir antes de delatar a Jazmín. De hecho, mientras era castigado con esa crueldad que sólo suelen tener los ignorantes del cariño, nunca dejó de mirar fijamente a los ojos de su verdugo, notificándole con una sonrisa a flor de labios, su irreversible decisión de callar, si era el caso, eternamente.

◦•◦—◦⟨)⟩◦—◦⟨)⟩◦—◦•◦

CAPÍTULO DOS

La parábola de la despedida

◦•────◦◦────•◦

En horas de la tarde, cuando los padres de Alejandro, don Federico Varoni, un inmigrante italiano, casi escultor, dedicado al noble oficio de la forja artística, y doña Lucrecia Valbuena, una dama de la sociedad bogotana, promotora de causas sociales pero venida a menos económicamente, fueron notificados del arresto de su hijo a través de un telegrama firmado por el coronel Buitrago, la vida para ellos empezó a marchitarse. En la misiva, pobre en conjunciones y preposiciones, como todos los telegramas, les notificaban, sin ningún tipo de compasión, que los enfermos no volverían a ver nunca más a sus familiares o viceversa, al tiempo que les pedían recoger un mapa con las coordenadas para llegar al sitio de la despedida. Un lugar conocido con el nombre de "El Puente de los Suspiros", hasta donde la pareja de esposos debía trasladarse, al día siguiente, a las doce meridiano, si su deseo era despedirse de su hijo para siempre.

"Calor sofocante. Llevar trajes gruesos, guantes y tapabocas prevenir posible contagio. Su hijo padece lepra. Pasará resto de vida, o hasta que científicos descubran cura, en lugar aislado dispuesto por gobierno a pacientes como él. Misión salvaguardar resto de población de contagio seguro. Recoger mapa con indicaciones antes de partir".

En otro aparte del comunicado se les pedía no olvidarse de llevar una buena cantidad de dinero para canjearla, antes de la partida de su ser querido, por una moneda especialmente creada para los enfermos llamada "Coscoja".

El amanecer los sorprendió en vela, mirando las fotos de su malogrado hijo cuando se columpiaba de niño sobre un caballito de madera y evadiendo el tema del futuro que les esperaba sin su presencia, porque en el fondo sabían que la soledad los iba a matar. Nunca tuvieron otro vástago, no por mezquindad, sino por una lesión irreversible que dejó Alejandro en el útero de su madre al nacer. Lo cierto es que, con la misma ropa del día anterior y sus caras sin lavar, partieron con los primeros rayos del sol hacia el lugar que les indicó el coronel Buitrago, atendiendo con maniática obsesión todas las indicaciones del mapa.

Durante el viaje no cruzaron palabra, salvo un grito que lanzó don Federico para ahuyentar una iguana que se atravesó en su camino, o el lamento que exhaló doña Lucrecia para referirse a lo mal que lo estaría pasando la "pobre Jazmín", su nuera, la única mujer que contó con su aprobación desde que Alejandro, a la edad de 16 años, conoció el amor a través de los besos impúberes de Alba Luz, un ser prohibido para él, no sólo por su edad sino por su condición social. La hermosa niña, era hija de la empleada del servicio que los acompañó durante dos décadas. Fue a través de sus senitos morenos como tierra recién arada y sus miradas ardientes cual hierro derretido, como descubrió los avatares de la pasión, una noche de tormentas eléctricas, mientras los padres de Alejandro realizaban un viaje de rutina a su finca de Nemocón. Hortensia, la madre de Alba Luz, aprovechó la oportunidad para vestir a los niños con los trajes íntimos de sus patrones y les enseñó a jugar al papá y a la mamá mientras ella se hacía la pendeja laborando horas extras en el granero.

Ese amor duró menos que un soplo, pues Alejandro, en medio de su pureza juvenil, le propuso matrimonio a la doncella que le acababa de entregar su virginidad sin prever que los prejuicios sociales de sus padres y el perverso alcance del "qué dirán" acabarían de tajo con su inocente ilusión de llevarla al altar. Hortensia y su hija fueron despedidas de la hacienda y Alejandro jamás supo si en las entrañas de esa niña, que fue su primer amor, se había engendrado un hijo suyo.

En cambio Jazmín, a quien conoció diez años después en una estación de tren, sí pertenecía a los suyos. La bella doctora era hija de don Eusebio Sotomayor, un rico hacendado, hijo del primer exportador de cacao que tuvo la región y uno de los pioneros en explotar la extracción de resinas del árbol de caucho. De ahí que a los padres de Alejandro les cayera tan en gracia esa muchacha delicada, de finos modales y de noble cuna, acabada de graduar, en quien su hijo puso sus ojos y que ahora estaba viviendo su peor momento.

Era verdad. El sol de la mañana sorprendió a Jazmín muy asustada. Sus últimas lágrimas se secaron como salmuera en sus mejillas, dejando un camino blanco, como río de nieve, sobre su piel petrificada por el frío de dos madrugadas continuas. Las bajas temperaturas penetraron tanto sus huesos que su cuerpo se hizo insensible al dolor de su alma. No superaba aún la etapa de resignación y tampoco terminaba de responderse las preguntas que lograran explicarle lo sucedido, cuando el teléfono empezó a repicar por toda la casa. Como sonámbula salió del letargo y corrió hasta la sala, convencida de que se trataba de Alejandro. Pero no alcanzó a contestar.

Al otro lado de la línea, tal como lo supuso, estaba él, sin poder repetir la llamada, porque un oficial novato le advirtió que sólo tenía un intento y treinta segundos para hablar. Por eso, antes de marcar de nuevo, Alejandro ensayó lo que podía decir en tan corto tiempo y se puso a pensar un párrafo que resumiera con justicia su inmenso amor y su insoportable dolor. Después de depurarlo con maniática perfección lo escribió en un papel:

"Inolvidable Jazmín, fuiste la primera y la última mujer que llenó de luz mi alma y de sonrisas mis días. Piensa en tu felicidad amor mío. Realiza tus sueños y trata de olvidarme. Te exonero de todas las promesas que hicimos antes de estrellarnos contra esta penosa realidad. Perdóname por haberte ocultado mi enfermedad y reza por mí en las noches, porque aunque me faltan unas horas para empezar a creer en Dios, todavía no sé orar. Nunca llores si no regreso. No quiero lágrimas, nuestro amor no las merece. Seré tuyo eternamente, amor de toda mi vida. Benditos los días que pasé a tu lado."

Luego de entregar su reloj, sin asomo de pesar, al novicio oficial para que le permitiera un nuevo intento, de al menos sesenta segundos, Alejandro volvió a marcar. Esta vez, Jazmín levantó el auricular en el primer timbrazo. Los corazones de ambos se anularon. Con total desorden y un nudo en el esófago, el condenado leyó el trozo acabado de escribir y agregó algo que había olvidado: *"Amor mío, por si quisieras despedirme, también si pudieras, estaré junto con otros enfermos al mediodía en un lugar conocido con el nombre de 'Puente de los Suspiros', a tres kilómetros del municipio de Tocaima. Puedes ir en tren o en el carro de tu papá".*

Tras escuchar la voz trémula de su Alejandro, y arrepentida por no haber podido decir nada distinto a varios "te quieros", un par de "te amos" y un "voy a morir sin ti" que exhaló al finalizar la charla cuando el oficial le arrebató el teléfono de las manos al reo, Jazmín abandonó la guarida celestina y regresó con su ánimo destrozado a la casa colonial rodeada por inmensos y frondosos árboles donde vivía con su padre. Estaba ubicada en el piedemonte del cerro de Monserrate muy cerca de la quinta que sirvió de última morada al Libertador Simón Bolívar durante su larga estancia en la Capital. No fue a buscar refugio en los brazos de aquel ser déspota y despiadado que la había engendrado, sino a robar las llaves de su coche.

Conociendo el mal humor de su padre y su pragmatismo exagerado, lo puso al tanto de su tragedia con cierta pereza. Con la dureza que lo caracterizaba, don Eusebio se limitó a refunfuñar, con su hablado de mala ortografía, sin dejar de contar una buena suma de billetes y monedas mientras amasaba con sus labios un puro ya apagado, que "el diablo sabía cómo hacía sus cosas…"

—Y si Alejandro te ocultó algo tan grave, es mejor que te olvides de él y te cases con Eliécer Campusano.

—Eso jamás, papá. Amo a Alejandro. No puedo amar a otro hombre y tampoco quiero hacerlo. El corazón no es una palanca que se pueda mover de un lado a otro.

—Entonces es mejor que te largues para el exterior a hacer una especialización, porque de Agua de Dios nadie regresa. Te quedarás solterona, ya tienes 25 años.

—Son 24. Y no necesito una especialización ahora, no. Un psicólogo es lo que necesito —alegó, segura de no poder con la pena que la agobiaba y extrañando más que nunca a su madre, doña Adelita Cervantes, la fina dama que falleció de cólera o, ya no se sabe si de tristeza, a los doce años de haberla parido.

—Deja el drama y ponte a estudiar. Ésa es la mejor terapia. Necesitas una especialización. Un médico general es como una finca ganadera sin pasto: tiene un título pero no sirve para nada. Además, deberías hacerte exámenes. No vaya a ser que te haya contagiado de lepra el mequetrefe ese.

Jazmín le exigió con carácter que se condoliera de su tragedia pero él la exhortó con una bofetada a no gritarle ni a llevarle la contraria y a buscar los brazos de Eliécer Campusano porque, según él, ése era el hombre que la merecía.

Deshecha por la crueldad de su padre, y en un acto de rebeldía inusual en una joven de su época, Jazmín lo abandonó en su propio sedan, un ford T, del año 1924, que el exportador canjeó en Panamá por un cargamento de cacao equivalente a 400 dólares de la época. Al escuchar el rugir del motor de su carro, don Eusebio salió de su alcoba poniendo dos cartuchos de pólvora y balines en su escopeta, pero ya fue tarde. Jazmín, la inexperta conductora, ya estaba fuera del alcance de las balas de su arma. En el automóvil tomado sin permiso, trasladó sus ropas y sus lágrimas a un cuartito con mínimas comodidades que le prestó Nancy Peñaranda, su mejor amiga de la universidad, en una casa de bahareque y tejas de barro del modesto barrio de La Candelaria, muy cerca del Chorro de Quevedo, el lugar que eligiera 391 años atrás don Gonzalo Jiménez de Quesada para fundar la capital. En ese sitio estrecho y sin ventanas y de paredes gruesas y frías, Jazmín dedicó sus horas a morir de amor.

El Puente de los Suspiros

Luego de un viaje callado de seis horas, por caminos estrechos, repletos de curvas, taponados por la maleza y los derrumbes que producía el agua cuando quería bajar por los toboganes que se formaban en esas cordilleras de paisajes delirantes, los padres de Alejandro llegaron al lugar marcado en el mapa con una equis roja e imperfecta. Con el sol pleno y fastidioso del mediodía sobre sus cabezas, descendieron, mientras se abanicaban, de un automóvil cuatro años más antiguo que el del padre de Jazmín. La angustia de la muerte que sentían a cuestas contrastaba, y con creces, con el bello panorama que les ofrecían unas montañas que lucían verdes al mirarlas de cerca pero azules al observarlas de lejos. Un imponente cuadro natural ultrajado por un calor insoportable y un delicioso olor a hierba machucada los dejó extasiados y con el dolor en suspenso.

Amenizaba aquel paisaje el sonido constante que producía el caudal de un río al golpear las bases de concreto de un puente colgante que saltaba a la vista, moderno pero angosto, y el grito de batalla de una miedosa horda de aves de rapiña, que habían hecho de ese lugar un comedero inigualable. Infundían miedo las aguas alborotadas y grises, casi negras, de ese río impetuoso que fue bautizado con el nombre de la ciudad que lo agobiaba con los excrementos y las pompas de jabón que generaban sus cerca de 250 000 habitantes. El río Bogotá.

Superada la alucinación que les produjo el bello entorno, doña Lucrecia y don Federico se sintieron abrazados por el dolor al notar una multitud muda esperando con resignación el desenlace de su tragedia. Todos estaban de pie, a la expectativa de la llegada del camión de la Sanidad que transportaba a sus seres queridos. De repente, se escucharon las notas de una dulzaina soplada por la boca sin dientes de un viejo que nunca dejaba de sonreír. Emitía aquel instrumento un sonido y una melancolía similares a las de un bandoneón.

El misterioso hombre, elegante dentro de su pobreza, llevaba los zapatos cuarteados por el exceso de betún pero pulcramente brillantes. A pesar del calor, lucía un vestido de paño oscuro de rayas verticales amarillas que de lejos lo hacían ver como una ilusión óptica. El pantalón del mismo *mareante* color, llevaba tres prenses a cada lado de la cremallera. La camisa mostraba el cuello ajado pero lucía muy blanca y almidonada, y el saco, de solapas anchas y terminadas en punta, tenía ocho botones en el frente y dos aberturas en la parte de atrás. Llevaba un vistoso corbatín amarillo que concentraba en su cuello las primeras miradas que se le lanzaban. Su cabello estaba peinado hacia atrás con un pegamento hecho a base de gelatina de pata de res y encima llevaba un sombrero *gardeliano* que usaba más por moda que para cubrirse del sol.

Mientras lustraba sus zapatos contra la parte trasera de la bota de su pantalón, el viejo mueco interpretaba el inmortal tango *Caminito* llevando a la multitud a su peor grado de tristeza. No hizo nada extraordinario, solo demostró con arte que la vida es un parpadeo. Rodaron lágrimas que a su contacto con el polvo se volvían esferas efímeras del tamaño de una perla enana. Para disimular las penas de sus almas, unos se abanicaban, otros limpiaban el sudor de sus caras con sus ropas y algunos pocos distraídos perseguían con sus ojos la corriente del río.

Los que no pudieron llegar en automotores, porque eran caros y escasos en aquella época, arribaron en tren hasta la población de Tocaima y desde allí se trasladaron hasta el Puente de los Suspiros en carruajes tirados por caballos que a esa hora pastaban con dificultad, pero ajenos a los estragos del trozo de la canción que interpretaba el arrugado viejo, con enorme parecido al original, y que decía en alguno de sus versos: … *desde que se fue, nunca más volvió, caminito amigo, yo también me voy…*

La escena transcurría a la entrada del imponente puente colgado de varias cuerdas de acero, soportadas por dos inmensas columnas de piedra que nacían, una de la montaña y la del otro extremo, de las mismas profundidades de ese río que se partía en millones de gotas espumosas a su contacto con las eternas rocas que al asomarse por encima de la superficie de la corriente servían de pedestal a los gallinazos.

Sobre el puente reposaba un camino polvoriento que sólo aceptaba el paso de un auto o una carreta a la vez. Y se antojaba tan bello el espectáculo que brindaban la naturaleza y la mano del hombre mezcladas en aquel sitio, que los padres de Alejandro dudaron por un momento que aquel fuera el marco de una ceremonia de despedida tan odiosa y lacerante.

Y estaban comentando ese contrasentido cuando la multitud dio muestras de inquietud. Al instante, el sonido de dos camiones cansados opacó los versos y las notas de *Caminito* y la gente se movilizó a recibir a los suyos. La caravana se detuvo justo antes de atravesar el puente. En uno de los camiones venían los enfermos y en el otro los soldados del gobierno al servicio de la oficina de la Sanidad que los custodiaban. El primero en saltar del camión que custodiaba a los pacientes, fue un hombre de movimientos nerviosos que se antojaba indescifrable por su vestimenta gruesa y holgada y que advirtió con gritos gangosos a los presentes sobre el peligro que representaba para ellos acercarse mucho a los enfermos:

—Deben permanecer lejos si no quieren infectarse. El que se acerque más de lo permitido será considerado un contagiado y correrá la misma suerte de ellos —enfatizó, señalando con un dedo al camión de los condenados—. El destierro.

Atemorizados por las amenazas y sin más alternativa que despedir a sus seres queridos con un adiós desde la distancia, los familiares de todos los enfermos asintieron resignados con sus cabezas, deshechos por dentro, pero tratando de ser fuertes para no matar de pesar a los que debían partir para siempre, que por su condición quizá ya estaban muertos por dentro.

Al momento y no sin antes tomar todas las precauciones del caso, dos hombres, vestidos de la misma indescifrable manera, se acercaron al otro camión que transportaba a los condenados. Con gritos les ordenaron que se recostaran hacia el fondo de la carrocería del automotor mientras abrían las compuertas de madera, advirtiéndoles que sólo podrían salir cuando ellos ya estuvieran lejos.

Transcurrido un tiempo prudencial, los enfermos, que eran tratados con asco, como escoria humana, empezaron a aparecer, tristes, cabizbajos, casi en estado de deshidratación y somnolencia y con algunos signos visibles de la penosa enfermedad.

El primero en saltar, mientras el viejo interpretaba, ahora, notas marciales con su dulzaina, fue Bernabé Jovel, un joven impetuoso de 22 años que no hacía más que sonreír con pereza ante las exageradas medidas que se tomaban en su contra. Se atrevió, incluso, en medio de su desesperanza, a corretear al soldado que lo custodiaba, arrancando más de una carcajada al público, cuando su pesado atuendo hizo rodar al militar por el suelo como una mole amorfa. Las rechiflas se acallaron abruptamente cuando el coronel Buitrago desenfundó su arma para dispararle a Bernabé. Ante la seriedad de la amenaza el joven, cuya peor tragedia no era tener lepra sino carecer de educación, regresó a las filas con las manos en alto, una sonrisita a flor de labios y en medio de los aplausos solitarios de su novia y su hermana.

Luego, bajó del camión una mujer con media cara manchada por la geografía irregular de un mapa rojo y, en tercera instancia, apareció un señor con sólo media oreja y un gesto dulce pero apenado. Al momento descendió otro que tenía la mirada perdida en la nada y la lepra bajando hacia su cuello. La lepra tenía el color de la sangre al secarse, el de la guayaba madura, el de un cielo veraniego en el ocaso, el color de la resignación.

El turno de bajar correspondió a Alejandro. Podría decirse que en su rostro no había rastro alguno de dolor, ni temor por la confianza en lo reparable que podía llegar a ser la enfermedad. Si no fuera por el duelo que sentía en el alma por abandonar a

Jazmín y a sus padres, cualquiera hubiese pensado que aquel hombre venía a acompañar a los demás.

Muy seguro de poder demostrar su tesis sobre lo curable que podría llegar a ser la lepra, contra toda prohibición y queriendo menguar el sufrimiento de esas gentes que denotaban un dolor insoportable en sus gestos, gritó a la multitud, desde el borde del chasis del camión, que no se preocuparan. Que él les prometía que todos iban a regresar. Y estaba vociferando que las autoridades cometían una injusticia al tratarlos como animales cuando sintió un golpe de domador que lo tumbó del camión. Sus padres reaccionaron para ayudarlo a levantarse pero el Coronel les advirtió que si lo tocaban tendrían que irse con él.

—No me importa irme con mi hijo —dijo doña Lucrecia.

—Y menos a mí, ¡abusivos! —les gritó don Federico al tiempo que forcejeaba contra dos soldados para que lo dejaran pasar.

Alejandro se levantó en medio de aplausos y la esperanza de la gente por sus palabras. Como la lepra le afectaba los dedos de su pie izquierdo, cubiertos por sus zapatos, mucha gente murmuró que se estaban llevando a un inocente.

Luego bajaron Jorge Isaac Manjarrés y su hija Consuelo tomados de la mano. Muchos creyeron que eran esposos porque se acariciaban y se daban valor mutuamente con más solidaridad que amor, pero la gente lo interpretó al contrario.

—Deben caminar hacia la entrada del puente —advirtió el coronel Buitrago en tono militar y añadió, disimulando un dejo de compasión—: tienen dos minutos para que se despidan de sus seres queridos. Hoy no hay caballos, tendrán que hacer el tramo de nueve kilómetros caminando.

Hubo protestas por el anuncio, pero no pasaron a mayores porque los mismos pacientes les gritaron a sus familiares que preferían caminar si eso les garantizaba demorar su llegada a ese lugar infernal que los esperaba para enseñarles que la vida era una bolsa cerrada y oscura con noventa y nueve balotas blancas y una negra, justamente la que sacaron ellos ese día.

Aunque la verdad es que sí tenían caballos pero de unos meses para acá a un oficial le había dado por creer que los equinos terminarían infectados luego de soportar tres o cuatro horas sobre sus lomos a los leprosos.

—¿Cuándo los volveremos a ver? —preguntó un señor acongojado.

—Nunca —respondió el militar pasando un trago de saliva mientras se acomodaba una pistola Luger de cañón delgado dentro del incómodo traje. Luego explicó:

—Las despedidas son para siempre, señoras y señores. Ninguno de ellos va a regresar. Deberían hacer de cuenta que ya no existen.

Los familiares de los contagiados empezaron a desfilar atropelladamente hacia la boca del puente donde fueron detenidos por una muralla de militares a cuya cabeza estaba un suboficial que les pidió, con amenazas, no traspasar una raya imperfecta que trazó en el suelo polvoriento con un chamizo.

—El que se pase de esta raya será considerado contagiado y se tendrá que ir con ellos —les gritó, y la amenaza tuvo que haber servido de algo porque nadie osó traspasar la frontera descrita por el militar. Un muchacho a quien su hermano empujó en broma, puso un pie del otro lado de la raya y se tuvo que aferrar a una señora para no poner el otro. La mujer perdió el equilibrio y los dos fueron a parar al suelo violando el límite, pero el incidente no pasó de un regaño del suboficial y las risas instantáneas de casi todos. Sólo el músico del traje impecable y vistoso permanecía incólume a lo que iba sucediendo, muy pendiente de limpiar cuanto polvo diminuto se posara en sus zapatos. Estaba inmerso en su misión de ahondar las penas de su clientela con canciones de letras deprimentes. Tiempo después se supo que el hombre de traje estrambótico y trinar melancólico estaba despidiendo a una mujer que lo había traicionado.

EL ADIÓS

De la raya imperfecta, como camino culebrero, que trazara en el suelo el militar al centro del puente, donde se pararon los infectados, había no menos de veinte metros y un millón de suspiros. Las miradas compasivas se estrellaban con lamentos que flotaban sin rumbo entre el llanto callado de muchos. Cuando a los padres de Alejandro les correspondió el turno de la despedida, a doña Lucrecia le tocó esforzarse más de lo debido para que su hijo la escuchara, dada la poca intensidad que poseía su voz, gracias a su avanzada edad y a los constantes resfriados que contraía en las madrugadas bogotanas por salir a aspirar puros cubanos, a escondidas de don Federico, en la terraza helada de la casa.

—No se preocupen que yo voy a volver —les gritó Alejandro al no entender nada de lo que le decía su madre, pero totalmente convencido de sus palabras, mientras doña Lucrecia, que estaba segura de lo contrario, lo encomendaba a Dios en voz baja. Don Federico prefirió callar todo el tiempo ante el absurdo, pero con miradas dignas le dijo todo lo que le quería decir.

De repente, el sonido de un automotor fallando, que nadie esperaba, hizo centrar las miradas hacia el costado opuesto de la escena. El tubo de escape soltaba explosiones secas que asimilaban el sonido de disparos. La conductora del inesperado auto era Jazmín, que acababa de frenar el vehículo de su padre contra el tronco de un árbol pues, afanada, saltó del carro en movimiento, casi perdiendo el equilibrio, y empezó a abrirse paso entre la gente con evidente angustia. Asada por el calor, dado que aún conservaba puesto el abrigo de piel con el que salió de Bogotá, y sin poder respirar bien por el nudo de remordimientos que se agolpaban en su garganta desde la noche en que la insensatez la separó para siempre de su Alejandro del alma, Jazmín divisó en la distancia a los pacientes y se afanó más.

Mientras corría sin importarle ver rodar por el piso polvoriento su pava ancha de hilo blanco, tejida a mano por alguna de sus tres tías solteronas, Alejandro se despedía de sus padres con sus manos en alto, disimulando su amargura, alentándolos a ser fuertes y a encomendarlo en sus oraciones no sólo a él, sino a todos los que ese día partían en dos la historia de sus familias. Al escuchar sus palabras, inusualmente espirituales y religiosas, doña Lucrecia pensó que la lepra le había quitado un hijo, pero le estaba devolviendo a Dios una oveja descarriada.

A escondidas de los guardias, Alejandro sacó de su morral el cuaderno que llevó para escribir una bitácora de su aventura, desprendió una hoja y escribió una corta nota para que sus padres la entregaran a Jazmín. Al terminarla, aún con las manos temblorosas, le pidió al capitán Esguerra que se la llevara, pero el oficial se negó a hacerlo por razones sanitarias. Entonces armó un avioncito con la hoja, le gritó a su papá que lo recogiera y lo lanzó, con la fe puesta en que el artefacto llegara a su destino. El mensajero de papel empezó a sobrevolar el lugar con elegante parsimonia, ante la expectativa y los murmullos de la gente que hacía fuerza mental para que llegara a las manos de don Federico. Pero el aparato, impulsado por una brisa inesperada se desvió por fuera de los límites del puente, amenazando con caer al río y despertando un lamento colectivo que, cuando el viento le hizo corregir el rumbo, se volvió entusiasmo y risas. Por inercia, el mensaje volador se posó con delicadeza sobre las ramas de un árbol mediano y no fueron pocos los que se acomidieron a rescatarlo. Y ya estaban trepando al árbol cuando un grito del Capitán Esguerra los hizo devolverse con un argumento exagerado, que Jazmín alcanzó a escuchar mientras don Federico le contaba que el avioncito de papel contenía una misiva para ella.

—Si tocan ese avión —les gritó el oficial— se van a infectar y tendrán que irse con los enfermos. Los voluntarios se asustaron al punto de regresar a la despedida, pero Jazmín se quedó mirando al piso en busca de una piedra que le evitara el ascenso al árbol. Cuando al fin la encontró, la lanzó varias veces hasta lograr derribarlo. Desbaratando la carta alada, corrió hasta la multitud que ya daba los últimos adioses a los desafortunados leprosos. Pero tuvo dudas de aparecerse por miedo a que las autoridades sanitarias descubrieran que ella había sido la novia de un leproso y la confinaran para siempre en ese pueblo tenebroso. Alcanzó a pensar que no era mala idea irse con Alejandro, pero el nivel de su miedo, ese día, estaba más alto que el nivel de su amor. Entonces, mientras él avanzaba con el corazón deshecho, ella leyó la carta, cuidando que sus lágrimas no destiñeran las palabras escritas.

"Amada Jazmín, no podrán ni las enfermedades ni los hombres, ni los siglos, ni Dios mismo acabar con el amor que te entregaré por los tiempos. No podrá nada ni nadie desdibujar tu imagen de mi mente porque serás eterna en mis mañanas, perenne en mis noches. Serás siempre lo primero que mis ojos vean al despertar y lo último que mi mente imagine al dormir. Papá, mamá, si Jazmín no puede leer esta carta, no le digan que la amaré eternamente. Ella lo sabe. Díganle que ella fue, no sólo algo muy importante en mi vida, díganle que ella fue lo más importante en mi vida! ¡Lo más grande que tuve! ¡El ser más hermoso que conocí! ¡La justificación de mi paso por este mundo!".

Jazmín se quedó pasmada con el escrito y lloró buscando a su autor por sobre los hombros de los enfermos que ya desfilaban hacia el pueblo que los vería morir. En el ambiente dejaron una estela de suspiros. Suspiros de los eternos, de los que se quedaban a vivir allí para siempre, bajo la mirada pertinaz de los buitres. Eran tantos los suspiros que se habían derramado en ese lugar, desde que empezaron las despedidas, que ya chocaban unos con otros, produciendo silbidos que la gente atribuía a la brisa, aunque no vieran mover una sola hoja de los árboles.

Mientras se alejaban, contagiados y congéneres lloraron sin lágrimas para no maltratar sus almas, miraron sin mirarse para no hacerse daño y suspiraron sin suspirar, represando el dolor para siempre. Los enfermos volteaban hacia atrás cada cuatro o cinco pasos, antes de perderse en la distancia por un camino estrecho, culebrero y polvoriento que los conduciría a esa población recién levantada con casas de bahareque y tejados de palmiche que más parecía una cárcel, pues a lo largo de sus límites el ejército había extendido kilómetros de amenazantes alambres de púas. Además, dispusieron la presencia, cada ochenta metros, por el perímetro de todo el pueblo, de un soldado armado con orden de disparar a cualquier leproso que quisiera salir de allí. Y aunque las medidas parecían exageradas, la verdad es que no lo eran, porque a nada se temía tanto en aquella época, ni siquiera al diablo ni a Dios, como a la lepra.

CAPÍTULO TRES

La parábola de la travesía

◆※◈━━❦━━◈※◆

Estaba Alejandro alcanzando el otro extremo del puente, con la fe perdida, cerrando la hilera de pacientes, cuando Jazmín se decidió a aparecer. Él, que la estaba presintiendo desde su llegada, decidió echar un último vistazo a sus padres con la esperanza de verla en algún lado. Y allí estaba ella con sus ojos claros enlagunados. Al sentir que él la estaba mirando, su semblante cambió. Sus corazones empezaron a latir en una octava más alta. Pero ambos sabían que no se podían mencionar.

Al comienzo, Alejandro creyó que se trataba de alucinaciones suyas, pero al sentir que la mirada de su prometida se volvía música en sus oídos, sintió gozo y fue inevitable verlo sonreír. Cuando Jazmín pronunció en tono inaudible su nombre, moviendo con desgano esos labios carnosos y suaves que en tantas ocasiones aprisionó contra los suyos, Alejandro entró en desespero y dio marcha atrás. Como poseído por el demonio atravesó el puente a zancadas largas y desesperadas, contraviniendo la orden de un oficial que le apuntó con su rifle. Su espalda estaba en la mira del teniente, recién estrenado en la milicia, pero el disparo sucumbió al pesar del militar y terminó perdido en el aire arrancando sin misericordia la rama de alguna ceiba cansada.

Cuando el estruendo se hizo pitido sordo en los oídos de Alejandro, pensó el intrépido enamorado que no era inteligente morir por un impulso tonto y se detuvo en seco. Desde el límite odioso de su miedo, jadeando de amor, con la garganta reseca por el sol y por la polvareda que levantaban los pies de los pacientes al caminar, la miró con inconmensurable ternura, conservando la cordura para no delatarla. Por eso le habló con los ojos. Con miradas entre piadosas y suplicantes le expresó sus sentimientos y ella los suyos. Y así, inmersos en un profundo silencio, se dijeron lo que quisieron decir y entendieron lo que sus corazones desearon entender. Jazmín escuchó en su alma un juramento:

—Volveré princesa. Lucharé cada segundo por volverte a ver. Te amo con infinita devoción y necesito de tu fuerza y tu paciencia para mantener viva la esperanza del regreso. Cuídate mientras nos reencontramos. Tus ojos son mi delirio, tu risa mi alegría. Todo lo que representas, hasta tus olores, son mi vida misma. El recuerdo de tus besos será mi tormento el resto de mis días...

Jazmín le respondió con los últimos alientos de mirada y sus ojos aguados, lo que le producía una visión distorsionada, que ella también lo amaba. Que conocerlo en esa estación de tren había justificado su existencia.

—Todos los días daré gracias a Dios por cruzarte en mi camino. Si cumples tu promesa de volver yo cumplo la de no morir de pena, antes de que vuelvas, amor.

Lo demás se lo dijeron con los ojos cerrados mientras el viejo imitador de Gardel se ensañaba con un solo de armónica que le imprimió drama y pesar a la escena de esos cuatro ojos habladores. Alejandro se limitó a imaginarla con infinita tristeza, recordando con rabia tanta euforia a la hora de jurarse amor eterno. Acosado por los soldados de la Sanidad, pues se estaba quedando atrás de los demás pacientes, Alejandro pensó que ese, tan humillado, no merecía ser el final de una historia de amor repleta de episodios delirantes como aquel cuando Jazmín lloró, sin parar, cuatro días con sus noches, después de que Alejandro le hizo el amor por primera vez, a pesar de todo su esmero para que a ella no le doliera la existencia cuando sus pasiones ingresaran a su cuerpo virginal. Como si desvirgarla sin dolor hubiese sido su más sagrada y cuidadosa cirugía.

Ya sin más plazos y ante el acoso de los militares de la Sanidad, los amantes abrieron las compuertas del pesar y varias lágrimas se desgajaron en libertad hacia el abismo hondo y solitario de sus corazones arrugados. Alejandro avanzó de espaldas con un militar tras de sí, mientras Jazmín releía la carta sin dejar de mirarlo.

Hasta que el rostro de cada cual despareció de los ojos de cada quien.

Inconsolable, Jazmín fue recibida por los brazos de don Federico, mientras doña Lucrecia, muerta de curiosidad, le pedía que la dejara leer la carta. La abnegada nuera accedió, sin sospechar que cometía un craso error pues el párrafo final de la carta, escrito con exclamaciones, en tono superlativo, hablaba sobre el significado vital de Jazmín en la vida de Alejandro. El escrito cayó como caldo flameado sobre la maltrecha moral de sus suegros.

¿Cómo era posible, pensaron como siempre en coro, que esa mujer cobarde que abandonaba a su hijo a su suerte, fuera lo más importante, lo más grande en la vida de Alejandro, la justificación de su existencia y no ellos que hasta tuvieron que vender una casa y cuatro caballos para costearle sus estudios de secundaria en Estados Unidos, salir de una finca de horizonte infinito para pagar los universitarios en una institución de reputación en Bogotá, y rematar un lote de trescientas vacas lecheras para matricularlo en una especialización en medicina forense que su hijo tenía planes de empezar?

Estaban equivocados, porque la susceptibilidad les hizo sacar las frases de contexto. Alejandro se refería al significado que tiene una mujer dentro del corazón de un hombre y no quiso comparar esta importancia con la de sus padres que, lo eran más, pero de distinto modo. Igual, para doña Lucrecia y don Federico, vulnerables y sensibles a su edad, y más por la partida de su hijo, esas palabras fueron el puñal que mató la alegría de tanto esfuerzo y, de paso, la mecha que detonó el desprecio y los celos que desde ese día empezaron a sentir hacia su nuera.

Los padres de Alejandro que desde hacía cuarenta años comían, miraban, olían y sentían lo mismo, engendraron ese día, sin ponerse de acuerdo, un rencor injusto hacia Jazmín, alimentado también por la sospecha. Empezaron a creer que, por el estado de culpa que había expresado al despedirse, ella era la principal sindicada de haber entregado a su hijo a la Sanidad. Incluso estuvieron tentados a decirle al coronel que ella era la prometida de su hijo, pero don Federico le otorgó el beneficio de la duda y prefirió callar.

El eco lejano de las últimas miradas de Jazmín y las melodías cada vez más ténues de aquellos tangos ensañados del hombre de vestido a rayas, acompañaron a Alejandro durante los primeros minutos del trayecto hasta fundirse con el sonido de las sandalias de sus compañeros al arrastrarse por el camino de herradura por el que les tocó trasegar. La polvareda casi invisible que levantaban los marchantes se posaba sobre las hojas de arbustos espinosos, plantas urticantes y matas perezosas que se dormían al contacto con la piel de las personas. Legiones de hormigas transportando hojas verdes para afrontar el invierno que se aproximaba, una que otra serpiente anoréxica, ya inofensiva, y un olor exquisito a hierba machacada, revuelta con boñiga, le hicieron recordar a Alejandro las vacaciones de su niñez en las fincas cafeteras de Salento, un pueblo pintorezco y pujante, encallado en la cordillera central, donde nacieron sus abuelos y su padre.

Ese trayecto, que los enfermos recorrían con el sol apuntando desde distintas posiciones a lo largo del día, le sirvió a Alejandro para reflexionar con deducciones filosóficas con las que sólo buscaba tranquilizarse o justificar su infortunio. Pensó que si la gente tenía los ojos en la parte delantera de la cabeza era porque la evolución había dispuesto que miraran hacia al frente, no hacia atrás. Pensó que si el reloj giraba hacia adelante era para que la gente avanzara, no para que retrocediera. Pensó que si el sol aparecía por el oriente y se ocultaba por el occidente para dar paso a la luna era para que la gente se moviera de un lado a otro aceptando que la vida tenía momentos brillantes y oscuros. Pensó que si la brisa cambiaba de sentido era para que la gente no fuera tan inamovible en sus creencias. Pensó que si llovía sobre los cultivos, era porque la naturaleza era perfecta y que dentro de esa perfección se encontraban las soluciones para lo inevitable. A partir de esas reflexiones decidió zarpar de ese puerto triste donde tenía anclado el barco de sus ilusiones. Por eso pensó que los valientes eran los que intentaban lo imposible a sabiendas de un seguro fracaso, y que los cobardes sólo se aventuraban en una batalla si se sentían seguros, si iban a la fija.

Dependiendo de lo poco o muy avanzada que estuviera la lepra, los pacientes tardaban entre diez y doce horas en recorrer esa infernal distancia. Los más ancianos o los desvalidos eran transportados a caballo. Algunos ni siquiera llegaban y tampoco se perdían de nada. Sin alientos para seguir adelante se enroscaban, muertos de sed, casi siempre bajo un árbol frondoso, a la espera de que un pelotón del ejército llegara a socorrerlos con alimentos, bebidas y medicamentos que les lanzaban desde la distancia. Pero a veces los pacientes se negaban a seguir por física incapacidad, por simple capricho o por mero orgullo. Dado el pavor que se le tenía al contagio, similar al miedo que se le tenía a una bala en dirección a los ojos, el levantamiento de los cadáveres se convertía en toda una odisea para los encargados de elaborar las actas de defunción. Por eso optaban, casi siempre, por lanzar querosén al cuerpo con una manguera y desde una distancia muy prudente una cerilla de fósforo encendida. El cadáver ardía por espacio de varios minutos hasta dejar el esqueleto calcinado con su calavera casi siempre en otro lugar y un olor a gallina chamuscada que los impregnaba hasta los tuétanos.

De estas chimeneas humanas vio dos el doctor Varoni en su trasegar hasta Agua de Dios. Curiosamente, ni él ni los demás enfermos condenados al destierro, sentían pavor al verlas. Ninguno se inmutaba y se limitaban a persignarse sin detener su marcha. Quizá porque todos, en el fondo, sentían ganas de morir prematuramente y lo único que les producía el dantesco espectáculo, era envidia.

Tan sólo una señora, de las de rosario enredado en el brazo, y a la que se le estaban cayendo los dedos de la mano izquierda, se detuvo a pedirle a Dios que les diera el descanso eterno y que para sus almas brillara la luz perpetua.

Todos caminaban sin esfuerzo, dejándose llevar por la inercia, casi arrastrando los pies, sin afán, olvidándose del tiempo, atrapados en un eterno presente, tratando de buscar explicaciones a lo sucedido, sintiendo el desarraigo, olvidando la enfermedad. Como queriendo no llegar. De vez en cuando se detenían a mirar los paisajes y se cuestionaban. No podían creer que en un mundo tan gigante la naturaleza se hubiera ensañado, justamente, contra ellos. Una especie de probabilidad macabra que los había elegido como cristos, entre millones, para cargar con el peso de los pecados de toda la humanidad.

Muchos, cuando se sentían solos, gritaban con ira y se pegaban contra los peñascos apostados a la vera del camino como testigos mudos de la tragedia. De vez en cuando los enfermos coincidían y se acompañaban mutuamente hasta el pueblo para enfrentar con más seguridad la llegada a un destino que se vislumbraba terrible.

EL ARTE DE NUNCA LLEGAR

Por el camino todos, sin excepción, se encontraban en algún punto con Romualdo Calderón, un leproso remilgado que decidió jugar con su destino para nunca llegar al pueblo. El día que lo condenaron al destierro se rebeló contra su suerte y resolvió torcer su historia. Cuando estuvo a pocos metros de traspasar la puerta que daba inicio a su confinamiento eterno, Romualdo decidió devolverse hasta el Puente de los Suspiros. Y cuando llegó al Puente de los Suspiros se devolvió de nuevo hasta el pueblo. Tres o cuatro veces realizó esta acción sin reparar en el cansancio. Descubrió que, de este modo, la gente podía burlar la suerte, desobedecer leyes injustas impuestas por los hombres y se entregó a la voluntad de Dios con la promesa de honrarlo con un bailecito morrongo que sólo él entendía. Consistía en que, por cada tres pasos que recorría hacia delante, daba dos pasos para atrás. De modo que cuando se aproximaba al pueblo empezaba a caminar para atrás con el mismo sistema contable pero a la inversa, hasta alejarse nuevamente. Alejandro se lo topó cuando su espalda venía hacia él con el ceremonial ritmo y se detuvo a mirarlo con más admiración que curiosidad. Romualdo sonreía con bondad, tal vez porque era el único que le estaba mamando gallo a la muerte, aunque de sus sandalias sólo quedara una suela de cuero llena de cráteres que ya se había fusionado con la piel y los callos de sus pies. No podía quedar algo más después de caminar cuatro años sin detenerse. Con su barba de medio metro y su pelo enmarañado y largo, despidió a los nuevos pacientes sin dejar de sonreírles socarronamente mientras se alejaba con lentitud. Y cuando todos saciaron su curiosidad con comentarios de toda índole y reanudaron la caminata, Romualdo les gritó a prudente distancia:

—No lleguen. Hay otras formas de estar sin estar y la mejor manera de salir es no entrar.

Nadie entendió el acertijo y continuaron el camino un tanto traumatizados por la mirada compasiva que les hizo el hombre cangrejo antes de perderse en la distancia con su danza extraña.

En la noche, porque muy pocos alcanzaban a llegar al pueblo antes del ocaso y ellos no fueron la excepción, encendieron dos hogueras de llamas tristes para repeler los insectos y entonaron canciones navideñas sin ninguna gracia ni afinación. No les importó que el mes en el que estaban parados no fuera diciembre. Sólo querían maltratarse el alma del mismo modo que ya tenían lacerados los pies. Hicieron bulla hasta la madrugada embriagándose con sus pesares ante la ausencia de alguna bebida alcohólica y se mantuvieron despiertos, a como diera lugar, porque les daba miedo que al dormir terminaran ilusionándose con otra realidad.

Cuando los primeros rayos de la claridad se insinuaron por entre las ramas de los árboles, Alejandro y sus compañeros de infortunio bajaron al río, se bañaron sin quitarse la ropa, nadaron con felicidad y reanudaron la marcha con los ojos puestos en los frutales, que aunque no abundaban, tampoco escaseaban por el camino. Y mientras el sol secaba sus prendas, desayunaron con guayabas haciendo bromas con los gusanos blancos que de su pulpa salían perturbados. Y no faltó, pocos metros antes de la llegada, el campeón de la vida que dejara a un lado la melancolía y empezara una guerra de pepas de mamoncillos con la única y efímera intención de arrancar una sonrisa a sus compañeros de infortunio. Y así, entre canciones destempladas, conversaciones desanimadas, juegos infantiles, risas tristes y pasos amañados, los enfermos llegaron a su destino con más incertidumbre que cansancio.

◆ ◦ ◦ ◦ ◆

CAPÍTULO CUATRO

LA PARÁBOLA DEL RECUERDO

Durante el viaje de regreso a Bogotá, don Federico y su esposa se toparon con el auto de su nuera. Lo sobrepasaron a la salida de un municipio llamado Mesitas del Colegio. El auto de Jazmín, sin fuerza en su motor, sufría para trepar la empinada cuesta de más de cincuenta kilómetros por la que se subía a la Capital. Al pasar por el Salto del Tequendama, una catarata de altura infinita que nunca estuvo desamparada por una neblina intensa que hacía parecer, a pesar del frío, que las aguas estuvieran destilando vapor, don Federico tuvo la negra intención de maniobrar un cabrillazo para sacar a su nuera de la vía. La quiso ver muerta, pero luego se persignó pidiendo perdón a Dios por sus oscuras intenciones. Doña Lucrecia se persignó en silencio y, al mismo tiempo, le preguntó por qué lo hacía y él sólo atinó a responder que se estaba blindando contra los malos pensamientos. Entonces ella sonrió de vergüenza, por lo que Federico le preguntó si había imaginado a Jazmín en el fondo del precipicio. Doña Lucrecia guardó silencio y se volvió a echar la bendición pegando su cabeza contra el vidrio en señal de arrepentimiento.

Porque aun cuando el odio de los dos, sumado, no les alcanzaba ni para matar, ni para desear de todo corazón la muerte de un zancudo, sí les fue suficiente para llegar a la capital a emprender una campaña de desprestigio contra la prometida de su hijo.

Fue tan eficiente la lengua de doña Lucrecia y tan pugnaz la pluma de don Federico, que al cabo de unas semanas Jazmín parecía una convicta entre sus allegados. Toda una paria censurada por sus amistades, odiada por extraños y avergonzada hasta por su propia familia. Hasta la culparon de haber entregado a su prometido a la Sanidad. Lo dedujeron porque mientras Alejandro enfrentaba su destino sin familiares, en un pueblo sin esperanza, Jazmín empezó a morir de tristeza. Su corazón se marchitó y sus músculos se aflojaron. Fue tanto su deterioro físico y emocional que hasta la gris capital somatizó su pesar y empezó a languidecer. Ese remordimiento no es gratuito, aseguraba doña Lucrecia y añadía: la culpa pone fea a las personas.

Y no era para menos. La ciudad que los vio pasearse por calles y restaurantes, por parques y avenidas, por teatros y salones de baile, se estaba quedando sin su mejor pareja. Por eso, la urbe también empezó a languidecer ante sus ojos. Sintió que Bogotá sin Alejandro era un cementerio de pesares. Empezó a mirar todo de distinto color. Veía las calles más angostas, las tardes más grises, las montañas más distantes, y los días más eternos. Los autos lucían amenazantes y el cielo se ocultó para siempre. Observaba a la gente en actitud burlona y ser el blanco de miradas y chismes la llevó a encerrarse, por semanas, en ese mismo cuarto que su amiga Nancy Peñaranda le prestó por unos días primero, y alquiló después, cuando la policía Sanitaria empezó a buscarla para salir de dudas sobre su posible contagio.

La ciudad no conoció antes una pareja más compenetrada y comprometida como aquella. Nunca los prados de sus parques, los adoquines de sus andenes, las sombras de sus robles ni el asfalto de sus calles, sintieron risotadas tan alegres, pisadas tan agradables y carreras tan juguetonas.

Transcurrían los tiempos en que la ropa se conservaba nueva con bolitas de alcanfor, las camisas se blanqueaban con almidón de yuca y se alisaban con planchas de carbón lubricadas por un puchero de agua. Al pasar por una lavandería, Jazmín recordó que su Alejandro vestía siempre de sombrero, corbata, un gabán largo sobre sus vestidos de paño, casi siempre oscuro o de tonos grises, y un paraguas que para los de su generación, más que un accesorio, era parte de su vida, casi una extensión de sus extremidades y que, por lo mismo, no abandonaba jamás.

También la mortificó la noticia de la próxima inauguración del funicular, un vagón de tren descapotado que treparía el cerro de Monserrate por un riel, porque le oyó decir innumerables veces a Alejandro que, por solicitud de su madre, los dos deberían ocupar una de sus veinticuatro sillas apenas funcionara el servicio para ir hasta la estatua del Jesucristo caído, a agradecerle por haberlos hecho coincidir en el mismo camino.

Para Jazmín, Bogotá era una ciudad insoportable sin Alejandro. Todo lo relacionaba con su tragedia, todo le recordaba a su amado. Los pocos carros que circulaban por sus pocas avenidas estaban pintados con el color del luto y esto contribuía en algo a empeorar su duelo. La Carrera Séptima y la Avenida Jiménez quedaron proscritas para ella por el paso constante de los tranvías que tantas veces compartieron en medio de risas, colgados de una mano, arriesgando sus vidas por un beso de película. Por aquella época el edificio más alto de Bogotá, si acaso, alcanzaba los 9 pisos de altura y al verle, no pocas veces, Jazmín contempló la idea de treparse hasta su azotea y lanzarse al vacío. Eran ideas que pronto espantaba imaginando el dolor de Alejandro al enterarse que su prometida no pasaba de ser una cobarde ensimismada. Además, ella le había jurado luchar y en esa época la palabra valía más que el oro. La época en que más de dos colores juntos eran mal vistos por los diseñadores y el petróleo aún no producía guerras. Radio Nacional, Radio Sutatenza, los periódicos *El Tiempo* y *El Espectador* y los carteles esquineros eran los únicos medios masivos de comunicación. El Teatro Faenza, un bello edificio de influencia italiana construido con las expresiones arquitectónicas del *art nouveau,* se aprestaba a presentar *Wings,* la primera película ganadora de un Óscar, estatuilla creada por la naciente Academia de Artes y Ciencias Cinematográficas de Los Ángeles para premiar lo mejor del cine mundial. Cuando vio los anuncios de la *premiere* en una pared del parque de la Independencia, Jazmín lloró al recordar que Alejandro tenía muchas expectativas de ver la proyección del premiado filme a su lado.

MATRIMONIO A PRIMERA VISTA

Para que cada cosa dejara de recordarle a su hombre, y para que Eliécer Campusano dejara de perseguirla —desde que se enteró de la partida sin regreso de Alejandro se dedicó a conquistarla al precio que fuera—, Jazmín optó por el encierro. Pero ni en su condición ermitaña pudo escapar a los recuerdos. En su lecho de depresiones continuas y prolongadas empezó a repasar su historia de amor al lado del hombre que ya no veía jamás y que comenzó en la taquilla de una estación de tren.

Estaba él comprando un tiquete que lo llevaría de Girardot a Bogotá cuando la vio por primera vez. Jazmín llegaba en el mismo tren en que Alejandro se devolvería. Bajó un tanto asustada. Sus ojos brillaban de pureza y su expresión lucía diáfana e impecable. Apenas pasó por su lado, sin mirarlo siquiera, él empezó a amarla sin cordura. Sintió que esos ojitos marrones de mirada transparente y esa sonrisa santa, imposible de olvidar, debían ser suyas para siempre. Se le antojó tan hermosa que lo hizo sonreír por primera vez en mucho tiempo. Lucía brillante, altiva, vestida de blanco, casi perfecta y sin arrugas sobre su ropa como si se hubiese venido de pie todo el trayecto de ciento veinte kilómetros que había entre la estación de la Sabana en Bogotá y la de Girardot.

Él se mostraba cansado, con la expresión parca del que ha cumplido una exitosa y larga misión. Estaba menguado y con la piel un tanto áspera por un año de intenso trabajo y mucho sol sobre su humanidad, pero sus ojos brillaban con la luz del que regresa.

Ella llevaba puesta sobre su cabeza una pava de alas anchas, bordada en hilos finos que le producían una sombra de misterio sobre la mitad de su cara, a la vez que jugaba con su vestido y le daba un toque de distinción a su personalidad.

Él vestía una camisa blanca un poco molida por el tiempo, arremangada a la altura de los codos, un pantalón de algodón oscuro a rayas blancas un poco percudidas y un sombrero de palma de iraca blanco y cinta negra que levantó con humildad unos centímetros de su cabeza cuando ella lo sorprendió mirándola.

Ella cargaba una maleta de cuero color marrón, abrazada por dos correas con hebillas doradas, muy fina para la ocasión, que le hacía doblar el cuerpo para equilibrar su peso.

Él acababa de realizar su año rural y ella apenas llegaba al puerto con la misión de reemplazarlo como médico pasante de un pequeño hospital apostado dentro de un barco que recorría las veredas construidas a orillas del río Magdalena, donde millares de pescadores y sus familias trataban de sobrevivir a la difteria, el cólera, las intempestivas crecientes del río, la tuberculosis, la peste bubónica, la malaria, la lepra y los disparos y machetazos de liberales y conservadores que, desde la guerra de los Mil Días, treinta años atrás, ya se estaban exterminando, sin imaginar que la estupidez les iba a durar otros doscientos años.

Sobreponiéndose a su timidez, Alejandro se acercó a la refinada practicante, hipnotizado y con el corazón abierto, con el pretexto cierto de haberla visto alguna vez en el pasado, y no le fue mal. Jazmín, ése era el nombre con el que su madre la bautizó en honor a la flor más prestigiosa de todo su jardín, le dijo que ella también lo había visto en la universidad donde ambos estudiaban la carrera de medicina, pero en diferentes cursos.

Y estaba el tren anunciando la salida de sus vagones hacia Bogotá, con pitazos angustiantes, cuando Alejandro descubrió que la felicidad no consistía en hacer lo debido, sino en hacer lo deseado. Y lo que deseaba en esos momentos era prolongar por un par de siglos su servicio rural para poder continuar indefinidamente aquella conversación.

Por eso, mientras el largo aparato expulsaba descomunales columnas de humo negro hacia la inmensidad, él la observó un tiempo perpetuo sin pronunciar palabra. Al cabo de ese tiempo sólo atinó a decirle que el lugar para el cual viajaba era muy peligroso para una mujer tan joven y frágil como ella. Jazmín sintió que la estaba intimidando, pero él le dio muestras de sinceridad entregándole un cuaderno con sus memorias.

—Lea esto —le dijo desprendiéndose de su entrañable bitácora.

—¿Qué es?

—Las memorias de mi estadía en el barco durante un año.

—No puedo aceptarlas. Imagino que si se tomó la molestia de escribirlas, representan mucho para usted.

—Su bienestar representa más para mí, señorita. Acéptelas. Hay cosas que deseará saber sin vivirlas.

—¿Experiencia a priori? —preguntó Jazmín sonriendo, recordando la clase de filosofía del último año de bachillerato. Alejandro correspondió al recuerdo con otra sonrisa.

Mientras discutían, el tren empezó a soltar los frenos. Los segundos corrían en contra de esa posible historia de amor.

—Lo siento, pero no puedo aceptarlas. Quiero descubrir el mundo, no quiero que me lo cuenten —le dijo ella devolviéndole el diario para después caminar apurada hacia una fila de carrozas de tracción animal que estaban esperando pasajeros para llevarlos a sus destinos dentro de la ciudad.

Alejandro no se dejó acosar por los regaños de un mozo, elegantemente uniformado, que amenazaba a los viajeros con dejarlos en la estación si no procedían con rapidez a subir al tren y ayudó a su recién conocida novia a subir su pesada maleta al carruaje que la llevaría a un hotel recomendado por su padre. Al descargar la valija en el baúl de la carroza, sintió que la bella dama dejaba en su corazón un vacío del tamaño de nueve soledades. Por eso no tuvo reparo en poner un pie en la puerta del carruaje para hacerle una pregunta tan loca como trascendental que hizo enmudecer el tiempo y alterar el curso del universo de ambos:

—Señorita, disculpe mi atrevimiento. Sé que es muy pronto para proponerle esto, pero si no se lo digo me voy a sentir un cobarde toda la vida: ¿quiere usted casarse conmigo?

Jazmín se ruborizó y lo miró a los ojos con una sonrisita burlona, como queriéndole indicar que estaba loco, pero al mismo tiempo sintió esa certeza que se tiene una vez en la vida, cuando frente a nosotros sucede algo irrepetible. Por eso, cesó de sonreír, recobró su color natural y, sin agregar palabras ni explicar nada, dado que el tren se echaba a andar lentamente, tomó aire, lo miró a los ojos y le entregó una respuesta que Alejandro no creyó, no entendió, o no se esperaba:

—Sí —le dijo sin atenuantes, segura como estaba de que nadie más volvería jamás a proponerle algo tan espontáneamente sincero. Pero ni el mismo Alejandro se creyó la respuesta.

—¿Sí? ¿Cómo así que sí? ¿Sí qué? —indagó incrédulo y confundido.

—Usted me hizo una pregunta y yo se la acabo de responder.

—¿O sea que sí? —recalcó él, incrédulo, muerto de dicha por dentro.

—¡Sí! —enfatizó sonriendo la mujer con sus ojos cristalinos.

Entonces él la abrazó y el tiempo se detuvo para que los labios de los dos desconocidos que acababan de engendrar en sus almas el más puro amor conocido hasta entonces, se rozaran primero, se mordieran sutilmente después y, finalmente, se devoraran con necesidad, como si aquella oportunidad de volver a nacer en cada gota de saliva, en cada suspiro, en cada palpitar, hubiera estado aplazada en el alma de ambos durante siglos. No de otra manera puede explicar nadie el "sí" de Jazmín, una mujer a la que Eliécer Campusano jamás pudo besar aunque el pobre hubiese utilizado las mil y una artimañas que habitan en la mente de un conquistador. Después del beso que tardó lo que tarda un amor en nacer, los prometidos se miraron apenados, sintiendo vergüenza de lo que habían hecho y procedieron a conocerse formalmente:

—¿Jazmín Sotomayor es el nombre de mi novia?

—Sí, don Alejandro Varoni— le dijo con una sonrisa coqueta que si él ya sabía de ella, ella también sabía y mucho sobre él.

Luego se observaron con la admiración con que se contempla un atardecer, se exploraron centímetro a centímetro con sus miradas impávidas y se abrazaron cálidamente con la intención velada de entrar al cuerpo del otro, permitiendo que su silencio firmara ese contrato de amor eterno que sus miradas redactaron.

—Me voy contigo —le dijo Alejandro mientras el último vagón del tren terminaba de abandonar la estación y los últimos pasajeros corrían desesperados tratando de darle alcance.

—Está loco, señor. Lleva un año por fuera. Más bien apúrese que lo va a dejar el tren. Ya tendremos tiempo para vernos. Su familia lo debe estar esperando.

—Mi familia quiere mi felicidad y yo estaré feliz si me permite presentarla con el capitán del barco, y enseñarle algunas cosas de su trabajo señorita. Puedo regresar a Bogotá en el tren de mañana.

Regresó en el tren de un año después.

Con la aprobación de su prometida, Alejandro regresó hasta la taquilla y regaló su tiquete de primera clase a Bogotá a un hombre que llevaba la mañana entera pidiendo limosna para poder viajar a la capital. Luego regresó al carruaje con la felicidad de un niño en Navidad y ordenó al cochero arrancar. El caballo, abrumado por el peso de dos viajeros repletos de ilusiones, se desplazó lentamente por el amplio callejón del Camellón del Comercio mientras los novios conversaban animadamente de todo lo que ignoraban del otro.

—No vamos a dormir juntos —aclaró Jazmín para su tranquilidad.

—No tengo esa intención, señorita Jazmín.

—No pienso hacerlo con nadie sin antes ir al altar —recalcó ella con seguridad.

—Me queda claro —aseguró Alejandro con sinceridad mientras enredaba un cachumbo del pelo de Jazmín en su dedo índice.

—Qué loco. Debe haber alguien esperándote en Bogotá —preguntó Jazmín con algo de vergüenza, pero Alejandro sólo contestó con un silencio y una sonrisa. Tal vez porque recordó, con suma preocupación, que sus padres le tenían organizada una gran fiesta de bienvenida, que era la misma del grado, con 250 invitados.

No le importó dejarlos con sus mejores trajes de gala planchados, los regalos comprados y los chismes enjaulados.

Al día siguiente, luego de pedirle al hotelero que lo alojara por una semana al fiado, envió un telegrama escueto a sus padres explicándoles la situación:

"Prolongaré un año prácticas. Fin profundizar en materia difícil e inexpugnable: la del amor. Comprenderán y perdonarán pero ustedes me enseñaron que el amor es de esas cosas que cuando aparece no respeta imposibles ni se puede aplazar".

Y al parecer el tiempo que permaneció al lado de Jazmín amputando extremidades gangrenadas a bandoleros y soldados, curando pescadores, desemborrachando militares y atendiendo partos de bebés desnutridos bajo la luz de las luciérnagas, le fue suficiente para adelantarse en esa materia, porque apenas regresó de su doble año rural la llevó a su casa y la presentó como su prometida. Era tan encantadora Jazmín que sus padres no tuvieron objeción alguna en aceptarla como su segunda hija y bendijeron su noviazgo sin perder oportunidad de hacer chascarrillos con una fiesta de grado en la que tuviera lugar la boda, simultáneamente, aunque sin asistentes, porque de seguro ninguno de sus amigos volvería a creer en otra invitación.

Empezó entonces y de manera oficial el mejor noviazgo de la ciudad señorial, la de las grandes fiestas, la que aprovechaba cualquier acontecimiento para celebrar. A los agasajos invitaban a periodistas, autoridades eclesiásticas, políticas y militares, a sus amigos y hasta a sus enemigos, con quienes hicieron las paces. Se sentían tan dichosos que les parecía que tener pleitos pendientes empañaba esa felicidad.

A partir de entonces se convirtieron en la pareja de moda y las modisterías y sastrerías de toda la región se llenaron de solicitudes para atender las invitaciones que los novios hacían, aprovechando cualquier pretexto para celebrar en sociedad. En todas las fiestas eran elegidos como la mejor pareja y ambos se convirtieron en el ejemplo de todos los enamorados de la capital. Las mujeres querían tener un novio como Alejandro y los hombres una novia como Jazmín. Eran un referente de la moda y el buen trato de un hombre hacia una mujer. Jamás se les vio pelear como no fuera para ver quién llegaba primero corriendo a un lugar, o quién, a escondidas, se bebía más rápido un vaso de cerveza, porque los licores estaban prohibidos para ella, o cuál de los dos se embutía más rápido una fruta o un helado.

Salían a trotar en las mañanas y nunca ninguno fue al teatro solo ni acompañado por alguien distinto. El tranvía se volvió parte de sus vidas. El caso era que parecían una sola persona por lo que ninguno deseaba al otro maldición distinta a la de amarse más cada día. Las cartas que ambos se entregaban a diario, al encontrarse y al despedirse, ya eran tantas que en todo el hospital ya se hacían bromas como la de culparlos de la desaparición de los talonarios en los que los médicos formulaban y hasta en los de hacer facturas a los pacientes.

En la alcoba de Jazmín no cabía ya un muñeco de tela más, ni en la de Alejandro un ramo de flores adicional. Porque era la única mujer de la ciudad que regalaba flores a su novio. Se las cortaba ella misma en el jardín de su casa a medida que las iba sembrando con semanas de anticipación. A Alejandro le gustaban las flores amarillas, y pétalos de flores amarillas encontraba todos los lunes en su lecho, al llegar del hospital donde ambos trabajaban. Fueron tantos los ramos de flores que recibió el doctor Varoni en aquellos años dorados del amor, que don Federico llegó a exteriorizarle a su esposa una inquietud que lo venía mortificando:

—¿Mija, no será que con tantas flores el muchacho se nos vuelve maricón?

Al otro lado de la ciudad, el padre de Jazmín ordenaba quemar todos los muñecos de trapo, pensando que no estaba lejos el día en que su hija ya no tuviera espacio para caminar dentro de su habitación. Llegó al extremo de pensar que la pobre iba a morir asfixiada por la jauría de muñecos, para él diabólicos, que ya habían invadido su cama, por debajo y por encima; su armario por dentro y por fuera y los pasillos de la casa desde el piso hasta el techo.

En el sexo no eran distintos. Jazmín no pudo sostener por más de veintiún días su promesa de llegar virgen al matrimonio. Sucumbió al deseo una noche sin luna y con pocas estrellas, sobre las arenas menudas de la Isla del Sol, un terruño bañado por el río Magdalena en una de sus muchas bifurcaciones. Esa noche de eclipse Jazmín y Alejandro se prometieron amor eterno entre el dolor y la dicha. La niña hecha mujer lloraba, no se sabe si de felicidad o de nostalgia, por el tesoro perdido o por miedo a un embarazo que le costara la amistad de sus padres, pero Alejandro le marcó el camino con una frase que la llenó de seguridad:

—Al amanecer entenderás la vida —le dijo, y le cerró los ojos con dos besos untados de sinceridad y la acarició tan suave, tan suave, que le produjo sueño. Luego le empezó a limpiar lo pecado con aguas del río que atrapaba entre sus manos.

A partir de entonces, y a pesar de que la fornicación estaba proscrita por la familia, la sociedad, la iglesia y la prensa conservadora, Alejandro y Jazmín se devoraban cada vez que podían, donde fuera y como fuera, así a Jazmín le tocara pedir perdón a un representante de Dios en la tierra, antes de todas las misas de Domingo. El cura que la confesaba estaba a punto de excomulgarla y hasta se sonrojaba cada vez que la veía en la fila de confesantes porque ya intuía que la muchacha de ojos arrepentidos le iba a llenar los oídos con más de un cuento subido de tono. Unas veces lo hacían en el cuarto de máquinas del barco, otras en la caldera del centro hospitalario, otras veces en el incómodo lugar donde las empleadas del servicio guardaban y lavaban los traperos. En un par de ocasiones, debajo de la cama de algún paciente bajo el efecto de la anestesia y muchas otras en la oficina del director, aprovechándose de su mala maña de llegar tarde los viernes. Duchas, sofás, barcos, camas para enfermos, ambulancias, tanques del agua, baños, lavanderías y hasta la capilla donde los enfermos y sus familiares rezaban para que Dios los curara, sintieron sus cuerpos bambolearse hasta la saciedad, porque los dos desarrollaron una hermosa y silente manía que era la de morderse los labios en el momento del orgasmo.

La ciudad que tanto los amó también los vio devorarse sin vergüenza alguna, tras de los árboles del Parque Nacional, en el camino al cerro de Monserrate y hasta dentro de un tranvía abandonado cerca del Cementerio Central luego de su descarrilamiento, en la avenida Jiménez con Séptima, cuando se disponía a regresar a sus casas a un centenar de empleados colgados de sus barandas. No pocas veces fueron sorprendidos por personas desprevenidas, pero se divertían tanto que aprendieron a sentir orgullo de su pasión.

Estaban tan fuera de control que la última vez que lo hicieron, la noche aquella en la que Alejandro fue capturado, se habían prometido, una vez casados, no abusar más de sus ansias para escapar de la rutina, por lo que juraron disminuir los momentos sexuales de dieciocho a siete semanales.

Hasta que llegó el momento en que sus cuerpos pidieron garantías reales más allá de las promesas que solían hacerse todos los enamorados en los primeros minutos bajo el efecto de un amor borracho. Fue el día en que todo el equipo de médicos, enfermeras y marines del barco-clínica los despidieron con honores al culminar el año rural de Jazmín y el segundo de Alejandro. Y allí, bajo los 34 grados de temperatura de Girardot, en todo el centro de un puente colosal de medio kilómetro de longitud, con vigas de acero entrecruzadas con tornillos gigantes, por donde pasaba el tren que los transportó, un año atrás, hasta el amor; con el río Magdalena como testigo mudo y luego de atravesar por un túnel de acacios de flores rojas y amarillas que regalaban sombra y poesía a los transeúntes, Jazmín y Alejandro se prometieron oficialmente en matrimonio.

CAPÍTULO CINCO

LA PARÁBOLA DE LA COBARDÍA

❖━◦§◦━◦§◦━❖

Cuando la hilera de contagiados ingresó al poblado, las puertas de las casas empezaron a sonar en sus narices en un acto de absoluta beligerancia e insolidaridad. Los golpes de las ventanas de madera, cerrándose a destiempo, producían un sonido similar al de las bayonetas que lucían los soldados del gobierno apostados a lo largo y ancho de los linderos de la población.

Los recién llegados se abrazaron asustados, imaginando a su paso los ojos de mil monstruos que los observaban desde distintos recovecos de aquel moridero. Caminaron desconfiados invadidos por el miedo, al ritmo de las notas de un piano que se escuchaba a lo lejos, hasta que un funcionario del hospital salió a recibirlos. Entre un médico con poco pelo y una enfermera con demasiada belleza desordenaron la manada con una ficha numerada para que cada quien conociera el orden en que serían examinados antes de pasar a ocupar un camarote del albergue, donde iban a vivir hacinados hasta que sus habilidades para los negocios o sus aptitudes laborales les proporcionaran las coscojas suficientes para construir una vivienda propia en un lote baldío que les proporcionaba el alcalde de turno a cambio de votos para el gobierno.

Al llegar a las puertas de un lugar siniestro llamado "Casa de la Desinfección", muy cerca del hospital y de los albergues donde pasarían su primera noche, Alejandro y sus compañeros de infortunio se mostraron expectantes. Lucía tan espantoso y descuidado el lugar, que parecía habitado por fantasmas. A esa sensación de soledad se sumaba la ausencia de lamentos de los enfermos gracias a que la lepra era una enfermedad indolora. Las partes afectadas se insensibilizaban al fuego y a los golpes, de tal manera, que no era raro ver en las casas a alguna mujer bajando ollas de aluminio calientes sin necesidad de usar limpiones, o a los parroquianos con sus pies mutilados caminando descalzos a pleno rayo de sol sin advertir que sangraban.

Luego de ser bañados en alcohol, mertiolate y creolina, especialmente en sus partes afectadas, lo que llamaban el proceso de desinfección, los pacientes fueron trasladados hasta el hospital. El fantasmagórico edificio se componía de dos plantas de gran altura, pintadas de azul y blanco, los colores del partido de gobierno. Contaba con largos y amplios pasillos bordeados por barandas de madera torneada. Sus dos cuadras de extensión estaban sembradas en sus andenes por arbustos ornamentales, palmas enanas y palos de mango que parían sus carnosos frutos tres veces al año. A la entrada y sobre un pedestal de cemento se erigía imponente la estatua de San Lázaro, dando la bienvenida a los enfermos con sus ojos de mirada impávida y piadosa. Bajo esa figura religiosa se les suministró la primera ración de alimentos y bebidas que devoraron con avidez. Luego les entregaron una toalla, una bola de jabón "de la tierra" y un uniforme esterilizado que debieron ponerse después de un baño glorioso, que agradecieron con los ojos cerrados, mientras recordaban con resignación a esos seres que dejaron del otro lado del Puente de los Suspiros.

Cuando estuvieron listos, fueron formados y llamados uno a uno en estado de inocencia, pues ninguno sabía que, en virtud de una ley, les iban a torcer la naturaleza contra sus voluntades. Entonces Luz Helena, la enfermera de belleza imposible de ignorar, gritó el número que correspondía a Alejandro, y se hizo la luz. Él se acercó con la dignidad suspendida a la puerta de un consultorio lúgubre adornado en sus esquinas por telas de arañas, en la pared izquierda por un cuadro del corazón de Jesús y en la derecha por la fotografía de Miguel Abadía Méndez, el Presidente de la República. La mujer lo observó con algo de atrevimiento y lo invitó a seguir con la amabilidad que le había negado a los demás pacientes. Él la abarcó íntegramente con su mirada curiosa y aunque no se sustrajo a su belleza, la ignoró en un ataque de ética que le provocó el recuerdo de la imagen de Jazmín observándolo desde la ventana del segundo piso de la casa celestina, la madrugada de ese lunes, aparentemente intranscendental, en que se lo llevaron.

Antes de ingresar con la esperanza encogida, Alejandro suspiró con rabia, empuñó los labios y miró al cielo como si estuviera reclamando algo. Luego cerró los ojos. Cuando los abrió de nuevo estaba frente a un médico que curiosamente no usaba ningún traje grueso para protegerse del contagio.

—¿Por qué no usa un traje especial? —le preguntó Alejandro para romper el hielo.

—Porque no lo necesito —le respondió el doctor Vladimiro Aponte, concentrado en la historia clínica de su paciente, a lo que Alejandro agregó con mucha esperanza en su corazón:

—¿Acaso es usted de los que piensa que la lepra no es contagiosa? Porque le quiero decir que yo también creo que…

—Soy leproso, señor, y no se haga ilusiones, porque estoy seguro de que la lepra sí es contagiosa —advirtió el doctor interrumpiéndolo. Luego preguntó abandonando con donaire su realidad—: Es usted médico, ¿verdad?

Alejandro asintió con la cabeza preocupado por la revelación del galeno y respondió a una nueva pregunta sobre el lugar donde lo estaba atacando la enfermedad, despojándose el zapato y la media izquierda, y señalando una mancha de color púrpura sobre casi todos los dedos de su pie.

—Imagino que ya perdió la sensibilidad, ¿no? —le preguntó el médico apretando su dedo pulgar con fuerza.

—Totalmente —dijo Alejandro sin inmutarse.

—¿Por qué siendo médico esperó hasta que alguien lo denunciara para iniciar un tratamiento?

—Porque estoy convencido de que la enfermedad no es contagiosa, doctor.

—¿Por qué está tan seguro?

—Mi novia, la mujer con la que me iba a casar, ha permanecido cerca de dos años a mi lado sin que la sintomatología de la enfermedad aparezca en sus células.

—¿Hace el amor con ella?

—Sí —reconoció con algo de vergüenza.

—¿Se quita usted las medias durante el acto sexual?

—No.

—Por eso no la ha contagiado. Sin embargo, ha sido usted muy irresponsable, doctor, y el hecho de que los síntomas de la enfermedad no hayan aparecido aún en algún lugar del cuerpo de su novia, no significa que no vayan a aparecer en algún momento. El bacilo de Hansen, que es el que produce la lepra, suele tardar entre cinco y doce años en incubarse —le dijo en tono de reclamo y con un dejo de censura, mientras Alejandro perdía la seguridad que siempre lo acompañó desde que empezó a investigar la enfermedad.

Jazmín compartía los mismos temores del doctor Aponte. No en vano, luego de la captura de Alejandro, llegó a su casa, tiró las ropas por todo el camino entre la puerta principal y la ducha y permaneció cerca de tres horas bajo el agua, refregando su cuerpo y sus extremidades con una piedra de lija y un estropajo empapado en mertiolate revuelto con creolina. Luego se lavó la cabeza con peine de cerdas fuertes untadas con zumo de limón y hasta llegó al extremo de embalsamarse toda, envolviendo su cuerpo desnudo en una cobija impregnada con una infusión de petróleo crudo con hojas de caléndula machacadas y zumo de limón. Durante las largas horas que pasó envuelta en su desconfianza, y luego durante las cortas horas que pasó en la ducha de aguas calientes, casi hirvientes, Jazmín no dejó de llorar sintiéndose mezquina y miserable con el hombre que la amaba más allá de los límites posibles.

Y así como Jazmín se dedicó a borrar con obsesión de su piel un posible contagio, Alejandro también se propuso olvidarla a como diera lugar con el sólo objetivo de no mortificarse cuando recibiera la triste noticia de que la niña de sus ojos, aquella por la que entregó sus días y sus noches a destajo, ya estuviera comprometiéndose con Eliécer Campusano, al que le haría el amor en todo momento, en todo lugar, de todas las formas que le enseñó, mientras él moría en el aislamiento más terrible y sin la posibilidad de un abrazo sincero de nadie.

Lo intempestivo de los sucesos que terminaron con la partida inesperada de Alejandro y la poca esperanza que tenía de volverlo a ver, terminaron por convertir a Jazmín en una especie de viuda en duelo. Una mujer languidecida, envejecida en la flor de su juventud, un ente sin sueños ni ilusiones, postrada en sus recuerdos y sumida en la desdicha, con un luto prematuro que su alma empezó a rechazar y que amenazaba con matarla de tristeza.

Todos esos bellos recuerdos de su relación, más el dolor profundo por la partida de su amado, justo en la semana de su boda, sumado al escarnio colectivo al que fue sometida por cuenta de la lengua de su suegra, fueron causando en Jazmín una pérdida lenta de su voluntad, que pronto se transformó en un cuadro depresivo que le abrió camino a un deseo incontrolable y constante de morir.

No en vano, durante los siete días y las ochocientas noches que se mantuvo incólume frente a la ventana de su habitación, imaginando el dolor de su Alejandro en el destierro, sin ninguna comodidad y pasando necesidades en medio de enfermos, Jazmín pensó en el suicidio en repetidas ocasiones. Estaba muriendo de pena, pues no superaba la etapa de resignación.

Hasta que un día opaco, de esos intrascendentes en los que la noticia más grande en la ciudad era una riña de perros, la llegada de un circo, o el descarrilamiento de un tranvía, y mientras marcaba en su diario los largos días y las eternas noches que pudo sobrevivir sin el calor, los besos y el sexo de su prometido, Jazmín decidió empacar su cobardía en un cajón del nochero para adelantarse a la muerte.

Primero lo intentó con una bolsa de veneno para ratas, pero tuvo la mala suerte de sobrevivir porque el remedio estaba pasado hacía dos años y ya sus compuestos se volvieron tan inofensivos, como los ratoncitos que pretendía matar de manera sumaria. Luego lo intentó disparándose dentro de la boca con el cañón de la pistola antigua que siempre acompañaba a su padre en sus borracheras. Y ya acariciaba el imperturbable y helado cañón del arma con su lengua reseca por el miedo, cuando el disparo del gatillo sonó seco y estéril. Desde la ventana donde la estaba observando con pesar, don Eusebio le advirtió que las balas de la pistola se habían acabado y que el gobierno no le quería vender más munición porque la guerra contra los liberales los tenía desabastecidos. Pero le aconsejó que si su deseo era morir, él la podía ayudar, primero respetando su decisión de adelantarse al destino, dado que él padecía una penosa enfermedad que amenazaba con llevárselo a la tumba en menos de un año, y luego, prestándole a Látigo, un caballo jaspeado y brioso que fama tenía de lanzar por los aires a sus jinetes, para que la llevara hasta el borde de un precipicio que existía en los límites de la hacienda vecina.

—¿Harías eso por mí, papá?

—Sí. Si es tu deseo sí, mi amor. No quisiera que al morir te quedaras sola en este mundo. Sé que soy egoísta pero no quiero imaginarte deambular con una docena de vividores ofreciéndote amor a cambio de mi fortuna. Me he cansado de jurarte que daría hasta mi vida por cumplir tus caprichos y nunca lo he cumplido —dijo abrazándola con profundo dolor, para luego salir con el alma destrozada a cumplir con los deseos de su hija amada.

Aunque burdo y machista, don Eusebio, como buen conservador, siempre cumplía su palabra. Estaba tan frustrado, primero con la muerte prematura de su esposa, sucedida hacía doce años en penosas circunstancias, luego con su enfermedad y ahora con la cancelación de la boda de su hija, que ya nada le ilusionaba en la poca vida que le quedaba. Es más, la imagen de Jazmín con su pistola en la boca fue el único acercamiento afectuoso que tuvo con su primogénita desde la reclusión de Alejandro en Agua de Dios.

—Yo he querido hacer lo mismo. Siento que vivir sin amor es incompatible con la vida misma, hija. Lo que pasa es que no he tenido las agallas que tienes tú —le advirtió con la voz entrecortada y una lágrima rodando por sus mejillas. La única que dejó escapar su pertinaz orgullo en años.

Estaba ayudándole a montar en el caballo negro, con pintas blancas como nieve, cuando recordó a Adelita, su malograda compañera de casi siempre. Sintió tanta nostalgia de perder a sus dos mujeres que le quiso proponer a su hija morir con ella. Sin embargo, decidió guardarse las ganas para cuando Jazmín estuviera muerta porque no quería causar un pesar adicional al alma de su hija.

Lista a cabalgar hacia el precipicio con el que lindaba la finca de su padre, Jazmín tuvo el detalle de agradecer a su progenitor lo vivido. Ambos lloraron en medio de abrazos. Y aunque lo pensó, don Eusebio jamás le quiso pedir a su hija que se arrepintiera de matarse, del mismo modo que nunca le pidió que desistiera de casarse con un hombre que no gozaba de su aceptación. Sabía que iba a ser infeliz toda la vida sin su padre y sin su novio, por lo que prefirió verla muerta antes que triste.

De repente Látigo se echó a andar, primero a trote lento y luego galopando a gran velocidad. Jazmín agarró las riendas con fuerza mientras miraba a su padre alejarse. Con su pelo ensortijado jugando al viento y sintiendo la proximidad de la muerte, a lo lejos oyó un "te amo" que jamás había escuchado de su padre y sintió ganas de frenar. Pero Látigo no era de los que hacían caso. Y estaban mujer y bestia aproximándose al borde del precipicio donde se supone que el caballo frenaría expulsándola hacia el vacío, cuando en la mente de Jazmín se instaló un chispazo divino que la hizo reflexionar sobre algo tan lógico y tan claro, que sólo atinó a sonreír con pena de sí misma mientras aplicaba los frenos a la bestia con una fuerza inusual, que sólo pudo haber sacado de su alma.

—Si he de morir de amor o por un disparo en mi cabeza o expulsada del lomo de una bestia como lo estoy haciendo ahora, ¿por qué no buscar la forma de fallecer al lado del hombre que amo y por el cual me estoy muriendo?

Sintiendo vergüenza de sí misma por la estupidez que se aprestaba a cometer, continuó halando el freno con mucha decisión, mezclando rabia y amor, al tiempo que le ordenaba al animal detenerse con expresiones de vaquería.

Al llegar al borde del abismo Látigo estacó abruptamente sus patas delanteras reduciendo a cero su velocidad y deslizando sus cascos hasta el borde mismo del precipicio. Jazmín soportó la inercia que debía expulsarla de la silla, cerrando los ojos, gritando en los oídos del animal, apretando muy fuerte sus piernas contra el cuerpo del caballo y agarrando con decisión el freno y el cabezal de la silla. Y casi lo logra. Si no fuera porque a última hora su fuerza sucumbió a la parada del animal en las patas traseras, hubiera cometido la hazaña completa. Aun así, desde el suelo y en medio de risas, sintió gozo al ver cómo la vida se volvía a instalar en sus huesos maltratados. Porque salvo sus manos laceradas, y algunas contusiones, Jazmín pudo sobrevivir a su intento de suicidio sin que su integridad se viera comprometida.

Al momento llegó don Eusebio, sonriendo como niño al verla con la cara llena de tierra, y en vez de ayudarla a levantarse se tiró al piso y se sentó a su lado a sacudirla en medio de risas repletas de ternura. Ambos celebraron con abrazos este aplazamiento de la decisión, esta burla a la muerte.

Y así, prefiriendo morir junto al ser amado aunque la piel se le cayera a pedazos, y no de tristeza en la más absoluta soledad, o estrellando su cráneo contra una roca, Jazmín decidió inventarse la forma de llegar hasta Agua de Dios con el solo objetivo de morir al lado de Alejandro.

Debía contar con una muy buena y convincente coartada, porque sabía que las visitas a los enfermos estaban prohibidas de por vida, y porque franquear el alambrado de púas que el ejército había tendido por los linderos del pueblo, era casi un imposible.

Por eso le confió a su mejor amiga la misión de ayudarle a ingresar al leprocomio. Nancy Peñaranda comprendió las fundadas angustias de su cuasi hermana y se confabuló con sus deseos de vivir el resto de su existencia al lado del hombre que, sin proponérselo, la estaba matando. Por eso aceptó.

Durante tres noches seguidas, atenuando el sueño con tazas repletas de café espeso y humeante y escuchando música y noticias en la radio, las dos mujeres armaron un plan que al poco tiempo empezaron a ejecutar.

Una semana después, Nancy se presentó nerviosa y con cara de informante del bajo mundo, en la Secretaría de Sanidad Pública a denunciar el paradero de una segura portadora de la lepra. La prueba más contundente que esgrimió fue el noviazgo de más de dos años de la acusada con un hombre que tenía la enfermedad y que ya estaba pasando sus últimos días en el pueblo de Agua de Dios.

—Es la misma mujer que se hizo pasar por amiga de la novia de Alejandro Varoni. Puro embuste, la novia era ella, se llama Jazmín Sotomayor y sé dónde vive.

Después de entregar algunos datos adicionales, y el nombre de un testigo clave, Martín Mejía, el médico de Alejandro a quien aleccionaron previamente para que testificara en contra de ella, los de Sanidad recibieron la denuncia. El coronel Buitrago recordó entonces la despedida de Jazmín con Alejandro en el Puente de los Suspiros, y no tuvo duda de que las denuncias de Nancy Peñaranda eran ciertas. Por eso ordenó el operativo para capturarla tres días después.

Con paradójica felicidad, Nancy le dijo esa noche a Jazmín que preparara su corazón para el momento más emocionante de su vida.

Al igual que la madrugada lluviosa en la que Alejandro fue capturado, Jazmín esperó ansiosa en la oscuridad de su habitación el sonido de las sirenas y la parada estrepitosa de los camiones de la Sanidad en el frente de su casa. Estaba tan nerviosa que trató, por primera vez en su vida, de inhalar el néctar de un chicote de los que por montones consumía su amiga Nancy quien a esa hora hacía guardia en la terraza de la casa para advertir la presencia de las autoridades sanitarias.

Días más tarde, a eso de la medianoche, cuando ya varios cigarrillos se habían convertido en cenizas, Nancy Peñaranda lanzó el grito de batalla:

—Camiones a la vista.

Entre muerta de dicha y de miedo, Jazmín se acostó a fingir estar dormida y en estado de total alteración esperó el derribo de la puerta de su casa.

Con mucha incertidumbre escuchó a lo lejos el rugir de los poderosos motores del convoy militar. En silencio, como solían hacerlo porque no querían exponer su reputación ante la opinión pública, los militares que estaban al mando del camión de la Sanidad se estacionaron frente a la dirección que les entregó la informante.

La parafernalia del allanamiento y posterior captura se empezó a cumplir de manera rutinaria, aunque con el mismo exceso de fuerza de siempre. Y así, cerrando los ojos y conteniendo la risa por un demonio que se le metió en la cabeza en esos instantes por tanta tensión y tanta dicha juntas, Jazmín escuchó caer, de un golpe seco, la puerta principal de la casa. Cuando el capitán Esguerra se apareció en el umbral de la puerta de su alcoba ubicada en el tercer piso de la casa, encendió la luz con grosería y ella se incorporó de un brinco, disimulando no saber nada y fingiendo indignación por la forma maleducada como los soldados habían entrado sin pedir permiso. Y así, sobresaltada, como lo exigía su papel, pidió una explicación mientras era trasladada hacia la calle con el corazón pletórico de dicha.

Jazmín no resistió el arresto, pero sus dotes artísticas le dieron para desgajar un par de lágrimas y para lanzar un argumento sentido que tocó el corazón del oficial:

—Espero que me entienda, oficial. Yo sé que si usted fuera el enfermo jamás se hubiera presentado voluntariamente en la Sanidad.

—Claro que sí —respondió él, mintiendo, desde luego, y procedió a esposarla con los cuidados respectivos y como siempre exagerados. Al instante entró el hombre del traje holgado y la empezó a conducir agarrada del brazo.

Cuando el camión arrancó, Nancy Peñaranda apareció por la ventana, apenas medio asomada, para decirle adiós con la mano, sin poder disimular su más grande sonrisa. Lo habían conseguido.

CAPÍTULO SEIS

LA PARÁBOLA DE LA INFAMIA

De repente, Luz Helena apareció en la puerta del consultorio con una sonrisa amable que escondía tras de sí un dejo de vergüenza ajena. Traía en sus manos una bebida aromática caliente que entregó a Alejandro sin mirarlo a los ojos. Antes de que él preguntara por el contenido del pocillo humeante, el doctor Aponte, quien lo atendía, se adelantó a decirle que se trataba de una bebida natural que lo iba a relajar un poco durante la práctica de algunos exámenes. Sintiéndola inofensiva a su olfato y sobre todo para no despreciar a la hermosa enfermera, Alejandro procedió a beberla de a poco.

Era un somnífero. Apenas se quedó dormido, aparecieron dos cuajados enfermeros y lo subieron a una camilla con la premura que exigen los actos contrarios a la nobleza. Alejandro fue anestesiado con inhalaciones de éter. Un rato después, el doctor Aponte, cirujano de oficio, abrió sus testículos y le extirpó sus gónadas, con un procedimiento ambulatorio y burdo pero efectivo, que se puso en marcha y, de manera sumaria y arbitraria, desde el paro que efectuaron los pacientes en todos los leprosarios a raíz de la entrada en vigencia de la ley 20 de 1927 que decretó la separación de sexos en los lazaretos de Contratación, Caño de Loro y Agua de Dios. Todo porque a algún burócrata escrupuloso del Congreso se le antojó que los pacientes de la enfermedad de Hansen no tenían derecho a procrear para evitar llenar el mundo de leprosos.

Cuando despertó del efecto de la anestesia, Alejandro se sintió extraño y pequeño dentro de una habitación húmeda, oscura y sin ventanas. Ni siquiera supo si era de noche o si era de día. Ignoraba todo de su presente y también algunas cosas de su pasado, aunque fugazmente venían a su memoria como destellos de luz, imágenes surrealistas de Jazmín vestida de novia, con un collar de perlas negras y una corona de laureles, o una escena de sus padres sonriendo en un funeral.

Aunque no logró identificar el momento, ni saber el por qué de su encierro y mucho menos lo que había sucedido, sí sospechó que no era algo bueno y empezó a revisarse con temor. Notó que tenía amarradas las manos y los pies, y supo que estaba a merced de las circunstancias. Cuando intentó incorporarse, observó que sus caderas tenían una venda y se puso a llorar, suponiendo lo peor. Con gritos endemoniados pidió ayuda, pero nadie apareció por la portezuela enrejada a ponerle la cara y a darle las respuestas que iba a exigir.

Por eso no tuvo más remedio que empezar a pensar, con cabeza fría, en lo que podía estar sucediendo y elaboró, mentalmente, una lista de las cosas que pudieron ocurrirle. La de haberse quedado sin la posibilidad de ser padre la vida entera fue la última que consideró. Lo descubrió accidentalmente, al día siguiente, en una sala de recuperación que compartía con dos hombres más. Uno de avanzada edad y otro más joven que él. El viejo, al que le decían El paisa, soltó una risotada azul y le preguntó con desparpajo:

—¿A usted también lo caparon, amigo?

—¿Perdón? ¿De qué diablos habla? —respondió Alejandro aterrado.

—Por si no lo sabe, a todos los que hemos llegado a este pueblo nos están quitando las huevas. No creo que usted sea la excepción, a menos que las tenga de oro —agregó sin parar de reír.

Un frío helado recorrió el cuerpo de Alejandro pues, aunque por su formación académica ya lo sospechaba, empezó a entender el porqué de la venda que envolvía sus caderas, sus nalgas y su pelvis.

—No puede ser —exclamó, conservando una leve esperanza, pero el Paisa, muy rápido, se la diluyó por completo:

—Sí puede ser, amigo. Lo hacen con todos los hombres. A las mujeres les sacan los ovarios. No quieren que nazcan más niños tan llevados del putas como nosotros.

Aterrado por la crueldad con la que estaban siendo tratados, Alejandro llenó su corazón de rabia y empezó a pensar, en serio, en la manera de acabar con tantas injusticias. Lloró de impotencia al entender que jamás conocería un hijo suyo y se entregó a la depresión durante varios largos días. Su salud se deterioró y estuvo a punto de sucumbir a la tristeza. No se resignaba a creer que la posibilidad de ese hijo, que con tanto anhelo había soñado junto a Jazmín, se hubiera esfumado para siempre. Masticando su ira, gestando en su mente una revuelta y hasta considerando seriamente una fuga suicida, permaneció días y noches enteras.

Algunas veces se detenía horas a mirar hacia una montaña rocosa de formas extrañas que se podía ver desde su ventana. Pasó noches y días, y días y noches en vela sin querer comer, con la fe perdida por completo y deseando, con devoción, que la muerte viniera por él. Muchos soles vio nacer, muchas lunas ocultarse, sin pensar en nada distinto que en Jazmín, en el hijo que no podía ser y en la manera de reivindicar los derechos y la dignidad de los cientos de leprosos confinados en aquel infierno llamado Agua de Dios.

Cuatro semanas después, los calditos de zuro, los paños de agua tibia, los pellejos de papa cruda sobre su frente, los baños de alcohol, los ungüentos de concha de nácar y los masajes con aceite de oliva hechos con denuedo por Luz Helena, empezaron a surtir efecto. Alejandro comenzó a reaccionar a la posibilidad de una nueva vida. También ayudaron las terapias humorísticas de un mago frustrado al que le decían El Corcho, quien nunca faltó con sus trucos malos a la cita que la enfermera le había fijado, diariamente, a las cuatro de la tarde. Y así, con conejos sacados de un sombrero de doble fondo, chistes flojos, infusiones indigeribles, y tres dosis diarias de cariño, Luz Helena fue endeudando el corazón de Alejandro que a partir de ese resurgir anímico se decidió a enfrentar su nueva realidad con menos pesimismo.

Sabía que nada de lo irreversible se podía cambiar y resolvió dar un vuelco total a su pensamiento. Ya no quería quejarse más de su situación, ya no quería pensar en lo que pudo haber sido y no fue. Ya no quiso vivir de quimeras. Ahora, sólo quería reinventar la manera de copar la mayor parte de sus horas en actividades útiles tendientes siempre a escapar de ese lugar para reencontrarse con Jazmín. Con gran ilusión le escribió una primera carta. Extensa, sentida, elocuente. Todo un tratado de amor. Pero no pudo enviarla porque la oficina de correos estaba fuera de servicio.

Por eso, se fue a hablar con el alcalde, un político conservador, leproso, iletrado, dictador él, de nombre Álvaro Elías Bueno. En el despacho del burgomaestre, que por sus lujos no pareciera funcionar en aquel pueblo fatal, le propuso que le consiguiera recursos para reabrir la oficina de correos que se hallaba cerrada por el fallecimiento de la operadora, a cambio de que Alejandro le ayudara a crear un departamento de investigaciones para la enfermedad.

Seguía conservando la esperanza de que la lepra no fuera contagiosa para liberar de esa pesadilla del destierro a todos los enfermos, pero no contaba con que la ignorancia y la ambición le alcanzaran al alcalde para negarse a patrocinar una cura para la enfermedad que, aunque le corroía la piel como a los demás, al mismo tiempo le estaba llenando de pesos los bolsillos. Y todo porque el presupuesto del Municipio, del cual él tomaba sin permiso hasta un cincuenta por ciento, se fijaba anualmente con base en el número de enfermos que residieran en el pueblo hasta el 31 de diciembre, y porque de la mesada que el Gobierno

Central enviaba mensualmente a cada paciente él tomaba la mitad. Era tal su ambición y su necesidad de hacerse de un presupuesto cada vez mayor, que sólo las muertes ocurridas en septiembre, octubre, noviembre y diciembre, y no todas, eran reportadas en enero.

Sin embargo, el alcalde, político al fin y al cabo, se comprometió con falsedad a gestionar ante el gobierno departamental los recursos para crear el laboratorio y también la solicitud, ante el ministerio de las Comunicaciones, para que enviaran al pueblo un operario para la oficina de correos.

Un científico de apellido Aljure y de nombre Macareno, un músico y compositor de nombre José Antonio y de apellido Morales coadyuvaron las solicitudes a nombre de una asociación que se creó para el efecto y a la que todos bautizaron en medio de risas con la sigla LEPRA y cuyo significado era Los Enfermos Podemos Recibir Ayudas.

Cuando las peticiones llegaron a manos del Gobernador ya habían pasado tres semanas, y cuando estuvieron en manos de los Ministros de Salud y de Comunicaciones, cinco. Desde luego, el desespero de todos los habitantes por la lentitud con la que se surtía el trámite desembocó en un paro sentimental que Alejandro bautizó con el nombre de "Marcha de las Cartas sin Destinatario". Consistió en una concentración frente a la alcaldía en la que cada manifestante se colgó de alguna manera alrededor de sus ropas, todas las cartas que tenían escritas y que no podían enviar a sus seres queridos por el cierre de la oficina de correos. Hubo personas como Alejandro a las que no les quedaron sino los ojos descubiertos. Las cuarenta y ocho cartas que escribió para Jazmín desde su reconciliación con la vida, le hicieron abarcar toda su humanidad. Para conjurar el paro sentimental, el alcalde dispuso con los negociadores del movimiento pacífico que un camión del ejército llevara las cartas de todos los pobladores hasta la oficina de correos de Tocaima, para que desde allí procedieran a distribuirlas por todo el país.

Alejandro quedó muy esperanzado con el acuerdo, porque de este modo Jazmín iba a descubrir que él no se había olvidado de ella ni siquiera un segundo de su existencia. Incluso en una de las extensas misivas, porque cada una tenía al menos cuatro hojas rellenas de palabras, le decía a su amada que salir de allí no iba a ser posible en mucho tiempo, por lo que la dejaba libre de compromiso para que rehiciera su vida al lado de un hombre que la pudiera hacer feliz. "Te amo tanto que deseo para ti todo el bien del mundo vida mía. Mi amor no será inferior a mi egoísmo ni mis lágrimas superiores a mis deseos. Vuela pronto, vuela lejos, Jazmín de mi alma, porque este corazón que te ama con la furia de un río enardecido no podrá contener la fuerza de la insensatez humana. Es posible que de aquí no salga jamás".

Por su parte Jazmín, quien escribió casi el mismo número de cartas, le anunció en la última de ellas que estaba en camino el complot de sus amigos del alma, Martín Mejía y Nancy Peñaranda, para ayudarle a llegar hasta Agua de Dios porque ella había tomado la determinación, irreversible, de irse a pasar sus últimos años a su lado: "Amor mío, el dolor de tu ausencia me ha hecho convencerme de la necesidad que tiene mi cuerpo de tu cuerpo, mis oídos de tus palabras, mis labios de tus besos, mi piel de tus manos, mi corazón de tu sonrisa, mi cabello de tus caricias. Todo tú, hasta tu nombre, son esenciales para mi existencia. Sin ti, debo reconocer que estoy muriendo, amor mío, y deseo que lo último que vean mis ojos antes de partir sean tus ojos, y que lo último que sienta mi cuerpo sea tu calor. Por eso he tomado la decisión de estar a tu lado, como sea, haciendo lo que deba hacer. Así que espérame pronto porque mis intenciones ya están en camino. Te amo sin medida, Jazmín".

A las dos semanas de haberse realizado el paro, y mientras las cartas de Jazmín y Alejandro se mohoseaban en la oficina de correos de Tocaima, al despacho del alcalde llegó un escueto comunicado para Alejandro y sus amigos que decía:

"Se aproximan las elecciones presidenciales. Si el partido conservador se mantiene en el poder, haremos realidad estas solicitudes".

De inmediato y contra la voluntad de muchos de los integrantes del grupo se conformó un directorio conservador en el pueblo para garantizar la permanencia de los godos en el poder. Todos los integrantes de LEPRA se lanzaron a la tarea de conseguir votos para Guillermo León Valencia, candidato del partido conservador, al que pertenecía Miguel Abadía Méndez. Incluso no faltó el que alegara con muy mal gusto y buen humor que la lepra era liberal y que no se imaginaba a los enfermos con manchas azules por todo el cuerpo. Tampoco faltó quien recordara que a muchos kilómetros de allí, pocos meses antes, miles de obreros habían sido masacrados por el gobierno cuando se quisieron alzar por la negativa de las empresas bananeras a negociar con ellos unas condiciones salariales justas.

Muy satisfecho por el activismo de los pobladores, el alcalde Bueno elevó de estatus a todos los miembros de la asociación y a Alejandro le correspondió en suerte el nombramiento como Secretario de Salud Municipal.

El día de las elecciones, una semana después, la organización electoral dispuso de cuatro urnas en las que sólo podían votar las personas que reunieran los siguientes requisitos: primero, que fueran hombres; segundo, que supieran leer y escribir y tercero, o en su defecto, que pudieran demostrar un capital de más de cien mil pesos.

Como nadie en ese lugar contaba con una fortuna ni siquiera similar, los letrados se formaron frente a la alcaldía a demostrar que cumplían con los demás requisitos de género y alfabetización. Para poder comprobar que los votantes sí eran aptos, el alcalde dispuso de una fila para los liberales y de otra para los conservadores y los puso a leer y a escribir algunas palabras a fin de entregarles, si aprobaban el examen, el certificado electoral que les permitiera ejercer su derecho al sufragio.

Meses después a las manos de un dirigente liberal llegó una denuncia según la cual, el alcalde Álvaro Elías cometió un fraude electoral descarado, aunque muy bien disimulado, pues a los liberales les puso a leer palabras difíciles de pronunciar como particularísimamente o constantinopolizador, mientras que a los conservadores les hizo recitar monosílabos como sol, dos y tú o a escribir palabras cortas como papá, mamá, nene y luna.

Aun así, con todo tipo de trampas y los soldados sacando a los campesinos de sus casas para que votaran por el candidato del partido de Gobierno, los conservadores perdieron el poder. Triunfó Enrique Olaya Herrera, un hijo del partido liberal que ya contaba entre sus filas con personajes ilustres como el joven abogado penalista Jorge Eliécer Gaitán y Alfonso López Pumarejo, un rico terrateniente de ideas progresistas.

Con el triunfo del partido de oposición, que además acababa de romper una hegemonía conservadora de 40 años en el poder, empezó un calvario para los habitantes de Agua de Dios. Y todo porque los seis meses que los separaban de la posesión del nuevo Presidente eran los únicos y los últimos con que contaban los alcaldes y gobernadores del Gobierno para despedirse de sus cargos, algunos con la intención de dejar huella; otros, como el alcalde de Agua de Dios, simplemente para sacarle jugo a su empleo, tratando de robar la mayor cantidad posible de dinero antes de entregar su investidura.

Como las elecciones fueron en febrero de 1930, a los habitantes de Agua de Dios no se les notificó de la derrota de los conservadores hasta semanas después, a fin de envolatarles las solicitudes realizadas antes de los comicios. Por eso las cartas de Jazmín nunca llegaron a las manos de Alejandro ni las de Alejandro fueron leídas jamás por Jazmín.

⋅•⋅⋙⋅⋘⋅•⋅

CAPÍTULO SIETE

LA PARÁBOLA DE LA LUJURIA

Una semana después de las elecciones presidenciales, un domingo que parecía martes, casi tres meses después de la partida de Alejandro, con el sol del mediodía sobre su cabeza sin nubes de por medio, Jazmín estaba parada en el costado oriental del Puente de los Suspiros, del lado de los enfermos, despidiéndose para siempre de don Eusebio.

El atribulado padre se presentó ebrio con el deseo de no sentir tan en lo profundo de su alma el dolor por la partida de su hija, que tenía un semblante radiante y renovado que contrastaba con las hojas secas casi quemadas de los árboles, azotadas por un verano intenso. Sus ojos estaban repletos de esperanza y esbozaba una sonrisita provocadora que amenazaba con delatar su mentira. Incluso, y por temor a que su amiga fuera descubierta, varias veces tuvo Nancy Peñaranda que hacerle muecas desde la distancia para que fingiera su desdicha. Llevaba un vestido blanco con velos sobrepuestos que jugados al viento parecían alas. Una pava ancha cubría su rostro del sol y de los personajes más altos que ella. Estaba peinada como para fiesta y su maquillaje no lucía acorde con la situación, aunque sí con los latidos de su corazón. Sus ojos verdes brillaban más que nunca, y sus labios resecos pedían a gritos ser besados. Su cara había perdido su redondez con el sufrimiento, por lo que sus pómulos se antojaban más salidos ahora, pero su frente ancha y su nariz recta se mantenían como Alejandro las dejó, al igual que sus cejas de poco arco y muchos vellos que él amó con delirio. Tampoco le mermó ni la espesura ni el largor de sus pestañas que al cerrarse sobre sus ojos parecían un par de ciempiés dormidos.

Don Eusebio se indignó tanto al verla tan linda que le gritó, con el cariño a flor de labios, que no fuera tan canalla. Imaginó que de esa forma le iba a ser más difícil olvidarla. Y mientras todos los familiares de los demás enfermos se limitaban a llorar en silencio, el viudo ricachón empezó a lanzar arengas en favor del Partido Conservador asegurando, a grito desgarrado, que apenas subiera al poder el bueno para nada de Enrique Olaya Herrera, se iban a ir a la guerra. Y que cuando lo tumbaran, cuestión de un par de meses, y en su lugar pusieran a su amigo Guillermo León Valencia, en cosa de seis meses iba a sacar a su hija del infierno. Ebrio por las penas y por el alcohol le gritaba a su hija, desde la raya pintada en el suelo por un soldado, que la amaba y le pedía perdón a cada nada por los maltratos e incomprensiones.

Jazmín respondía con miradas piadosas y una sonrisa indisimulable. Era la sonrisa del amor. Sabía que en pocas horas se iba a parar frente al hombre que le dio sentido a su vida. No hallaba la hora de estrechar sus brazos para decirle que no lo había olvidado un segundo, que lo extrañó hasta la esquizofrenia y que hacía varias semanas no le llegaba la regla.

Ignoraba Jazmín que en ese preciso instante de una tarde calurienta, como todas las de Agua de Dios, los ojos humanos, débiles y lujuriosos de Alejandro espiaban los encantos de la enfermera que lo alentó a vivir por segunda vez. Luz Helena se estaba bañando desnuda en el patio de la casa que compartían casi desde la llegada del doctor Varoni al pueblo. Lo hacía adrede, pues sabía que los ojos del hombre, que la traía loca, la estaban mirando a través de las celosías de concreto que servían de ventana a la habitación que ella misma se había acomedido a ofrecerle como vivienda, mientras Alejandro construía la suya con los auxilios del gobierno, llamados popularmente "la ración", que no era otra cosa que un subsidio de tratamiento que se entregaba a los enfermos desde 1907.

La presencia de Luz Helena empezaba a copar los espacios vacíos que el destino le negó a su alma. Y aunque aún no tenía los cojones para encararla como hombre y decirle que lo estaba perturbando de manera letal, sí alcanzó a albergar en su pensamiento más de un deseo de los que salían espantados de su mente cuando recordaba que en la ciudad Jazmín debía estar muriendo por él. Y aunque luchaba contra su lujuria natural y los intentos de Luz Helena por penetrar en su vida, sus pensamientos muchas veces se tornaban negativos, e imaginaba a Jazmín abriendo las puertas de su corazón al fanfarrón de Eliécer Campusano, quien de seguro estaría feliz por su tragedia.

Era tal la confusión, que a Alejandro se le arremolinaban los pensamientos más pecaminosos en la cabeza por lo que terminaba excitándose con la enfermera, pero masturbándose por su novia. Luego lloraba de arrepentimiento por lo que él consideraba una infidelidad de pensamiento y se quedaba dormido pensando en el hijo que nunca fue.

De tez cobriza, cabello lacio, cara alargada, facciones fuertes, ojos, cejas y pestañas muy negras, labios gruesos y una sonrisa simple pero tierna, la joven enfermera cuyos agostos no sumaban más de veinte, le estaba minando a Alejandro su deseo irrevocable de guardar luto en su alma y en su cuerpo por Jazmín. Era una mujer pequeña pero bien formada y de ojos vivarachos que no descansaba con tal de colaborar con el doctor Varoni en una denodada labor humanitaria, que ya todos en el pueblo empezaban a reconocerles.

Desde el primer día en que sus miradas se hicieron una, en el consultorio del doctor Aponte y a sabiendas de las dificultades por las que tenía que atravesar un enfermo recién llegado, Luz Helena le ofreció un extremo de su estrecha habitación para que Alejandro acomodara allí unos cartones y luego un colchón, donde pudiera dormir sin comodidades pero sin el frío de la madrugada. Aunque no era una temperatura suficientemente baja para matar a alguien, sí alcanzaba a desvelar a cualquiera.

La primera noche, la enfermera le contó que el maldito bacilo de Hansen había hecho nido en su oreja derecha. Aun así, era una mujer atractiva que disimulaba su defecto recargando hacia ese lado su cabellera abundante y negra como la leche del demonio que escupía por sus ojos lujuriosos. Estaba dotada de un cuerpo pecaminoso y un andar culpable que la hacía merecedora de los peores pensamientos y mucho más en las mañanas sofocantes cuando se aparecía en la habitación con el cabello mojado y su cuerpo afanado, escurriendo gotas de lluvia estancada de la que aparaban en invierno y cubierta con una toalla de colores amarrada a sus senos medianos y endurecidos como mango biche. Luego, con algún morbo sutil, la pícara morena le pedía que cerrara los ojos para poderse poner los calzones o para trasquilarse un poco los pelitos de la vagina. Y nunca lo miraba, para darle la oportunidad de observarla, aunque escuchaba su saliva bajar a cántaros por su garganta. Alejandro sufría sintiendo en su garganta la fricción de las tijeras al cortar el vello púbico de Luz Helena. Por respeto a Jazmín, por respeto a su anfitriona y por respeto a sí mismo, nunca la observó aunque le fuera imposible dejar de imaginarla espernancada mientras escuchaba el roce del metal contra sus vellos púbicos o mientras aplicaba sobre sus piernas encaramadas a la baranda de su cama un aceite de coco que nadie le recomendó y que si bien no servía para tonificar su piel, como ella sospechaba, de seguro sí le era útil para mortificar a los hombres que siempre las vieron brillar a todas horas del día bajo su falda blanca.

Una noche, al verlo girarse con molestia para no maltratar sus caderas contra el piso, Luz Helena le sugirió que se pasara a su lecho. Alejandro le dijo que le apenaba sacarla de su cama, pero ella le replicó con impaciencia, tal vez porque lo consideró un ingenuo, que dejara de ser tonto, que la propuesta no incluía la salida de ella del dormitorio. Alejandro comprendió que lo que la dueña de casa quería era su calor y quizá su cuerpo, pero terminó declinando la propuesta porque apenas se acostó a su lado, sintió el frío de sus recuerdos y en la cara de la enfermera cobró vida el rostro de Jazmín. Luz Helena empezó a dudar de su sexualidad, pero no se dio por vencida. Después de ducharse en las mañanitas, empezó a llegar desnuda a la habitación con pretextos distintos. Que las toallas habían desaparecido de las cuerdas del patio, que el viento las había tumbado sobre el estanque o que los vecinos se las habían robado. Mientras se secaba el cuerpo con las sábanas de la cama se aplicaba cremas por entre los senos y la pelvis y alguna vez llegó a preguntarle si a él le molestaba que se fuera al hospital sin interiores dado que el aguacero le había mojado la ropa, o el viento robado sus prendas íntimas. Alejandro le decía que eso a él no le incumbía, pero pasaba el resto del día martirizado sabiendo que bajo esa falda blanca de prenses anchos no quedaba nada que lo separara de la dicha, nada en absoluto. Lo notaba más cuando Luz Helena se sentaba al frente de él adrede y abría las piernas más de lo debido.

Cualquier adivino, de los malos, habría podido predecir que Alejandro caería preso de ese cuerpo aceitoso en menos de lo que tardaba un huevo en incubarse.

Hasta que llegó la mañana cíclica en que los ojos del doctor Varoni no pudieron contener más las compuertas de su imaginación y se abrieron para cristalizar el morbo que durante casi 90 días contuvo con la fuerza de la fidelidad. Fue el mismo día en que Jazmín emprendió su camino hacia Agua de Dios, luego de ver a su padre suicidándose con un disparo en la sien en presencia de todos los enfermos, sus familiares y los agentes de la Sanidad justo en la mitad del Puente de los Suspiros.

—Eras lo último agradable que me quedaba en la vida —le dijo desde la distancia don Eusebio, antes de dispararse, mientras Jazmín terminaba de cruzar el puente.

Y aunque los soldados le dieron a Jazmín la licencia de regresar a enterrar a su padre, ella rechazó la invitación porque consideró, que ya muerto, en nada serviría a su propósito de empezar una nueva vida. Por eso, con el mayor de los pesares se devolvió a darle un beso sobre su cara ensangrentada, lo lloró menos de lo debido, y decidió seguir su camino hasta Agua de Dios con la fe puesta en el reencuentro con su amado Alejandro.

Si Jazmín hacía los nueve kilómetros que separaban a Agua de Dios del Puente de los Suspiros en las horas que le restaban al día, que eran seis, podía evitar, sin proponérselo, el primer encuentro vivo de los cuerpos de Alejandro y Luz Helena sin ropa, porque era inminente que el doctor Varoni ya no podía contener más el ímpetu de sus hormonas, lo que pondría fin a ese récord entre divino y morboso que Alejandro y Jazmín poseían de no haber pertenecido ninguno a ningún ser humano distinto, desde el día en que la vida los cruzó en la estación del tren en Girardot.

PECADOS INOCENTES

El tiempo jugaba en contra de aquel mito, porque nada se hacía más inevitable en el pueblo que la primera relación sexual entre el médico y la enfermera. Ella enamorada, él necesitado, los dos atraídos y ambos sin barreras que pudieran aplazar más el deseo de devorarse.

Después del baño rutinario y mañanero de la enfermera, que lo estrenó como voyerista —fue la primera vez que la vio sin las compuertas morales que solía poner a sus ojos—, Alejandro no dejó de pensar un instante en su compañera de vivienda y de trabajo. Ese fatídico día, a toda hora y en todo lugar estuvo a la caza de sus encantos. Donde la veía le buscaba las piernas con sus ojos y trataba de imaginar sus nalgas en movimiento. Y mientras Jazmín avanzaba por entre enfermos más lentos y menos impetuosos que ella, Alejandro no se quitaba del lado de su presa ni un solo segundo. Estaba al acecho. Y mientras Jazmín eludía con simpatía la torpeza del hombre que caminaba para atrás, Alejandro miraba con demencia las caderas de la enfermera que se contoneaban frente a él, más de lo normal y lo debido. Y mientras Jazmín descansaba debajo de un árbol de mamoncillo negociando los latidos de su corazón para que no la fueran a matar, Alejandro y la enfermera miraban el reloj de la recepción del hospital, contando las horas que les faltaban para salir del trabajo. Las largas horas que los separaban de aquello que los dos tanto querían y que hasta ese día se iba a materializar. Y mientras Jazmín reanudaba su camino desde el mismo punto al que hasta ahora llegaban sus compañeros de viaje, con ansiedad, armando en su mente el momento del encuentro con su amado, Alejandro jadeaba con sus ojos de lujuria aprovechando cada agachada, cada sentada, cada palabra de Luz Helena para escrutar su interior físico así fuera por el agujero de la boca.

Y entre ese juego macabro del destino que ignoraban sus protagonistas, llegaron las seis de la tarde. Las seis campanadas de la torre de la iglesia se hicieron sentir en todo el pueblo y el maestro Morales empezó a interpretar las notas del himno nacional en su piano. Siempre lo hacía, dos veces al día, a las doce y a las seis. Era tanto su patriotismo y su perdón hacia ese país que un día le dio la espalda, que hasta llegó a pensar la idea de pintar su piano de cola con los colores de la bandera nacional. Y lo hizo.

El maestro Morales se había convertido en el heraldo del pueblo. Siempre se adelantaba a los acontecimientos de manera premonitoria, interpretando en su piano tricolor melodías acordes con los sucesos más relevantes. Una especie de musicalizador de las principales escenas de esa película de la vida real que estaban viviendo.

Tocaba una marcha gloriosa cuando un nuevo grupo de enfermos llegaba al pueblo, interpretaba una ranchera mexicana cuando a alguno de sus amigos se le acercaba la fecha de su cumpleaños, un réquiem cuando alguien estaba a punto de morir o un vals cuando alguna pareja amanecía con deseos de casarse. El resto del tiempo lo pasaba componiendo canciones tristes para alegrar su alma.

Y a esa hora del ocaso, presagiando la llegada de nuevos leprosos, el maestro Morales se dio a la interpretación de una oda a la libertad compuesta por él mismo.

Los bajos del piano hicieron mella en el corazón de Alejandro, los agudos acrecentaron su pasión. De repente, cuando las teclas de la última octava hicieron flotar las notas en el ambiente con ese dejo de nostalgia asesina que a nadie le era indiferente, Alejandro sintió un bajón en su libido y lo aprovechó para darle una tregua a su calentura. Se fue a la iglesia por primera vez en su vida por su propia voluntad. Quería pedirle perdón a ese Dios, en quien ya empezaba a creer, por lo que iba a hacer. Aunque sus impedimentos eran sólo de tipo ético porque ni estaba casado, ni comprometido ya, ni en su razón se hacía posible el día en que Jazmín volviera a estar a su lado, sentía que esa noche la imagen de su amada iba a empezar a desdibujarse de su memoria y de su corazón. Y eso que ignoraba que Jazmín estaba muy cerca de derrumbar el imposible de verla otra vez. Venía girando por el último recodo antes de llegar al pueblo, luchando contra las sombras de la noche que ya casi le caía encima y calmando su sed, que era mucha, con la ilusión de arrancar una lágrima de felicidad a su Alejandro eterno que a esa hora negociaba una pena justa con el cura del pueblo por sus malos pensamientos.

Cuando terminó de rezar el segundo de los tres padres nuestros que, luego de su confesión, el sacerdote Domingo Millán le impuso como penitencia por intento de fornicación, Alejandro salió de la iglesia entre apenado y triste, sin dar nunca la espalda al Cristo que tenía en frente, pero sin mirarlo a los ojos. Por solicitud del padre se persignó con el agua bendita que habitaba en una de las conchas de mármol enclavadas en las dos columnas principales del templo y atravesó el parque con un afán inusitado que lo puso en la puerta del hospital antes de dos minutos.

Como poseído por el demonio subió las escaleras que conducían a la segunda planta, de tres en tres zancadas, y caminó a pasos largos, por entre los balcones exteriores del edificio, hasta el consultorio del doctor Aponte, con mucho temor de no encontrarla. Subestimó sus ganas porque ella estaba allí, segura de su regreso, con su uniforme blanco de ribetes azules que por lo ajustado le dejaba marcar el sostén y la comba de sus nalgas sin pantaletas. Luz Helena lo recibió con una sonrisa nerviosa y triunfal y luego lo invitó a tomar café mientras el doctor Aponte terminaba de revisar un paciente del que se sospechaba había fingido tener lepra con el pretexto de una soriasis, para hacerse al auxilio de tres pesos mensuales que el gobierno le entregaba a cada leproso.

La distracción que supuso la preparación y la posterior servida del café jugaban en favor de Jazmín que a esa hora estaba reunida con dos compañeros de camino, los únicos que resistieron su demoledor paso, decidiendo si continuaban avanzando hasta llegar al pueblo o si improvisaban algún campamento con guaduas y hojas de palmeras para pasar la noche.

Sin escuchar razones, porque consideró que mientras ellos discutían ella podía acortar la distancia, se echó andar y no quiso saber del resultado de la reunión, porque más nunca quiso mirar atrás, embebida por un consejo que el hombre cangrejo desde la distancia le vociferara sin dejar diluir de sus labios la sonrisa socarrona que ya parecía parte de su fisonomía. Con cada paso que daba, su miedo al rechazo de Alejandro crecía, y su corazón parecía una sinfonía de sentimientos, algo así como un piano interpretado a ocho manos. A medida que avanzaba, su velocidad aumentaba y su cansancio disminuía milagrosamente. Llegó un momento en el que sus dolores desaparecieron y a su amor le nacieron alas.

"Los pensamientos llegan primero que el cuerpo, señorita".
"No llore si no lo logra. Sonría por haberlo intentado".

Esas palabras de sabiduría elemental de Romualdo Calderón se convirtieron en combustible para sus sueños. Por eso resultó, primero, caminando muy rápido, luego trotando, por último corriendo y dicen algunos mentirosos que al pueblo llegó volando. Era como si supiera que de su velocidad dependiera su futuro y el del hijo que llevaba en su vientre.

Luego de determinar que Miguel Fernández, el paciente que estaba examinando, no tenía lepra pero debía quedarse porque ya había tenido contacto con muchos enfermos, el doctor Vladimiro Aponte se despidió de su enfermera y del ahora Secretario de

Salud, el doctor Varoni. Se le notaban los celos, dobles, porque el recién llegado en pocos meses lo desbancó del puesto burocrático que anhelaba y ahora le estaba robando el corazón y el cuerpo de la mujer que deseaba y tal vez amaba, aunque Luz Helena jamás se hubiera fijado en él. No por lo feo, que lo era, sino por lo mala persona.

En ese estado de postración, el doctor Aponte salió afanado a verse con el alcalde, quien lo había citado en casa del músico Luis Antonio Calvo quien para la época ya se erigía como el más grande compositor colombiano de todos los tiempos. El virtuoso llegó con honores al pueblo y precedido de un sinnúmero de recomendaciones políticas que, sin embargo, no le sirvieron para salvarse del destierro.

Tan pronto como Luz Helena y Alejandro vieron al doctor Aponte atravesando el parque principal, el mundo para ellos empezó a temblar. Pasaron seguro a la puerta, cerraron ventanas, echaron a un lado los tintos que se estaban tomando, se miraron con grosería, se empezaron a acercar como si todo en ese instante se detuviera a su alrededor y se pararon frente a frente, inflando sus pechos al respirar, despojándose de sus ropas sin mediar palabra —era lo que los ojos de ambos tenían planeado—, y empezaron a jugar con sus labios sobre sus caras como no queriendo apurar ese momento sin un preámbulo importante al primer beso. El roce de los labios de Luz Helena sobre las mejillas y luego la barbilla de Alejandro terminaron por desesperarlo y ya no hubo manera de contener sus ímpetus. El cariño cedió a la violencia y el resto de sus ropas fueron arrancadas.

El maestro Morales sintió en ese momento una congestión de sentimientos porque, de acuerdo con sus premoniciones, no sabía si interpretar la llegada de alguien muy importante o musicalizar el momento fantástico que estaban viviendo un par de amantes en algún lugar de la población. Entonces optó por buscar entre su amplio repertorio una melodía que pudiera contener los dos momentos y empezó a interpretar, con preponderancia de los bajos de su piano, las notas del Carmina

Burana, aquella obra entre sacra y litúrgica, angustiante y épica, que nadie nunca supo quién compuso.

Poseídos por esa música perturbadora, Alejandro levantó del suelo a la enfermera con la fuerza de un gigante, la tomó por la cintura, la levantó como si no pesara más que un sueño y la sentó con malos modales sobre la esquina del escritorio del doctor Aponte. Ella celebró su hombría y empezó a morderlo por todas partes mientras él pateaba las ropas del suelo y las campanas del pueblo se batían alegres a una hora inusual lo que, sin embargo, no los sacó de su trance libidinoso.

Por no ser hora del llamado tradicional, ni existir duelo por la muerte de alguien, ni estar a las puertas de alguna celebración oficial, el padre Domingo regañó a Bartolomé, el noble sacristán de la nariz púrpura, por andar dando campanazos sin motivo:

—Si sigues jugando con la campana te va a pasar lo de El Pastorcito Mentiroso, Bartolo. ¡Un día de estos nadie te va a creer que la misa va a empezar!

Le dijo, además que un llamado a deshoras le hacía perder credibilidad al sombrerito de bronce, como le llamaba cariñosamente al gigante armatoste de cobre patinado por los años que un escultor de Viotá diezmó a la iglesia por el milagro que le hiciera Pío XI de salvar a su esposa de la epidemia de cólera que asoló al país a finales del siglo XIX.

Bartolomé se defendió arguyendo que desde la torre de la iglesia acababa de ver una mujer con alas que descendía de las alturas, por lo que quiso llamar la atención de la gente.

—Es un ángel padre, quiero que todo el mundo salga a recibirlo.

—Los ángeles están en el cielo hijo, deja de alucinar o voy a pensar que te estás volviendo loco o que te sigues bebiendo el vino de consagrar.

—Padre, se lo juro. No estoy borracho. ¡Yo la vi! Debe estar entrando al pueblo. Es una mujer.

Como Bartolomé jamás fue pescado en una mentira, el padre Domingo le otorgó el beneficio de la duda y salió con él hacia la entrada del poblado en busca de ese ángel retratado por el sacristán con tanta elocuencia.

Ni Alejandro ni Luz Helena, inmersos como estaban en la consumación de su primer pecado, escucharon el alboroto que se armó en las esquinas del municipio con la llegada del supuesto ser alado. Con la respiración en suspenso escucharon, a lo lejos, un dramático do sostenido salido del piano del maestro Morales que los distrajo por un instante. Entonces sus latidos los pusieron al límite del infarto y Alejandro se lanzó como alcatraz sobre su jabonosa presa. De un salto llegó a sus rodillas. Repasó una y otra vez sus muslos con su lengua hecha candela y en un arranque bestial le abrió las piernas sin ternura, la tomó por sus nalgas con una angustia similar a la de un hambriento y la poseyó con una lujuria que no había probado ni conocido nunca.

Y estaba a punto de matarla de dicha, con la música lírica del piano *in crescendo*, cuando a lo lejos se escucharon los primeros pasos de personas afanadas. Esto no impidió que el matador estocara con todo su ímpetu a aquella damisela de la pasión, que a gritos pedía más muerte, más dolor, más castigo divino. Entonces Alejandro le ordenó a su mente no pensar y se concentró en su placer y en el de la enfermera. Los gemidos de Luz Helena alcanzaron un tono tan celestial que en un momento que no puede explicar otra cosa que la alineación de los pocos planetas descubiertos hasta entonces, se confundieron con las notas más agudas del piano de Morales en un perfecto matrimonio, un dueto celestialmente sincronizado.

La música empezó a detenerse al ritmo con el que la pareja recuperaba el aire perdido en el placer divino que acababan de regalarse mutuamente. Ambos revivieron con lentitud, mientras sus sentidos recobraban su capacidad habitual. Entonces, en medio de besos en la frente y la culpa más presente que nunca en la moral de Alejandro, todo regresó a la normalidad. Las cosas recobraron su nitidez y su color. Los aromas se mezclaron con el sopor de la habitación y se volvieron amoniacales. Los sonidos se agudizaron de nuevo y el alboroto de la calle por la llegada de un supuesto ángel los hizo desconectarse de sí mismos por un momento.

A lo lejos se empezaron a escuchar las notas alegres de la oda a la alegría interpretadas por el maestro Morales. Era signo inequívoco de la llegada de algún paciente nuevo. Entonces el deseo amainó, la respiración volvió a sus niveles normales, las cosquillas se apoderaron de los cuerpos desnudos de aquellos depredadores que habían terminado su faena en el suelo. En ese momento, al consultorio empezó a llegar con más fuerza el viento que traía en su maleta el alboroto.

—Esa música —exclamó Alejandro.

—Es la de los recibimientos —respondió Luz Helena con una mueca de incredulidad—, pero es muy temprano para que alguien llegue. Siempre llegan a la medianoche o a la mañana siguiente —dijo Luz Helena aterrada, mirando el reloj—. Nadie hace los nueve kilómetros en seis horas y media.

—A menos que venga volando —apuntó Varoni a modo de chiste y sin saber que la algarabía de la llegada de su amada Jazmín de forma inusual, era un hecho que estaba creciendo con tintes de leyenda en todo el pueblo.

El padre Domingo, con el sacristán colgado de uno de sus brazos, bendijo a la nueva inmigrante y la invitó a pasar a la sala cural mientras Eloísa le preparaba algo de comer y Bartolo corría al convento a contar la buena noticia a sor Juana Marina Lizcano, la superiora. Al momento, el lugar se llenó de hermanitas de la Presentación, y entre novicias y hermanas más antiguas se ofrecieron a llevar a Jazmín al convento, el lugar donde, según ellas, más luciría ante Dios.

—Eres bienvenida, hija. Santas como usted engalanan nuestra misión —le dijo con bondad la Superiora.

Pero Jazmín rechazó con amabilidad la invitación, destapando sus cartas.

—Primero quiero ver al doctor Varoni.

—¿Lo conoce usted, señorita? Indagó el padre Domingo con asombro mientras las monjitas desdibujaban sus sonrisas.

—Sólo soy la prometida del doctor Varoni. Vine a casarme con él.

Quiso decirles que esperaba un hijo suyo, pero se contuvo al ver las caras de decepción que pusieron las hermanitas y temiendo también el regaño del sacerdote y tal vez la excomunión. Sin embargo, el padre Domingo trató de persuadirla para que no abandonara la casa de Dios, convencido de las bendiciones que le estaba dejando.

—Si sale antes de que vengan los refuerzos de la policía, la multitud la va a despedazar, señorita. Creen que usted es un ángel.

—Es un ángel, padrecito —exclamó el sacristán henchido de emoción.

—Un ángel no se casa, padre. No quiero imaginar lo que la motiva, señorita. Con su permiso —exclamó la Superiora y se retiró del lugar con sus súbditas, sin mediar más palabras y hasta con algo de grosería.

Impactados por la revelación de su relación con el doctor Varoni y dado el cariño que el pueblo entero le profesaba a Alejandro, no fueron pocas las personas que se acomidieron a indicarle el lugar donde trabajaba. Otros le mostraron el lugar donde vivía. El doctor Aponte, que estaba con el alcalde averiguando el porqué de la algarabía, le contó a Jazmín, con la doble intención de dañar aquel romance, que para nada era de sus afectos, que Alejandro se encontraba en el hospital y que más le valía darse prisa si no quería llevarse una sorpresa desagradable.

Ante las palabras malintencionadas del médico, Jazmín pidió que la llevaran inmediatamente a ese lugar. El alcalde ordenó entonces al doctor Aponte, desde luego en voz baja, que aprovechara la visita de la mujer al centro de salud para que le practicara la acostumbrada evaluación de ingreso. Con una muchedumbre tras de sí, preguntándose cómo había podido llegar volando si no se le veían alas, Jazmín empezó a caminar hacia el centro hospitalario, al mismo paso apurado con el que llegó minutos antes, dejando a medio pueblo rezagado.

—Anda muy rápido —repetían con sonrisas sus persecutores haciendo esfuerzos para alcanzarla.

Aún desnuda, acariciando con ternura sus cabellos con sus dedos, Luz Helena le preguntó a su "delicioso verdugo" si lo había disfrutado.

—Mucho —le respondió Alejandro encendiendo un cigarrillo.

—¿Cuánto es mucho?

—Mucho es lo suficiente para no ser normal.

—¿Estabas casado antes de venir aquí?

—No, pero ya tenía planes de matrimonio —vociferó con tristeza expulsando una bocanada de humo en forma de círculos.

—¿O sea que aún estás enamorado? —exclamó ella aterrada por el desparpajo con el que Alejandro encaraba el tema.

—Sí. Aún la amo y no creo que dejarla de amar sea posible.

—¿Y por qué no me lo dijiste antes? —reclamó airada, sentándose en el piso mientras lo despojaba del cigarrillo con altanería.

—¿Y por qué no me lo preguntaste antes si era tan importante para ti hacerlo con un hombre que no estuviera enamorado?

—Eres un idiota.

—No me parece que buscar la felicidad sea de idiotas, señorita.

—¿Y por qué no sales a buscarla entonces en vez de estar ilusionando mujeres por donde vas llegando, ah?

—¿Se te olvida que jamás vamos a salir de esta maldita cárcel?

De repente un silencio lo inundó todo. Luz Helena lo aprovechó para recapacitar y tapar su cuerpo con sus ropas arrugadas.

—¿Y ahora qué piensas de mí? —preguntó apenada.

—Pensar es, precisamente, lo que no quiero —expresó con amargura empezando a sentir el peso de la culpa. De repente varios golpes desesperados en la puerta del consultorio rompieron la calma. Los novicios amantes casi mueren de susto y en estado de miedo total empezaron a vestirse con torpeza.

—Dios mío, debe ser el doctor Aponte —exclamó en voz baja Luz Helena, vistiéndose con angustia.

A nuevos golpes en la puerta la pareja sólo atinó a mirarse sin decir nada. Como nadie contestó al segundo llamado y creyendo que el consultorio estaba solo, el doctor Aponte abrió la puerta con su llave. Y, ¡oh espectáculo aquel de ira y estupefacción, de rabia y dolor, de asombro y vergüenza el que se presentó como tormenta sin anuncio ante los ojos de Jazmín!

CAPÍTULO OCHO

La parábola de la vergüenza

 ·─◆─◈─◆─·

Escoltados por un nutrido grupo de curiosos, Jazmín y el doctor Aponte vieron aparecer a Alejandro, parado en la puerta, sin camisa, abrochándose el pantalón. Estaba pálido del susto y dudando totalmente de lo que veía. Era ella. Su amada. El amor de su vida. La Jazmín de su alma, que lucía extenuada pero con una sonrisa divina. Sus ojos se tornaron de un cristalino tan puro que su miraba traspasaba como daga candente cualquier mentira. Él se acercó a tocarla con duda aún, no dando crédito a ese sueño que estaba viviendo. Ella, con su semblante de heroína ávida de reconocimiento y de unos brazos que le permitieran dormir por varias noches su desfallecimiento, le tomó de las manos y las llevó a su rostro para que Alejandro supiera que aquel momento era real.

—¡Alejandro! Vengo a morir a tu lado —le dijo con sus últimos alientos mientras él trataba de ocultar con su cuerpo el de Luz Helena que yacía muerta de celos en el piso—. No importa si me contagias con la lepra, mi amor. Total, en la ciudad también iba a morir sin ti.

Creyendo en lo imposible, comprendiendo la realidad, convencido, por fin, que aquella no era una visión, Alejandro desgajó un par de lágrimas que se confundieron con el sudor que copiosamente brotaba de todos los rincones de su ser. Y más tardó Jazmín en lanzarse sobre él con los brazos abiertos cuando ya Luz Helena interponía, premeditadamente, su humanidad semidesnuda tras la del hombre que la acababa de llevar, del cielo al infierno, en sólo unos instantes.

El mundo se detuvo. Los sonidos se volvieron un pitido inaudible y los colores volvieron a palidecer. Jazmín no podía dar crédito a lo que sus ojos estaban viendo. El pueblo tampoco. Los comentarios se volvieron algarabía amenizada con música de suspenso, emanada de las octavas graves del piano del maestro Morales.

De repente, el ángel no pudo soportar más el espectáculo cruel de verse traicionada y alzó vuelo nuevamente. De allí salió con la mente en blanco, las alas rotas y el corazón mudo.

Como pudo, Alejandro terminó de componerse y salió tras Jazmín que se abría paso entre la muchedumbre en medio de lágrimas que por lo abundantes tenía que tragarse por las esquinas de sus labios. Él nunca escuchó los gritos de Luz Helena amenazándolo con vengarse si no regresaba.

Ignorada por Alejandro, Luz Helena salió del hospital envolviendo su alma y sus partes nobles con la sábana de la camilla del consultorio. De camino a su casa tuvo que correr mucho para no ser linchada, pues la gente no le perdonó el haberle causado tristeza a ese ser divino que acababa de llegar a bendecir a la población con su presencia. Ella se defendía gritando que no sabía que el doctor Varoni tenía prometida. Como pudo, la pobre llegó hasta su última morada, con el pelo enmarañado y algunos moretones, y allí se refugió para siempre con su vergüenza y su tristeza, enroscada contra la baranda de su cama.

Al cabo de varias cuadras Alejandro por fin dio alcance a Jazmín atragantado de razones para explicarle lo sucedido, pero la despechada se desplomó en sus brazos, muerta por el cansancio que le produjo el esfuerzo que realizó para llegar antes de tiempo a su destino. Lucía pálida, exhalando el aire caliente con olor a hierbas de las montañas y sin ganas de luchar contra la muerte por el impacto que le produjo ver al hombre de su vida, por el que estaba dispuesta a morir, al lado de una mujer desnuda, tan bella y joven como ella. Le mortificó mucho verlos asustados, mirándola con vergüenza ajena. Eso le enredó el sistema nervioso, le cercenó la alegría, le mató de un tajo la ilusión. Por eso, toda Jazmín colapsó.

Fueron necesarios una docena de menjurjes, de los de sin etiqueta, como los que preparaba Marciana Rangel; innumerables exámenes en el laboratorio de Macareno Aljure, las oraciones constantes del padre Domingo en las tres misas diarias, varios litros de lágrimas de Alejandro y las plegarias elevadas al cielo durante nueve noches en medio de fogatas y cantos religiosos por parte de todas las mujeres del pueblo, para que Jazmín volviera a abrir los ojos.

La madrugada en que lo hizo, las campanas de la iglesia volvieron a sonar sin los motivos de costumbre. En menos de cinco minutos el hospital ya estaba repleto de gente. El padre Domingo fue el encargado de dar la buena nueva sobre la salud del ángel durante la misa de seis:

—Nuestro ángel ha abierto los ojos con el día.

El pueblo estalló en júbilo. Voladores y música campesina de fiesta emanada de los pianos de los maestros Morales y Calvo adobaron el festejo.

Y mientras Luz Helena moría de hambre por el olvido total de Alejandro y ante la imposibilidad de salir a la calle por miedo a una agresión física o a la censura, Jazmín lo observaba sin saber en qué momento hacer las preguntas de rigor. Las pendientes. Las que tenían que venir.

Él, por su parte, se escondía en el silencio con el deseo de que esas preguntas jamás llegaran. Pero llegaron.

—¿Quién es ella?
—¿Cómo pudiste olvidarme tan pronto?
—¿La amas?
—¿Te llena más el alma que yo?
—¿Me negaste ante ella?

Fueron innumerables los cuestionamientos que le hizo Jazmín, como innumerables fueron los intentos de Alejandro por responderlos. Pero de sus labios no brotaba una sola palabra. No sabía qué decir. La vergüenza tenía bloqueada su mente. No sabía cómo disculparse. Y aunque todo apuntaba a que las circunstancias jugaran a favor de las justificaciones que estaba alistando, ella no quería perdonarlo sin que mediara antes un terrible arrepentimiento y un cierto sufrimiento que le devolviera la calma, la dignidad y su lugar en el corazón de aquel.

—Yo vine a morir contigo porque un día prometimos estar juntos hasta la muerte. Y mira con lo que me encuentro. Y yo como una estúpida pensando que te morías de amor por mí, como yo me estaba muriendo de amor por ti. Qué ilusa. Qué tonta fui, Alejandro. Por qué no me mandaste una carta diciéndome que ya me habías olvidado y que no querías verme nunca más y que ya tenías a quién amar y a quién hacerle el amor. Me hubieras evitado esta humillación.

—Te escribí docenas de cartas —dijo por fin Alejandro rompiendo su silencio—, y aunque estuviese abierta la oficina de correos tampoco te la hubiera enviado en esos términos, porque yo jamás te he dejado de amar.

—No digas mentiras. Me cambiaste. Te acostaste con otra mujer y punto.

—Fui débil.

—Perdiste la fe, Alejandro. Soy capaz de perdonarte la infidelidad pero no el haber perdido la esperanza de verme. Yo sí guardaba en el fondo de mi corazón la certeza de reencontrarnos de nuevo. Yo nunca perdí la esperanza de volverte a ver, Alejandro. Siento que tu amor no es sincero. Al menos no es tan grande como lo repetías a cada instante, no está hecho a prueba de olvido como el mío.

—Sigue siendo inmenso, pero entiéndeme, amor mío, aquí los sueños se desvanecen. Te daba por perdida. Eso no significa que pudiera olvidarte. Te juro que eso jamás pasará.

Alejandro se lanzó sobre su cuerpo implorando perdón. Ella irrumpió en llanto:

—Cómo no me ibas a dar por perdida si ya estabas disfrutando de otros labios, de otro cuerpo, de otras caricias. Te odio, Alejandro. ¡Te odio!

—No merezco menos, mi vida. Recibiré tu odio con humildad mientras me des la oportunidad de renacer en tu corazón —le expresó con ternura y la abrazó con el frío del arrepentimiento hasta quedarse dormido.

Al cabo de las horas, ella despertó con otra andanada de palabras que le hicieron pensar que el tiempo no había transcurrido.

—La vida lo va obligando a uno a cumplir sus promesas. Llegó un momento en el que ya no podía respirar si no te veía. Llegó el momento en el que sentí morir y hasta ganas e intentos hice de adelantarme a la muerte. Hoy veo que debí cumplirlos.

—Te voy a demostrar que valió la pena que vinieras hasta aquí, Jazmín. Mi amor por ti está incólume y es grandioso —le dijo con la voz ronca de recién levantado que tenía.

—No me mientas, Alejandro. El amor es una cuestión de honor. No se debe dar por lástima.

—Amor mío, no quiero disculparme porque tanta culpa siento aquí en mi alma que de tu lado no me he movido durante nueve días, ni me iré si me lo permites, pero sí quiero recordarte que lo nuestro terminó físicamente el día de nuestra despedida.

—Terminó para los ojos no para nuestros corazones. Nada muere si no se terminan los sentimientos.

—De acuerdo. Y los sentimientos siguen aquí, intactos, en el mismo lugar donde los dejaste.

—No me vas a convencer —le gritó volteando su cuerpo hacia la pared.

—Aunque no lo haga, quiero pedirte por el amor de tus padres, por lo que más quieras, por el amor que te tengo, y por arrancarle una sonrisa a Dios, que me perdones.

Un silencio romántico inundó la amplia habitación del hospital donde reposaban Jazmín y sus dudas. Y como si su intuición estuviera fabricada para musicalizar momentos especiales, de las teclas medias del piano del maestro Morales empezaron a nacer notas románticas que Alejandro aprovechó para ponerse de rodillas y así formalizar su petición de perdón.

—Te ruego, mi amor, con todo el arrepentimiento que cabe en mi corazón, que me perdones por favor. Puedes hacerlo o no hacerlo. La diferencia está en que, con tu perdón vivo, sin tu perdón muero. El perdón engrandece.

—La primera vez… la segunda envilece… —le dijo ella, volviéndose a mirarlo.

Nuevamente las notas del piano anunciaron un desenlace feliz que movió a Jazmín a absolver a su amado Alejandro.

—Eso quiere decir que… —Alejandro intuyó que iba a ser perdonado, pero ella no lo dejó terminar la frase.

—Levántate —le dijo con ternura, y él se puso de pie con más humildad aún, incluso sin levantar la cabeza—. No soy nadie para impartir perdón, pero voy a creer en tus palabras. Voy a creerte porque siento que estás siendo sincero. Voy a creerte porque te amo y porque tienes razón en que las posibilidades que teníamos de volvernos a ver eran pocas. Pero eso sí, Alejandro, infiel y mentiroso nunca más. Esto vuelve a suceder y no me vuelves a ver.

—No volverá a pasar, te lo prometo, te lo juro con toda mi sangre. Ni aunque estuvieras lejos haría de nuevo algo semejante.

—Está bien. Está bien. No prometas más porque tus palabras pierden el dulce encanto de la verdad. Haré de cuenta que no ha pasado nada —añadió con el saldo de dolor que quedaba en su corazón y le acercó su boca como pidiendo un beso. Un beso que Alejandro correspondió con sed de guerrero.

Se besaron largamente, como queriendo recuperar todos esos meses perdidos. Lloraron, murmuraron palabras de amor, abrazándose fuerte para descongelar el tiempo con su calor. Quisieron meterse dentro del cuerpo del otro. Hasta que las palabras de Jazmín pusieron fin al idilio efímero que estaban viviendo.

—¿Qué pasó con ella?

—No la volví a ver… Llevo nueve días aquí contigo.

—Eso no está bien… Tienes que ir…

—Pero…

—Sin peros, amor… Lo único que voy a pedirte es que vayas y busques a esa mujer y le pidas perdón por haberla utilizado.

—No la utilicé.

—Una cosa es lo que tú piensas y otra muy distinta lo que ella debe estar creyendo. La pobre debe estar destrozada porque si es verdad que lo hiciste por necesidad, ella no. Las mujeres nos entregamos por amor.

—Tienes razón —dijo cayendo en cuenta de que sus palabras tenían sabiduría y hasta alcanzó a sentir vergüenza de sí mismo por haberse olvidado, y de qué manera, de la mujer que le había procurado el mejor orgasmo de su vida.

—Soy mujer y sé lo que debe estar sintiendo esa pobre. Un hombre como tú ilusiona, Alejandro. Ve a pedirle perdón. Ve a consolarla y le devuelves la dignidad. Y si fuera muy necesario darle un beso para que siga viviendo, dáselo. Dáselo y no me cuentes, pero ve y le regresas la vida.

Alejandro salió de allí repleto de orgullo por el gran corazón que demostró tener la mujer que Dios le había mandado para compartir su vida, pero a la vez apenado porque en su mente no brotó un solo pensamiento para Luz Helena en esos largos y tortuosos días que siguieron al penoso episodio del hospital donde fue descubierto en infidelidad.

Ya no vive nadie en ella…

Apenado porque la grandeza de su novia lo superaba en mucho, atravesó a zancadas largas el parque, giró sin freno las dos esquinas que tenía que doblar y llegó a la casa de Luz Helena con un nudo de culpa en la garganta. Sus últimos pasos, antes de arrimarse a la casa, fueron lentos. No tenía un discurso preparado. No se le ocurría una sola disculpa. Cuando tuvo claro que sólo debía pedir perdón con humildad, volvió a acercarse con rapidez.

De un brinco saltó el antejardín y se aterró porque en su puerta estaba naciendo la hierba. Era como si la rabia de la enfermera le hubiera servido de abono. Supuso entonces que la casa permanecía cerrada desde hacía varios días, ya fuera porque la dueña se hubiese marchado o porque no hubiera salido en mucho tiempo. Las dos cosas le preocuparon. Entonces empezaron a sonar las notas litúrgicas en re menor del réquiem que Mozart jamás terminó. El ambiente se llenó con un dejo de tristeza que no se escuchaba en el pueblo desde el destierro del padre Nicolás, un santo al que no le bastó dedicar su vida al cuidado de los leprosos para ser expulsado del lazareto a causa de las disputas partidistas que databan del siglo anterior y que hicieron de los sacerdotes jesuitas el blanco perfecto de los ímpetus revolucionarios de todo aquel que se sintiera liberal.

Las notas melancólicas y dramáticas del piano de Morales hicieron que el corazón de Alejandro se llenara de tanto pesar que a duras penas tuvo aliento para golpear la puerta de la casa. Al tercer intento desesperado sin que Luz Helena respondiera, y mientras la música mortuoria cobraba más presencia, el arrepentido decidió treparse al tejado por la tapia frontal de la casa y descolgarse por el solar que también estaba lleno de maleza. Como pudo, abrió la puerta del patio a punta de patadas rabiosas y entró al predio presintiendo lo peor. Un tufillo mortecino lo puso en alerta. El revolotear de moscas verdes le hizo empuñar los labios y cerrar los ojos. Sabía lo que estaba pasando.

Palpando las paredes, pisando con cautela, pensando lo peor, llegó hasta el dormitorio de la enfermera que lo amó. Primero la llamó con susurros y luego con gritos, pero siempre sin obtener respuesta. Entonces caminó hasta su cama y cuando tropezó con la baranda inferior empezó a buscarla a tientas hasta que se topó con su humanidad. Estaba fría y rígida. Sin querer creer en lo que ya sospechaba, buscó los fósforos para encender una lámpara que había sobre la escuálida mesa de madera que hacía las veces de mesón de cocina y comedor a la vez. Como la mecha no prendía la empapó de querosén mientras su manos temblorosas recibían las primeras lágrimas de sus ojos. Enseguida caminó hacia la habitación y, desde el umbral de la puerta, la iluminó sobre su lecho. Estaba enroscada de dolor y en el mismo estado de desnudez que salió del consultorio del doctor Aponte cuando la gente la quiso linchar. Su rostro lucía amargado y triste y uno de sus brazos estaba extendido hacia lo alto como si alguien le hubiese ofrecido una mano generosa para abandonar su tristeza.

No tenía olores tan fuertes porque en el borde de la muerte se embutió tres frascos de formol que había robado del hospital para disecar un gato que amó y que había muerto tiempo atrás enredado en una de las barricadas del ejército.

Buscando el milagro, Alejandro se acercó a ella con el pesimismo suficiente y la movió con delicadeza.

—Luz Helena, Luz Helena… Despierta. Luz Helena.

Desde luego la mujer no respondió. No podía hacerlo porque sus mandíbulas estaban selladas por el gesto de dolor que realizó al suspirar por última vez. Se había dejado morir de tristeza cerrando la boca a la comida, los oídos a los comentarios del pueblo y su mente a los recuerdos.

Alejandro sintió suya su muerte y la abrazó inundado en llanto sin poder creer que su lujuria hubiera asesinado las esperanzas de una mujer tan linda y tan llena de vida.

No valieron sus gritos, ni los besos autorizados por Jazmín, ni sus súplicas a Dios para que despertara. Luz Helena quería vengarse de la humillación, generando en su verdugo un dolor peor que el de su muerte, y lo logró. Quería que Alejandro sufriera el resto de horas que le quedaran de vida, ya fueran pocas, ya fueran muchas, y lo estaba logrando. Lo deshizo en vida. Lo mató por dentro. Le clavó un puñal de cuatro canales en el centro del corazón. Al verle allí congelada por su descuido, Alejandro engendró en su alma un sentimiento de culpa inmenso con el que tendría que vivir en adelante.

Cuando sintió sobrevenir la muerte, Luz Helena escribió, sobre las hojas de un almanaque cumplido, algunas frases que Alejandro encontró un tanto desordenadas por el viento de la soledad sobre un viejo baúl, que era la única riqueza que poseía la muchacha y que heredó de un paciente sin familiares. Las letras estaban salpicadas de lágrimas que diluyeron la tinta y que dificultaban su lectura. Luego de leerlas y releerlas media docena de veces, Alejandro descifró con asombro los alcances de la dignidad, sintió en lo más profundo el amor que le profesó la enfermera desde el día mismo en que lo conoció, sin pensar que él iba a convertirse en su matador. En las hojas del calendario, además de reiterarle que lo amaba, se disculpaba por haberse entregado a él sin antes ir a la iglesia. Lamentó su falta de sinceridad y maldijo su ausencia de humanidad por haberla ignorado durante nueve largos días que parecieron décadas:

"No me explico cómo hacen ustedes los hombres para olvidar tan rápido a una persona que les ha entregado su vergüenza, su dignidad, su intimidad. No entiendo cómo pueden, cuando están conquistando, pisotear el templo sagrado de la que llaman 'reina del mundo' y tampoco sé cómo la convierten, a punta de engaños, en la inquilina de una casa triste y desolada, arrasada por la lujuria de sus mentiras. En pocas horas muero, pero quiero que sepas que no obtendrás mi perdón. A donde vayas serás maldito. A donde me lleve Dios o a donde me lleve el diablo te espero para que me mires a los ojos y me respondas esta carta. Me mataste, Alejandro".

Luego de romper la nota, con pena de sí mismo, Alejandro salió de la casa con la enfermera atravesada en sus brazos extendidos. Pesaba quince kilos menos de los que tenía el día que se trepó sobre el cuerpo del médico a despertar esa pasión demoledora que le cobró con muerte su ingenuidad.

Cuando los primeros habitantes del pueblo lo vieron pasar, caminando a paso lento y ceremonioso, bajo una insípida lluvia que no se aparecía por esos lugares desde hacía varios meses, con el cadáver de Luz Helena a cuestas, ya Alejandro estaba ausente. Andaba por esas dimensiones sin colores ni sonidos a donde no llegan los sentimientos. Ese lugar pragmático del silencio donde se descubre que hay cosas que sólo se pueden soñar.

La muchedumbre, incluida Jazmín, le dio alcance cuando estaba saliendo de la iglesia donde el padre Domingo se rehusó a unjirla con los santos óleos, alegando que la extremaunción no se le podía conceder a alguien que se dejara morir de hambre y de pena moral porque eso equivalía a un suicidio. Cuando Alejandro atravesó la puerta del cementerio, con Luz Helena en sus brazos, los curiosos ya eran cientos y la lluvia se había tornado en aguacero con vientos cruzados. De las oscuras y cargadas nubes se desprendían rayos amenazantes que hacían ladrar a los perros. La mañana se tornó gris y Agua de Dios parecía un pueblo fantasma porque todos sus pobladores estaban en los alrededores del cementerio documentando para sus morbosas mentes el sepelio de la enfermera. A pesar de que la tormenta ya había arrancado las tejas de varias casas, la gente no perdía detalle de lo que estaba ocurriendo, aunque nadie decía nada, nadie comentaba nada. Se limitaron a seguir al médico con sus miradas frías y llenas de censura. Querían conocer la expresión del asesino que usó como arma el peor de los puñales: la indiferencia.

Y así, bajo la incesante lluvia y sumergido en un trance que le robó la conciencia de sus actos, Alejandro buscó un pedazo de planeta sin dueño para cavar allí la tumba de Luz Helena. Apenas lo ubicó, descargó con delicadeza el noble cadáver, tejió con margaritas silvestres una corona que puso en su cabeza y la persignó con cuatro besos. Luego enterró sus uñas en la tierra y empezó a cavar a manotadas la tumba. Cuando sus manos sangraban profusamente, David Cuartas, el corpulento sepulturero de más de dos mil almas, le alcanzó un pico. Alejandro lo agradeció aunque hubiese preferido terminar la fosa con sus manos. Cuando el hoyo tuvo el espacio suficiente para albergar a la mujer, la tomó en sus brazos con suavidad y la depositó en el fondo, con la delicadeza con la que un artista remendaría las alas de una mariposa. Entonces le habló, con la esperanza de que su espíritu estuviera cerca:

—Gracias por no perdonarme, Luz Helena. Eso me permitirá recordar que alguna vez fui una bestia sin alma y sin corazón. Tampoco sé adónde vayas, pero al lugar que sea iré a mirarte a los ojos y a decirte que nunca tuve la menor intención de engañarte y menos de matarte y menos de burlarme de un sentimiento tan puro, aunque eso no me absuelva de culpa. La tristeza de tu muerte vivirá en mí por siempre. Perdóname, perdóname. Perdóname miles de veces, enfermera imposible de olvidar.

De rodillas como estaba empujó a palmadas los primeros montoncitos de tierra sobre su inerte humanidad. Cuando terminó de enterrarla se arrodilló sobre su tumba a escribir con el tallo de una rama un epitafio efímero que el viento y el agua habrían de borrar en cuestión de minutos, pero que en su mente estaría inamovible hasta su muerte: "Aquí yace una mujer digna, que prefirió la muerte a la humillación".

Luego se acostó sobre su tumba para proteger con su cuerpo lo que había escrito y a sentir la lluvia caer sobre su rostro, hasta el amanecer. Cuando el sol se coló por entre las ramas de un samán que servía de sombra a las tumbas de medio cementerio, la gente aún estaba allí observando cada movimiento del arrepentido. Nadie se había movido un instante. La novelería pudo más que el cansancio. Jazmín esperó hasta que el sol le hiciera cerrar los ojos a Alejandro para acostarse a su lado, sumida en un estado de comprensión inusual.

—No estás solo —le dijo con absoluta sinceridad, pero Alejandro ni la miró.

—Te conozco mi amor. Sé que nunca más volverás a sonreír.

Un nuevo silencio de Alejandro la obligó a fajarse un monólogo que, aunque improvisado, le sirvió para descargar sus culpas.

—Debes entender que las cosas pasan por algo y que todo es perfecto. Incluso los errores son perfectos. A lo mejor el universo necesitaba esta muerte para que toda esta gente que nos mira y que te sigue desde ayer, aprenda a tomar valor nuevamente a la vida. Es raro lo que siento porque estoy orgullosa de ti.

—No deberías estarlo —exclamó Alejandro con voz ronca e inaudible rompiendo su largo silencio—. Acabo de matar a una mujer. Y ni siquiera hay en este pueblo un correo para avisarle a su familia. Era muy bella, era muy santa. No merecía esto.

—Me siento culpable —dijo Jazmín con sinceridad en su alma, y lloró.

—No digas eso. No es cierto. El culpable soy yo, amor.

—Si no hubiera venido a buscarte, ella estaría viva.

—Pero tú estarías muerta y en ese caso los muertos seríamos dos porque yo sin ti también muero, Jazmín —le advirtió abrazándola con presión medida.

Jazmín lo adormiló sobre su pecho por varias horas hasta que la gente se aburrió de verlos callados y se marchó. Muchos especularon con el cuento de que la pareja se había quedado a vivir, para siempre, sobre la tumba de Luz Helena para lavar sus culpas bajo la lluvia.

Capítulo nueve

La parábola de la esperanza

❦

A contravía de la muchedumbre que a paso de resignación se alejaba del cementerio comentando cada episodio de la novela con verdadero apasionamiento, venía apurado el doctor Macareno Aljure. Traía en su corazón una noticia que habría de cambiar la historia de los leprosos del mundo entero.

Al llegar al lugar donde Jazmín cuidaba de Alejandro y éste de Luz Helena, el científico se bajó de un burro que hacía las veces de taxi, pagó cinco centavos de coscoja al dueño y se arrodilló a entregar la buena nueva.

—¿Lo sabía, señorita Jazmín? —le preguntó mientras sacaba de su mochila un papel con tipografía del hospital.

—No sé de qué me habla señor. Ni siquiera sé quién es usted —le respondió ella un tanto asustada.

—Qué vergüenza —exclamó el científico mientras estiraba su mano derecha con caballerosidad—. Me presento. Soy el encargado del laboratorio del pueblo. Una especie de científico sin instrumentos que se dedica a investigar lo que algunos no quieren que se investigue. Me llamo Macareno Aljure.

—Bueno, no le entendí nada, pero mucho gusto, Jazmín Sotomayor.

—Gracias, señorita Sotomayor. Ahora despierte al doctor Varoni porque él debe enterarse, con urgencia, de algo que usted y yo sabemos.

—No entiendo.

—Es acerca de su embarazo, señorita Sotomayor.

El rostro de Jazmín palideció y su voz se hizo temblorosa. A lo lejos se escuchó una canción de cuna de Johannes Brahms. El alcalde, que ya estaba empezando a asociar los acontecimientos del pueblo a través de las tonadas de Morales, supuso la presencia de un niño y lo mandó a buscar con su gendarmería, por todos los rincones, al mejor estilo de un Herodes moderno que sabía de las consecuencias que para su bolsillo traería la presencia de un infante a Agua de Dios.

Mientras el maestro Morales seguía mortificando con sus notas al alcalde, Macareno y Jazmín seguían hablando sin que Alejandro se moviera siquiera.

—Se lo iba a decir desde que llegué, pero no he podido hacerlo por todo lo que ha pasado —dijo Jazmín en su defensa.

—Mucho mejor que no se lo haya dicho en público.

—¿Por qué, señor Aljure?

—Porque tengo la gran sospecha de que ese hijo que usted lleva en el vientre podría convertirse en la salvación de todos nosotros.

—¿Por qué lo cree? —exclamó ella con un brillo vivaz en sus ojos.

—Si nace sin lepra, echaremos por el piso la teoría del contagio y lo hereditario de la enfermedad —adujo emocionado el científico.

—¡Sería la mejor noticia! —opinó emocionada Jazmín.

—Para nosotros. No para el alcalde que vive de las ayudas que nos da el gobierno.

—No entiendo.

—Al alcalde no le interesa que se acabe el aislamiento de los leprosos. Él se roba más de la mitad de los auxilios que nos manda el Gobierno Central. Por eso se ha opuesto y se opondrá con sus diez dedos y sus dos ojos ladrones a todas las iniciativas que tengamos para demostrar que la lepra no es contagiosa ni hereditaria. Sería el final de su gran negocio. Por eso salir de aquí va a ser algo difícil.

—Es un desgraciado inhumano —exclamó indignada, y razón no le faltaba. A la misma hora, los policías y soldados al servicio del alcalde tumbaban puertas de casas a patadas en busca del niño. Como no encontraron bebés a lo largo y ancho del pueblo, Álvaro Elías visitó personalmente a Morales para pedirle explicación acerca del porqué de la música que estaba interpretando. Creyendo que su presentimiento era más grande que el miedo del alcalde, el músico decidió mentir:

—Por estos días debe estar naciendo mi nieto, don Álvaro Elías. Es posible que haya nacido ya. Debe ser por eso que sentí deseos de tocar esa canción. Como no hay correos…

Sin más remedio que creer, el mandatario regresó a su despacho en completa tranquilidad sin imaginar que en el cementerio del pueblo estaba naciendo el antídoto para ese cáncer de la corrupción que él había engendrado y que, para entonces, hacía metástasis en todas las entidades públicas del municipio.

Para que el sueño de traer al mundo un niño que acabara con el destierro de miles de leprosos se cumpliera, Macareno y Jazmín tenían entre manos una misión delicada y casi imposible de llevar a buen término. Consistía en ocultar a la mujer durante los seis meses largos que le restaban de embarazo. Porque de todos era sabido que el doctor Aponte ya la estaba esperando para extirparle los ovarios.

—Y con qué permiso de Dios puede quitarme el derecho a ser madre. No lo permitiré —gritó Jazmín indignada al enterarse de la cruel medida.

—Es una ley. Lo hacen con todos los que llegamos aquí. Por eso no has visto ni verás niños en este lugar. Así que debes esconderte.

—¿Vivir escondida seis meses? ¡Es una locura! —exclamó Jazmín aterrada.

—Si desea colaborar para que esta tortura del aislamiento y el destierro se termine para muchas personas en el mundo, así debe ser, mi señora.

Mientras Macareno y Jazmín discutían, Alejandro despertó con un terrible dolor en el pecho y con los ánimos por debajo del nivel de los ataúdes dentro de las tumbas. El científico y su prometida lo pusieron al tanto de lo que estaba sucediendo. La música les ayudó a amenizar el relato.

—No tuve tiempo de decírtelo, mi amor, pero vamos a ser padres. Tenía un retraso, pero el doctor Macareno me acaba de confirmar que estoy embarazada. ¡Estoy esperando un hijo tuyo, Alejandro!

Varios minutos tardó mirándolos sin responder nada, tratando de asimilar la noticia, dudando de ella a veces y hasta pensando que todo se trataba de una estrategia de Macareno con la complicidad de Jazmín para sacarlo de su depresión.

—No jueguen con mis sentimientos —les suplicó—, ya estoy concientizado para morir sin retoños en este mundo. Así, que si sólo pretenden que yo despierte porque nos tenemos que ir, o porque temen por mi salud, no tienen que acudir a chistes tan dolorosos. Ya estoy bien, ya nos podemos marchar.

—No es un chiste, vida mía —le dijo con sus ojos iluminados y llevando su mano derecha a lo alto de su vientre—. Aquí dentro hay un hijo tuyo, mi amor.

—Es mentira —dijo retirando la mano con rapidez y nerviosismo.

—Si no le cree a su prometida, entonces créale al maestro Morales, doctor Varoni.

Alejandro se concentró en las notas del piano y empezó a creer. Macareno agregó:

—Está tocando canciones de cuna desde hace un rato y la única mujer que tiene su aparato reproductor completo en todo este pueblo es tu mujer.

Al cabo de algunos segundos el doctor Varoni sonrió con una ternura celestial. La vida se volvió a instalar de a poco en su corazón. De incrédulo pasó a sorprendido y luego a ilusionado.

Saber que iba a ser padre, a pesar de haber sido esterilizado, le produjo una sensación tan anormal, tan indescriptible, tan increíble, que la dicha y los brazos le alcanzaron para abrazar a su mujer y a su amigo al mismo tiempo.

Lloró de emoción y no paró de dar opciones de nombres ya fuera que la criatura fuese una niña o un niño. Macareno esperó hasta que el médico superara el trauma de su felicidad para hacerle entender que más que un hijo, su hijo, su primer hijo, su único hijo, el hijo que le iba a regalar la mujer que amaba, ese niño se convertiría en la salvación de todos los enfermos de lepra.

Cuando reconoció la importancia de ese nacimiento más allá de las fronteras de su alegría, Alejandro entendió la necesidad de esconder a Jazmín hasta el nacimiento de su primogénito.

Para hacerlo, tenían que inventar una buena coartada que justificara su desaparición y ubicar un lugar seguro donde madre e hijo pudieran vivir en condiciones saludables para los dos, sin que nadie más lo supiera. Y lo más importante… mantener el secreto con el celo con el que un pirata esconde su mejor tesoro.

Macareno propuso algo que a la pareja de futuros padres les pareció un chiste, pero que no lo era para el pueblo entero:

—Si caíste del cielo, hacia el cielo te vas —les dijo con humor.

Como ninguno de los dos entendió nada, el científico los puso al tanto de un mito que se había creado en el pueblo con la llegada de Jazmín:

—El sacristán asegura que llegaste volando.

—Es mentira que haya llegado volando. Trepe a un árbol para saber qué tanto me faltaba para llegar al pueblo y los velos de mi vestido se enredaron en las ramas. Tuve que liberarlos para poderme bajar mientras los velos y mi pava volaban hacia el piso.

—¿Te lastimaste? —preguntó Alejandro con preocupación tardía, acariciando su vientre.

—No, amor. Me descolgué sobre una rama y luego sobre otra y otra, hasta tocar suelo sobre una cama de flores y hojas secas del mismo árbol. En ningún momento me golpeé.

Luego de indagar con verdadera preocupación sobre las consecuencias que el golpe podría tener en la salud de la criatura, Alejandro y su amigo especularon sobre los motivos que incitaron al sacristán a ver volar a Jazmín. Manejaron dos teorías. Una, que Bartolomé, ávido de cariño por su larga soledad inventó el cuento para llamar la atención del padre Domingo y de los feligreses. La segunda teoría, que era la más probable, que el muy miope, porque usaba unos anteojos con bastante aumento, al ver caer a Jazmín con su vestido de alas blancas desde el árbol donde estaba asomada, la había confundido con un ser alado que sólo definió como un ángel cuando la vio entrar al pueblo. Esto, sumado a que el día completo Bartolo vivía bajo los efectos del vino de consagrar, que robaba de una pequeña cava que el padre Domingo construyó en un sótano de la iglesia.

Sin importar cuál de las dos tesis era la cierta, acordaron aprovechar que esa figura y ese mito ya habían hecho carrera en el imaginario popular para hacerla desaparecer sin poner en riesgo el embarazo.

—¿Lo creerán de nuevo? —preguntó Alejandro.

—Tendrán que hacerlo porque no les dejaremos más alternativa. Y aunque sé que no será fácil, si se los digo yo, desde un punto de vista científico, las probabilidades de que nos crean van a ser mayores —aseguró Macareno y agregó con un dejo de modestia—: gozo de bastante credibilidad entre la gente.

Y así fue. Primero resolvieron el dilema de la estadía de la madre y su futuro hijo. Macareno era partidario de esconderla en la casa de una pitonisa llamada Marciana Rangel, asegurando que la fidelidad de la bruja con la resistencia, un insípido movimiento de rebeldía que se estaba gestando en el pueblo, estaba probada. Agregó que la anciana nunca descansaba buscando raíces, tallos, insectos, sangre de animales y cuanto tipo de menjurje se le ocurriera para alimentar las investigaciones del científico en una perfecta y hasta inusual alianza entre ciencia y esoterismo, que sólo procuraba el hallazgo de una cura para la enfermedad.

Sin embargo, a Alejandro le pareció muy obvio el lugar y tuvo la brillante idea de proponer como refugio para su mujer y el hijo que juntos esperaban, la antigua casa de Luz Helena.

—Jamás se atreverán a buscarla allí —aseguró.

El vino de la verdad

Tres días después, luego de organizar a Jazmín en la casa de la mujer que en algún momento fuera su rival, Macareno y Alejandro estaban embriagando a Bartolo en los escalones de la parte media de la torre del campanario de la iglesia, con un vino blanco de cepa joven que consiguieron en el estanco a precio inflado. Lo invitaron a celebrar a escondidas el cumpleaños falso del científico, a sabiendas de que el sacristán no se iba a rehusar, dado su cariño a los licores y a Macareno y también a las limitaciones que tenía para conseguirlos desde que el padre Domingo se enteró de su gusto por el alcohol. Lo necesitaban borracho para llevar a cabo el plan.

Para engañarlo, llenaron una botella con agua que iban tomando los dos galenos mientras el sacristán ingería vino a cantidades inquietantes. Cuando el sacristán hizo sonar la campana, tercer llamado a misa de las doce, el científico y el médico lo invitaron a seguir la tomata cerca de la fuente del parque. Argumentaron que ya empezaba la misa y que no era bueno beber en presencia del señor Jesucristo.

Eligieron el mediodía porque la posición cenital del sol impediría ver a los chismosos las imágenes que ellos iban a crear en sus mentes. Ya instalados al lado de la fuente, esperaron a que la gente ingresara al templo. Cuando ya no hubo un alma a la vista, Macareno empezó a gritar mirando hacia lo alto que el ángel de Jazmín estaba volando hacia el cielo. Alejandro se sumó al engaño sin quitar la mirada del sol. El sacristán, con la lengua enredada y su mente en desorden, apoyó la mentira desde su cabeza revuelta por la resaca. Al instante apareció Marciana Rangel, previamente advertida del montaje y señalando hacia el cielo, se despidió de la que desde ese momento empezó a llamar "la ángela" en medio de un gran escándalo que atrajo a varios incautos más.

De modo que entre los tres, que habían gastado el mermado auxilio del gobierno comprando vino para emborrachar a Bartolo, lo incitaron a tocar nuevamente las campanas para celebrar el acontecimiento.

Cuando las campanas repicaron, los feligreses salieron de la iglesia un tanto preocupados y dirigieron sus miradas hacia el parque donde ya una docena de chismosos observaban con fastidio hacia el cielo. Los demás habitantes del pueblo salieron a sus puertas o se asomaron desde sus ventanas a ver qué era aquello extraordinario que estaba sucediendo y que, extrañamente, el piano de Morales no estaba anunciando.

Atraídos por el griterío de Macareno, las lágrimas de Alejandro y las arengas verbales de la pitonisa, los pueblerinos se hicieron presentes y no tuvieron problema alguno en creer la historia del ascenso a los cielos del ángel que dos semanas atrás había llegado de la misma manera. De hecho, muchos curiosos por no quedarse atrás en el histórico momento y ante la imposibilidad de mirar de frente al sol, empezaron a creerse la mentira y la propagaron con seguridad.

Para sellar con broche de oro el exitoso montaje y despejar cualquier tipo de duda sobre la veracidad del acontecimiento, durante la misa de las seis de la tarde, el Padre Domingo ofreció una oración en nombre de Jazmín, el alcalde declaró tres días de duelo por la partida de la ilustre y celestial visita y Macareno citó a una conferencia, dos horas más tarde, en la sede de la alcaldía, para explicar la partida de "la ángela" desde el punto de vista científico.

Ante más de sesenta personas adujo, tratando de enredar a los presentes con un lenguaje inaccesible para la mayoría, que una serie de sucesos extraordinarios de origen físico-químico-metafísicos habían confluido en una hora del día en el que la depresión barométrica favorecía la levitación de las sustancias emocionalmente convulsionadas. Agregó, con autoridad y elocuencia, que las moléculas de los tejidos de la ángela se expandieron milagrosamente para permitir la salida de su espíritu, sin resistencia alguna, mientras alzaba vuelo. Les dijo que cuerpo y alma se reencontrarían y fusionarían, para cristalizar de nuevo su humanidad, en otra dimensión desconocida y difícil de entender para los humanos comunes y corrientes.

—Puede ser la cuarta o la quinta dimensión —dijo con seguridad despojándose de sus lentes, y agregó que esos casos sucedían en esta época del año por la proximidad del solsticio. Por no delatar su ignorancia nadie preguntó qué significaba esa palabra. El Paisa, aquel señor dicharachero que Alejandro conociera durante la travesía, colaboró sin querer en la trama al decir a los asistentes que, entre más enredada la explicación más le creía al doctor, refiriéndose a Macareno, y que no se preocuparan en entender nada porque se volverían locos.

No hubo dudas. No hubo preguntas. Nadie cuestionó nada. Toda esta andanada de mentiras expresadas con tal propiedad y tal solemnidad se hicieron creíbles ante los ojos y los oídos de los asistentes a la conferencia. Sobre todo porque el tablero que utilizó Macareno Aljure para anotar las fórmulas físicas que sustentaban su exposición, quedó repleto de números, signos, corchetes, paréntesis, raíces cuadradas y cúbicas, logaritmos, quebrados y anotaciones algebraicas y trigonométricas que hicieron sentir a los asistentes que el científico estaba diciendo la verdad. Terminada la sustentación, Alejandro le preguntó si volveríamos a ver a su amada Jazmín. Macareno se quedó pensando y le respondió que eso dependía de la fuerza del amor.

—Entonces sí la veremos, porque la amamos —replicó el doctor Varoni, y todos aplaudieron de pie mientras el conferencista recibía las felicitaciones del alcalde.

Una muy mala obra teatral

Mientras los asistentes a la conferencia despedían a los doctores Aljure y Varoni, Jazmín los esperaba, muerta de susto, en la habitación donde muriera Luz Helena. Como no podía encender la lámpara para no delatar su presencia, optó por sentarse en una silla de mimbre de las que había tres en la sala y cerró los ojos, todo el tiempo, esperando con angustia la llegada de su prometido. Pero surgieron los problemas. No contaba Alejandro con un exceso de solidaridad de parte de los asistentes. Enseguida todos se lanzaron a sus casas para que pernoctara esa primera noche. Alejandro agradecía los gestos rechazándolos con diplomacia pero hubo una, la de María Barragán, una muchacha que parecía estar viviendo todo el año en Navidad, que casi no pudo rechazar. La alborotada mujercita, que fama tenía entre los hombres de Agua de Dios de ser más fácil que cruzar un río seco, se acercó a su oído izquierdo y le dijo que en su casa, aparte del hospedaje y la alimentación que le estaban ofreciendo los demás, también podía obtener placer. Desde luego, el reciente antecedente de Luz Helena y su realidad junto a Jazmín le dieron fuerza para rechazarla. Pero María, la misma que algún día le prometiera al padre Domingo que ningún hombre que ella quisiera en su cama podría rechazarla, incluido él, se acercó de nuevo, ahora a su oído derecho y lo sentenció a sucumbir a sus encantos:

—Algún día, no sé cuándo, usted va a ser mío doctor Varoni. Se lo juro.

Y se fue, sin deshacer la cruz hecha con la mano y una sonrisa de seguridad que alcanzó a asustar a Alejandro. Pero aún faltaba lo peor. El pueblo entero se volcó a dar consuelo al doctor Varoni por la muerte de Luz Helena y la partida de su prometida, de modo que ni él ni Macareno pudieron llegar a tiempo a casa de la enfermera donde Jazmín agonizaba de angustia debatiéndose entre quedarse en la casa y morir de miedo o salir a la calle y ser descubierta.

Entonces pensaron en una solución rápida y efectiva para quitarse a la gente de encima y esa solución vino de manera inesperada. Entre el público había un mago con la cara pintada de blanco. Le decían el Corcho. Se llamaba Humberto. Desde su llegada al pueblo se estaba ganando la vida de la misma manera como se la ganaba en el parque de Ibagué, su ciudad natal, antes de que la Sanidad lo atrapara, de manera cinematográfica. Mientras el payaso huía en su bicicleta de una sola rueda alrededor de la fuente de Agua, haciendo malabares, trucos de baja alcurnia, aventando pelotas de colores contra los hombres de la Sanidad y, luego, lanzando fuego por la boca. Un codazo disimulado de Macareno para que Alejandro mirara la cara de Humberto el Corcho, marcó el camino. ¡Tenían que actuar! El teatro era el camino para lograr la tranquilidad de Jazmín. Así lo entendió el doctor Varoni asintiendo con la cabeza.

Luego coordinaron en voz baja la estrategia mientras sonreían y saludaban a la gente. Estuvieron de acuerdo en montar una nueva escena capitalizando el miedo que desde siempre se ha tenido a los muertos.

De acuerdo con el plan, Alejandro anunció a los presentes que, por esa noche debía quedarse en casa de la enfermera fallecida, porque su ropa y objetos personales permanecían allí, pero que al día siguiente iba a buscar acomodo en alguno de los albergues.

Aunque la gente se alarmó, el médico agradeció el gesto solidario a los valientes que se ofrecieron a acompañarlo, incluido el Paisa, cuya presencia aseguraba la expansión automática del chisme, y se marchó con cierto afán sin olvidar por un segundo que Jazmín lo estaba esperando desde mucho antes.

Al llegar a la puerta de la ahora misteriosa casa de Luz Helena, se despidió de los presentes con gestos de tristeza creíbles. Macareno lo abrazó en perfecta actuación y le pidió que hiciera rápido su duelo porque el pueblo lo necesitaba con urgencia en sus cinco cabales.

Al segundo abrió la puerta y fingió pesar diciendo adiós con la mano a quienes aún lo observaban. Ingresó a la casa conteniendo la risa por la picardía y sintió los brazos asustados de Jazmín. Estaba temblando de miedo pero él la besó para que no hablara. Susurrándole al oído la puso al tanto del plan. Jazmín que lo estaba esperando con anhelo desde antes del mediodía le suplicó que no la volviera a dejar sola. Él le dijo que sería sólo por unos minutos y le pidió que confiara.

—Me siento como un payaso haciendo esto, mi amor, pero que todo sea por la salud de nuestro hijo.

Jazmín respondió con una sonrisa tierna que no desdibujó su miedo. Él le hizo un guiño con el ojo derecho y exhaló un grito terrible que se escuchó varias cuadras a la redonda. Muerto de terror mientras Jazmín reía con una de sus manos tapando su boca, Alejandro salió de la casa gritando y con cara de espanto. Sus alaridos paralizaron de miedo a buena parte del pueblo. Las personas que lo acompañaron hasta la casa de Luz Helena y que ya se estaban devolviendo a sus lugares, quedaron estupefactas y salieron corriendo a la par con Alejandro mientras le preguntaban, petrificados del susto, por lo que había visto.

Sin detenerse, el médico les dijo que un esperpento vestido de Luz Helena, la enfermera diabólica, lo estaba esperando con un hacha en sus manos y que con voz de ultratumba le advirtió que a quien se atreviera a entrar a su predio le iba a mochar la cabeza.

Ninguno dudó de su historia. Piernas les sobraron a todos para alejarse del lugar. Tanto le creyeron el cuento del espanto al doctor Varoni, que nadie volvió a pasar siquiera por el frente de esa casa y hasta desocuparon los predios vecinos por miedo a que la furia del alma de la enfermera la hiciera traspasar las fronteras de su propiedad.

Desde entonces, la calle de Luz Helena, que pasó a llamarse la *Calle de los Espantos*, dejó de ser transitada por siempre. Incluso, para ir a la farmacia de Macareno que estaba en la esquina, tres casas abajo, la gente prefería dar la vuelta a la manzana. Con la cuadra desocupada y a su disposición, los planes de traer al mundo ese bebé salvador que Jazmín sentía crecer en su vientre, estaban garantizados.

El siguiente paso del plan consistía en encontrar la forma de ver con frecuencia a Jazmín para alimentarla de amor, comidas y bebidas sin que alguien lo notara. Para hacerlo sin margen de error, se inventaron que Macareno Aljure le había ofrecido vivienda a su amigo y colega en la casa donde funcionaba la droguería. Así, mientras Alejandro traspasaba las tres tapias que lo separaban de Jazmín para darle compañía y aliento, Macareno iba rompiendo un hueco en cada uno de los tres muros de bahareque que separaban el patio de su farmacia del solar de la casa de Luz Helena. Con las manos, cuchillos y cucharones de la cocina, porque no querían despertar sospechas en los solares del vecindario, empezaron a cavar en silencio. Sobre la madrugada del día siguiente lograron agujerear la última tapia, ésta de guadua, para llegar al solar de la casa de Luz Helena.

Jazmín sintió un alivio inmenso porque aunque sabía que lo del fantasma de la enfermera era un montaje, el saberse dentro de la casa que la vio sufrir y morir no dejaba de causarle cierto escozor.

Dedicaron los tiempos libres de los primeros días a alimentar y a chequear a la futura madre. La encontraron fuerte y saludable y por sobre todas las cosas animada y dispuesta a soportar la difícil misión de permanecer allí los seis meses que le faltaban para dar a luz.

El plan marchaba de acuerdo con lo planeado. Sólo faltaba sacar a los dueños de las casas cuyos patios traseros lindaban con el solar de la casa de Luz Helena y alejar de la farmacia a María Barragán. Lo primero no fue difícil. La supuesta enfermera, que no era otro que Macareno disfrazado, se extralimitó territorialmente y en dos sesiones de espanto, a la medianoche, los puso de patitas a la calle. A todos menos a la persistente María Barragán, que sabiendo soltero al doctor Varoni, se inventaba cualquier pretexto para ir hasta la farmacia cuando lo veía pasar.

Incluso, varias veces tuvo Macareno que inventar coartadas, como las de una terrible diarrea en la humanidad de su amigo, porque sucedía que al minuto de entrar Alejandro se aparecía la Barragán preguntando por un Mejoral y por él, por un ungüento de yodo y por él, un jabón de la tierra y él. Era como si estuviera al acecho esperándolo en la esquina.

CAPÍTULO DIEZ

LA PARÁBOLA DEL MIEDO

❖━━❖❖━━❖

𝒫or esos convulsionados días llegó a la alcaldía la noti-
ficación de la derrota de Guillermo León Valencia y,
por ende, la del Partido Conservador en las elecciones presidenciales. El desgaste de 40 años en el poder sin que
la pobreza disminuyera, la pérdida de Panamá y la mala imagen
que causó en el gobierno la triste y absurda masacre de varios
miles de trabajadores de la zona bananera a manos de un general ebrio, de nombre Carlos Cortés Vargas, al servicio de la
United Fruit Company, hicieron que el electorado se volcara a
conseguir un cambio, a como diera lugar, eligiendo al candidato rojo del partido liberal, Enrique Olaya Herrera, con más de
350 mil votos. Aunque la mayoría de los pobladores de Agua
de Dios pertenecía al partido de Olaya y votó a escondidas por
los liberales, nadie celebró el triunfo por temor a desatar la ira
del alcalde y la de todos los funcionarios públicos, incluidos los
militares que por obligación, conveniencia y a veces gusto, per-
tenecían a los azules del partido conservador. Sin embargo sus
corazones se llenaron de un júbilo inmenso que muy bien supieron disimular.

Como mal político que era, el alcalde Álvaro Elías Bueno
estaba rodeado por los más pícaros y deshonestos colaboradores.

Al pueblo llegó proveniente de Barranquilla, nombrado por el gobernador de Cundinamarca gracias a una muy buena recomendación que de él hiciera el gobernador de Antioquia, Álvaro Elías. Había sido asistente personal del alcalde de Medellín y amigo íntimo del Ministro de Educación, que era el hermano de la esposa del Personero de Barranquilla, y se desempeñó como activista del partido conservador desde el mandato de Rafael Reyes hasta el día en que se le detectó la lepra.

Cuando lo diagnosticaron ya era un pícaro. Cobraba comisiones a proveedores por comprar sus productos, por propiciar reuniones entre contratistas y gobernantes, por conseguir entrevistas a personajes importantes de la vida nacional y hasta se lucraba con un porcentaje del sueldo de aquellos empleados que él ayudaba a colocar en las distintas entidades públicas del orden local y nacional.

No había acto de su vida que no fuera digno de enarbolar en el libro de la corrupción humana. En su vida familiar no era menos indecente. Tenía tantas mujeres como delitos en la impunidad y tantos hijos como hojas de vida en su cajón de clientelista consumado. La propia esposa lo veía únicamente los martes en la noche y sus hijos llegaban a sumar semanas sin verle. Aun así se jactaba ante sus amigos de ser el mejor padre y todo porque en Navidad llegaba con los mejores y más costosos regalos para ellos. Lo que no les contaba el bandido, era que esos regalos los robaba del paquete de ayudas que llegaban de la Capital para los niños pobres.

No obstante su prontuario, Álvaro Elías ignoraba que la suya fuera un alma perdida. Por eso lloró con rabia el día que le diagnosticaron la lepra y le gritó a Dios, con tono desafiante y mucha decepción, que si a él no le había bastado con ser un buen hombre, un buen ciudadano, un ejemplo para la sociedad, un buen samaritano, un padre ejemplar y un esposo maravilloso para merecer tan cruel castigo, que no contara más con su bondad y su vocación de servicio a sus semejantes. Que él ya no iba a ser más el mismo idiota que se sacrificaba por su pueblo. Que en adelante sería, sin competencia alguna, el peor de los seres humanos y que hiciera lo que le viniera en gana porque peor castigo que la lepra ya no le podía enviar.

Y así fue. No se supo qué hizo Dios pero sí se conoció del alcance de las palabras de Álvaro Elías. Sintiendo que ya había pagado su condena por adelantado, el impío empezó a ser, desde ese día, ocho veces más hampón, cuatro veces más mujeriego, el doble de irresponsable y mil veces más mentiroso. Sólo hablaba con la verdad diez minutos a la semana. Y eran los minutos que seguían a la comunión que recibía sagradamente cada domingo en la misa de seis. Mientras mojaba la hostia con su saliva pecaminosa prometía no volver a robar, ni a mentir, ni a fornicar, ni a desear la mujer del prójimo, pero su voluntad lujuriosa y codiciosa le hacía caer en tentación a los pocos minutos. Muchas veces metió la mano a la canasta de las limosnas con una moneda y la sacó con un billete, camuflado bajo el puño de su camisa. Y como su mujer sabía que tenía que esperar siete días para que volviera a hablar con la verdad, se atacaba preguntándole cosas que la traían con sospecha. Pero el muy vivo le decía que estaba en oración y que lo dejara concentrar.

No había peor ser humano en los alrededores de Agua de Dios y en cientos de kilómetros a la redonda que Álvaro Elías Bueno.

Alejandro lo entendió así, en su despacho, el día en que anunciaron la derrota del partido conservador. Esa tarde él y los demás miembros de la asociación LEPRA, fueron a solidarizarse con el alcalde y a pedirle que les ayudara a gestionar sus solicitudes en los seis meses que les faltaba para entregar el poder, pero Álvaro Elías se quedó mirándolos con incredulidad tratando de no recordar sus promesas…

—¿Cuál oficina de correos? ¿Cuál laboratorio para investigaciones científicas? —les dijo sin sonrojarse y puso cara de serio haciéndose el desentendido.

—Usted nos prometió que si el partido conservador ganaba nos cumplía esas promesas. Y aunque no ganó, sepa usted que hicimos todos los esfuerzos por llevar gente a las urnas.

—Yo nunca prometo nada que no pueda cumplir, doctor Varoni.

—Todos lo escuchamos. No estamos locos, señor alcalde —dijo Macareno apoyando la protesta.

—Sí están locos doctor Aljure, porque nunca he prometido laboratorios, ni telégrafos a nadie y yo no digo mentiras —les gritó con enfado y con todo el descaro y todo el cinismo, sin quitarles la mirada de sus ojos como para certificar su sinceridad—. Los que dicen mentiras son ustedes, que se comprometieron a votar por el candidato del gobierno y no lo hicieron.

—No puede ser —dijeron en coro mirándose con incredulidad los engañados.

—¿Qué es lo que no puede ser, doctores?

—Que muchos de nosotros siendo liberales le hayamos dado el voto a los conservadores para que ahora nos salgan con esto. Que usted nos sostenga una mentira mirándonos a los ojos con tanto cinismo, señor alcalde. Que haya personas capaces de deshonrar su palabra. Eso, eso precisamente, es lo que no puede ser —le gritaron indignados, levantándose de sus sillas con alevosía y se marcharon en medio de murmullos.

El alcalde se quedó mirando su pie izquierdo al que solo le quedaban dos dedos y le dijo a Dios, sin pena alguna, que él le había advertido sobre el tipo de malparido que iba a ser el resto de su vida. Luego se echó a reír y encendió un tabaco mirando por la ventana hacia el nevado del Tolima, que en ciertas épocas del año, como aquella, se dejaba ver hacia el sur con su cresta blanca e imponente. Como el volcán tenía la forma del seno de una mujer recordó que hacía dos meses no tenía sexo con su esposa, y se fue a casa en busca de doña Magola de Bueno, la mujer sumisa que lo acompañaba desde su llegada a Agua de Dios desde su puesto de alcaldesa encargada.

Sin posibilidades de investigar los orígenes de la enfermedad y sus posibles tratamientos, y sin esperanzas de conseguir en el exterior estadísticas y avances de la búsqueda de una cura, por falta de oficina de correos, Alejandro y Macareno pusieron todas sus esperanzas de salvación en el bebé que estaba esperando Jazmín y en la reactivación, aunque fuera sin la materia prima necesaria, del laboratorio clínico del hospital. Sabían que si el bebé nacía sin los síntomas de la enfermedad, tendrían en él o en ella una espada muy poderosa para luchar contra la infame e inhumana discriminación de los enfermos. Por eso, los meses que le faltaban a Jazmín para parir fueron los más intensos y decisivos, pero también los más difíciles e inesperados.

Nadie contaba con que, en medio de su aislamiento forzoso, Jazmín terminara tejiendo una gran aunque fantasiosa amistad con Luz Helena. Llegaron a ser grandes amigas. Las mejores. Una noche cualquiera, estaba Jazmín contemplando y oliendo las ropas que la enfermera dejó guardadas en su baúl, oloroso a alcanfor y a madera seca, cuando un frío helado recorrió su espalda. Ella se giró para ver de dónde provenía el chiflón, pero no vio nada. En cambio recibió una nueva caricia del viento en su cuello. Entonces supo que alguien estaba presente y que ese alguien quería jugar. Y no le quedó difícil suponer que se trataba de Luz Helena haciendo valer su territorio.

La difunta no estaba dispuesta a permitir que la mujer que había causado su desgracia se quedara a vivir en la casa que construyó con el esfuerzo de sus propias manos. No la quería ver durmiendo en su cama, orinando y cagando en su propia letrina, besando y haciendo el amor al hombre que amó, protegiéndose de la lluvia con las tejas de zinc que ella misma instaló después de encaramarse haciendo equilibrio sobre los muros de la casa y cocinando en las ollas que ella misma vio ennegrecer con el carbón de la estufa que ella misma construyó, con tres piedras que ella misma trajo del río, con gran esfuerzo, y en tres viajes distintos, por el peso que cada una de ellas tenía.

Por eso, la enfermera regresó del más allá, celosa y furiosa por la invasión que a su casa estaban haciendo las dos personas que la habían llevado a la tumba y trató de hacerles la vida imposible, aunque con la poca efectividad que suelen tener las fantasmas primíparas al carecer de poder físico para hacer daño.

Aunque Jazmín sintió miedo al notar su presencia, trató de hacerse a la idea de que todo era irreal. El primer día le apagó el candelabro cuatro veces. Jazmín pensó que se trataba del viento.

La segunda noche le sopló la cara. Jazmín creyó que los zancudos estaban merodeando y se cubrió el rostro con la almohada.

La tercera vez le hizo enredar el cabello en el peine nacarado que encontró en el baúl de la muerta. Jazmín creyó que el jabón de la tierra no era de buena calidad y empezó a lavárselo con aguacate.

El cuarto día apagó la llama del fogón donde Jazmín preparaba un café. Jazmín no pensó nada y lo volvió a encender.

El quinto día se le metió entre la sábana y le hizo sentir un extraño cosquilleo por todo el cuerpo. Jazmín creyó que un gusano de seda se había trepado a la cama.

Al sexto día, y esto ya suponía un gran avance en los poderes que Luz Helena debería estar aprendiendo en la cuarta dimensión, le empezó a mostrar su sombra. Jazmín pensó que era la suya, aunque ésta se moviese hacia lugares distintos a los que indicara la lógica y el foco de luz que la producía.

Fue después de la séptima manifestación de la enfermera, cuando su huésped empezó a preocuparse y a ver lo que antes no quería ver, por pura necesidad de propiciar un ambiente tranquilo para su hijo o por su vocación científica. Sucedió una madrugada mientras dormía. El fantasma se apareció en su sueño en forma de bola de fuego y le exigió con chillidos estridentes que se fuera de su casa. Jazmín se confundió porque recordó que la enfermera estaba muerta, pero no pudo despertar de inmediato a comprobarlo.

Entonces, Luz Helena le gritó con furia que no la quería ver más en su casa usando sus cosas. Que le daba siete días para que saliera de su hogar. Que la odiaba por haberle arruinado la vida y que si ella seguía ahí, en su morada, ninguna de las dos iba a poder alcanzar la paz. Y eso no fue todo. Cuando la voz de Alejandro retumbó desde el patio, Jazmín quiso despertar para buscar refugio en sus brazos, pero el espíritu maligno se lo impidió. Le ahogó la voz, le trancó la respiración y se sentó en sus ojos. De modo que cuando Alejandro ingresó a la habitación, la encontró queriendo respirar con la angustia de un pez en la arena y tratando de gritar sin poder gritar. Como tampoco podía abrir los ojos, pensó que Jazmín estaba en un trance diabólico. Trató de despertarla con un par de sacudones, unas cuantas bofetadas sutiles, luego con una bocanada de aire dentro de su boca y, por último, poniendo un crucifijo sobre su pecho que palpitaba a un ritmo que ni él mismo había sentido en los momentos más sublimes de su conquista. Como nada dio resultado se fue corriendo hasta el hospital en busca del doctor Aponte, pero se arrepintió antes de llegar a la puerta porque consideró que no era buena la idea de revelarle el secreto de la existencia de Jazmín a un ser del que percibía tanta envidia y recelo.

Entonces, y contra sus principios, por su vocación materialista, corrió hasta la iglesia en busca del padre Domingo para que le ayudara a exorcizarla, pero a mitad de camino también se llenó de dudas y se contuvo. Consideró riesgoso contarle al amigo íntimo de un alcalde corrupto que su esposa estaba en Agua de Dios y más embarazada. Entonces decidió volver a casa y lanzar sobre la cara de Jazmín un balde de agua de la alberca. Fue la única manera de hacerla regresar.

A partir de ese sueño la relación entre Alejandro y Jazmín nunca volvió a ser la misma. Ella se transformó en un ser nervioso e inseguro. Lucía miedosa y paranoica. Cuando Macareno le hablaba, siempre estaba elevada pensando en algo distinto, y a Alejandro le tocaba repetirle dos y tres veces las cosas. Perdió la capacidad de realizar dos actividades al mismo tiempo, característica de su reciente pasado y vivía tan ensimismada, que difícilmente podía concentrarse en algo que no fuera el punto hacia el que estaba observando. Solía mirar siempre hacia el baúl de Luz Helena mientras contestaba o mientras escuchaba lo que le decían y empezó a reírse sola, a llorar sola y a conversar sola.

En un principio Alejandro creyó que se trataba de una demencia temporal, causada por su encierro y hasta le propuso que se fugaran del pueblo. Ella, que a pesar de sus distracciones mentales aún mantenía intacto su poder de raciocinio, le pidió que no la incitara a fugarse, no porque no deseara que su hijo naciera en libertad, sino porque no quería correr el riesgo de que el bebé muriera bajo las balas de los soldados del gobierno antes de nacer. Lo dijo porque Macareno le había contado la historia de Guillermo Portilla, un joven de 24 años al que la lepra le atacó media cara, del lado derecho. Primero le cubrió la órbita del ojo, luego se extendió hacia la nariz y, por último descendió hacia la comisura del labio y la quijada, para perderse bajo la mandíbula donde se detuvo.

Guillermo Portilla venía de pelear por los franceses en la primera guerra mundial y como buen guerrero que nació, no quiso resignarse a pasar el resto de sus días en un lugar tan lúgubre y desolado y lejos de Marta, la jovencita samaria que le entregó sus encantos, muy cerca del campo de batalla, a los trece años, haciéndole creer que tenía diecisiete.

Por eso, desde el primer día que llegó, dedicó sus minutos y sus horas a planear la manera de escapar. Marta en sus sueños, Marta en sus pensamientos, Marta en su alma, Marta en su corazón, Marta en sus gónadas, Marta en sus venas, Marta en el agua que lo bañaba y en el aire que respiraba, Marta en sus interiores y en su gorra militar, Marta en el gatillo de su bayoneta, Marta en cada acto de su vivir. El recuerdo de Marta lo invitaba cada instante a saltar el cerco, a ir por ella, a volar sin alas si fuera preciso. Lo intentó una y otra vez, ignorando por completo que Marta, no solo fue quien lo denunció con la Sanidad, sino que apenas su prometido fue trepado al camión de la Sanidad, salió en busca de su primer amor.

Como lo ignoraba todo, Portilla siguió empecinado en salir de Agua de Dios a como diera lugar para atravesar las tres cordilleras que lo separaban de regresar a Santa Marta, su bella tierra natal. Intentó salir de mil maneras. Primero en el carruaje que traía las provisiones al pueblo. En esa ocasión se camufló entre la diligencia en medio de guacales desocupados pero fue descubierto por un centinela de los que cambiaban permisos por resultados. Luego, se sumergió con grandes sacrificios entre barriles de lavazas, que los restaurantes de Tocaima mandaban a recoger los lunes para engordar sus marranos, pero tampoco pudo sobrepasar los controles porque el mismo centinela sabueso descubrió que de la superficie de una de las canecas estaban brotando burbujas. Entonces la hizo vaciar sobre el piso caliente del mediodía y ahí, entre la inmundicia y las sobras, apareció Guillermo Portilla como capullo de mariposa, sacándose con asco de la boca, los oídos y el cabello, tripas de pollo, pedazos de carne masticada, cáscaras de plátano y hasta hojas de tamal.

En ese estado de inmundicia fue devuelto al pueblo en medio de las risas y los aplausos del público por su osadía.

Pero como la imagen y el recuerdo de Marta seguía mortificándolo día y noche, Guillermo Portilla optó, al final, por la alternativa de fuga más difícil. Atravesar el río Bogotá y correr por las montañas esquivando las balas de los soldados hasta ganar su libertad.

Lo intentó un miércoles después del almuerzo, aprovechando que en ese momento el cóctel mortal de llenura, sueño y calor sofocante, causaban en los humanos un deseo de dormir tan inmenso, que a esa hora Agua de Dios parecía un pueblo de nadie. Entre las 12:30 y las tres de la tarde, las calles lucían despejadas, quietas, como posando para un pintor. Ni las ramas de los árboles se movían. Sólo un vapor extraño se veía a lo lejos, creando sensaciones sobre el piso que a los ojos de cualquier humano parecía mojado. Ésa fue la hora que eligió Guillermo para partir hacia la libertad en busca de su amada. Después de atravesar el pueblo corriendo, sin parar, de esquina a esquina, se internó en el embarcadero y empezó a caminar paralelo a las aguas del río hasta desaparecer de la vista de los soldados que custodiaban el puerto. Luego se camufló entre los troncos de dos árboles frondosos que se erguían majestuosos sobre el valle. Allí esperó hasta que los centinelas que estaba observando se distrajeran o durmieran. Como ninguna de las dos cosas sucedieron en el tiempo que su desespero le indicaba, decidió correr el riesgo de hacerse el valiente y atravesar el río rezando el salmo que hacía a los hombres invisibles ante sus enemigos. Entonces esperó hasta el cambio de guardia para cometer su aventura. Cuando éste se produjo, a las 6 de la tarde en punto se echó a correr, primero por sobre las piedras que fue pisando con seguridad a pesar de la lama que las poseía y que las hacía resbaladizas y luego nadando, siempre tratando de no hacer ruido. Tenía la espalda y el pecho lleno de picaduras de zancudos y el hambre ya estaba a punto de producirle un desmayo. Su pasividad hizo que el río lo arrastrara muy rápido hacia la zona de peñascos por lo que se vio en la necesidad de bracear con fuerza. Cuando empezó a chapucear con desespero para no romperse la humanidad, un soldado se acercó al puente a ver qué ocurría y usó sus binoculares para dar crédito a lo que estaba observando. Un hombre, no un gran pez como en un principio creyó, nadando contra la corriente y contra la mierda para ganar la orilla. Inmediatamente hizo sonar su silbato. En medio minuto más de veinte soldados le estaban apuntando con sus rifles y lo demás es la historia de un hombre que fue convertido en colador por las balas del gobierno.

Con tantos o más agujeros que una colmena y sus pulmones repletos de excrementos, Guillermo Portilla fue enterrado en Girardot, el mismo pueblo que lo vio nacer y sin que Marta se enterara que él había dado la vida por ella.

Descartada, de momento, la alternativa de una fuga, Alejandro y Jazmín se dedicaron a cuidar del hijo que estaban esperando con denodado amor, él con las recomendaciones de Macareno Aljure y ella con la ayuda y los consejos de Luz Helena, de quien finalmente se hizo amiga, el día que la despertó, segundos antes de que una serpiente se introdujera dentro de su sábana. Estaba a punto la cascabel de morder a Jazmín cuando la enfermera emitió un soplido sórdido dentro de sus tímpanos que la puso al tanto del peligro. Con un grito y un palo de escoba la ahuyentó hasta el patio donde se perdió entre la maleza y las matas rastreras de ahuyama y patilla que sembraron su esposo y Macareno en un solar que estaban convirtiendo en un centro de autoabastecimiento. Jazmín atribuyó el soplido dentro de sus oídos a una decisión de Luz Helena, más interesada en no perder contacto con los humanos que en salvar la vida de la mujer que le destruyó, literalmente, la vida.

CAPÍTULO ONCE

LA PARÁBOLA DEL AGUA

ientras Jazmín daba a luz, Alejandro y Macareno se interesaron en el caso de Miguel Fernández, el falso paciente que prefirió morir de lepra a morir de hambre, ingresando al lazareto con un diagnóstico adulterado para poder cobrar la ayuda del gobierno. Durante varios días lo mantuvieron en observación rigurosa a la espera de que apareciera algún síntoma de la enfermedad, pero nunca apareció. Empezaron a crear una historia clínica con su caso y en una especie de bitácora de la investigación anotaron los resultados de los exámenes a los que era sometido. Examinaban su sangre a diario y la comparaban, en el arcaico microscopio del doctor Aljure, con la sangre de pacientes leprosos. Con una lupa de gran aumento, recorrían milímetro a milímetro cada poro del cuerpo de Miguel a fin de establecer la aparición de cualquier cambio en su piel que les pudiera indicar la llegada de la enfermedad a su vida y pidieron prestada, en varias ocasiones, para dejar un registro fotográfico del caso, la cámara de trípode y fuelles de Hernán González, el viejo zorro congelador de momentos, que todos los domingos se instalaba en el parque de Agua de Dios para captar momentos familiares y a repujarlas sobre una bandeja metálica, por el precio de dos coscojas, una de las cuales debía entregar al alcalde Bueno a cambio de un permiso mensual para hacer traer de Bogotá los químicos y el papel necesarios para el revelado de las fotografías.

Cuando acumularon las pruebas, gráficas, científicas y de observación suficientes e irrefutables para desmitificar el carácter contagioso de la enfermedad, se fueron a casa del alcalde Bueno, en compañía de un Miguel Fernández rozagante, al que le prometieron una buena suma si todo llegaba a feliz término, y le expusieron los novedosos resultados de la investigación. Disimulando su preocupación, Álvaro Elías hizo llamar al doctor Aponte para que certificara los estudios. Aunque el médico no descalificó las pruebas tampoco las avaló. Dijo que le parecía muy fácil trabajar sobre un paciente recién infectado porque era seguro que la enfermedad no se iba a manifestar en tan poco tiempo, pero que él prefería no interferir o, por lo menos, dar más tiempo a la investigación porque su deseo también era el de acabar con esa pesadilla del destierro.

Muy preocupado porque el fin de su negocio pudiera estar cerca, el alcalde Bueno les prometió, fingiendo una gran felicidad por los resultados del caso, que llevaría sus cuadernos y fotografías hasta la Capital para que las autoridades sanitarias las analizaran. Viendo la buena actitud del burgomaestre, estuvieron tentados a enviar también la investigación que venían realizando en paralelo con Jazmín, pero se abstuvieron de hacerlo porque se trataba de ponerla al descubierto.

A sabiendas de los chorros de dinero que le producía la enfermedad por vía de la corrupción, el alcalde no sólo prendió fuego a la investigación sino que, en un acto de desmedida cortesía, se ofreció a llevar a Miguel Fernández hasta Bogotá para que las autoridades sanitarias lo examinaran de primera mano. Muy feliz por las coscojas que le pagaron, por la calurosa y esperanzada despedida que le brindaron sus compañeros de tragedia en Agua de Dios y por la oportunidad de volverse a reunir con su familia, Miguel empacó maletas y se fue al viaje más largo y misterioso de su vida, porque el alcalde volvió sin él.

Al día siguiente Macareno y Alejandro se quedaron esperándolo a la hora acordada. Miguel nunca llegó. Luego fueron a buscarlo a casa del alcalde y allí tampoco estaba. Entonces fueron a casa de María Barragán, el lugar donde encontraban a más del noventa por ciento de los hombres que desaparecían, y allí tampoco lo encontraron. El doctor Aponte tampoco dio razón de Miguel Fernández. Cuando llegaron a la alcaldía a preguntarle a Álvaro Elías si él había regresado de Bogotá con Miguel Fernández, entendieron lo que estaba pasando.

—¿De qué Miguel Fernández me hablan? No sé quién es ese señor. Nunca lo he visto.

Después vino lo peor. Preocupado por el ímpetu investigador de Alejandro y Macareno y las consecuencias que para su ambición podría tener el que se descubriera que la lepra era inofensiva, Álvaro Elías decidió desaparecer del presupuesto el rubro destinado al funcionamiento del laboratorio y, como medidas complementarias para mantener su imperio de corrupción, dejó sin funciones y sin salario a Macareno Aljure, mandó a robar la cámara fotográfica de Hernán González y destituyó a Alejandro como Secretario de Salud, devolviendo a ese cargo al bueno para nada de Vladimiro Aponte quien, sin quererlo, terminó convertido en cómplice de sus fechorías.

Sin recursos, a punto de colapsar por la desmedida ambición del alcalde, el hospital tuvo que cerrar sus puertas dejando a Macareno sin lugar para realizar sus investigaciones. Mantener la temperatura y las condiciones de almacenamiento para conservar las muestras de sangre sin que se perdieran sus propiedades, se volvió una tarea utópica. Cientos de pacientes quedaron a la deriva, sin un lugar donde mitigar la penosa enfermedad.

Alejandro tomó una decisión más arriesgada aún: aprovechar la difícil situación económica de la institución y el haberse quedado sin sueldo, para ir a vivir de nuevo a la casa de Luz Helena, tratando de despejar las dudas sobre su sexualidad que, como camino de pólvora encendido, propagó María Barragán por todo el pueblo. A todos les dijo de las recurrentes entradas del doctor Varoni de medianoche a la farmacia de Macareno, y de sus misteriosas salidas a la madrugada. También de las mil veces que el farmaceuta se lo negó.

Sabía que el pueblo iba a cuestionar su traslado a una casa embrujada y que la privacidad de Jazmín iba a correr riesgo, pero sintió necesario hacerlo por temor a que su mujer terminara por desquiciarse por la ya comprobada presencia del alma en pena de la enfermera perturbando sus días.

El primero en aterrarse fue el cura. Le preguntó si estaba blindado contra las almas del purgatorio o si había hecho algún pacto con el diablo para hacerse inmune al miedo. Alejandro le dijo que simplemente estaba aburrido de vivir en un lugar sin presupuesto, viendo pasar gente sin dinero para comprar sus medicamentos y mucho más ahora que el alcalde Bueno lo había removido de su cargo. Y que si por los fantasmas era, en el hospital los había visto pasar en las noches hasta en grupos de a cuatro. Y que si por temor a los difuntos era, que no se preocupara porque le temía más a personajes como el alcalde Álvaro Elías que a todos los muertos de lepra juntos.

—Su amigo, padre —enfatizó con sarcasmo.

—Soy amigo de todos, hijo, incluso de usted.

Luego, los cuestionamientos vinieron de parte del alcalde quien, para congraciarse con el médico, le ofreció, cínicamente, irse a vivir a una oficina de la alcaldía. Alejandro, que no estaba dispuesto a dejarse contentar por nada del mundo, le dijo que prefería morir de miedo o de hambre o atacado por el hacha de la enfermera, a morir de gangrena, porque era tanta la podredumbre que se respiraba en su despacho que no era fácil salir de allí sin infectarse.

Desde entonces, Alejandro se convirtió en el peor enemigo del alcalde. En el hombre a desterrar, a matar.

—Me ha ofendido terriblemente, doctor Varoni —alegó Álvaro Elias Bueno con una sonrisa amenazante.

—El filo de la verdad corta y entiendo que esto le ofenda, pero sólo estoy diciendo lo que siento señor alcalde. Espero no merecer por esto la misma suerte de Miguel Fernández.

—Hay cosas que no se deben decir por más que le estén quemando a uno la lengua, doctor Varoni.

—Eso piensan ustedes los políticos, porque hasta en los enemigos ven un voto para su futura elección, pero le recuerdo que, afortunadamente, yo no soy político, señor alcalde. Así que prefiero decir las cosas por su nombre, a tiempo y de frente. ¿O acaso usted prefiere que las diga a sus espaldas? ¿O acaso usted prefiere que yo me comporte como un hipócrita y le sonría cada vez que lo salude, cuando por dentro estoy pensando que usted es un hijo de puta mentiroso, asesino y ladrón, señor alcalde?

—Prefiero lo último, doctor. Prefiero que piense que soy un hijo de puta y que me salude con una sonrisa. Porque a mí no me importa lo que usted sienta sino lo que usted exprese. Eso es lo que ven mis seguidores, doctor. Eso es lo que los expertos llaman la reputación.

Luego, selló la conversación con un par de palabras que, además, fueron las últimas que se cruzaron en vida:

—¡Las apariencias! —exclamó con suficiencia.

—¡Las apariencias! —repitió Alejandro con sarcasmo y catapultó su enemistad con una frase lapidaria—: así como el sol derrite poco a poco la nube hasta imponer su luz, la verdad, por oculta que esté, se abrirá paso, poco a poco, hasta derretir su mentira, señor alcalde.

Y aunque la charla parecía haber quedado cancelada con estas palabras, a partir de entonces la vida para el doctor Varoni se convirtió en un calvario, pues el alcalde, herido en lo más profundo de su orgullo, haciendo uso indebido y abusivo de su poder, puso todas las herramientas de presión y de corrupción que tenía a su alcance para perseguirlo y mortificarlo. Primero le refundió el auxilio gubernamental, no una sino varias veces. Luego lo hizo seguir por un par de policías vestidos de civil. Al parecer, Bueno les dio la orden de no dejarlo ir solo ni al baño porque a donde fuera, Alejandro sentía las sombras del par de agentes que sólo atinaban a sonreír cuando él los miraba. Fueron los peores días para Jazmín, porque durante semanas tuvieron que entenderse a señas, así por miedo a la enfermera asesina los escoltas se quedarían a esperar a Alejandro en la esquina. Ante el encierro voluntario y prolongado de Alejandro en casa de Luz Helena, el malvado alcalde intentó algo más cruel. Le hizo cortar el suministro de agua potable, que no abundaba por aquella época en esa zona tan árida, puesto que el único río que pasaba cerca era el mismo en el que descargaban los excrementos los habitantes de la capital.

Y si conseguir agua ya era una odisea para el mismo alcalde y para sus más cercanos amigos, cómplices y colaboradores, para los enemigos como el doctor Varoni y quienes se atrevieran a apoyarlo fue más que imposible. Por eso Alejandro se quedó solo con su mujer y su futuro hijo. El único que desafió el bloqueo que el rencoroso burgomaestre impuso a Alejandro fue Macareno. De modo que a dos meses de iniciada la infame arremetida, el médico y el científico parecían más una pareja de vagabundos que los profesionales que en verdad eran.

Les tocó vivir de la caridad de algunas señoras que camuflaban sobras de comida entre sus ropas y las descargaban con disimulo en el antejardín de la casa, de la recolección de frutas salvajes y de la esperanza que puso en las nuevas matas de patilla que entre los dos sembraron en el solar de la casa de Luz Helena. Mientras las sandías crecían y maduraban, los médicos, por sugerencia de Bartolo, empezaron a extraer agua, a escondidas, de las pilas bautismales, que eran un par de calderetas con forma de concha que salían como alas de las dos columnas centrales de la entrada de la iglesia y que el padre Domingo bendecía diariamente a las cinco de la mañana. Con la complicidad de Bartolo, Macareno y Alejandro eran los primeros feligreses en entrar al templo, casi con el primero de los tres campanazos que convocaban a la misa de seis de la mañana.

La idea era beber de esas fuentes de agua bendita antes de que los feligreses remojaran sus dedos percudidos dentro de ellas, para dibujar una cruz mojada sobre sus frentes. Con toda la sed del día anterior el par de profesionales que ante el cierre de la farmacia por parte del alcalde, ya compartían techo con Jazmín en la antigua morada de Luz Helena, bebían con angustia de cada una de las pocetas y luego se limpiaban los sobacos y las lagañas, hasta vaciarlas.

Luego, Bartolo las volvía a llenar y del agua cambiada, suspirando de amor y con inmensa ira, Alejandro bebía una bocanada enorme que almacenaba sin tragar entre sus mejillas. Con los cachetes inflados salía corriendo sin despedirse de nadie, ni de Cristo y, como bestia desbocada, atravesaba el parque, luego las dos calles que lo separaban de la casa de la enfermera, saltaba los palos que delimitaban el antejardín, golpeaba angustiado y, cuando Jazmín le abría la puerta, sin asomarse, entraba a la casa buscando su cara, la tomaba con sus dos manos, ponía sus labios sobre los suyos y le abría la boca para depositar en ella el agua bendita que habría de alimentar por el resto del día a su mujer y a su hijo. Jazmín la bebía con placer y no pocas veces lloró por el drama que estaban viviendo.

—Maldito alcalde —repetía en voz baja para que la criatura no la escuchara, y lloraba en el pecho de Alejandro hasta quedarse dormida aún en medio de sus malos olores corporales que a fuerza de comprensión terminó amando. Sin embargo Alejandro, en medio de su nobleza irremediable, le repetía con susurros al oído cosas tan difíciles de entender como ésta:

—Ha crecido tanto el amor entre los dos desde que bebes agua de mi boca mi vida, que yo diría sin sarcasmo alguno, sin rencor alguno: ¡bendito alcalde!

❦

CAPÍTULO DOCE

LA PARÁBOLA DEL TERROR

uando Jazmín cumplió el séptimo mes de embarazo, todo en su vida estaba a punto de derrumbarse. Su mirada que antes era un oasis, un paisaje alegre, ahora era dispersa, parecía la superficie triste de la luna, estaba ausente y su sonrisa desapareció como el sol en la noche. Su pelo enmarañado y abundante ya rozaba sus nalgas y sus pies estaban cuarteados por haber adoptado, de un momento a otro, la rara costumbre de andar descalza. Su dentadura empezaba a deteriorarse y el esmalte de los dientes amenazaba la otrora sonrisa reluciente, al igual que el de las uñas de las manos que se doblaban como espiral.

Por consejos malintencionados de Luz Helena, Jazmín empezó a descuidar su aspecto personal. Pretendía la enfermera que Alejandro empezara a extrañarla con sus olores frescos y su impecable vanidad de siempre expuesta al natural por los lados de la alberca. Para lograrlo, convenció a la futura madre de poner a prueba el amor de Alejandro llevando a un punto extremo la fealdad a fin de que ella supiera si su enamoramiento era del alma o de los ojos. Pero el tiro le salió por la culata. Con mucha preocupación, Alejandro fue notando estos cambios, pero no se atrevió a decirle nada por temor a ahondar su depresión. Estaba seguro de que la amaba y, a pesar de su transformación, jamás dejó de sentir gusto, deseo y admiración por ella.

Peor aspecto estaban tomando los doctores Varoni y Aljure. Por su mala presencia y sus olores desagradables, se aproximaban con méritos a la fisonomía de un vagabundo loco. Ambos tenían el pelo, la barba y el bigote en sus máximos niveles históricos de volumen, longitud y enredo. Sus ropas percudidas y malolientes denotaban el desgaste del uso exagerado. Sus rostros se veían cuarteados por ese injerto mortal de mugre, agua y sol sobre la piel y sus miradas transmitían tanta impotencia, tanta tristeza, tanto dolor, que al verlos se corría el riesgo de comprender en su total dimensión todas las tragedias humanas juntas.

Al pueblo no le iba mejor. Por la escasez de agua y la exagerada corrupción de Álvaro Elías y sus compinches, parecía un cementerio de lamentos. Las calles lucían rotas y desniveladas, los andenes repletos de hierba y el pasto alcanzaba en los separadores una altura suficiente para que los perros se perdieran en él. Las paredes de las casas conmovían hasta la tristeza, manchadas y descascaradas, los tejados de lata oxidados y los de paja trasquilados y despoblados. Los negocios cerraron las puertas por falta de clientes que no pidieran al fiado y los olores que se paseaban orondos por toda la atmósfera eran tan fétidos e insoportables, que hasta los cerdos escondían su hocico entre los desperdicios para no tener que soportarlos.

En esas semanas hicieron su arribo a Agua de Dios más de dos centenares de leprosos que agravaron la situación de insalubridad del municipio. Todo porque al alcalde se le ocurrió, a dos meses de entregar el cargo a su sucesor liberal, que ya no iba a repartir más los auxilios del gobierno, pues él sabía que eran los últimos que podía robar en su vida. Por esto, los nuevos pobladores tuvieron que acomodarse en colchones de cartón sobre los andenes más sombríos del centro del municipio, en los pasillos del hospital o bajo las ramas bondadosas de las cuatro ceibas que estaban sembradas en cada una de las esquinas del parque central.

Tan dura era esa realidad que haber adecuado como dormitorios muchos rincones del pueblo, no era tan dramático como convertir las paredes y los troncos de los árboles en sanitarios. Era tal el drama que los malos olores se anunciaban desde dos o tres kilómetros antes de que los leprosos hicieran su arribo al pueblo. La putrefacción que se respiraba en cada esquina era tal, que al poco tiempo en la calle ya no se podía identificar el rostro de nadie. Todos estaban cubiertos por mantas, pañuelos, prendas de vestir y bufandas que en contraste con la proliferación de barbas y melenas por falta de peluqueros, ganas o de dinero para trasquilarse, hacían ver a la muchedumbre como una caravana de beduinos transitando por un desierto de insensatez.

Con ese espectáculo dantesco de gentes tiradas en los andenes techados, excrementos esparcidos por todas las esquinas, muertos en vida deambulando por las calles en busca de una gota de agua entre una flor o en el tallo de una hoja, el pueblo agonizaba. Todo porque al burgomaestre, el monstruo de la ambición que lo venía carcomiendo por dentro, desde varias vidas atrás, le hacía ver las cosas de manera positiva y distorsionada. Al padre Domingo le decía que ésa era una manera de limpiar los pecados de la gente y el laxo cura siempre estaba de acuerdo con sus insólitas interpretaciones de la vida. Un día salió al balcón de la alcaldía y le habló a la multitud hambrienta:

—Señoras y señores. Dios ha querido que caigamos en la desgracia de esta enfermedad tan terrible. Dios ha querido que el Gobierno nos regale este pueblo que, aunque con necesidades, es nuestro. Dios ha querido que nos separemos para siempre de nuestras familias. Dios ha querido que padezcamos una sequía ya muy larga y que nuestras gargantas anhelen una brisa fresca. Dios ha querido que los auxilios del gobierno no nos lleguen. Dios ha querido que suframos con paciencia y resignación el hambre y la falta de comodidades. Todas nuestras desgracias han sido enviadas por Dios. Pero Dios es bueno, es santo, es sabio y a quienes aceptemos con resignación su voluntad, sabrá recompensarnos con perdón, gloria y prosperidad.

Sólo quienes renieguen de su autoridad y quienes duden de su bondad tendrán que soportar este martirio eternamente.

Luego, hacía hablar al padre Domingo para que avalara sus palabras, como representante de Dios en la Tierra, y la gente se marchaba esperanzada con una bendición a cuestas a llorar a sus ranchos, a comer mierda y a masticar su ira, olvidándose de una revolución que por puro deber ya tendrían que haber iniciado.

Lo único que cambiaba en el pueblo, lo único diferente cada mes, eran las composiciones magistrales del Maestro Calvo, las interpretaciones premonitorias del Maestro Morales que cada vez se tornaban más lúgubres, y la casa del alcalde que cada vez se hacía más alta. Crecía un piso después de un discurso, que inteligentemente pronunciaba, cuando los auxilios del gobierno llegaban a la Tesorería Municipal. Todo porque la Contraloría Nacional no encontraba aún un contador con lepra, para enviarlo a Agua de Dios a fiscalizar los gastos del presupuesto que Álvaro Elías manejaba desde su bolsillo sin fondo. Llegó, incluso, al descaro de hacer descargar directamente en su casa los dineros que llegaban desde Bogotá en camiones muy bien custodiados desde el Banco Central. En completa soledad y con absoluta avaricia, el ambicioso político abría las cajas con desmedida locura y esparcía el dinero sobre su cama. Luego se ponía a contarlo hasta altas horas de la madrugada. Después, con un par de ventiladores ubicados a los costados de la cama, los hacía revolotear por los aires y se metía entre ellos a disfrutarlos como si se tratara de un baño delicioso y refrescante, una lluvia de vida. En medio del delirio los olía mientras daba vueltas con los brazos abiertos y los ojos cerrados. Luego apagaba los ventiladores y se dejaba caer de bruces sobre su colchón para que los billetes cubrieran su cuerpo completamente. Con esa cobija, hurtada, lo sorprendía el amanecer en completa inmovilidad.

A la mañana siguiente, despertaba con la paciencia del que se cree dueño del mundo y empezaba a oler de nuevo los billetes. Luego los recogía, con profundo pesar, haciendo montoncitos muy pequeños, pensando en la manera como debía repartirlos al día siguiente. Eso lo afligía profundamente porque le costaba desprenderse de lo que ya tenía en sus manos. Por eso los contaba de nuevo, hasta convencerse de que eran tan pocos, que no debía repartir nada. Y nada repartía.

Entonces empezaba a acomodar las cajas de billetes en todos los rincones de la casa. Ni los sanitarios, ni la cocina escapaban a la bonanza. Y llegó el día en que ya no pudo caminar más por la mansión sin tropezarse con un bulto de dinero. La alberca y el sótano también sucumbieron al apetito voraz del alcalde por acumular riqueza, y sus pretensiones llegaron al colmo de hacerlo introducir fajos de billetes en todos los bolsillos de la ropa que tenía colgada en el armario, incluso la de doña Magola que un día tuvo que desocupar todas las ollas de la cocina para darle paso a las monedas que en grandes cantidades también llegaban entre las remezas del Banco Central.

Sólo un camino muy angosto que se extendía desde su cama hasta la puerta de la casa estaba libre de cajas y mercados. Porque ya no se había conformado con robar los dineros de las ayudas y el presupuesto del Municipio, sino que ahora le daba por quedarse hasta con los mercados, los medicamentos y las prendas de vestir que las distintas fundaciones y entidades de caridad enviaban a los leprosos desde diferentes lugares del mundo.

De modo que, mientras el pueblo moría de hambre, de sed y de falta de asistencia médica, al alcalde se le acabó el espacio para almacenar el alimento que su espíritu corroído por la ambición acumuló sin asco durante el tiempo que los aguadediocenses estuvieron agonizando en sus necesidades. Por eso tuvo que reclutar a los mejores maestros de construcción que encontró para empezar a levantar un edificio que, para los días en que iba a nacer el hijo de Jazmín y Alejandro, ya contaba con siete pisos de altura. La mitad de ellos atiborrados de billetes mohoseados y alimentos descompuestos y la otra mitad desocupados, tristes, solos, inútiles, rústicos, pero dueños de una vista que envidiaría cualquier ave y también los guerreros, bajo el mando de Alejandro, que ya habían acumulado la suficiente rabia y decisión para emprender la huida de aquel infierno.

Todos en el pueblo querían descubrir los distintos misterios que rodeaban por aquel entonces la vida del alcalde. Comenzando porque al haber atiborrado de cajas los baños, los armarios y la cocina, el funcionario empezó a llegar a su despacho sin bañarse, sin cambiarse de ropas y con un hambre voraz que le hacía pasar media mañana comiendo todo tipo de carnes, frutas y panes que los empleados salían en desbandada a conseguirle en el único restaurante que no había quebrado en el municipio. Incluso, para aprovechar los sanitarios de la alcaldía, aplazó para las tardes las cagadas que antes descargaba en las noches. Ante la pregunta suspicaz de su secretaria sobre su aspecto descuidado, él respondía que lo hacía para contribuir al ahorro del precioso líquido en esas épocas de tanta escasez y para no humillar a sus gobernados con ropas finas y limpias que ellos no podían usar.

Y así, comiendo en las mañanas, cagando en las tardes y contando dinero en las noches, el alcalde fue gastando el tiempo que tenía para gobernar sin darse cuenta de que el descontento y la ira ya se esparcían como virus sobre cada esquina, cada balcón, cada banca de la iglesia, cada mesa de la heladería de Simón Cancino, cada comedor sin alimentos, cada casa triste, dentro de cada olla desocupada, bajo la sombra de cada árbol del pueblo. Un descontento que se agravó porque en la zona no llovía desde el entierro de Luz Helena, seis meses atrás, lo que puso a la gente a buscar agua en sus sueños, en las pencas de las matas de sábila, en los cactus o, incluso, en la sangre de los animales.

Los líderes de esa conspiración eran Alejandro y Macareno. Empezaron solos, pero poco a poco la gente se fue sumando bajo la consigna de escapar o morir. A medida que científico y médico iban derrotando la indiferencia, el grupo iba creciendo en número, entusiasmo e ideas. Los primeros en sumarse fueron don Isaac Manjarrés y su hija Consuelo, la pareja aquella que Alejandro conociera en la celda de paso en Bogotá la víspera de ser trasladado al Puente de los Suspiros.

Antes de descubrir que tenía lepra, Consuelo se dedicaba a la noble labor de la educación y de su aula de clase fue sacada por las malas, delante de 35 alumnos que lloraban sin podérsele acercar ante las advertencias de los caza leprosos de la Sanidad. Al ver que se la llevaban para siempre, su padre, un excombatiente de la primera guerra mundial, se presentó a la Sanidad y se delató a sí mismo. Consuelo era su vida y sin ella no tenían sentido los días.

Cuando sus venas se llenaron de descontento y su corazón de rabia, Consuelo se ofreció a llegar hasta el sacrificio de su vida misma con tal de desenmascarar al corrupto alcalde. Empresa nada fácil porque el malvado funcionario, al saberse amenazado por las miradas de odio de los pobladores, pidió ayuda al gobierno con el retorcido argumento de una filtración comunista.

"Los mismos incendiarios que desde la zona bananera se expanden como virus por todo el territorio patrio propagando las ideas de Lenin, han llegado a Agua de Dios y amenazan con promover la fuga de miles de leprosos. Sería una tragedia nacional de incalculables consecuencias. Por eso le pido, señor Ministro de Guerra, me asigne un piquete de soldados bien armado y entrenado para ahorrarle a nuestro país un dolor irreparable".

De inmediato, el Ministro de Defensa le envió al alcalde cien soldados leprosos dotados con rifles, bayonetas y malos modales, comandados por el capitán Juan Manuel Granados, un militar sin vocación que a la milicia ingresó porque el querer de su padre fue siempre el de tener un hijo que llegara a General. Y no se habían bajado de los camiones en los que llegaron, cuando el alcalde ya los tenía vigilando su casa y los alrededores del Palacio Municipal. Incluso, aprovechando que la distancia no era mucha, organizó un cordón militar entre la puerta de su casa y la puerta de su despacho. Los soldados que no entendían las exageradas medidas, sólo se limitaban a mirarlo con curiosidad y a comentar, a su paso, que ese señor tenía más pinta de pordiosero que de alcalde y que ya le estaba haciendo falta una bañadita, aunque fuera en el río Bogotá.

PARTO DIRIGIDO DESDE EL MÁS ALLÁ

Para los días en que el caos olía a pantano y la lepra, como drama personal, había sido superado por la crisis humanitaria del municipio, la barriga de Jazmín amenazaba con reventar. Para su tranquilidad, Luz Helena no sólo dejó de mortificarla, sino que siempre estaba dándole consejos para que pudiera tener a su hijo sin contratiempos. A solas o en sueños, se le aparecía para enseñarle a respirar o a relajar los músculos a la hora del parto. Pasaban tanto tiempo juntas que los días les eran cortos para charlar sobre temas femeninos que Luz Helena trataba con razonamientos un tanto maniqueos. Le decía que los hijos, aunque no lo merecieran, eran ese algo divino que justificaba a las mujeres venir a la tierra. Que los hombres no tenían esa justificación y que por eso no eran más que sementales sin sentimientos, dispuestos a fingir amor por una vagina. Obviamente estaba la enfermera respirando a través de esa herida profunda que dejó Alejandro en su corazón. Por eso las respuestas de Jazmín eran totalmente contrarias. Le dijo que estaba de acuerdo en que los hijos sí eran desagradecidos, pero que los padres deberían estar preparados para recibir de ellos sólo peticiones de favores, poco cariño y mucha desilusión. En cuanto a los hombres, le dijo que no estaba de acuerdo con sus insultos. Que ellos, o al menos el que Dios le había enviado, eran un sol de medianoche, pavos reales hechos para encantar, abriendo su plumaje maravilloso durante la conquista y escondiéndolo durante la convivencia. Luz Helena no toleró tanta dicha en su rival y se decidió a conseguirle compañera a su rabia, recordándole su relación sexual con Alejandro.

—Ese pavo real también me abrió las plumas a mí, querida.

Desde ese momento en que Luz Helena removió el dolor de aquel episodio de infidelidad, las relaciones con Jazmín se deterioraron a puntos irreconciliables. Le dijo que la felicitaba porque el papá de su hijo era un hombre muy bien dotado, muy buen amante y un besador inigualable. Que le encantaba la forma salvaje como encaraba su presa con esas manos tan grandes y suaves y que no cambiaba ese polvo con Alejandro, aunque la hubiese llevado a la muerte, por los miles que había tenido con Carlos, su exnovio de toda la vida.

—Alejandro no sabía que volvería a verse conmigo —apuntó Jazmín disimulando su ira.

—¡Entonces no te amaba tanto! —ante un silencio rabioso de Jazmín, la mala perdedora continuó—: Porque un hombre enamorado así esté a un millón de kilómetros de su amada la debe sentir a un milímetro de su corazón.

—El día que nos despedimos en el Puente de los Suspiros Alejandro quedó libre. Ambos quedamos libres —recalcó Jazmín justificándolo.

—No estoy diciendo que no. Sólo dije que me había gustado la forma en que me hizo el amor.

—Ustedes no hicieron el amor. El amor lo hace conmigo. Ustedes sólo tuvieron sexo —le dijo Jazmín con sed de desquite y procedió a matarla por segunda vez—: el que tienen los hombres con aquellas mujeres que no se valoran.

—Si querías herirme, lo lograste —apuntó Luz Helena con enfado y a la defensiva—. Pero quiero que sepas que no lo hice sólo por placer, aunque placer haya sentido por montones. Lo hice por amor. Estaba y aún estoy enamorada de Alejandro. Y si no apareces, a esta hora él estaría junto a mí porque le noté en la mirada ese brillo que sólo los ojos de los enamorados tienen y su saliva parecía agua. Agua pura de la montaña.

—Eso es mentira. Estás respirando por la herida. Soy el amor de la vida de Alejandro y no porque me lo haya dicho, sino porque me lo ha demostrado cada segundo que pasa a mi lado. Así que desaparece de nuestras vidas y vete de una vez por todas.

—Te recuerdo que estoy en mi casa. La casa que yo misma construí con gran esfuerzo y que ustedes dos me robaron. Los que se tienen que ir son ustedes, par de malditos asesinos.

Y empezó la guerra. Luz Helena no soportó la humillación y se abalanzó sobre ella tratando de arrancarle el alma con las manos. Pero su poco poder en el plano físico sólo logró crear tanto pánico en su contrincante que le produjo taquicardia. Jazmín se defendió con furia pegándole a cuanta pared pareciera contenerla. La persiguió con una escoba por toda la casa y hasta lanzó agua con sal hacia los sitios donde creía sentirla.

Cuando Alejandro llegó a casa, supuso que allí había tenido lugar una batalla campal y corrió a buscar a Jazmín convencido de que algo muy malo le podía haber sucedido. La encontró dormida, pero inquieta. Estaba luchando contra sí misma y contra el acoso de Luz Helena. Incluso tuvo que despertarla creyendo que tenía problemas respiratorios. Pero Jazmín, que estaba en pleno trance defendiéndose de las burlas de la enfermera, regresó disgustada a su estado natural, le pidió que la dejara pelear en paz y se volvió a dormir. Por el resto de la noche Alejandro tuvo que soportar sus carcajadas y sus permanentes gritos mientras contemplaba y besaba con profundo pesar los nudillos lacerados de sus manos.

Una semana antes del parto y luego de acordar una tregua mientras nacía el bebé, Luz Helena le dijo a Jazmín que no era bueno que su hijo naciera sin que sus padres estuviesen casados. Jazmín le transmitió la inquietud a Alejandro una mañana mientras desayunaban con agua de panela y arepas amasadas y asadas por ella.

—Nos tenemos que casar.

—Es lo que más anhelo, mi amor, pero…

—Debe ser antes de que nazca nuestro hijo —exclamó ella interrumpiéndolo con algo de grosería.

—Antes de que nazca el bebé es imposible, mi vida. Tendremos que hacerlo cuando salgamos de aquí.

—El bebé no puede nacer en un hogar donde los padres viven en concubinato.

—Nos amamos, estamos bendecidos por Dios.

—Pero necesitamos ratificarlo ante la iglesia.

—Es una locura, todo el pueblo se enteraría de tu existencia, de tu embarazo, sería el final de nuestro sueño. El alcalde nos arrebataría a nuestro hijo.

—¡No me importa! —gritó, por lo que Alejandro confirmó que a Jazmín le estaba sucediendo algo raro. Por eso se quedó callado y no quiso continuar la discusión. Sólo se limitó a ayudarla a levantarse de la mesa y a trasladarla en completo silencio hasta la habitación con su pelo y sus uñas cada vez más largas. Allí empezó a consentirla y a cantarle canciones de cuna, dirigiendo su voz al vientre. Sobre su barriguita a punto de reventar, pero sin proponérselo, se quedó dormido hasta el alba.

A pesar de quedar en una posición incómoda para su espalda, Jazmín lo contempló por horas sin querer moverse para no despertarlo. Seguía enamorada, pero las preocupaciones que le había sembrado Luz Helena la tenían en un estado de nerviosismo total.

Al día siguiente, varios golpes desesperados en la puerta de la casa despertaron a Alejandro y aliviaron la espalda de Jazmín. De un salto, como si debiera algo, el médico se levantó y corrió a abrir. En la puerta estaba Macareno con un balde lleno de agua. Ante la sorpresa, el doctor Varoni no pudo menos que observar el contenido de la vasija con sumo asombro.

—El pueblo está enardecido. ¡Alguien descubrió un depósito gigante de agua en casa del alcalde!

—Pero cómo… ¡no llueve en meses y el servicio está interrumpido! —exclamó Alejandro.

—Al parecer se trata del agua que llega en las noches en los carro-tanques del gobierno. El desgraciado la almacenaba sin contarle a nadie.

—Maldito animal. Ojalá lo linchen —exclamó bebiendo con temblor un par de sorbos.

—Eso no podrá pasar sin que antes mueran unos cuantos, Alejandro. El pueblo está militarizado. Tenemos que evitar una sublevación porque no estamos preparados para una revuelta. La gente está débil, además no tenemos armas.

Muy preocupados, y mientras Jazmín empezaba a limpiar su cara y su cuerpo con paños empapados de agua, Macareno y

Alejandro salieron hacia el parque donde muchos habitantes del pueblo lanzaban piedras y consignas al alcalde.

—El pueblo muriendo de sed y este miserable nadando —se le oyó decir a un señor que corría en paralelo hacia la alcaldía con un machete.

Cuando llegaron al palacio municipal, los soldados del gobierno le estaban apuntando a la multitud sublevada y sólo esperaban la orden de Álvaro Elías para descargar sus proyectiles.

—Si no los calmamos, aquí va a suceder una tragedia, doctor Varoni.

—Intentemos algo, rápido —respondió Alejandro, y corrió por entre la gente hasta treparse en el borde de la pileta de piedra desgastada que había en el centro del parque, muy cerca donde Hernán González seguía esperando, sin fe, la aparición de su máquina de retratar. Desde allí, el doctor Varoni vociferó palabras sabias y elocuentes, tratando de que los furiosos ciudadanos y los nerviosos soldados lo escucharan antes de la confrontación—: ¡Un momento! ¡Un momento! —gritó con todas sus fuerzas, pero la gente siguió lazando arengas y ladrillos hacia la alcaldía.

Angustiado, se fue hasta la fila de soldados y, esquivando piedras e insultos, volvió a gritar:

—¡Escúchenme! ¡No lancen más piedras, por favor!

Como nadie hacía caso a su amigo, Macareno se camufló entre la gente y empezó a pedir silencio.

—¡Paremos un momento y escuchemos al doctor Varoni, señores!

En ese momento los manifestantes hicieron una corta tregua para escuchar los puntos de vista del tribuno.

—Por favor, carajo, que no tiren más piedras —repetía Macareno insistentemente.

Y tuvo una de las piedras que estrellarse contra la cabeza de Alejandro para que los demás se compadecieran, sintieran vergüenza y cesaran sus hostilidades.

Sangrando pero satisfecho por haber podido controlar a la muchedumbre enardecida, Alejandro se montó en la palabra rebuscando argumentos en la razón para controlar la ira de los amotinados.

—Nada sacamos con tirar piedras. Nada sacamos con insultar a estos pobres soldados que solo cumplen con su deber. Nada sacamos con putear al miserable alcalde que bien ganado tiene nuestro odio. Nada sacamos con entrar a la fuerza a la alcaldía. La violencia sólo trae muerte y dolor. La violencia es la madre de la venganza. Tratemos de exigir nuestros derechos con civismo.

—Ese miserable nos estaba robando y negando el agua —gritó una voz entre el público.

—Nos roba los auxilios del gobierno —señaló una señora doblemente masacrada por la lepra y por una obesidad excesiva.

—No nos consta —dijo Alejandro—, por sospechas no podemos condenar a un hombre.

—Entonces, ¿de dónde sacó billetes para construir esa casa tan alta? —preguntó un anciano.

—Del mismo lugar de donde ustedes están sacando sus dudas, del lado oscuro del corazón —les gritó Alejandro, y la muchedumbre perdió el habla. Aprovechando el silencio, Alejandro se fajó un discurso digno de prócer—: Sin pruebas no podemos crucificar a un hombre. Sería repetir el error que hace 1.930 años cometieron los romanos con Jesús. Es evidente que algo raro está sucediendo al interior de esa administración, pero no vamos a actuar sin escuchar al acusado. Eso sería igualarnos a su despotismo y crueldad. Nosotros tenemos que enseñarles a los que manejan este pueblo cómo es que se actúa con justicia. Sólo así podremos doblegarlos. Con el poder de la razón, podremos recuperar la dignidad y enderezar el rumbo de nuestros destinos. Porque un juicio injusto, aunque lleno de razones, puede desembocar en un error histórico.

La gente continuó en silencio, como dándole tiempo a redondear sus ideas. Pero como el doctor Varoni se quedó callado, pues estaba viendo a lo lejos a Jazmín sobre el tejado de la casa de Luz Helena, los más revoltosos aprovecharon el momento para reiniciar la revuelta. Cuando Alejandro reaccionó ya fue tarde. La muchedumbre volvió a empuñar sus piedras y los manifestantes se lanzaron con más decisión sobre el nido de ratas donde vivía Álvaro Elías. Y mientras Alejandro corría con desespero por el parque y luego por las dos calles que lo separaban de la casa de la difunta enfermera, el alcalde se asomó al balcón del segundo piso de la alcaldía y se dirigió a la gente con amenazas y en medio de gritos nerviosos:

—¡Se calman o se mueren, desgraciados! Mis soldados tienen órden de disparar a todo el que se acerque —exclamó con firmeza mientras el piano del maestro Morales esparcía las notas de una música fúnebre que a todos los que la escucharon les hizo temblar de miedo.

—¡No respondo! ¡Si se atreven a entrar a la alcaldía lo harán sobre mi cadáver!

Nadie hizo caso a la amenaza del alcalde ni a las premonitorias notas del piano de Morales.

Entonces la rabia se tornó incontrolable y el parque del pueblo se vistió de negro y se tiñó de rojo. Porque mientras Alejandro bajaba a su esposa del tejado al que había subido por sugerencia de Luz Helena, con el cuento reforzado de hacerla poner la barriga al sol, pero con la doble intención de matarla desde las alturas, los soldados del ejército disparaban sus fusiles, indiscriminadamente, sobre los leprosos que en manada se lanzaron a ganar el primer escalón del edificio de la alcaldía.

Agazapado bajo su escritorio, al lado del doctor Aponte y del padre Domingo, el alcalde Álvaro Elías rezaba un rosario por las víctimas de su cruel decisión y pedía perdón a Dios por los insensatos que no acataron sus órdenes. Aterrado, escuchando el tableteo de las armas, el mandatario secó sus lágrimas de miedo con un pañuelo percudido y usado mil veces antes, haciendo sentir asco al sacerdote.

Ante la disyuntiva de irse a defender a los suyos de las balas del ejército o quedarse a atender los impulsos suicidas de Jazmín, el doctor Varoni optó por la decisión intermedia de bajarla del tejado, llevarla hasta su dormitorio y trancarle la puerta para que no volviera a salir. Jazmín obedeció con docilidad.

Estaba fresca y lucía hermosa después del baño. Alejandro le dijo algunas palabras bonitas, la besó, le acarició el vientre y corrió hasta el parque, muy preocupado por la suerte de sus amigos Consuelo Manjarrés y Macareno Aljure.

A medida que avanzaba hacia su destino, Alejandro se encontraba con personas, que en estampida, corrían en sentido contrario con las piernas temblorosas, el hombro perforado por una bala, el semblante pálido o la imagen de algún muerto en sus mentes. Cuando llegó al parque no tuvo más remedio que lanzarse al piso y avanzar, a rastras, hacia el lugar donde vio por última vez a Macareno. Por el suelo se tropezó con cadáveres de conocidos y desconocidos. Mario Huertas, un vendedor de libros viejos y Hernán González, el fotógrafo, eran dos de ellos. El librero murió cubriéndose el rostro y el frustrado fotógrafo abrazado al trípode de madera que fue lo único que le dejaron los ladrones la noche aquella que se llevaron de casa su entrañable cámara de fuelles negros en forma de acordeón. Alejandro los lloró, les cerró los ojos con pesar y continuó gateando. Los muertos eran muchos. Para su consuelo ningún cadáver pertenecía a sus amigos entrañables.

Al científico lo encontró zambullido entre la pileta del parque, aguantando la respiración mientras pasaba la balacera, y a la hija de Isaac Manjarrés, trepada en un árbol, escudada tras los troncos gruesos de esa ceiba de la que no quiso bajar en horas, aun después de que el alcalde diera la orden de retirada a sus soldados.

La masacre duró treinta minutos. La cifra oficial fue de ocho muertos y doce heridos. La cifra real, la que Alejandro y Macareno contabilizaron en sus corazones arremangados por el dolor, fue de veintiocho muertos y cincuenta y dos heridos. Cifras inútiles de todas formas porque la noticia de la revuelta jamás trascendió los límites del río Bogotá. No había quien la difundiera. El único que podía hacerlo era el alcalde, pero no lo hizo, simplemente porque no estaba interesado en que el país supiera lo que estaba sucediendo en ese lugar olvidado. Incluso cerró fronteras y empezó a impedir la entrada de camiones de suministros con sus conductores a bordo con el pretexto de que la lepra se había vuelto más contagiosa que nunca.

De este modo el pueblo que ya era pobre, el pueblo que ya tenía necesidades, el pueblo que ya padecía de la escasez de alimentos y de productos de primera necesidad, se convirtió en un fuerte, en un campo de concentración, una prisión, un lugar aislado del mundo, un barco encallado en las grietas de una canallada. Una población moribunda, jugada, sin Dios ni ley. Un pueblo dirigido por un déspota ambicioso y loco del que ahora todos querían escapar.

CAPÍTULO TRECE

LA PARÁBOLA DE LA VIDA

A partir de la masacre, el terror se instaló en Agua de Dios. Para lavar sus culpas, en plena confesión, el padre Domingo sentenció a Álvaro Elías a rezar tres padres nuestros, tres avemarías y a repartir, entre los sobrevivientes, el agua que tenía almacenada. Muy a su pesar, el alcalde cumplió la penitencia, aunque a medias, aliviando de esta manera y por algunos minutos, el desespero de los pobladores. A pesar de estar aguantando hambre y sed, nadie se atrevía a levantarse nuevamente contra la administración municipal. Los muertos, muchos de los cuales fueron exhibidos durante varios días en el parque central, sirvieron para implantar el miedo en los pobladores que ya parecían cadáveres ambulantes en busca de comida y agua.

Los únicos que mantenían intacta la esperanza de fuga eran Macareno, Alejandro, Jazmín, Isaac y Consuelo Manjarrés. Sólo estaban a la espera del nacimiento de Simón o Isabella, como los bautizaron, luego de escribir en la pared de la sala con un tizón recién apagado, las varias posibilidades de nombre que se les ocurrieron, previendo que el recién nacido fuera una niña o un niño.

PREPARANDO LA FUGA

Para ganar tiempo y precisión en la estrategia de escapar, a Macareno se le ocurrió que treparse al último piso de la casa del alcalde les podía entregar una visión periférica del pueblo que a la postre facilitaría la realización de un mapa que les ayudara en la fuga, o por lo menos a minimizar el riesgo de morir en el intento.

Se aprestaron a planear la manera de llegar hasta la terraza del edificio sin ser convertidos en coladores por los proyectiles disparados por los soldados del gobierno que para entonces, y bajo la complacencia de Álvaro Elías, dominaban a su antojo y por turnos el estanco. En ese lugar sagrado para los borrachos se producía, de manera artesanal, el aguardiente (una bebida alcohólica elaborada a partir de la esencia del anís y que contaba entre sus múltiples propiedades con una temible fuerza para enloquecer a quienes la bebían en cantidades). Ése fue el pago, ése fue el soborno que aplicó todo el tiempo el mandatario municipal a sus soldados y policías para garantizarse su fidelidad y obediencia.

A Consuelo se le ocurrió entonces que sus encantos de hembra provocadora, a la vista protuberantes, le ayudarían a convencer a los centinelas que custodiaban el Palacio Municipal para que la dejaran pasar a hacer una necesidad urgente al baño de los empleados.

Y así lo hizo con la única intención de ganar la terraza de la edificación. Un final de madrugada del día señalado, cuando el sol empezaba su perezosa salida, apareció en la casa del alcalde, semidesnuda y fingiendo haber tomado en demasía. Todo estaba calculado. Estaba aprovechando que el insensato acababa de dormirse sobre una cama de billetes y monedas que contaba todas las noches y que, desde hacía algún tiempo, había convertido en colchón. Consuelo llegó corriendo, casi llorando, cruzando las piernas y sosteniéndose el bajo vientre con las manos. En ese estado de necesidad les pidió a los soldados que la dejaran pasar con urgencia al baño de los empleados del alcalde porque acaba de perder la ropa a manos de unos pilluelos que la intentaron violar. Los soldados no sólo le creyeron el cuento, sino que también le permitieron el ingreso con la esperanza de una conquista fortuita.

Desde luego Consuelo no se detuvo en el baño, y siguió derecho hacia las escaleras que conducían a los demás pisos. Con algo de nervios las empezó a subir, primero con miedo, luego con ansiedad, después con más ímpetu y, cuando alcanzó el piso quinto, con la lengua afuera. En el séptimo piso, el último que se había construido hasta entonces, se sintió extasiada con el paisaje y empezó a fotografiar en su mente el panorama. Como la vista gozaba de 360 grados de alcance, sacó una hoja y un lápiz y se dispuso a hacer un plano detallado de lo que estaba viendo.

Observó hacia su izquierda un río de aguas turbias y oscuras que recorría con curvas y recodos todo el costado oriental del pueblo de norte a sur. A lo lejos, alcanzó a divisar, muy diminutas, las torres que se apostaban a lado y lado del Puente de los Suspiros mas no el resto de la estructura. También identificó, como misiles dirigidos al cielo, las dos torres largas y puntiagudas de la iglesia de Tocaima. Corrió a la derecha y vio que, por el occidente, el pueblo estaba rodeado por una gran cadena montañosa, la Cordillera Central. Una sucesión magnífica de montañas de todos los colores y tamaños que hacían más difícil la fuga, teniendo en cuenta que esas lomas insignificantes que se divisaban desde el pueblo, vistas desde lo alto, conformaban un tobogán de montañas infinitas, cada vez más altas y difíciles de atravesar con una mujer recién parida y un bebé de brazos. Miró hacia el norte y descubrió como culebra subiendo al cielo, la carretera polvorienta que conducía a la capital. Miró hacia el sur y vio el verde intenso del inmenso Valle del Río Magdalena y, por una fracción de tierra, la infinita llanura selvática y misteriosa de la llanura amazónica, a todas luces la mejor opción para escapar sin el riesgo de morir en el intento.

Mientras Consuelo se estrenaba sin muchas expectativas de éxito como cartógrafa, Alejandro y Macareno esperaban ansiosos el mapa elaborado de sus manos, agazapados tras los árboles del parque. Tenían la esperanza de que la mujer hiciera un buen trazo o por lo menos un plano entendible para irse a trabajar con urgencia en el plan de escapatoria.

A medida que apreciaba las cosas, Consuelo las iba plasmando con las normales falencias que una inexperta lo podía hacer. Sin embargo lo hizo. Y cuando pudo completar el mapa de los límites de la población se despidió del paisaje con un suspiro, mientras ubicaba dentro de la espesura del parque a Macareno y a Alejandro, haciéndoles señas para que supieran que había cumplido la misión y para que recogieran el mapa. No quería correr el riesgo de que se lo quitaran. Entonces dobló el papel en ocho pliegos y lo lanzó hacia un costado de la alcaldía para que sus cómplices lo recogieran. Luego corrió al frente y lanzó un escupitajo sobre los soldados que estaban en la calle esperando con ansiedad su salida del baño y rió con desparpajo mientras descendía por las escaleras estrechas y mal construidas del edificio, saltando de tres en tres escalones. Dando tumbos como si estuvieran borrachos, Alejandro y Macareno se hicieron del botín de papel y esperanza.

EL NACIMIENTO

Y no alcanzaba Consuelo la cuarta planta, ya teniéndose de las paredes por un temblor que se apoderó de sus piernas, cuando en el ambiente se escucharon las notas de una canción de cuna emanadas del piano de media cola que el Maestro Morales exhibía con orgullo en la sala de su casona, si no la más bonita, sí la más exuberante del pueblo.

Cuando esa música delatora llegó a los oídos de Alejandro, su corazón explotó en pedazos. El pueblo también enmudeció. Por suerte, Álvaro Elías estaba durmiendo.

Como si le hubieran nacido alas, Alejandro voló, repleto de gozo y angustia, rumbo a casa.

A medida que la música se hacía más presente, la gente no se explicaba esa tonada infantil, sobre todo porque nadie olvidaba que en el pueblo no había niños.

Y mientras la mayoría hacía conjeturas y apuestas sobre lo que podía estar sucediendo, llegando incluso a especular con la caída de un ángel niño del cielo enviado por Jazmín, lo que no estaba muy lejos de la realidad, Alejandro llegó a casa de Luz Helena. En segundos, encendió un par de velas y entró a la habitación de atmósfera pesada donde su mujer, ayudada por una fuerza extraña e invisible, ya estaba acostada con las piernas abiertas y pujando a un ritmo profesional, riendo mientras hacía fuerza y gritando moderadamente para que nadie la escuchara en la calle. Al ver a Alejandro, le pidió que se marchara. Desde luego él no hizo caso y se acercó a atender el parto de su hijo.

—¡Que no te acerques, te dije! —le gritó de nuevo con más altanería, pero Alejandro no se detuvo.

—El bebé está a punto de nacer, mi amor. Tengo que recibirlo —le dijo con afán mientras luchaba contra el tiempo y la falta de instrumentos para atender la llegada de la criatura.

Al momento entraron Macareno y Consuelo dispuestos a ayudar. Entre los tres se esmeraron por lograr un buen nacimiento y lo estaban consiguiendo cuando, de repente, todo perdió su orden y su equilibrio. La zozobra llegó acompañada de un viento cálido y fuerte que apagó las velas e hizo batir las puertas y las ventanas de la casa contra las paredes. Jazmín, sólo ella, vio unas sombras humanas que se acercaban veloces por el techo y quiso gritar pero su voz se ahogó inexplicablemente. El viento se tornó más cálido y el sudor invadió los rostros de todos. Nadie se explicaba el fenómeno. Luz Helena estaba muy enojada porque no iba a poder culminar su venganza. Jazmín, que no conocía las negras intenciones de su amiga invisible, entendió el porqué de su furia y rechazó la presencia de su esposo y sus amigos:

—¡Déjenme! ¡Salgan de aquí, rápido!

Nadie hizo caso. El infante asomaba ya los cabellos oscuros mientras Consuelo encendía de nuevo las velas y Macareno afilaba, sobre una piedra de río, el cuchillo de cocina con el que debían cortar el cordón umbilical del chiquillo.

La que les narra soy yo

Y mientras Jazmín luchaba por cumplir su palabra a Luz Helena, tratando de sacar a los intrusos de la improvisada sala de partos, mi cuerpo jabonoso y escurridizo empezó a resbalar por las paredes esponjosas y lubricadas de la vagina de mi madre. El alivio de mamá contrastó con el último coletazo de furia que lanzó Luz Helena antes de desaparecer para siempre, sumida en su derrota al no haber podido vengar su muerte con mi vida.

Vi la luz una mañana de verano, el 2 de agosto de 1930, en medio de la pobreza más grande pero rodeada de un amor que superaba en tamaño nuestras necesidades.

Con mi nacimiento el mundo se iluminó dentro de esa habitación lúgubre, húmeda y vaporosa. Mi padre y sus amigos esbozaron las primeras sonrisas en muchos meses. También los dos mil habitantes del pueblo sonrieron y todo porque, con mi nacimiento, las nubes se rompieron en llanto. Al sentir el tamaño de las gotas sobre el tejado, mi padre, por fin, empezó a creer en Dios.

—Es un regalo del creador para que nadie escuche el llanto de la niña —exclamó con nobleza, aunque horas después tuviera que retractarse de sus palabras.

Mi madre me recostó sobre su pecho empapado en sudor, repleta de gozo y sin mediar palabras, mientras los amigos de papá luchaban contra las deficiencias para ponerme a salvo de las infecciones al cortar el cordón umbilical.

—Eres la esperanza de miles de personas, preciosa —me dijo el doctor Macareno haciendo sentir un orgullo infinito a mis padres y un antojo terrible a Consuelo quien comentó, en el mismo instante, que ella ya estaba deseando tener un hijo. Macareno la miró con ternura y con una mirada entre respetuosa y amable, que ya tenía con quién hacerlo. Luego ambos sonrieron al recordar que, biológicamente, ya no era posible.

—Pueden adoptar uno —dijo papá, como leyendo sus mentes tristes.

Cuando cayeron las primeras gotas, que ruidosas sobre los tejados de lata opacaron la canción infantil del Maestro Morales, la gente empezó a salir a las calles. Primero a cerciorarse de que los golpecitos sobre sus tejados no fueran producidos por las uñas de algún pájaro o los rasguños de una gata en celo, y luego a correr como niños por todo el pueblo, tropezándose unos con otros sin dejar de mirar al cielo, riendo, con los brazos abiertos y el agua sucia escurriendo por sus humanidades.

La gente se embriagó de invierno temiendo que el aguacero fuera sólo un chubasco pasajero, pero no fue así. El agua llegó para quedarse, no el tiempo suficiente sino un tiempo exagerado. Lo que empezó con una llovizna que no prometía mucho, terminó convirtiéndose en un diluvio que llevó al cielo y luego al infierno a los pobladores de Agua de Dios.

Segunda Parte

CAPÍTULO CATORCE

LA PARÁBOLA DEL DILUVIO

*a primera hora de aguacero fue de incredulidad. Toda la gente se bañó en las calles, agradeciendo a Dios, en medio de gritos y oraciones, por el milagro del agua. Con la caída de las primeras gotas que mi madre confundió con los pasos enojados de Luz Helena, mi padre y Consuelo terminaron de limpiarme, con un cuidado enfermizo, mientras Macareno seguía rastrillando el filoso artefacto con el que me iban a separar de mi madre. Y así lo hicieron. El científico me agarró con seguridad haciendo una hamaca con sus brazos mientras Consuelo entretenía a mi madre para que papá trozara sin misericordia alguna el cordón umbilical. Luego del doloroso corte de esa tripa que me alimentó durante nueve meses, derramé mis primeras lágrimas y lloré. Ya para entonces el aguacero era tan fuerte que mis gritos se ahogaron con el sonido del agua al golpear contra los tejados metálicos, por lo que mi padre no se preocupó en ahogar mi llanto dentro de una manta como lo tenía previsto.

Luego, mis papás me abrigaron con sus cuerpos mientras Macareno y Consuelo salían a la calle a jugar con el agua como verdaderos niños. Fue tanto lo que se divirtieron bañándose, lanzándose agua con los pies y hasta persiguiéndose por todas las calles del pueblo, que el aguacero les alcanzó a mojar el corazón.

El alcalde observó desde su ventana el fenómeno con cierta preocupación pues, de seguir lloviendo, iba a cesar su dominio sobre la gente con el monopolio del agua. No creyó que el chubasco tardara más de lo que ya estaba durando y se subió a la azotea a ver llover desde lo alto, a estudiar de dónde venían las nubes negras que lo provocaba y a maldecir la crudeza y la intensidad con la que estaban cayendo chorros de agua por doquier.

Durante la segunda hora de lluvias, y luego de saciar la sed que les hizo ampollar la garganta y después de quitarse varias capas de mugre que tenían encima, los pobladores de Agua de Dios pensaron, casi al tiempo, que se habían olvidado de lo más importante que era el ahorro del sagrado líquido para afrontar una nueva sequía. Entonces empezaron a correr como locos de un lugar a otro buscando donde almacenar un poco de lluvia. Lo hicieron en ollas de barro, vasos, pocillos, platos, platones, bacinillas, ceniceros y cuanta vasija veían desocupada, llegando incluso al extremo de poner tapones en los canales de las tejas para que el agua se quedara sobre los techos de las casas. Otros menos inteligentes, entre los que estaban El Paisa y Humberto El Corcho, tuvieron la nefasta idea de taponar las salidas naturales del agua a su paso por las calles produciendo una peligrosa represa a la altura de la entrada al cementerio. Su inocente y torpe intención sólo fue la de crear una laguna que sirviera de reserva por si el invierno se tardaba en volver. Para colmo de males, David Cuartas, viendo que el agua se estaba escurriendo hacia el campo santo, taponó la calle de acceso al cementerio con muchos sacos de arena cuidando que las tumbas no se inundaran.

Mi papá estaba un poco preocupado por la demora de Macareno y Consuelo, pero ellos no tardaron en entrar a casa, empapados y muertos de risa, a invitarlo a su festín. Mi madre, que no salía del asombro por tenerme ya entre sus brazos le pidió que saliera y que no olvidara aparar agua en las ollas de la cocina. Papá no quería dejarla sola y se resistió unos minutos, pero al final se convenció de salir.

Como la lluvia no cesaba, el alcalde entró en desespero y empezó a dar vueltas pensando qué inventarse para que la gente volviera a sus casas.

Durante la tercera hora, el aguacero recrudeció. Del cielo empezaron a aparecer sonidos estruendosos acompañados de relámpagos enormes y luminosos que pusieron a rezar hasta a los más ateos. Entonces el alcalde fue a ver a Hermelinda, una señora que leía el tabaco y que, echando mano de la magia negra, ponía maleficios a la gente. Allí, empapado, bajo el umbral de la puerta de su choza de bahareque y palmiche, le pidió, con una pesada bolsa de monedas, que le ayudara a detener la tempestad. Hermelinda sembró trece velas encendidas sobre un espejo en el centro del parque, rezó tres padres nuestros al revés haciendo sonar al tiempo una maraca de semillas y lanzó bocanadas de llamas al cielo, pero sus conjuros surtieron el efecto contrario. Las lluvias se acrecentaron, por lo que un Álvaro Elías muy disgustado recogió las monedas y se marchó.

Durante la cuarta hora, el precario sistema de canales del pueblo empezó a saturarse. Las calles se llenaron de agua y se formaron arroyos que algunos aprovecharon para navegar sobre canecas, colchones y hasta barbacoas de guadua a las que les amputaban las patas para convertirlas en balsas. Las hojas secas de los árboles empezaron a arremolinarse sobre los desagües haciendo que las calles se convirtieran en inofensivas quebradas por las que transitaban los felices pobladores, siempre en medio de carcajadas, nunca creyendo que estaban montados sobre el río que los habría de dejar sin nada en el mundo.

Para entonces ya mis padres, Macareno y Consuelo estaban reunidos de nuevo en la habitación donde nací, con las ropas secas y tomando un café caliente mientras mamá dormía, agotada y feliz.

—No quiere escampar —dijo Consuelo soplando el humo de su pocillo.

—Estoy pensando que si la lluvia continúa los soldados van a tener que buscar refugio y sería un buen momento para escapar —propuso Macareno, poniendo un balde en el lugar donde caía una gota que se colaba desde el tejado.

—Estaba pensando lo mismo, pero la niña es muy frágil aún como para someterla al trajín de una fuga que no sabemos si se nos complique —opinó papá.

—Por eso te dije que estaba pensando. Ya no lo pienso —rectificó Macareno con una sonrisa.

Papá y Consuelo celebraron con sendas sonrisas de cortesía el chascarrillo y lo agrandaron con un comentario entre jocoso y premonitorio:

—Podríamos ponerle unos flotadores a la cama y salir nadando con Jazmín y la niña.

Pronto se darían cuenta de que el chiste dejaba de serlo.

Durante la quinta hora de ese inclemente aguacero que cada vez se tornaba más fuerte, la cuadra anterior a la entrada del cementerio ya estaba convertida en un gran lago que empezó a crecer hacia el centro del pueblo. Los desagües estaban tapados por basura, piedras, hojas, prendas de vestir, troncos, vegetales y animales muertos que arrastraba la corriente, haciendo que las aguas se treparan a los andenes y empezaran a meterse por debajo de las puertas de las casas.

De la euforia la gente pasó a la angustia de tener que recoger con afán sus pocas pertenencias y elevarlas con piedras para que el agua no las mojara. El más angustiado de todos era el alcalde, quien se la jugó a fondo y con rabia para que sus cajas de dinero no se empaparan. No le valió haber puesto a los soldados a desviar el arroyo que se acercaba a su puerta, porque pronto las quebradas superaron la rapidez de sus cien militares que evacuaban el agua con sus cascos y las escobas del aseo que estaban hechas con ramos de matorrales amarrados a un madero.

Cuando habían transcurrido seis horas de lluvias, la gente empezó a rezar con seria devoción, mientras el alcalde se paseaba de un lugar a otro buscando con sus abogados y en medio de su locura cómo acabar el diluvio con alguna leguleyada. El agua ya le daba por las rodillas a los parroquianos y los colchones de las camas estaban a cinco o a diez centímetros de mojarse, entre ellos el de la enfermera donde estábamos acostadas mi madre y yo. El sol no volvió a salir en todo el día y las nubes no perdieron su color gris oscuro por un sólo momento. Entonces el miedo empezó a reflejarse en las caras de los pobladores y las miradas perdidas de los perros. Cuentan que las vacas se arrodillaron y que los caballos se desbocaron. Cuando el agua empezó a rozar el colchón, entre mi papá y sus dos amigos elevaron cada una de sus patas sobre dos ladrillos y de esta forma aplazaron por una hora más su angustia. Estaba por venir lo peor. El río Bogotá se estaba represando un kilómetro abajo del Puente de los Suspiros por la gran cantidad de árboles y piedras que venía arrastrando desde su nacimiento.

En la séptima hora ininterrumpida de lluvias, y cuando ya las aguas mojaban las caderas de los pobladores, el alcalde, en medio de su desespero, firmó un decreto que redactaron sus asesores jurídicos y por medio del cual se ordenaba a la lluvia cesar inmediatamente. Estampó su firma con temblor sobre la frase «comuníquese y cúmplase» y lo hizo fijar, a manera de edicto, a la entrada de la alcaldía. Una copia más fue atravesada por un clavo sobre los maderos de una pérgola cubierta por enredaderas que había en el parque central.

Como la lluvia se rehusó a cumplir el decreto municipal, muy contrariado, el burgomaestre ordenó su arresto. El capitán Granados que estaba al mando de la tropa que lo apoyaba, escuchó la sui géneris orden, pero no supo cómo ejecutarla. La verdad es que en el fondo no sabía si se trataba de una locura de su comandante en jefe, una broma, o un hecho simbólico con el que Álvaro Elías quería notificar al cielo de su desacuerdo por el desmán natural.

—Con todo respeto, señor alcalde, me confieso incapaz de cumplir su orden porque jamás he capturado un aguacero ni sé cómo hacerlo.

—No me importa, capitán. Es una orden y debe cumplirla. De lo contrario, me comunicaré con sus superiores para que lo juzguen por desacato.

—Si intento capturar la lluvia, cosa que le repito, no sé hacer, señor alcalde, también seré juzgado pero esta vez por incompetente y lunático, así que proceda como quiera, señor, por ambos lados pierdo.

Y estaban en el cruce de palabras cuando en la calle se escuchó la algarabía de una muchedumbre asustada pidiendo ayuda a su gobernante para atender la emergencia que se estaba presentando. Enseguida los dos hombres salieron al balcón del segundo piso donde ya estaba atendiendo el alcalde y se aterraron por la inusual protesta.

—Queremos que los soldados nos ayuden a destaponar los desagües —gritó un hombre.

—Y nosotras queremos que nos dejen salir del pueblo. Si las lluvias continúan nos vamos a ahogar —gritó una señora, en extremo delgada, más afectada por el miedo que por la lepra. Entonces aparecieron Consuelo Manjarrés y Macareno Aljure con la decisión más justa:

—Hacia el occidente, señor alcalde, hay una loma donde nos podríamos refugiar los pobladores mientras cesan las lluvias. Es el único lugar donde estaremos a salvo.

—Esa loma está fuera del los límites del municipio, señorita. No se quiera pasar de lista —le gritó Álvaro Elías muy contrariado, mientras se cuestionaba por dentro por qué la mujer sabía de la loma.

—No estamos pensando en escapar. Sólo queremos salvar nuestras vidas, señor alcalde —increpó Macareno.

—Pues tendrán que salvarlas dentro de los perímetros del municipio, porque yo no les voy a facilitar la fuga, doctor. Lo que ustedes quieren es aprovecharse del aguacero para irse del pueblo y ya saben que eso les será imposible. El primero que se atreva a poner un pie fuera de las alambradas, morirá.

—Entonces ayúdenos con sus soldados a limpiar los desagües —inquirió de nuevo el científico.

Pensando que si enviaba a los soldados a cumplir esa orden, su fuerte se iba a quedar desprotegido, el alcalde resolvió desatender, una vez más, las pretensiones de los protestantes que en ese momento sintieron las ganas y la necesidad de tumbar al dictador.

Por eso se alteraron, decididamente, llegando incluso a intentar tomar el edificio del alcalde por la fuerza. Pero los disparos al aire de los soldados y el recuerdo de lo atrevidos que eran para matar, hizo que los manifestantes se dispersaran. Sin embargo, la herida quedó abierta y la gente se fue a destapar las canales con mucho resentimiento.

Cuando se cumplió la octava hora de aquel diluvio, el río Bogotá presionó la ruptura de la presa que se había formado y se desbordó con furia. Las aguas negras de la capital empezaron a meterse por todas partes como sangre por las venas de un monstruo gigante, acompañadas por un olor nauseabundo que amenazaba con matar a la gente de una infección antes que ahogarlas. Hasta aquí llegó la paciencia de los pobladores. Hasta aquí soportaron con estoicismo la arremetida de la naturaleza y la terquedad del alcalde. Por eso y porque en la práctica ya no tenían nada que perder, se armaron de palos, piedras y cuchillos y se fueron de nuevo a la alcaldía, dispuestos a luchar por los últimos veinte centímetros que les quedaban de vida pues el nivel de las aguas estaba por cubrir sus hombros.

Se puede decir, literalmente, que la gente no marchó hacia el palacio municipal sino que nadó hasta allí. Por eso al alcalde no le quedó muy difícil reprimir a los marchantes que con torpeza y sin ningún orden braceaban hacia su guarida. Incluso tuvo tiempo de redactar un nuevo decreto, esta vez implantando el toque de queda y dando un plazo de 15 minutos para que todos sus gobernados volvieran a sus casas so pena de morir arrestados o abaleados.

Cuando los manifestantes estaban llegando al parque cuyas bancas y algunos rosales ya se encontraban cubiertos por el agua, fueron recibidos a grito entero por la lectura del decreto oficial, que al final fue acompañado por los disparos al aire de los soldados que para entonces, ya se encontraban apostados en todos los pisos de la torre de la casa del alcalde, muertos de curiosidad por conocer el contendido de las cajas que abarrotaban cada rincón de la edificación.

Entonces la gente buscó refugio en la iglesia en cuyo campanario ya se encontraban Bartolo y el padre Domingo acosado por la mirada fulminante de María Barragán. Entre bancas de madera y velones flotando, los angustiados pobladores llegaron hasta las escaleras de la torre y empezaron a treparse en masa hasta el campanario, poniendo en riesgo su estructura.

—No se pueden subir todos porque se desploma el templo, señores, por favor —les gritaba con angustia el sacerdote, pero la gente prefirió la posibilidad de morir a la certeza de morir, y muy pronto sus cabezas empezaron rozarse contra el bronce de la campana.

Advirtiendo el peligro en el que se encontraba su sacerdote amigo, el alcalde ordenó a sus hombres rescatarlo junto con su sacristán. Pero no por buen samaritano, sino porque necesitaba de un aliado a quien contarle el secreto de su fortuna. Sabía que si el río llegaba a la segunda planta, lo que no era un imposible, iba a necesitar de ayuda para treparlas al tercer piso y las del tercer piso al cuarto y las del cuarto a la quinta planta. Estaba nervioso porque los soldados no dejaban de mirar las cajas y en cualquier momento algún curioso iba a abrir una, provocando una epidemia de codicia imposible de apaciguar.

Por eso el alcalde no tuvo problema en ofrecerle al padre Domingo una fuerte suma para la terminación del campanario, la compra de santos de yeso en tamaño natural y el suministro de vino de consagrar por diez años a cambio de su silencio. Ése fue el compromiso que sellaron con un apretón de manos y luego del cual el cura y el sacristán empezaron a subir, al tercer piso, todas las cajas de dinero que había en el segundo ante las miradas suspicaces de los militares a quienes no se les permitió intervenir, por más que se ofrecieron como voluntarios una y mil veces.

—Muy acomedidos son ustedes y se los agradezco, pero no quiero que descuiden por un segundo las ventanas. La turba puede volver en cualquier momento —les gritaba el alcalde mientras cargaba de a dos y tres cajas por viaje y mientras el padre les pedía a los soldados que no tocaran las cajas porque contenían las ostias que amablemente el alcalde se había ofrecido a guardarle y que nadie más, por mandato divino, podía tocar.

—¡No joda, el padrecito compró hostias para cien años! —exclamó el soldado más curioso de todos sin perderle mirada a las cajas.

Bartolo, que no se asombraba por nada desde la vez que vio aterrizar al ángel de Jazmín, se limitó a cargar el dinero sin hacer preguntas.

El agua llegó a las narices de los pobladores y ya con la muerte a cuestas, empezaron a nadar hacia la calle tratando de salvar algunos elementos de valor, para luego ganar los tejados de sus casas y las copas de los árboles del frente a fin de no violar el toque de queda. Durante todo el aguacero, la música del piano de Morales estuvo presente, pero sin la calidad interpretativa de siempre. A veces con bambucos alegres, a veces con fugas épicas que le imprimían al diluvio más dramatismo del que ya tenía, pero sin la lucidez de antes por lo que la gente especuló, no sin razón, que el maestro estaba tocando las teclas de un piano inundado.

Papá no desamparaba por un segundo a mamá y entre los dos me abrazaban y me llenaban de besos todo el tiempo, procurándome un poco de calor y seguridad en medio del temor por sus vidas y la mía.

—Si no llegáramos a sobrevivir moriré muy orgulloso de ti —dijo papá a mi madre con algo de pesimismo mientras nos abrazaba.

—Yo no necesito morir para estar orgullosa de ti, mi amor —respondió mamá con una sonrisa angelical, al tiempo que estampaba un beso en la frente de Alejandro.

CAPÍTULO QUINCE

La parábola de la música triste

—————•—❧————❧—•—————

Cuando casi se cumplían nueve horas de intensas lluvias, el sol, que nunca estuvo pleno, empezó a despedirse de todos nosotros, sin pena ni gloria por ese día tan opaco. Los techos de las casas parecían balsas flotando sobre el río desbordado y las gentes, magos parados sobre un inmenso lago. Las copas de los árboles se veían como arbustos de jardín, y las casas de dos plantas lucían de una. De repente, la música del maestro Morales dejó de sonar dejando en el ambiente un silencio triste y una sensación de abandono. Muchos intuyeron que el agua había cubierto el piano y sintieron pena por esa pérdida irreparable.

Minutos después, en pleno ocaso, el pueblo observó atónito un espectáculo imborrable: el piano pintado con los colores amarillo, azul y rojo de la bandera nacional, construido con finas maderas del Brasil, brillantemente patinado con boceles dorados, navegaba por las calles inundadas con el maestro Morales a cuestas. El músico estaba arropándolo con su cuerpo, sus lágrimas y sus tristezas y dispuesto a morir al lado de su viejo amigo, el único que jamás lo traicionó.

Muchos quisieron nadar para alcanzarlo pero sintieron temor de morir bajo las balas del ejército por violar el toque de queda. Sin embargo, le lanzaban cuerdas y manilas que el maestro tampoco se esmeró en agarrar porque no se quería salvar sin su instrumento. Siempre dijo que la vida era una barca navegando sobre el mar y que había que saber lidiar con su calma y sus tormentas. Visto desde lo alto del campanario, Morales parecía una garrapata agarrada al último perro del universo.

Con el destino más que marcado, piano e intérprete siguieron bajando sin control con la corriente, dando giros sobre sí mismos, hasta que se golpearon en una de sus esquinas contra un costado de la iglesia, para enrumbarse, irremediablemente, hacia el parque principal, sede oficial de las atrocidades.

Todos supieron que los minutos de ese matrimonio de hombre e instrumento estaban contados. Al verlo venir, el capitán Granados fue el encargado de gritarle que estaba violando el toque de queda. El maestro se quedó mirándolo con una sonrisa forzada, de humillante súplica, mientras el piano cruzaba por el frente de la alcaldía. Pero no se pudo pronunciar, no pudo hacerlo. No sin soltar a su amigo de los dientes imperfectos.

—Levante las manos y entréguese o disparamos, señor Morales —le advirtió a todo pulmón el oficial.

Una nueva mirada bondadosa de Morales fue la respuesta a los gritos desafiantes del militar. Morales no podía hablar, todos sus esfuerzos estaban centrados en no dejar escapar su armatoste musical y en mantener cerrada la boca para no tragarse las impurezas del río. Llegó a pensar, viendo el cañón del arma del Capitán apuntando a su humanidad, que prefería el disparo a tragarse la mierda de la sociedad bogotana que lo abandonó a su suerte cuando le diagnosticaron la lepra. Entonces el alcalde Bueno se acercó al militar con disgusto y le advirtió que si alguien violaba el toque de queda y no era castigado, el pueblo entero se iba a volcar sobre ellos en minutos. Entonces el Capitán, con un nudo en la garganta, alistó un pelotón para matar al hombre con el que ya había empezado a tejer una amistad sincera desde la medianoche, de una semana atrás, cuando Morales empezó a tocar las notas fáciles del *Happy Birthday*, coincidiendo con el aniversario del nacimiento del militar.

—Alisten —gritó desafinado mientras Morales se abrazaba con más fuerza a su amigo de tertulias imborrables.

—Apunten —volvió a gritar mientras Morales cerraba los ojos y se encomendaba a Dios.

—Disparen —ordenó con decisión pero con los ojos cerrados, y al segundo los dedos de las manos de Morales perdieron fuerza y empezaron a soltarse del instrumento. El cuerpo del músico se deslizó inerte y boca abajo sobre la tapa y el teclado del piano, que empezó a avanzar a mayor velocidad al llegar a una calle desnivelada. Aunque el músico derramó un par de litros de sangre sobre su amigo de roble y nogal, las aguas negras del río no le permitieron a la muerte vestirse de colores.

Seis tiros se incrustaron en su cuerpo y otros seis en el del piano. Tenía que ser así porque habían construido una relación tan íntima y visceral que si las balas de los soldados no los hubieran matado al tiempo, el sobreviviente hubiese muerto de pena segundos después.

El pueblo, que ya parecía un gran archipiélago lleno de islotes repletos de gente, lloró en silencio la muerte del musicalizador de esa película de terror que estaba viviendo. Hubo dos personas a quienes su deceso impactó profundamente. El músico Luis A. Calvo, su compositor de cabecera y amigo de tertulias los viernes en la noche, y María Barragán, la amante fortuita de Morales, la inspiradora de sus debilidades.

Calvo sintió como si la muerte de Morales lacerara su alma y no tuvo reparo en componer un réquiem para su amigo, desde la terraza de su casa, mientras todo se hundía y mientras consumía una botella de vino francés que le canjeó al arzobispo de Bogotá por un bambuco y que se prometió no destapar, mientras lo empacaba en su maleta, hasta tanto no tuviera un motivo un poco menos que definitivo. Un momento como éste para despedir a su amigo de corcheas, semicorcheas, negras, fusas y semifusas, era el ideal.

Eran tan aficionados al piano, al tiple y a las partituras y le dedicaban tan poco tiempo a sus amigos y a sus familias, que se prometieron, en una ocasión, hacer música sólo seis días y medio a la semana. El medio restante acordaron usarlo para escribir cartas, Morales para su hija y Calvo para su madre, aunque en el fondo de sus razones supieran que jamás sus diatribas llegarían a sus destinatarias.

La otra persona a quien la muerte de Morales perforó el corazón fue a María Barragán. María, para entonces catalogada no sólo como la mujer más alegre de Agua de Dios, sino también la única que se proveía motivos para estar alegre, también sucumbió a la tristeza luego de ver el cuerpo del músico girando como abanico sin control con la cara sumergida dentro del agua. No era para menos. Desde su llegada a Agua de Dios, hacía dos años, quedó prendada del sonido del piano que amenizó su entrada al pueblo. Para entonces y a pesar de su tragedia y a pesar de haberse despedido de su novio de toda la vida hacía nueve kilómetros, la mujer de andar pecaminoso, cara ancha, cabello negro ensortijado y dientes separados, ya era feliz. Contraviniendo las órdenes sin modales de los funcionarios de la Sanidad, María no llegó directamente al hospital a que le extirparan los ovarios, a ella se los sacaron dos días después. En un descuido, que ni siquiera aprovechó porque así lo quisiera, se desvió hacia la casa del músico dejándose guiar por el sonido cada vez más fuerte de los acordes. Cuando se paró delante de la puerta de la casa de donde salía con más fuerza el sonido, se sentó en el antejardín a esperar a que la canción terminara. Al cabo golpeó la puerta y se presentó con argumentos pausados:

—Me llamo María Barragán. Acabo de llegar al pueblo y quiero vivir en esta casa. Me gusta mucho la música. ¿Puedo? Es que a mis compañeros los están alojando en unos albergues horribles. La única alternativa que me queda, distinta a dormir con música es la de irme al convento de las hermanitas de la Presentación. Míreme bien a los ojos, señor. ¿Tengo cara de monja?

Sin mediar palabra, conmocionado como quedó luego de degustar con sus oídos el acento suave y cantado de su voz y de olfatear el olor a vinagre que transpiraba la sensual mujer, Morales la hizo pasar. María respondió a su hospitalidad con un abrazo confianzudo que él sintió con morbo cuando ella aprisionó sus senos de talla mediana y contextura de melocotón contra su cuerpo.

Después de gozar con timidez el abrazo efusivo de la recién llegada, Morales tomó su maleta de pobres especificaciones y la condujo hacia la habitación donde el ermitaño guardaba sus cachivaches. Pero la encontró tan llena de polvo, tan desordenada y tan innecesaria para sus pretensiones, que le propuso ocupar su dormitorio con el compromiso de que él dormiría en la hamaca que los domingos en la tarde colgaba entre un palo de totumos y uno de mangos que daban sombra a su patio. María quiso pedirle que se ahorrara todo el cortejo si su deseo era llevarla a la cama de una vez, pero se compadeció de su caballerosa forma de ser y le permitió conquistarla a su manera, con paciencia y morronguería, durmiendo en el patio mientras ella gozaba de su cama y su bacinilla.

Al poco tiempo, sin que el músico lo supiera, la inquilina empezó a acostarse con todos los hombres del pueblo que despertaran en ella cuando menos un gusto. Salvo el padre Domingo, nunca nadie le negó el placer; ni los que ya vivían a su llegada, ni los que iban llegando. Los estaba anotando en una lista que guardaba con celo dentro de una carterita que siempre escondía entre sus senos. Morales se molestaba cuando llegaba tarde o cuando se quedaba por fuera de la casa, pero era incapaz de decirle algo por temor a que se fuera, y tampoco la acompañaba porque había desarrollado una fobia absoluta a la calle. Ignorando las revolcadas de su damisela con el que se le cruzara y de acuerdo con su natural decencia, el músico continuaba con su cuidadoso plan de acercamiento, calculando cada palabra, cada mirada, cada cumplido, cada detalle, a fin de no ir a causar en ella una mala impresión que la pudiera ahuyentar. Mientras tanto, María seguía sumando nombres a su lista. Y ya llevaba setenta y cinco cuando Morales decidió terminar el plan y pasar a la acción.

Angustiado, viéndola colgar sus pantaletas húmedas en las cuerdas de las que pendía la hamaca donde dormía, esperó la lluvia, con la esperanza de que María se condoliera de él y le pidiera dormir en su habitación. Pero la lluvia se tardó varios meses en llegar.

El primer aguacero cayó, por fin, el día en que Alejandro enterró el cadáver de Luz Helena. Ese día, mientras el doctor Varoni cavaba la tumba de la enfermera con sus manos, María se apareció en el pasillo del solar gritándole a Morales que se pasara a su habitación. El pianista, que se estaba haciendo el dormido, escuchó con lujuria su vocecita de filamento de seda y acento cantado, y se incorporó en dos tiempos haciéndose el desentendido. Ella le reiteró su invitación a no mojarse y él se levantó, empapado, a disimular su vergüenza. En el cuarto, María le dijo que se quitara la ropa y lo secó, como a un niño, sin asombrarse ni antojarse de nada. Muerto de pena el músico aceptó la ayuda y sintió mucha vergüenza cuando la muchacha pasó la toalla por sus nalgas y sus testículos, porque no pudo evitar una erección que lo venía mortificando desde hacía meses.

Después de esa primera noche invernal vinieron las infernales. Aquellas en las que Morales lloró sabiendo que la musa de su inspiración estaba procurando placer a sus amigos. Sin embargo, se acostumbró a vivir en infidelidad porque la prefirió compartida a perderla para siempre.

Muchas noches la agraciada huésped procuró al músico deliciosas jornadas de lujuria revueltas con cariño y admiración. Aunque sus edades no coincidían, por cuatro décadas, la pareja logró una compenetración tan grande que quienes los conocieron afirman que María fue el único vicio que el pianista tuvo en vida. Se habían aficionado tanto al sexo que varias veces se dio el caso de la llegada de una premonición a la mente de Morales con sus respectivas ganas de musicalizarla, mientras hacían el amor. Entonces el músico se levantaba de la cama con pesar de echar a perder el instante mágico y se inventaba la manera de acudir a su cita con el piano y el destino sin despegarse de la mujer. En medio de risas, caminaba hasta la puerta, con María cabalgando sobre su humanidad, tomaba la perilla sin soltar sus nalgas morenas, luego salía de la alcoba sosteniéndola de sus piernas largas y robustas y en ese estado de locura y desnudez avanzaba por los pasillos de la casa intuyendo el camino. Sin dejar de besarla ni de reír, llegaban hasta el estudio en busca del instrumento. Cuando tropezaba con la silla sin espaldar, la sacaba con el pie, a tientas, y se sentaba sobre ella sin desconectarse de la Barragán. Haciéndole el amor empezaba a interpretar la canción que correspondía a su presentimiento, con ella de espaldas al piano sin dejar de moverse y él asomando la cabeza por encima de su hombro tratando de visualizar el teclado.

Mientras Morales ponía a pensar al pueblo en una nueva situación, María se deleitaba con su miembro y con su deliciosa interpretación, a la vez. El músico sabía que la libido de su amante aumentaba con el crescendo de su armonía por lo que, muchas veces, subió hasta dos octavas la nota de las canciones con la intención de llevarla al delirio, de hacerla llegar al orgasmo cuando sus dedos estuvieran posados sobre la última tecla del piano.

Se dice que en el instante de mi nacimiento Morales hizo el amor con la Barragán mientras interpretaba la canción de cuna de Johannes Brahms. Y que lo hizo con una ternura tal y en una nota tan dulce, que María se durmió sobre sus piernas mientras la interpretaba a coro de dos voces entre su piano y la lluvia.

Cuando la Barragán despertó, Morales le confesó que una criatura acababa de nacer. No estuvo seguro si dentro del pueblo o muy cerca, pero María, muerta de curiosidad, salió a las calles con la esperanza de escuchar su llanto. De paso celebró la llegada del invierno y en medio de su euforia se dejó arrastrar hasta el parque donde la sorprendieron las inundaciones. Y allí, en el último escalón del campanario, estaba tratando de salvar su vida cuando observó el paso de Morales navegando sobre su piano. Nadie vio sus lágrimas porque la lluvia se confundía con su llanto silencioso, pero ella murió por dentro al suponer que jamás volvería a ver al autor de sus mejores días.

Mis padres también lloraron en silencio la muerte de su amigo, especialmente papá, quien sólo atinó a decir que había cosas en la vida sin las cuales no valía la pena vivir.

—¡Murió feliz! —dijo con suma tristeza para todos y se repitió de nuevo a sí mismo tenuemente—: ¡Morales murió muy feliz!

Cuando el agua ya no daba más plazo salimos de casa. Con mucha dificultad, mis padres y sus amigos lograron treparme sobre el tejado por la parte trasera del patio, acostada en una canasta que mi madre supo camuflar entre una falda muy ancha. Con las tejas de la parte delantera de la casa Macareno y papá pudieron improvisar una enramada para protegerme del agua y de la vista de los mirones que pudieran delatarnos.

No acabábamos de acomodarnos sobre el tejado resbaladizo cuando se escuchó un disparo de fusil. Un eco seco pero estruendoso viajó con el viento y se instaló como campanilla insoportable en los oídos de todos. Minutos después, el cuerpo del capitán Granados recorría los arroyos flotando sobre el agua. No resistió el oficial su cruel destino de poner al servicio de un déspota su obediencia militar.

Con el suicidio del Capitán llegó la anarquía a las tropas. Los soldados se insubordinaron y aquellos que en días pasados habían visto esconder decenas de cajas, se lanzaron a saciar su curiosidad. Cuando supieron de la inmensa fortuna que guardaba el alcalde, se olvidaron de la lluvia, del toque de queda, de la ira de los pobladores y se dedicaron a camuflar entre sus ropas, sus cantimploras, sus botas y hasta en el cañón de sus fusiles, cuanto billete les cupo.

El alcalde intentó detenerlos con órdenes y gritos enérgicos, pero su voz se ahogó en la ambición de los muchachos, la mayoría de ellos pobres y hasta intuitivos pues, casi todos, dedujeron inmediatamente, que otra oportunidad así de enriquecerse fácil y rápido, jamás se les iba a presentar en la vida.

Y mientras el edificio era saqueado, piso a piso, por esa turba de soldados enceguecidos por el sueño inmediato y real de ser ricos, la tierra rugió con fuerza. Un ruido apocalíptico y más demorado de lo debido retumbó en todos los rincones del pueblo. Provenía del parque central. Instintivamente, todas las miradas de los pobladores que trataban de sobrevivir a la inundación se dirigieron hacia el lugar del estruendo, pero algo no estaba bien. En el paisaje ya no se veía la iglesia.

Desde sus tejados, los pobladores vieron un espectáculo deplorable y uno plausible. El primero fue el desplome de la torre del campanario. Los cimientos cedieron al desgaste del agua sobre sus bases y al peso de las más de dos centenares de personas que buscaron refugio allí y que en su mayoría murieron o ahogadas o aplastadas por los muros de concreto del templo y la campana de cobre que durante su caída no dejó de sonar al contacto con las cabezas de los feligreses. De algo le valió a María Barragán su generosidad sexual. Varios hombres que habían pasado por su cama la protegieron y la ayudaron a salir ilesa, aunque con algunas heridas de poca gravedad.

Muy angustiados, pensando en los familiares que pudieran haber quedado atrapados en esa mole de cemento y cobre, muchos pobladores se fueron nadando hasta la iglesia con cuidado de no ser vistos por los soldados.

En la medida en que fueron descubriendo que los militares no les disparaban, se fueron afianzando y empezaron a llamar a los demás vecinos para que salieran a apoyarlos en el rescate.

Y estaban en esa algarabía cuando se escucharon varios disparos. Provenían del edificio del alcalde y no eran otra cosa que el mismo mandatario abriendo fuego contra los soldados que le estaban robando lo robado, y que no pudiendo responder con tiros porque los cañones de sus fusiles estaban atascados con billetes, decidieron lanzarse al agua y huir nadando con el botín. Varios murieron por negarse a soltar el pesado morral repleto de billetes que los estaba hundiendo. Y estaba Álvaro Elías contando y esculcando a los soldados que alcanzó a matar cuando el piso de la tercera planta del edificio donde estaba parado se partió en dos, tragándose de inmediato una de sus piernas. Doña Magola salió del lugar donde su esposo la mantenía escondida, casi siempre, y por tratar de salvarle fue víctima de los ladrillos del resto del edificio que se desprendieron como hojas secas en otoño.

Desde el tejado de la casa, mis padres y sus amigos observaron aterrados la manera como el edificio construido con el fruto de la corrupción del alcalde se desvanecía, formando en su caída un hongo de polvo y billetes que empezaron a volar por toda la región mientras iba apareciendo, paulatinamente, un paisaje rabiosamente hermoso que llenó de más rabia a los pobladores. Era una loma de verde exquisito a cuyos pies brotaba un manantial de aguas puras, tibias y azufradas, como puesto en ese lugar por Dios para aliviar las heridas de los enfermos. Eran unas manas de agua termal que desde su nacimiento a la alberca natural donde se almacenaban sufrían una caída de tres metros haciendo del lugar un verdadero paraíso, tanto para los ojos como para la piel de los afortunados que lo pudieran disfrutar.

El sitio era conocido como Los Chorros. Hasta allí llevaba el padre Variara, para que realizaran sus retiros espirituales, a las "Hijas de los Corazones de Jesús y de María", comunidad religiosa de sólo infectadas que él fundó. También solía, todos los jueves santos, en un acto de absoluta humildad, lavar los pies de doce leprosos elegidos entre los más cercanos colaboradores de su labor humanitaria. Luego de la muerte de este padre jesuita que entregó su vida a los leprosos en 1923, los sucesivos alcaldes expropiaron el lugar para su exclusivo beneficio sin que la nueva generación de leprosos lo advirtiera. En esas aguas benditas, "Aguas de Dios", se desinfectaba todas las mañanas Álvaro Elías, muy pocas veces junto a su señora, explicándole que no las daba al servicio público, como ella se lo insinuó una docena de veces, porque a los pobres no se les podía acostumbrar a los placeres de la vida. "Eso es crearles necesidades que no tienen", decía. La loma descubierta por la caída del edificio, ya borrada de la memoria de los pobladores, era la misma que Consuelo dibujó desde la azotea y a la que le pidió que dejara escapar a los damnificados cuando el río empezó a cubrirles la cabeza.

El peso de los siete pisos sobre el agua hizo aumentar unos centímetros el nivel de la inundación, pero esto no fue obstáculo para que todos, absolutamente todos los habitantes del pueblo, salieran a recoger el dinero que les habían robado de sus auxilios gubernamentales, aunque de esta manera tan poco ortodoxa y tardía. Algunos se llevaron atarrayas y mallas de pescar con las que atraparon billetes como peces en subienda. Otros hicieron un nudo en las mangas de pantalones y camisas y los llenaron de coscojas. Algunos las recolectaron en sábanas cuyas cuatro puntas amarraban y no faltó el que, no teniendo más lugares donde echarlos, se atarugara la boca de ellos.

Castigo cumplido

Cuando el último ladrillo del edificio desapareció de vista, la lluvia amainó… y al cabo de lo que dura la esperanza de un pesimista en desaparecer, cesó por completo. Ya era de noche, pero a la luna le dio pena salir. Aquella pudo ser la más oscura de las noches que vivieron los pobladores. No la más tranquila.

Un silencio estrepitoso recorría la población, palmo a palmo, escondiendo el miedo de sus habitantes en la oscuridad que propiciaba esa luna de cuarto menguante apenas silueteada por un hilito de plata, que se insinuaba tímido tras unas montañas que se suponía estaban allí pero que nadie podía ver.

Uno que otro lamento de algún doliente, la pisada de una teja de lata aquí y allá o los gatos inmunes a la realidad peleándose por una gata, era todo lo que se escuchaba a lo lejos. Quedó tan callada la pequeña ciudad que mi padre y sus amigos temieron por mi llanto. Mamá se adelantó a sus miedos y me enchufó a uno de sus pezones.

—Es un buen momento para escapar. No hay soldados, no hay autoridad —opinó Macareno.

—Pero no tenemos manera de nadar con la bebé por mucho tiempo —dijo mi padre, muy preocupado.

—Podemos hacer una balsa —exclamó Consuelo mirando hacia el antejardín, como buscando entre las aguas la barbacoa hecha con tallos de bambú que había en el andén de la casa vecina.

Con miradas de reto aceptaron la sugerencia de la mujer y entre todos empezaron a imaginar una barca muy básica y primitiva, pero suficientemente segura para que pudiéramos escapar del pueblo que los vio agonizar desde su llegada.

Saltaron al agua, buscaron la silla de guadua con los pies y se zambulleron luego tratando de soltarla de sus amarraderos y también de sus raíces en el suelo. Cuando lo lograron en medio de uno que otro grito espantoso de dolor que de vez en cuando rompía el silencio, reforzaron la estructura de lo que ahora parecía la balsa muisca. Esto es, un conjunto de largos tallos y troncos atados entre sí con amarraderos hechos con las camisas de Macareno y de mi padre. Al momento la ensayaron con éxito trepándose y realizando movimientos bruscos sobre ella sin que la pequeña embarcación sucumbiera. Luego nos ayudaron a bajar a mi madre y a mí y empezamos a navegar por las calles inundadas, impulsados por el braceo de mi padre y el de su amigo Macareno.

Nadie decía nada, más preocupados en ocultar mi presencia que en saber hacia dónde nos dirigíamos.

Por toda la ruta que formó la corriente nos encontramos con cadáveres y billetes flotando en la misma dirección. No dejaba de causar curiosidad que mientras todos se enloquecían agarrando billetes sólo un hombre se divertía atrapando cadáveres. Era Marcos Cala, el dueño de la funeraria, tratando de acaparar a sus clientes a como diera lugar.

Al pasar por la iglesia que lucía destruida por el colapso del campanario, vimos a un hombre que nadaba de espaldas, contra la corriente y hacia atrás, curiosamente inmerso en una sonrisa que desafiaba con creces al Dios que nos había enviado aquel castigo. Mi padre me contó que ese hombre se llamaba Romualdo Calderón y que desde siempre lo vieron andar en sentido contrario al de todos sus semejantes, en franca rebeldía contra el reloj de la distancia, de la vida y del tiempo.

—El hombre que camina para atrás desafía al destino. Si está en el pueblo no es por su voluntad —dijo, mientras lo veía alejarse con su barba y su cabellera amilanadas por el agua que lo hacían ver como un chivo.

Más adelante vimos a Bartolo. Estaba desgonzado sobre los brazos del padre Domingo, quien pedía ayuda a Dios en medio de todos los arrepentimientos que se le tuvieron que haber juntado en el corazón. Mientras socorría al sacristán, el padre tuvo tiempo para enfrentarse a sus demonios. Decidió excomulgar a María Barragán, sobreviviente del campanario, porque la vio aferrada al madero de Cristo, que era lo único que de la iglesia había quedado a flote. Le dijo que la meretriz del pueblo no era digna de abrazar la sagrada cruz y la conminó a soltarla. Pero María no tenía alternativa. El símbolo del cristianismo era su salvavidas, por lo que la muchacha prefirió la excomunión a la muerte. Y mientras se alejaba del padre abrazada a la santa cruz, la Barragán le gritó que ella no era una puta:

—Padre, las putas se acuestan con los hombres por dinero, yo me acuesto con ellos porque me gusta. Más puta es usted que traicionó a Dios aliándose con ese diablo que era el alcalde.

CESÓ LA HORRIBLE NOCHE

El doctor Vladimiro Aponte soportó la tragedia cómodamente sentado sobre el techo del hospital. Cuando pasamos frente a él, mi padre lo miró con un odio que nunca había visitado los predios de su alma.

—Debería estar salvando vidas, doctor. No olvide el juramento hipocrático.

Aponte se limitó a mirarlo tratando de responderle que era un romántico y que los románticos no tenían cabida en este mundo.

—Debió morir él y no Bartolo —refunfuñó con rabia.

La muerte del sacristán le dolió a quienes lo conocieron porque ignorante y alcoholizado, siempre fue un hombre honesto y amable que nunca perdió el espíritu infantil y la capacidad de asombro hacia cosas y eventos que a nadie más causaban sorpresa. Podía decirse que Bartolo no se entregó a Dios por vocación sino por estar cerca del vino y las meloserías de la gente.

Cuando estábamos llegando a los linderos del pueblo, papá sospechó que íbamos rumbo a la desembocadura del río y decidió ordenar a todos, con angustia y sobre la marcha, que nadaran hacia la orilla. Allí descendimos cuando el agua les daba por las rodillas y pudieron caminar hasta la orilla, a tientas, por la inusual oscuridad.

—No creo que sea buena idea metérnosle a un río enfurecido en esta balsa —apuntó.

—Lo que no creo que sea buena idea, es cruzar el río nadando con la bebé en brazos —añadió Consuelo, recibiendo una mirada de aprobación de mi madre.

—Entonces tenemos que esperar hasta que amanezca para ver si el río baja su caudal un poco y lo podemos atravesar a pie.

—¿Con mi hija? ¿Atravesar un río contaminado con mi hija de menos de un día de nacida?

Después de un pronunciado silencio, papá y sus dos amigos se dedicaron a buscar un lugar, a la rivera del río, donde pasar el resto de la noche. Acampamos bajo una roca saliente que daba acceso a una cueva que ninguno quiso explorar por temor a las arañas o las serpientes. Nadie durmió. Dedicaron la mayor parte del tiempo a planear la salida del pueblo mientras veían pasar colchones, muñecos descabezados, escobas, prendas de vestir, canastos, tejas, barandas de camas, puertas de madera y de lata, triciclos, perros, gatos, zapatos, alpargatas, veladoras, santos y personas, algunas completas y otras no tanto. Como la humanidad del alcalde Álvaro Elías, que pasó inflado como globo, aferrado a un racimo de billetes pero sin una pierna y sin orejas. Cuando el sol regresó radiante y empezó su periplo de siempre, sin pena por la inasistencia del día anterior, supimos que no estábamos solos. A los lejos y desde todas direcciones se escuchaban voces que trataban de no ser escuchadas. Eran de otros pacientes igual de frustrados y que también se rehusaban a regresar al pueblo. Todos querían aprovechar la muerte del alcalde y la desbandada de los soldados para huir. Sin embargo, el río no estaba colaborando con sus intenciones y muy pronto dejó entrever el precio que podían pagar quienes osaran cruzarlo con su cauce tan crecido. Lo constataron en medio de unos gritos espantosos. Los de Luciano Pereira, un hombre callado, al que nunca se le conoció la voz pero que ahora estaba pidiendo auxilio entre bocanadas de agua sucia, para que alguno de sus compañeros de travesía lo salvara de los remolinos del río. Nadie se atrevió a socorrerlo, no por falta de compasión o solidaridad, sino porque hacerlo significaba una muerte segura. Los gritos de Luciano se ahogaron junto con él.

Todo el mundo quedó asustado. Es como si una fuerza maligna se confabulara contra los deseos de todo un pueblo por darse a la fuga y hubiese puesto de escarnio a Luciano para que los demás no se atrevieran a ir más allá de sus posibilidades. Y como escapar de un designio significa pisar los terrenos del imposible y del absurdo, nadie más quiso intentarlo, y esa entendible cobardía significó el fracaso de miles de leprosos por alcanzar la libertad.

Al mediodía, cuando las aguas del río bajaron a un nivel que permitía cruzarlo sin el riesgo de morir, ya el ejército había copado los linderos del municipio y los soldados apuntaban a las cabezas de quienes estábamos a esta orilla de la tristeza.

La única hazaña que se logró fue la de no permitir que alguien me descubriera. De este modo mis padres, sus dos amigos y Consuelo, quien se había topado con su papá, don Jorge Isaac, regresamos a la casa de Luz Helena, esta vez con el agua en las rodillas. El diluvio había terminado y las esperanzas de escapar, también.

CAPÍTULO DIECISÉIS

La parábola del amor

◦─◦═◦◦═◦─◦

Tres días tardó el agua en abandonar, del todo, las calles del pueblo. El nuevo alcalde, Misael Moreno, un veterano militar galardonado en la Guerra de Los Mil Días, designado por el gobernador de Cundinamarca, era un hombre más cuerdo y menos ambicioso que Álvaro Elías, pero más drástico en el cumplimiento de la ley. A Agua de Dios llegó por tener lepra y porque las autoridades creyeron, equivocadamente, que toda la debacle había sido propiciada por una revuelta popular y no por la incompetencia y ambición del fallecido burgomaestre.

Por eso, entró una mañana con el sol de frente, en medio de un convoy militar, poniendo cara de toro de casta, tal vez con la intención de dejar en claro que estaba listo para una nueva corrida. Misael sabía del triunfo conservador en Agua de Dios y de entrada no les perdonó a sus habitantes tanto apoyo al partido opuesto aunque por orgullo no demostró su inconformismo. Al fin y al cabo era un verdadero aprendiz de demócrata y muy pronto comprendería que aunque la mayoría del pueblo pertenecía a su partido, el Liberal, la alta votación conservadora obedecía a un mero interés de los electores por volver a tener correo y laboratorio.

Durante su posesión y mientras la banda municipal que él mismo armó con leprosos de varios conservatorios, interpretaba el Himno Nacional entre bombos, platillos, clarinetes y una tuba, todos lo observaron con más curiosidad que miedo y nadie dejó de entusiasmarse cuando en su discurso, en medio de una plaza destruida, se comprometió a reconstruir la aldea en su totalidad y a dejarla más bella de lo que era antes. Eso sí, con la ayuda de todos.

Con el viento a su favor y cien nuevos policías al mando de un coronel misterioso que por razones desconocidas resolvió no dar la cara a los habitantes del pueblo, el nuevo mandatario empezó a hacer realidad sus palabras rompiendo de paso el escepticismo de quienes en un principio pensaron que se trataba de las promesas de un nuevo embaucador.

De repente todo empezó a florecer ante la mirada incrédula e indiferente de los pobladores. Los escombros de las calles se removieron en su totalidad y fueron a parar a un valle, que se convirtió en sabana gracias a la gran cantidad de material allí depositado. Se repararon los muros y los andenes averiados, se compusieron las bancas del parque, se recuperaron algunos árboles y se sembraron otros nuevos, se reconstruyó el convento de las hermanitas de la Presentación, se curaron las grietas del colegio María Inmaculada, se extrajo el lodo que cubría la mitad de la Casa de la Desinfección y se repararon daños menores en el albergue San Vicente. Con la ayuda entusiasta de los aguadediosenses se pintaron todos los muros exteriores de las casas con cal. Los tejados de latas oxidadas fueron reemplazados por tendidos de palmiche y, por decreto oficial, la alegría retornó del exilio, cuando los auxilios gubernamentales y las "raciones" volvieron a llegar cumplidamente a manos de los pacientes. Y con la llegada del dinero desapareció la falta de cariño en los hogares.

La iglesia no fue reconstruida por puros embelecos y revanchismos partidistas, dado que un alcalde liberal no iba a reconstruir el templo de reunión de los godos del partido conservador.

Durante el censo de población que se hizo, una vez el pueblo fue restaurado casi en su totalidad, mi padre fue reintegrado a su cargo de médico del hospital, pero esta vez en calidad de director, aunque, para su desdicha, vigilado por el doctor Aponte quien fue ratificado en su cargo de Secretario de Salud, como un premio equivocado del destino a una persona que, por su silencio, cohonestó con la corrupción del alcalde anterior.

El olor del amor

Aquello terminó amargando más al guerrero que llevaba por dentro Alejandro Varoni, aunque él jamás dejó mezclar sus estados de ánimo por causa de las cosas políticas, con el amor que devotamente nos procuraba a mi madre y a mí.

Puedo asegurarles, aunque admita que esto mismo deben decir muchos hijos de sus padres, que el amor de los míos no tendrá repetición en los tiempos. Quisiera describirlo pero no existe lenguaje para hacerlo, ni canción para plasmarlo, ni pintura maestra para estamparlo. Era sencillamente luz del universo justificando la existencia del mundo mismo. Por ellos hubieran utilizado desde que nací, la misma boca para comer, el mismo estómago para digerir sus alimentos, los mismos ojos para ver el mundo. Cualquier vacío en sus corazones los hacía contemplarse, extasiados, como buscando refugio en sus miradas de inconmensurable dulzura, como queriendo cerrar las heridas que por cualquier motivo se hubiesen abierto. Cualquier tristeza era sentida por el otro con mayor dolor. Muchas veces los vi con ganas de fusionarse como siameses. Supongo que no lo hicieron porque no sabían cómo explicarme la existencia de unos padres con un solo cuerpo y dos cabezas. Pero de que lo necesitaron y lo desearon hacer muchas veces, no me cabe duda. Se notaba en sus abrazos y en las formas que adoptaban sus cuerpos, a veces ella cóncava, a veces él convexo.

Los besos de mis papás debían estar cargados de una nostalgia maravillosa porque muchas veces los vi llorar sin motivo, mientras sus labios se rozaban con la delicadeza con la que una brisa de agosto notifica de su presencia a una flor. Fue por los tiempos en que conocí el olor del amor. No sé si alguien más haya tenido el privilegio.

Alguna reacción química desencadenaban los besos y los actos de ternura de mis padres cuando se manifestaban ese cariño formidable que se sentían, porque de sus poros, o no sé si por los orificios invisibles de sus almas, o por el lugar donde las lágrimas salen, empezaban a emanar un olor tan superlativamente exquisito y suave, tan celestial y sublime, tan de ninguna flor y de todas a la vez, tan en los límites de la creatividad humana, tan similar a nada y superior a todos los aromas del mundo, que de inmediato esa fragancia seca y húmeda al mismo tiempo, con textura de gusano de seda, con sonido de revolotear de hada, inundaba la atmósfera de la casa, causando en todos distintas reacciones.

A Macareno y a Consuelo los hacía mirarse por horas con una mezcla de picardía y timidez a la vez, pero también de respeto hacia el momento, por lo que preferían estar en silencio para no echar a perder el instante de encantamiento con alguna palabra o alguna frase desafortunada. No sé de qué esencias se compone el perfume del amor. Lo único que puedo asegurar, por la memoria de todos los muertos, es que su base líquida fue extraída de las lágrimas de un ángel asexuado y puro. Y que no fuera a enfermarse alguno de los dos porque el otro somatizaba inmediatamente su estado de ánimo y hasta los síntomas. De modo que el que estaba delicado de salud se curaba y el otro tendía a enfermarse. Si esto no era amor, ¿qué lo era?

Una comedia necesaria

No obstante que el alcalde Moreno le adjudicó un lote para que construyera una vivienda propia, papá prefirió seguir viviendo en la casa de la enfermera porque esto nos garantizaba la ausencia de curiosos en la cuadra. Incluso, después del desastre y cuando el pueblo volvió a renacer en la humedad de sus sueños, algunas personas olvidaron la historia de Luz Helena y empezaron a cruzar de nuevo por su calle.

Fue una noche cuando los curiosos empezaron a jugar frente a la casa de la enfermera sin que les sucediera nada. Al escuchar las primeras carcajadas que provenían de la esquina de la cuadra, papá se asomó con preocupación. Y quiso morir de angustia al observar a dos hombres corriendo por el frente mientras miraban la fachada de la vivienda. Como los osados lograron atravesar el andén sin ser asustados, empezaron a contar su hazaña y al día siguiente el deporte favorito de las gentes fue desafiar el miedo pasando por la casa de Luz Helena.

Tres días y dos noches duraron los juguetones desafiando el mito de la enfermera asesina, mientras mis padres y sus amigos trataban de blindar nuestra habitación con cajas, trapos y colchones para que mi llanto no fuera percibido por nadie.

Y ya cuando cruzar la calle se volvió algo normal y cuando la gente empezó a tomar la confianza suficiente para traspasar el antejardín de la casa, mi papá y Macareno pensaron en coro que debían hacer algo extraordinario, porque lejano no estaba el día en que a alguno de los héroes le diera por querer estampar una nueva hazaña en el libro imaginario de las epopeyas de un pueblo aburrido como el nuestro, y decidiera traspasar los límites de la puerta.

Ese fue el día que Argemiro Mora, un hombre al que nunca se le vio amargado, puso su cabeza sobre los calados de la ventana para mirar hacia adentro de la casa mientras todos nos veíamos en la obligación de aguantar la respiración, hechos estatuas dentro de la habitación.

Ésa fue la gota que rebasó la copa, el detonante que obligó a mis padres y a sus amigos a entrar en el juego para defender la privacidad de nuestro territorio.

Argemiro Mora, quien ya había ganado notoriedad en el pueblo por sus gestas épicas en la recolección de tarántulas, serpientes venenosas y escorpiones, resolvió imponerse un nuevo reto: entrar a la casa de la enfermera.

Se decía que del éxito de su hazaña dependía que todo el pueblo volviera a pasar por la cuadra de Luz Helena sin sentir miedo. Por eso, la noche en que se comprometió a entrar a la casa supuestamente embrujada y permanecer dentro de ella por más de tres minutos, Argemiro apostó hasta sus zapatos con dos amigos suyos que no le creían que podía penetrar el templo sagrado y encantado de la fantasma más famosa de Agua de Dios.

Mi papá y Macareno aún no terminaban de preparar la defensa cuando se escuchó la algarabía que los curiosos manifestaron ante la aparición de Argemiro.

Argemiro respiró profundo, más inseguro que alegre y se despidió de sus fans en medio de aplausos fervorosos que premiaban su valentía. A paso lento, cadencioso y payaseando empezó a devorar los treinta metros que lo separaban de la gloria mirando de soslayo y con suficiencia, cada dos o tres pasos, a quienes lo animaban con sus palmas y silbidos. Cuando el valiente, hecho todo un artista, llegó al antejardín de la casa, con el corazón en la garganta y un sudor frío recorriendo todo su cuerpo, oyó desde su inseguro interior los últimos aplausos de aliento que su fanaticada le brindó y agradeció el gesto de apoyo con una sonrisa falsa.

Sin posibilidad de retroceder, aunque con deseos de hacerlo, empezó a acercarse a la ventana con pasos cortos. Sentía los testículos obstruyendo su respiración a la altura de la garganta. El curioso y la sorpresa que le esperaba fueron avanzando desde sus equidistantes posiciones hacia las celosías de cemento, hasta quedar separados tan sólo por una pared de diez centímetros. Entonces Argemiro asomó sus ojos, de uno en uno, tímidamente, por entre los dibujos del calado y empezó a tomar aire y confianza en las mismas proporciones. Se extrañó un tanto por un halo de luz que se colaba desde adentro, pero no quiso retroceder por temor a perder la fama que de valiente tenía, adquirida con creces en épocas recientes en gestas tan complicadas como el intercambio de huevos entre un nido de águila y el de una cascabel, o la vez que se metió al matadero a torear cuatro bestias sentenciadas a muerte con una camiseta roja y nada más.

Pero su valentía estaba llegando al final. Cuando la gente lo alentó a ingresar a la casa, tomó un tronco de árbol con la prepotencia de un especialista, y lo posó sobre la punta de su zapato izquierdo. Miró al público, recibió la correspondiente ovación, luego tomó el madero con sus dos brazos extendidos, lanzó un sonido de terror mientras tomaba impulso y corrió hasta estrellarlo con decisión contra la puerta de nuestra vivienda, que sólo resistió el embate de su pesada estocada en los dos primeros intentos, mas no en el tercero.

Cuando Argemiro se paró sobre la puerta derrumbada con el corazón a punto de explotar, la gente aguantó la respiración, imaginando la música de suspenso que seguramente estaría tocando, de estar vivo, el maestro Morales. Argemiro estaba parado en la puerta de la casa del terror cumpliendo su palabra. Los aplausos no se hicieron esperar. Tampoco un coro incitándolo a entrar:

—Que entre, que entre, que entre…

Y no había dado el primer paso hacia la sala cuando Argemiro enmudeció al ver ese esperpento de cara blanca, chorreando sangre por la comisura de sus labios avanzando sobre él con un velón en una mano y un cuchillo resplandeciente en la otra que brillaba en sus ojos aguados por el miedo. Como los mirones, entre ellos varios apostadores, no sabían lo que estaba sucediendo, empezaron a aplaudir creyendo que su héroe estaba cumpliendo la hazaña de caminar, por primera vez, en meses, dentro del predio. La verdad fue que el pobre perdió el habla, su cuerpo amenazaba con desplomarse y sus orines fluían sin exclusas por entre las piernas de su pantalón azul. Para no soportar la humillación de su fracaso, Argemiro cerró los ojos, contuvo la respiración y empezó a caminar hacia atrás muerto del susto. Cuando pudo ganar el antejardín, se persignó y echó a correr, calle abajo, hacia la esquina de la farmacia de Macareno, gritando muerto de vergüenza: ¡Dios mío! ¡Dios mío! ¡Dios mío!

La clientela huyó despavorida hacia el lado contrario y en mi casa celebramos con risas silenciosas el éxito rotundo de la nueva temporada de la obra.

Nunca más nadie quiso asomar su nariz por mi casa, ni por curiosidad ni por interés. Aunque les intrigaba saber qué fue eso tan espantoso que observó Argemiro Mora esa noche fallida, nadie lo logró pues, el pobre, decidió encerrarse por semanas en la habitación de su casa. Lo habíamos logrado.

Mamá premió a su Alejandro amado con una cena romántica a base de frutos de pancoger y Macareno a su improvisada actriz con un paseo bajo la luz de la luna. El amor de mis padres los estaba contagiando.

CAPÍTULO DIECISIETE

LA PARÁBOLA DEL REBUSQUE

omo al nuevo Gobierno y por ende al nuevo alcalde sí le interesaba encontrar una cura para la lepra, al pueblo empezaron a llegar, desde diferentes lugares del mundo, mercaderes de la salud con soluciones milagrosas.

Del Amazonas llegó un taita ofreciendo borrar la coloración de la enfermedad con infusiones de clorofila de raíz del árbol de samán sobre la parte afectada. Decía, sin ningún juicio, que la combinación del púrpura con el verde intenso daba como resultado una piel morena y bronceada. Aunque muchos acudieron a la cita ilusionados, especialmente los que estaban afectados en la cara, haciendo filas eternas, nadie logró cambiar el color de la lepra que seguía siendo del rojo de los atardeceres.

Desde Brasil viajó un indígena amazónico con un bicho terriblemente desagradable, asegurando que su picadura provocaba la desaparición paulatina de la infección. El oscuro insecto tenía escamas nacaradas, un par de antenas largas y aserradas en forma de tenaza y cuatro ojos vidriosos y sin párpados que daban la sensación de estar maldiciendo a todo el mundo. De su boca, parecida en lo hinchada a la de una piraña, entraba y salía con asquerosidad una lengua larga que el animal enroscaba cada vez que le daba la gana, haciéndolo impredecible. No tenía alas pero volaba. No tenía dientes pero mordía. No tenía cuerdas vocales pero cantaba y ningún animal en el mundo, ni el gato siquiera, se antojaba tan irreverente. Muchos enfermos se sometieron al tratamiento que consistía en meter un brazo desnudo dentro de la jaula del bicho para que éste insertara un pico largo y filoso entre la piel del paciente, para luego descargar, entre su músculo, el veneno curativo. Quienes se hicieron picar por el gigantesco insecto, del tamaño de una rata, no obtuvieron más resultado que una borrachera narcótica en medio de la cual algunos imaginaban ser el insecto de Kafka bailando sobre su caparazón con las patas hacia el cielo, y otros simplemente un espiral girando sobre sí mismo infinitamente, en medio de risas burlescas.

Otro charlatán arribó procedente de Haití. Ofrecía, por medio de vudú, sensibilizar la enfermedad incrustando alfileres en la parte afectada. Para tal efecto demarcaba el área en un muñeco que moldeaba, a imagen y semejanza del paciente, con barro negro. Luego lo ponía a secar al sol en una tumba del cementerio en medio de velones ardientes y oraciones de magia negra que despertaban más risas que miedo. Decía que volviendo sensible el área de la enfermedad las células iban a despertar con un hambre voraz y con deseos de alimentarse con todo lo que encontraran en el organismo, incluido un menjurje aceitoso y de color ámbar que el mismo haitiano esparcía sobre la parte afectada, como ñapa, al que comprara el tratamiento. Tampoco funcionó.

Vino de Alemania un embaucador de la embajada de su país a ofrecer una vacuna más falsa que su credencial. La vacuna, que él dio a conocer con el nombre de Despigmat, no tenía en su interior ningún compuesto químico distinto al inofensivo aceite de olivas. Le apostaba el impostor a que un efecto placebo alentaba, por la vía de la fe, a los enfermos. Desde luego nadie se curó pero tampoco se murió y más de uno adelgazó.

Una leyenda llamada Benchetrit

De toda esa gama de remedios inútiles ofrecidos por brujos, farmaceutas, falsos médicos, científicos locos, curanderos y magos negros, el que más llamó la atención fue el ofrecido por un prestigioso médico leprólogo marroquí de nombre Ariel Benchetrit. El doctor en epidemiología, que apareció en plena época navideña, aseguraba estar curando a los enfermos del mundo entero con una fórmula secreta, que no era más que una receta muy popular en la India, elaborada a base de esteres etílicos del aceite de chaulmugra revuelto con hidnocarpo, pero aplicado en dosis y maneras que él solo conocía. Este remedio estaba desplazando las inyecciones intravenosas de ginocardato de sodio inventadas por el científico Leonard Rogers que no se conseguían en ningún lado, según el chiste popular de la época, ni en la casa del científico que la inventó.

"Adiós mutilaciones, úlceras o deformaciones", decía la publicidad impresa en papel pegado sobre los productos ofrecidos por este médico de aspecto solemne en cuya fotografía aparecía con cabello lacio engominado y peinado hacia atrás, ojos negros, piel color ratón y bigote bien cuidado. Al país llegó invitado por la dirección Nacional de Lazaretos, procedente de Venezuela, donde dijo haber aliviado a cientos de leprosos. Tantos laureles lo hicieron merecedor de un cargamento de recomendaciones firmadas por el dictador de la hermana república, Juan Vicente Gómez.

Benchetrit, con su elegante traje de corbata, que no abandonaba ni en los climas más infernales, llegó acompañado por Aarón, un joven piloto de la primera guerra mundial, políglota y buenmozo, a quien, por su versatilidad para los idiomas, utilizaba como intérprete. Paisano suyo, oriundo del Marruecos español y que por ende dominaba de manera notable nuestro idioma y de manera extraordinaria el idioma árabe que hablaba su jefe, Aarón no sólo era la mano derecha de Benchetrit, también era su mano izquierda.

Al parecer las recomendaciones y la buena reputación no le fueron suficientes al afamado leprólogo para lograr credibilidad entre los pacientes pues, transcurridos tres días desde su arribo al pueblo, sólo recibió un cliente. Se trató de Humberto Corcho, el mago de medio pelo, que se sometió al tratamiento porque Aarón le dijo al oído que no iba a tener costo alguno. Y no era por falta de interés en sus remedios, sino porque la gente estaba más pendiente del nacimiento del niño Jesús que de otra cosa. Como en el pueblo no había niños, el 24 de diciembre todos los pobladores se acostaban temprano, pero el 31 nunca rebajaban, con el permiso del alcalde de turno, la emborrachada más terrible de sus vidas. La intención era despedir el año sin ninguna conciencia de sus actos para no tener que recordar a sus seres queridos en esa fecha tan sentida para todos.

Comenzando enero y cansado de recibir rechazos por parte de sus clientes potenciales, el doctor Benchetrit empezó a convocar a la población en el centro del parque principal con gritos extraños en su idioma nativo. Cuando sintió que la audiencia ya era digna de una sorpresa colectiva se empezó a desnudar sin ningún asomo de vergüenza. Mientras sus ropas caían y las hermanitas de la Presentación huían despavoridas, Aarón explicaba en su español aceptable, los motivos del obsceno acto ante el asombro de las beatas, las risas de los morbosos y la ira del nuevo sacerdote, un cura español llamado Ramón Bautista, que sobrevivió con estoicismo al odio de todos los liberales contra el clero durante más de medio siglo.

Luego, en un ritual absolutamente convincente, el doctor procedió a embadurnar con sus productos cada parte de su cuerpo y sus extremidades, excepto los ojos, mientras preguntaba a grito entero por algún paciente muy afectado por la lepra.

—Doña Agripina Montes —gritaron varios en coro.

Así que Benchetrit se fue a vivir a casa de la anciana que mayor proporción de su cuerpo tenía infectado de lepra. La tenía en las manos, en los pies, en la nariz y en las orejas. Tan desagradable se sentía con las burlas de los niños que vivían cerca de su casa, que la anciana decidió recluirse en Agua de

Dios por su propia voluntad. Las autoridades sanitarias se alarmaron tanto con su caso, que no dudaron en poner en cuarentena a toda su familia antes de enviarlos a varios leprosarios.

Aarón explicó que el desnudo no obedecía a un deseo vulgar de su jefe de mostrar sus partes nobles, que por cierto fueron motivo de burla colectiva, sino a la necesidad de que todos vieran con sus propios ojos que el doctor Benchetrit no tenía zona alguna de su cuerpo infectada con lepra a pesar de haber convivido con muchos pacientes, gracias a la protección que le brindaban sus productos.

Al cabo de dos semanas y mientras el morbo y las conjeturas de la gente crecían frente a la casa de doña Agripina, el investigador salió de su encierro voluntario. Lo primero que hizo, balbuceando algunas pocas frases en español que le enseñara su anfitriona anciana, fue preguntar por su traductor. Sin Aarón, Benchetrit se sentía tan sordomudo como la penosa estera sobre la que durmió catorce noches con gran sacrificio e incomodidad. Por eso se dedicó a buscarlo con desespero para que le contara al pueblo que él, gracias a su tratamiento preventivo estaba exento de la enfermedad, a pesar de haber compartido su vida con doña Agripina tantos días.

Pero Aarón no apareció nunca. Se esfumó como por arte de magia y mucho se especuló sobre su suerte. Algunos dijeron que se había marchado, sin despedirse ni decir nada, porque estaba cansado de las extravagancias de su jefe y de las mentiras que decía para poder embaucar a los incautos con sus productos. Otros aseguraron que se había ahogado en las aguas del río Bogotá una tarde de calor sofocante. Otros más fantasiosos aseguraron haberlo visto por última vez en las aguas termales de Los Chorros, gritando que había encontrado en el fondo del charco un pasadizo secreto por el que desapareció para siempre.

Y no faltó el que inventara que Aarón estaba encerrado hacía dos semanas en casa de María Barragán, la novia de Agua de Dios, la viuda de Morales. Aquella muchacha de carcajadas dementes y caminar aparatoso, que cubría con su crespa y larga cabellera el lado de la cara que la lepra le estampó de rojo. La misma bandida que el día de su excomunión, que fue el mismo de la muerte del músico que la amó, decidió que en este mundo no se quedaba a sufrir por lo que se entregó a los caprichos de su boca y a los impulsos de su lujuria para hacer más felices las siestas de sus paisanos. Porque decidió que el amor se hacía entre el mediodía y las dos de la tarde, cuando el sol estaba más ardiente y los cuerpos se empapaban más rápido de sudor. Porque el sudor, desde siempre, fue su fetiche.

Y no estaban equivocados los chismosos que inventaron que Aarón se encontraba en casa de la Barragán. Ella lo observó un día muy despistado en la misa que sobre un terreno destapado improvisaba todas las mañanas el padre Ramón y se le acercó en el ceremonial instante en que el cura instó a sus feligreses a darse la paz. María atacó en el momento justo a su presa de turno. Con el pretexto de agradecerle haber venido al pueblo a curar a sus paisanos, lo abrazó muy fuerte y se aprovechó de su poca estatura para asfixiarlo entre sus tetas gigantes como melones y duras como patillas. Y no fue difícil que el pequeño marroquí sucumbiera a la tentación y cayera atrapado en sus encantos. Cuando el padre invitó a los asistentes a la misa del mediodía a ir en paz hacia sus hogares, María lo tomó del brazo y le pidió que la acompañara.

—¿A dónde? —preguntó asustado.

—¿No escuchó lo que dijo el padre? Podéis ir en paz.

—Sí, pero yo no tengo a dónde ir en paz.

—Vamos a mi casa. Quiero que conozca el significado de la palabra paz.

Y de esta manera lo condujo a jalones desesperados por todas las calles del pueblo hasta zambullirlo muchos días y muchas noches en una habitación calurosa, sobre un colchón tieso y húmedo tendido con sábanas rotas y percudidas, donde le enseñó a hacer el amor de más de cuatrocientas maneras hasta dejarlo inconsciente. Allá estaba, reponiéndose con calditos de iguana cuando Benchetrit lo empezó a buscar por cada rincón del pueblo con la ayuda de doña Agripina Montes.

Como Aarón no apareció, porque María le escondió la ropa por una promesa que él le incumplió, el laureado científico buscó a Macareno Aljure para que le sirviera de garante ante sus clientes sobre la efectividad de sus menjurjes. Le pidió que le diagnosticara la lepra a fin de demostrar la efectividad de su tratamiento. Lejos de hacerlo, porque no era posible saber si se había contagiado en tan poco tiempo, dado el largo período de incubación que caracterizaba la enfermedad, al científico y a papá les llamó la atención el extraño y osado personaje porque vieron en él un fuerte aliado para sus propósitos de demostrar lo que ya tenían casi seguro desde mi nacimiento.

Entonces lo abordaron con el cuento de que estaban interesados en su tratamiento, pero el marroquí no les entendió y se limitó a escribir un número tres en un cuaderno. Doña Agripina que emergió como su nueva traductora les dijo que ése era el costo de los remedios.

Como no había forma de hacerle saber que las intenciones no eran las de comprar sus productos sino saber si podían contar con él para que les ayudara a salir del pueblo, tuvieron que confiar en doña Agripina con el riesgo de que, por su avanzada edad y lo jodida que estaba ya por la enfermedad, la anciana no estuviera interesada en escapar o en colaborar en una fuga de Agua de Dios.

—Yo ya estoy muy vieja para esas cosas —les dijo con resignación—. Qué saco con salir de aquí si ya tengo lepra hasta en el alma. Para qué me arriesgo a que me peguen un tiro si ya más muerta no puedo estar. Mejor déjenme aquí, tranquila…

A estos sentidos y ciertos argumentos, Macareno y mi papá respondieron con otros más sentidos y más ciertos, mientras el marroquí los observaba de lado y lado como mirando una partida de tenis de mesa:

—Piense en las futuras generaciones, doña Agripina.

—Piense en los niños y en los jóvenes.

—Nunca es tarde para la libertad.

—Si usted no quiere luchar, no nos quite a los demás el derecho a hacerlo.

—Si podemos salir de aquí, todos los leprosos van a volver a sus casas.

—Hágalo por el amor a Dios —dijeron alternadamente logrando descongelar su corazón.

—Qué tengo que hacer —expresó por fin con voz animada la anciana, a lo que mi padre respondió con toda la verdad.

—Primero, no contar nada de lo que vamos a decirle. Segundo hacerle entender al doctor Bencherit...

—Benchetrit —corrigió ella.

—Benchetrit o como se llame, que necesitamos su colaboración para llevar hasta Bogotá las pruebas que tenemos sobre las mentiras de la lepra...

—Cuáles mentiras —preguntó Agripina interesada exhibiendo su cuerpo con una sonrisa.

— Que no es hereditaria ni contagiosa —exclamó con seguridad papá.

—¿Eso es verdad? ¿Qué pruebas tienen, doctor Aljure? —preguntó con sumo interés la anciana.

—Varias. El mismo doctor Benchetrit es una de ellas. Ha estado trabajando varios años con leprosos y al parecer aún su organismo no incuba la enfermedad.

—No le creo. Estuvo dos semanas sin tener el menor contacto conmigo. Es un mentiroso. Ha estado huyéndome todo el tiempo. Ni siquiera ha tomado café en mi loza. Trae sus propios trastos en su maletín. Hasta me pagó dos pesos para que dijera que había estado todo el tiempo a mi lado sin contagiarse. Siempre que me le iba a acercar salía corriendo —puntualizó la vieja con un dejo de indignación.

—Maldito embustero —exclamó mi padre.

—Aún así lo necesitamos —dijo Macareno—, es doctor y es el único de nosotros que puede salir de aquí por la puerta del pueblo sin problemas porque viene con permiso del ministerio de la Sanidad. Él nos puede llevar la investigación hasta Bogotá.

—Y cómo se lo van a decir si apenas aprendió a saludar y a cobrar por sus menjurjes —apuntó la anciana.

—¿Cómo se comunicó con usted para ofrecerle el soborno por decir mentiras? —indagó papá.

—Ya les muestro —dijo, y se trasladó con su triste andar hasta una mesa con tres patas y media de la que extrajo unas hojas que al momento exhibió. Ante los ojos de mi padre y de su amigo aparecieron varios dibujos que explicaban claramente lo que Agripina había contado. Supieron entonces que ése era el camino más corto para comunicarse con el extraño vividor y procedieron a elaborar, en compañía de mamá y de Consuelo, una serie de dibujos para explicarle sus intenciones.

Al cabo de muchas horas de gracioso trabajo, en donde no faltaron dibujos burlescos, le enseñaron al marroquí los mamarrachos con gran expectativa. Benchetrit respondió, como siempre, con sonrisas socarronas. Papá y sus amigos creyeron que las risas se debían a que no había entendido nada y se dispusieron a mejorar los dibujos y a elaborar otros. Al día siguiente, luego de trabajar toda la noche en ellos, esta vez con más seriedad, regresaron con los nuevos trazos. En esencia era toda una película dibujada en viñetas llenas de bosquejos, mal hechos, que trataba de un hombre que liberaba a toda una comunidad de leprosos haciendo llegar a las autoridades sanitarias de la capital unas investigaciones que el doctor Macareno venía haciendo de tiempo atrás y que culminaron con mi nacimiento y los exámenes que de mi sangre hicieron, diariamente, hasta la fecha, sin que existiera el menor asomo de contagio.

Muy esperanzados papá, Macareno y la misma Agripina se quedaron esperando la respuesta del doctor Benchetrit, pero éste se limitó de nuevo a sonreír, dándoles a entender que aún nada entendía, aunque la verdad fuera lo contrario. El médico sí entendió y todo, pero su sonrisita obedeció a lo ilusos que sintió a los dibujantes al pedirle que les ayudara a desmitificar los temores hacia la lepra cuando él vivía de la enfermedad.

—Si se descubre que la enfermedad de Hansen no es contagiosa ni hereditaria, me muero de hambre —expresó en un idioma que nadie entendió salvo por la mueca que hizo al abrir la boca en medio de carcajadas mientras se tocaba el estómago con varias palmaditas.

—La única manera de que lo entienda es enseñándole español —apuntó papá, muy confundido por las palabras aún.

—Enseñarle nuestro idioma a un marroquí es poco menos que imposible. Tardaríamos años. Primero encuentran la cura para la lepra —adujo Macareno.

—No si nos dedicamos día y noche —replicó papá con mucha esperanza—. No es más difícil que escapar de aquí.

CAPÍTULO DIECIOCHO

LA PARÁBOLA DEL ENGAÑO

Y así, con el dilema de no saber si era más fácil que el médico africano aprendiera español que preparar una fuga sin él, mis papás y sus amigos se dieron todos a la tarea de enseñarle el idioma de Cervantes a Benchetrit. Había un único problema que resolvieron con crueldad.

—El doctor se tiene que ir, dice que estará aquí hasta pasado mañana —recordó la vieja Agripina.

—El doctor estará aquí hasta que nosotros queramos, doña Agripina.

—Usted no es nadie para impedirle que se marche. El pobre está muy aburrido por estos lares. Dice que no ha podido vender ni la quinta parte de lo que se propuso y que además perdió a su acompañante, el joven que hablaba por él.

—Pues lo lamentamos mucho, pero el doctor no sale de Agua de Dios si no es con nuestra investigación en sus manos —apuntó papá con mucha seguridad.

—¿Cómo se lo va a impedir?

—Para vender sus remedios él nos pidió que certificáramos que no se contagió durante su estadía de dos semanas aquí en su casa. Diré que sí adquirió la enfermedad, diré que sí tiene lepra. Con ese diagnóstico no podrá salir de Agua de Dios.

Todos se miraron extrañados por la actitud atrevida de papá. Un modo de ser al que no estaba acostumbrado y del que quizás esa misma noche se iba a arrepentir.

—El fin justifica los medios —refunfuñó Macareno y mi padre asintió con pena.

Dicho y hecho. Dos días después, cuando Benchetrit se estaba despidiendo de doña Agripina y de Humberto Corcho, uno de sus únicos clientes, los agentes de policía apostados en un portón elaborado en forja con herrajes de bronce que servía de entrada al pueblo le advirtieron que no podía salir. Como el extranjero pretendió no entender nada, intentó irse de nuevo apelando a sus buenos modales que expresaba siempre con su cabeza mirando en diagonal al piso y su sonrisita morronga. Pero tampoco le funcionó la estrategia. Supo a qué se referían los hombres cuando éstos le trancaron el paso de nuevo atravesando en su camino una vara de guadua que a manera de retén le impedía la salida.

—*I need to go now!* —exclamó exaltado en su segundo idioma, un inglés a medias, pero los agentes quedaron tan despistados como cuando les solicitó lo mismo en árabe oficial, porque a duras penas ambos policías conocían el español y no totalmente. De modo que el chino, el árabe, el hindú, el esperanto o el hebreo a sus oídos sonaban a la misma vaina. Pura fórmula médica escrita por un galeno afanado.

Así que el doctor Benchetrit fue regresado contra su voluntad y en medio de grandes gritos con los que agravió a todos los guardias en su idioma incomprensible. El doctor Aponte, Secretario de Salud, procedió a decretar su aislamiento y a incluirlo en el censo poblacional como un paciente más al que también se le asignó una ración. Y qué coincidencia, Macareno mismo se encargó de alojarlo en el laboratorio clandestino que tenía construido en la parte trasera de la farmacia. Allí entre tubos de ensayo, cultivos de sangre y un sinnúmero de elementos químicos, el marroquí se tuvo que resignar a vivir porque, confabulada con papá y Macareno, Agripina le negó el acceso a su casa.

Sin más remedio que aprender español para entender lo que estaba sucediendo y denunciar el atropello al que estaba siendo sometido, Ariel aceptó el reto que le impusieron mi padre y su socio a través de dos dibujos hechos por Consuelo y mamá. Uno, en el que se veía un libro que decía en su portada "diccionario español" y otro en el que se veía a un profesor parecido a mi papá enseñando a un alumno muy parecido al doctor Benchetrit recibiendo el libro.

Tres meses después, cuando ya Consuelo y mi madre hubieran podido optar por un título como dibujantes y cuando la paciencia pedagógica de papá estaba a punto de agotarse, y cuando Aarón se declaraba imposibilitado a vivir sin su María, y cuando el pueblo renacía totalmente de sus cenizas, el doctor Benchetrit despertó una mañana dispuesto a llenar nuestro mundo color esperanza.

—Quiero café por favor —dijo sin mucho esfuerzo fonético aunque con algún acento raro, con su pijama de organza cruda y mangas anchas aún puesta y caminando hacia la cocina a través de los largos pasillos repletos de helechos y matas de flores que entre mi mamá y Consuelo sembraron con denodado esfuerzo y dedicación a lo largo de las tres casas que conectaban con la farmacia de Macareno. La casa que para entonces ya abarcaba toda la cuadra de esquina a esquina y donde vivíamos en perfecta armonía, Macareno, la señorita Consuelo, mis padres y yo, se llenó de alegría con el poco fluido pero práctico español del aventajado alumno. Y no acababan todos de asombrarse y de llenarse de fe en medio de sonrisas y miradas de incredulidad, cuando el marroquí recalcó con otra frase:

—Bien caliente, por favor, gracias.

Lo que ya todos sospechaban: el bendito extranjero estaba aprendiendo español a pasos continentales, casi milagrosos.

Dos meses después, cuando los herrajes de las camas de Macareno y Consuelo se sacaban chispas en las noches con el movimiento de sus cuerpos, y cuando el lecho de mis papás se destornillaban al ritmo loco de un amor que ya volaba por confines míticos, cuando yo gateaba libre o caminaba agarrada a lo que encontrara, ajena a la realidad, por los solares ahora florecidos y de hierbas aromáticas sembrados, cuando las conversaciones con el aprendiz de castellano ya eran tan fluidas que no se sabía quién era el profesor y quién el alumno, mi padre, Macareno y Consuelo lo pusieron al tanto de sus planes. Eso implicó confiarle el secreto de mi existencia y mi estadía en un lugar prohibido.

Dicen que cuando me vio se quedó estupefacto. No me imaginaba en un lugar así y menos en el saludable estado en que me encontraba.

—Es muy bonita —exclamó y preguntó con algo de preocupación y poco cuidado semántico—: ¿Ser ella quien nos saque de esta infierno?

—Ella con sus favores doctor. Usted es nuestra última esperanza.

Luego se enfrascaron en una discusión muy extensa sobre las conveniencias y las maneras de hacer llegar a Bogotá la investigación de marras, que se basaba en los análisis realizados a mi sangre, día a día desde mi nacimiento, a los de la sangre de mi madre durante varios meses y a la sangre de Miguel Fernández el poco tiempo que dispusieron de él antes de que Álvaro Elías lo desapareciera. Porque tan poderoso como mi crecimiento sin genes infectados, era el hecho de que mamá hubiese convivido con papá tantos meses y hubiera engendrado un hijo suyo sin adquirir el Bacilo de Hansen. En el juicioso y bien sustentado estudio mantenían el carácter de incurable que tenía la enfermedad hasta entonces, pero entregaban pruebas bacteriológicas fehacientes de su imposible *heredabilidad* y contagio.

Muy asombrado por las contundentes investigaciones de sus profesores de castellano, el doctor Benchetrit se convenció de que, por encima de sus intereses económicos, estaba la ilusión de libertad de muchos pueblos en la tierra, incluida ahora, su propia libertad. Para demostrarles su compromiso con la causa, les confesó algo que por poco les provoca la muerte.

—Yo sé español desde antes de que ustedes me enseñaran. Mi madre es gallega. Crecí en Galicia, allí pasé mi niñez. Lo siento pero necesitaba mantener la mentira que debí usar en mi periplo por latinoamérica para no perder la importancia de hablar en un idioma extranjero, con el lujo que implica tener un intérprete al lado. Sé que ustedes los latinos se arrodillan fácilmente al foráneo.

Papá y su amigo le dispararon con la mirada por la doble ofensa de haberles hecho creer que no sabía español y la de señalarles esa verdad de puño acerca de la reverencia con la que muchos en esta tierra tratan a los extranjeros, pero Benchetrit no sucumbió a esa paliza mental que los dos le dieron. Luego de las disculpas respectivas, el avergonzado mentiroso se comprometió a llevar la investigación hasta el corazón mismo de un "Congreso Mundial sobre Lepra" convocado por la Dirección Nacional de Lazaretos, que para entonces ya hacía parte del Departamento Nacional de Higiene y Asistencia Pública. El evento al que estaban invitados los más grandes expertos y teóricos de la enfermedad, de los cinco continentes, estaba convocando para finales del mes de abril en Cartagena de Indias donde operaba otro leprocomio conocido con el nombre de Caño de Loro.

Transcurría la tercera semana del mes de marzo de 1931. En la práctica significaba que los interesados en asistir a ese Foro, tenían poco más de un mes para escapar y llegar hasta esa ciudad colonial costera de Colombia, famosa por estar encerrada entre gigantescas murallas de piedra con las que un mermado ejército español al mando de Blas de Lezo, en 1739, contuvo el formidable ataque que los ingleses emprendieron con 186 barcos de guerra y 31 mil hombres dirigidos por Edward Vernon, a fin de apropiarse de la ciudad donde según los forajidos de la época se escondían grandes reservas de oro representadas en tesoros de muiscas y tayronas.

Ahora o nunca

Las charlas de los siguientes días giraron en torno al Congreso sobre Lepra de Cartagena de Indias. Muy entusiasmado, Benchetrit enumeró parte de la lista de ilustres invitados, entre ellos, los directores de otros leprosarios de Carville en Louisiana, Molokay en Hawai, Fontilles de España y también una delegación de la leprosería de Cabo Blanco en Venezuela.

—Será un evento muy importante para el futuro de los pacientes de todo el mundo —recalcó el marroquí muy entusiasmado.

Papá no dudaba de esa impresionante oportunidad pero opinó, con más preocupación que pesimismo, que escapar de Agua de Dios en el poco tiempo que los separaba del evento era casi imposible.

—Pero es en ese congreso o nunca —apuntó Macareno entusiasmado con la idea y explicó la contundencia de su frase—: Si lo que dice el doctor Benchetrit es cierto, las autoridades del mundo entero estarán allí y no tendremos otra oportunidad de hacer conocer a todo el planeta nuestras investigaciones. De ninguna otra manera tendrán un impacto universal. Podríamos tardar años en mostrar las pruebas si no hacemos presencia en ese lugar.

—La única forma de llegar a Cartagena antes de la fecha indicada es en avión —explicó Benchetrit—, a lomo de caballo tardaríamos dos meses en llegar.

Todos quedaron atónitos con la reflexión, pero no descartaron la idea. Entonces entraron a analizar la posibilidad con cabeza fría. En primer lugar, no sabían cuánto podría costar el tiquete de los que planeaban viajar, suponiendo que a Cartagena fueran Macareno, el doctor Benchetrit, mis papás, Consuelo y su padre, porque ella manifestó que no lo dejaría abandonado aunque abandonado ya estuviera en una triste habitación de la plaza de mercado. Dinero nadie tenía. Las ayudas que empezaron a recibir desde la llegada del nuevo alcalde se fueron en pagar las deudas de alimentación y cuidados que me dispensaron durante los casi nueve meses de vida que ya tenía. Pero surgieron más dudas.

—Apenas escapemos de aquí, nuestros retratos estarán a la entrada de cada aeropuerto —replicó Macareno.

—No si salimos de Girardot —dijo papá.

—En Girardot no hay aeropuerto —apuntó Benchetrit.

—Pero aterrizan hidroaviones —recordó Macareno, obligando al leprólogo marroquí a maldecir en su idioma, para luego traducir confundido:

—¿Dónde diablos queda Girardot?

—Muy cerca de aquí. Yo diría que a unos treinta kilómetros. Es una ciudad que tiene un puerto a orillas de un río muy caudaloso. Desde allí salía, hasta hace poco tiempo, un hidroavión rumbo a Barranquilla —recordó papá—. Puede ser que salga aún.

—Ojalá no. Yo prefiero morir de lepra a estamparme en la tierra desde diez mil pies de altura. Un bicho de esos se accidentó en Barranquilla hace pocos años y murieron todos —apuntó Macareno con ironía.

—Yo sí prefiero arriesgarlo todo —dijo papá mirándonos a mamá y a mí—, por ellas y por toda la gente que está aquí estoy dispuesto a dar mi vida si fuera necesario.

—Tú sabes que yo también, Alejandro —apoyó Macareno apretando la mano de Consuelo, reafirmando por ella ese amor tranquilo pero hermoso que le estaba entregando desde hace los mismos meses de vida que yo tenía.

Hay amores

Ninguno de los dos se gustó a primera vista. A ella porque el científico le pareció un poco parco y descuidado, sin sentido del humor y con muchos años, y a él porque Consuelo le pareció muy joven para su disgusto. Decía que las mujeres jóvenes le causaban deshonestidad y mucha lujuria.

Ella entendió ese temor tan ambiguo de Macareno, el día en que el científico se le apareció en la ducha y la observó bañarse durante varios minutos, sin que ella lo notara. Cuando la joven cerró la llave que chorreaba sus últimas gotas de agua fría sobre su cuerpo, corrió la cortina, sacó su brazo izquierdo buscando a tientas una toalla que colgaba de un puntillón clavado en la pared adyacente, pero no la encontró. Macareno se la movió de lugar obligándola a asomar medio cuerpo desnudo. Con total desparpajo la observó sonriente, bajando su mirada a la velocidad con la que una gota juguetona descendió por entre el valle de sus senos mestizos. Con una mueca entre cínica y divertida, Macareno que estaba recostado contra el muro, le alcanzó el trapo de algodón, sin mirarla, y más tardó la bañista en recibirlo que en cubrirse con suma vergüenza y salir del cubículo de la ducha a darle tantas bofetadas como sonrisas soltó el atrevido.

Cuando Consuelo se cansó de pegarle y de decirle que era un sinvergüenza, un abusivo, un morboso y un aprovechado, Macareno la tomó por los brazos y le dijo que ella tenía razón en todo, pero que él solo había hecho eso dos veces en la vida. Una con la madre de su hijo, que para aquel entonces ya debería tener veintidós años, los mismos que Consuelo, y esta segunda vez, con la mujer que lo vería morir de viejo. Como no entendió sus palabras, Macareno le soltó los brazos con sutileza, desprendió el puntillón de la pared haciendo fuerza varias veces hacia sus costados, se agachó y pintó en la tierra del solar un corazón muy grande dentro del cual escribió un "te amo" con la letra más infantil que pudo recordar.

Consuelo quedó estupefacta. Muy poco o nada pudo decir antes de que Macareno se levantara, la mirara a los ojos y le pidiera que lo aceptara en su vida con una sola condición.

—¿Cuál? —preguntó ella aún con la mirada extraviada en el encanto de las palabras de su pretendiente y el corazón en suspenso.

—Que me dejes hacerte el amor todos los días de la vida, aun aquellos en los que la naturaleza no lo permitiera.

—Eres un puerco —le gritó Consuelo asestándole una nueva bofetada.

—El puerco que te va a joder y a hacer feliz por siempre —le respondió con otra sonrisa, de esas que a los cincuenta años saben a gloria, y procedió a besarla ya sin ninguna resistencia de su parte. No supo la muchacha a qué hora la toalla cayó húmeda sobre sus pies aún mojados, pero al instante los novicios enamorados empezaron a revolcarse como luchadores por todo el patio, dejando a su paso la huella imborrable de la lujuria. Varias veces recorrieron el piso, adhiriendo a sus cuerpos y a sus cabellos, la tierra, la mugre, los gusanos, las hormigas y la hierba que habitaba en ese suelo, ahora bendito para los dos.

Al cabo de muchos minutos patéticos, Macareno y Consuelo fueron a dar contra el estanque donde se aparaban las aguas lluvias que rodaban por guaduas partidas desde los techos de las casas y no tuvieron reparo alguno en encaramarse por las paredes, en medio de risas pícaras, y lanzarse dentro, para terminar haciendo el amor con el agua al cuello y sus miradas apuntando al cielo.

Castigados por papá por haber enlodado el líquido que servía para el consumo dentro de nuestra pequeñísima comunidad, Macareno y Consuelo se fueron a buscar la lluvia hasta los límites mismos de sus pasiones. Desde luego no la encontraron. Y así nació la historia de un amor que jamás conoció obstáculos. Ella veintisiete años menor que él, ambos infinitamente compenetrados en los avatares del amor puro y los dos cumpliéndole al universo y a Dios con su cuota ínfima de comprensión.

PLANEANDO LA FUGA

El día que empezaron a planear la fuga, después de recolectar alguna información preliminar sobre el viaje vía aérea, surgió un primer inconveniente. La nave de la recién fundada aerolínea Scadta, un avión Junker de fabricación alemana, sólo tenía cupo para seis personas y los dos tripulantes.

Fue complicado porque incluidos el piloto y el copiloto, los interesados en subirse al aparato sumábamos nueve personas. Nadie quería perderse esa aventura y tampoco alguien lo merecía. Separarnos era morir, pero dos personas no tenían cabida en el avión que nos llevaría a la libertad. En ese momento decidieron quiénes no podrían viajar.

De las cuatro semanas que faltaban para el Congreso de Cartagena dos se gastaron en discusiones preparatorias de la fuga. Pues quedó claro que la única manera de salir de Agua de Dios, era evadiéndonos sin pedir permiso, aunque restaba por agotar la posibilidad de que Benchetrit pudiera irse por la puerta del pueblo. Pensaron que podía alegar una equivocación en su diagnóstico, llevando consigo una certificación y unas disculpas de papá y Macareno Aljure.

Se alcanzó a contemplar la posibilidad de hablar con el alcalde, e incluso con el nuevo sacerdote, para que colaboraran con la llevada de los documentos que contenían las investigaciones a Bogotá, pero terminaron descartando esa posibilidad por miedo a que, un esfuerzo de tantos años, terminara enredado en la burocracia oficial o en el interés oculto de alguien.

Descartada la salida del marroquí por la puerta principal de la población, se retomaron los planes de salir por las malas. El plan se concibió con milimétrica y celosa precisión y el primer paso consistió en realizar un mapa de la zona con el menor margen de error posible. Como llegar a Girardot era el objetivo inicial, empezaron a entablar conversaciones desprevenidas y aparentemente casuales con pacientes provenientes de esa pequeña pero próspera ciudad de seis mil habitantes.

Todos estuvieron de acuerdo en que a Girardot se podía llegar más fácil transitando el río Bogotá, aguas abajo, hasta su desembocadura en el río Magdalena, apenas un kilómetro antes de la terminal del Junker.

Hacerlo por el camino de herradura que existía entre Tocaima y ese puerto, era un martirio, sobre todo en épocas de lluvia cuando el camino se hacía intransitable. Para papá y sus amigos significaba arriesgar el éxito de la fuga, porque de seguro, después de marcharnos, el ejército nos iba a perseguir con saña, especialmente por esos caminos tan obvios donde los rastros de las herraduras de los caballos podrían delatarnos sin lugar a equívocos.

GIRARDOT, LA CIUDAD DE LAS ACACIAS

La ciudad de las acacias, como se le conocía desde entonces a Girardot, no sólo fue el terruño que vio nacer el amor de mis padres, fue también, hasta esos años en los que empezaron a construir los primeros aeropuertos, el lugar por el que llegó el desarrollo al centro del país, debido a que hasta entonces no había una carretera o un ferrocarril que comunicara a las ciudades de la costa norte con Bogotá. Así que los inventos ingresaban a Colombia por Barranquilla, desde allí se traían en hidroavión o barco hasta Girardot y de allí se subían, por tren, hasta la Capital.

De modo que la novicia ciudad se convirtió en un emporio empresarial y comercial de impresionante desarrollo donde todo abundaba por aquella época, menos la tristeza. Sus mujeres vestían con elegancia, casi siempre de blanco, y en la cabeza de ninguna faltaba una pava bordada con finos hilos. Los hombres, por su parte, lucían camisas almidonadas de colores claros, pantalones de lino y sombreros de palma de iraca de color blanco con cinta negra. Vivía la ciudad una época de oro extraordinaria.

"La calle Ancha", como se le llamaba anteriormente al "Camellón del Comercio", su principal avenida, tenía andenes amplios que parecían túneles, debido a que de las casas y negocios construidos a su vera, salían voladizos de hasta cuatro metros que reposaban sobre imponentes columnas, difíciles de abrazar, casi siempre redondas y con elegantes capiteles en sus extremos.

Bajo estos sombríos pasadizos los mercaderes de la sed instalaban mesas con sus respectivas sillas, por entre las cuales debían culebrear los transeúntes en medio de adictos al agua helada, la cerveza y el chisme. Era tanto el sol y tanta la sequía que se vivía instante tras instante en ese desierto sombrío, que la mayor necesidad de sus habitantes era tener una reserva de líquidos dentro de sus vejigas que les permitiera sudar hasta el sufrimiento.

Al puerto de esa ardiente ciudad cuyo río estaba atravesado por un majestuoso e imponente puente de acero y clavos gigantes por donde pasaba el tren dos veces por día, debían llegar mi familia y amigos para tomar el hidroavión. Porque la primera decisión seria estaba tomada. Ante la falta de recursos y la imposibilidad moral de dejar a dos de nosotros, mi padre y sus amigos decidieron que el Junker debía ser tomado por la fuerza.

Luego, la travesía implicaba salir de Agua de Dios burlando la guardia, llegar hasta Girardot navegando en un balsa por el pútrido río Bogotá, tomarse el hidroavión, robar combustible almacenado para evitar los aterrizajes de aprovisionamiento, acuatizar en el mar de Puerto Colombia, muy cerca de Barranquilla y allí buscar una lancha o cualquier otra embarcación que nos trasladara hasta Cartagena.

Las posibilidades de completar con éxito esa hazaña eran, según mi padre, del cincuenta por ciento, del veinticinco según Macareno y para Benchetrit nulas sin su discípulo.

—Si estuviera Aarón serían del cien por ciento —exclamó con un suspiro.

—¿Por qué? —preguntaron papá y Macareno al tiempo y con curiosidad.

—Es el mejor piloto que he conocido. Con su ayuda y las coordenadas exactas, podríamos llegar directamente a Cartagena.

Contó que su discípulo había combatido desde un triplano Fokker en la primera guerra mundial aprovechando que Alemania estaba apoyando a su país en la emancipación frente a Francia. Dijo que lo hizo antes de que inventaran los paracaídas, y que de su generación, Aarón era el único piloto que había sobrevivido al fuego de los ingleses.

—Pero Aarón no está y de nada sirven ahora sus pergaminos. Tenemos que hacer la fuga con lo que tenemos —aseveró Macareno. Benchetrit guardó silencio. Su intento por interesarlos en la búsqueda de su discípulo no arrojó resultados.

Aun así, todos estaban de acuerdo en la necesidad de llevar a cabo el plan como única alternativa a morir en el destierro, y lo empezaron a ejecutar.

Después de elaborar el mapa de fuga basados en los relatos de varios girardoteños, incluida la bruja Marciana Rangel, nacida en una aldea a orillas del río, y aprovechando la experiencia que mis padres obtuvieron realizando sus años rurales a bordo de una embarcación ambulancia, papá y Macareno se dispusieron a poner el plan en marcha, calculando llegar al hidroavión en la fecha indicada. El sábado 25 de abril, un día antes del único día en el que despegaba la nave durante la semana.

Por esos días de espera llegó al pueblo la dotación para el nuevo laboratorio bacteriológico. Un nuevo microscopio con óptica de mayor aumento, un par de centrifugadoras y materiales reactivos hacían parte del equipo que de inmediato fue aprovechado por Macareno para corroborar sus estudios.

Pero no sólo la modernización del departamento de bacteriología se cumplió por esos días. También se construyó, en lo alto de la loma que servía de escudo a Los Chorros, el primer tanque para potabilizar el agua a partir de oxigenación por caída, purificación con cloro y filtración con sulfato de plata. El precioso líquido se distribuía a los pobladores por gravedad, a través de una red de tubos de guadua partidos por la mitad, dispuestos por las vías principales. Pero hubo algo que llenó de gozo y de vida los corazones de casi todos los pacientes. Algo más importante que el agua misma. Al pueblo llegaron las primeras cartas, algunas de ellas represadas durante muchos años por los escrupulosos funcionarios públicos del gobierno pasado. Tanto las guardaron con todos sus lamentos dentro, que sus bordes estaban corroídos por el tiempo, el moho y la humedad.

El alcalde Moreno se compadeció de la incomunicación de los enfermos con sus seres queridos y reabrió la oficina postal con la ayuda del ministerio de Correos y Telégrafos. Para atender esa dependencia, repatrió desde Contratación, el lazareto que funcionaba cerca de Bucaramanga, a una mujer que habiendo trabajado en dicho ministerio cayó en desgracia al descubrir un día que su nariz estaba muy roja sin sentir un solo síntoma de resfriado siquiera.

Este avance resultaba humano, significativo y esperanzador a pesar de que para el resto de los colombianos y debido al establecimiento de las primeras rutas aéreas, el Gobierno acababa de crear la Administración del Correo Aéreo.

Cuando el alcalde anunció la noticia, las gentes empezaron a correr de un lado a otro con el afortunado chisme a cuestas, que se propagó por todos los rincones de Agua de Dios, en lo que tarda un relámpago en desaparecer. Minutos después, una larga fila de ansiosos destinatarios se formó frente a la oficina de correos y empezó a serpentear por todas las cuadras del centro del municipio, como si la alegre culebra quisiera arropar con su entusiasmo palpitante las casonas altas de techos de lata y corredores amplios por donde se paseó la esperanza ese día.

CAPÍTULO DIECINUEVE

LA PARÁBOLA DE LAS LETRAS Y LAS PALABRAS

Los primeros beneficiados empezaron a caminar por todas partes mientras leían ensimismados las buenas y las malas nuevas de sus seres queridos. Inmersos en una dicha inusual, y concentrados en las cartas, los destinatarios se tropezaban unos con otros, o contra los sardineles. Algunos leían en voz alta y se empezaron a escuchar voces de todos los tonos, intenciones y emociones:

—¡Soy papá! —exclamó un hombre con euforia caminando como un zombi sin ver más allá del papel.

—¡Hijueputa se murió mi mamá! —gritó Bernabé Jovel, con rabia, dejando escapar las primeras lágrimas antes de echarse a correr como chiflado.

—Mis hermanos son unos malparidos —dijo Jorge Isaac sonriendo con tristeza sin dar más detalles.

—Mi esposa ya me consiguió reemplazo —apuntó Humberto Corcho con resignación, pero al instante, él mismo se sacó del infierno dándose consuelo—. Qué carajos, con lo fogosa que era la pobre yo sabía que no aguantaba un soplo caliente.

—A mí no me escribe nadie —apuntó Marciana Rangel con un dejo de tristeza disimulado, antes de poner un halo de misterio a su presencia con una frase lapidaria—: eso me pasa por ser inmortal. Mis últimos familiares murieron hace dos siglos —apuntó. Luego se echó a reír a carcajadas y se fue muerta de la envidia.

Y así, de repente, la gente se fue enterando de lo que sucedía en los pueblos, fincas y ciudades donde dejaron sus amores, sus familias, sus amigos, sus enemigos, sus universos, y el pueblo se convirtió en un hervidero de lectores. Calle arriba, calle abajo, en las bancas del parque, en los tejados, en los árboles, en las hamacas y barbacoas, en la heladería de Simón Cancino, en la barbería de don Octavio Calarcá, en las bancas de la nueva iglesia que el padre Ramón improvisó bajo un tendido de palmiche, había alguien leyendo las cartas represadas por la negligencia oficial.

Algunos tenían hasta ochenta de ellas haciendo fila en sus bolsillos o sus carteras para ser leídas. Hubo cartas tan viejas que se deshicieron en las manos de sus dueños. Los desafortunados dedicaban horas y días enteros a armar esos rompecabezas que a algunos habría de romperles el corazón y a otros el alma.

Los más alegres y sorprendidos con la llegada de las cartas fueron mis padres. Papá se las ingenió para reclamar las de mamá sin despertar sospechas alegando que le correspondían por derecho propio. Luego lloró leyendo las bellas y sentidas notas que mamá le escribió mientras moría de amor por él, enfrascada en el dilema de suicidarse o ir a buscarlo.

En una de ellas, la más hermosa por su poesía y sentimiento, mi madre le narró una historia sucedida en el balcón de la casa de Nancy Peñaranda, protagonizada por dos aves de diferente raza, pero al parecer parladoras del mismo idioma y unidas por un sentimiento común que, según ella, no podría llamarse amor porque lo observado se le antojaba más grande que cualquier cosa:

"Amor mío, un pajarillo de color azul oscuro en las alas y celeste en su pecho se ha posado en la ventana del balcón, me ha mirado con misericordia y ha empezado a cantar una melodía de tonos inalcanzables para otro ser vivo. Al finalizar la canción, el azulejo se desgonzó sobre la cornisa que usó como tarima para su magistral presentación y descargó su cuerpo cansado sobre el dintel, al tiempo que sus párpados se arrugaban sin fuerza sobre sus ojitos. De inmediato su hembra, un cardenal de pecho negro y alas rojas, llegó a picotearlo con rabia por haberla dejado sola. De repente, el azulejo sacudió su cabeza, se incorporó con teatralidad y se echó a volar delante de la cardenal para luego, entregarse al viento junto con ella en jugarretas acrobáticas".

Al finalizar la carta decía:

"Del mismo modo que esa cardenal, yo quiero ir a picotearte con rabia, quiero ir a revivirte porque sé que vida no tienes, y quiero ir hasta ese pueblo macabro a pasar el resto de mis días a tu lado aunque tu piel tenga ahora otro color".

Después de leer todas las cartas de mamá, apareció una muy lúgubre en cuyo sobre, en la esquina de remitentes se leía el nombre del abuelo Federico escrito en letra de estilo. Papá me dijo que era su padre, mientras la abría con un cierto temor que muy rápido justificó:

"Hijo mío, mi Lucrecia, tu madre, nuestra Lucrecia, se cansó de vivir sin ti. Nos ha dejado, se cansó de luchar contra la injusticia de tu destierro. Tocó todas las puertas para liberarte: las de Dios con millones de oraciones, las del diablo con millones de maldiciones y hasta las del Presidente con millones de votos, buscando traerte con nosotros de nuevo, pero no lo logró. Ha muerto de tristeza y me ha pedido, antes de cerrar sus ojitos, que no te lo cuente. Pero tengo que hacerlo, hijo amado, porque me quiero ir tras ella y me temo que te quedes sin quien te relate nuestra desaparición. Cuento los días en el silencio de mi habitación esperando que la muerte venga por mí. Si ya vivir sin ti era difícil, imagina la vida mía sin los dos seres que más he amado en este mundo. Te amo, Alejandro. Te esperamos en el cielo o a donde Dios tenga a bien enviarnos, hijito. Lucha, no importa que tardes en llegar, pero nunca te des por vencido, hombrecillo de mi alma".

Papá murió en vida, antes que el abuelo, al leer esta carta.

Una de las cartas que recibió mamá provenía de su pretendiente de toda la vida, un doctor Eliécer Campusano, anunciándole que su decisión de inventarse la enfermedad para poder estar al lado de un médico sin ética como papá se constituía en el acto de insensatez humana más ruin y estúpido de todos los que había visto en su vida.

"Me cambiaste por un leproso a sabiendas de que tu vida a mi lado no corría el menor riesgo de ser infeliz".

Y en otro aparte decía:

"Varios médicos de la capital asistiremos a un Congreso de Lepra en abril, en la ciudad de Cartagena. Dios quiera que alguien llegue con una cura infalible para librarte de esa pesadilla. Si así sucede, iré a buscarte y te invitaré a gozar de todas las cosas que Dios me ha dado como premio a una vida honesta".

También recibió una carta de su amiga de toda la vida, Nancy Peñaranda. En una de ellas le anunciaba y le participaba a la vez, de su boda con el médico y amigo común Martín Mejía. En otra misiva fechada tres meses adelante le informaba de su inmensa fortuna al estar esperando un hijo de su esposo:

"Dios ha tocado con su infinita bondad mi vientre para que albergue dentro el fruto de mi amor con Martín. Sabes de sobra que si estuvieras entre nosotros serías la madrina de Hidalgo, así llamaremos al bebé. A ti y a tu locura de irte a Agua de Dios debo el haberme conocido con este hermoso y amoroso hombre. Por eso ten en cuenta siempre que con tu heroico acto no salvaste un amor, salvaste dos".

Pero hubo una carta más, la más importante de todas. Su destinatario era Macareno Aljure. Estaba remitida por un científico de nombre Norberto Martínez y en ella decía:

"Pueden ser días o años, no muchos, pero la lepra, al igual que los grandes emperadores, al igual que los nefastos dictadores, al igual que los imperios mal habidos, caerá. Terminaron el año pasado en los Estados Unidos las últimas pruebas con un sulfato antibiótico bacteriostático de nombre Dapsona, que fue descubierto hace años pero que sólo ahora se empieza a comercializar y que podría convertirse en la salvación para millones de seres humanos, entre ellos vuestra excelencia, aniquilados por esta penosa y avergonzante enfermedad. Sin embargo, han aparecido algunas cepas del virus resistentes a este medicamento, que sumados a sus efectos secundarios como la anemia, no permiten celebrar como quisiéramos. Pero una alianza inusitada de la ciencia con Dios triunfará. Esa llave es infalible. Mantengamos viva la llama de la fe. El 29 de abril del año entrante, más de ochenta profesionales, entre leprólogos, científicos, bacteriólogos y dermatólogos de todo el mundo nos daremos cita en Cartagena para tratar los últimos avances sobre la enfermedad. Estoy seguro de que entre todos vamos a encontrar una solución definitiva a este monstruo terrible que no sólo ha truncado nuestra gran amistad sino la felicidad de miles de familias. No baje los brazos, amigo invencible. Sé que debe estar entregado a la investigación de la enfermedad. Que no lo vaya a sorprender la muerte el día justo, el preciso día en que la ciencia presente en sociedad la cura para este mal del demonio que nos separó".

En otro aparte, la carta hablaba de José Ignacio, el hijo de Macareno.

"Tal como me lo pediste, sigo pendiente de cada una de las necesidades de tu hijo José Ignacio. Es un hombrecillo muy despierto y decidido. De hecho, se ha enamorado de una de sus profesoras. Dentro de poco terminará su segundo año de Derecho y ha prometido, cuando termine su carrera, ir a buscarte sin importarle que el Bacilo de Hansen se instale en su nariz. Le he dicho que en esos tres años que lo separan de esa gallarda decisión, ese maldito microbio ya estará extinguido de la faz de la tierra. Ojalá yo tenga toda la razón, amigo del alma. Te seguimos esperando con el mismo amor y respeto: atentamente, Norberto Martínez".

De Agua de Dios hacia el resto del país las cartas no fluyeron gracias a un decreto del ministro de las Comunicaciones por medio del cual se ordenaba su incineración o devolución a sus remitentes, con miras a *"no poner en peligro la salud de los amigos y familiares de los pacientes ante la inminente amenaza de propagación de la enfermedad".*

Cuando papá recibió de vuelta las cartas que le había enviado a mamá, a sus padres y a su amigo Martín Mejía, no sintió ganas de destaparlas siquiera. Estaba tan acongojado por la muerte de la abuela que apenas comía para no morir de hambre. Si hablaba no era para decir palabras que sobraran en la convivencia. Mi madre sí se interesó mucho por el contenido de las cartas que papá le escribió. Pasaban de medio centenar y comenzó a leerlas, una a una, con el entusiasmo de una adolescente enamorada. Cada vez que terminaba la lectura de una de ellas, salía en busca de papá y lo llenaba de besos, otras veces de caricias y abrazos prolongados y casi siempre se sentaba en su regazo abrazándolo con nervios y mordiendo partes de su cara con verdadero cuidado. Él respondía a sus cariños con las pocas sonrisas que su melancolía le prestaba, pero siempre agradeciendo, con su mirada de vaca triste, cada gesto, cada detalle, cada muestra del inconmensurable amor que ella le profesaba.

Cuando la euforia de las cartas cesó, cuando los sobres con afán abiertos fueron a parar a los cajones y baúles del olvido, cuando cada quien supo cuántos familiares le quedaban, descontando los que habían muerto y sumando los que nacieron, cuando todos se enteraron con asombro de los avances científicos del mundo y del retroceso económico de los Estados Unidos por la resurrección de Europa después de la primera guerra mundial, el cielo del pueblo fue asaltado por un aparato volador que hizo arrodillar a muchos, rezar a otros y ensordecer a todos. Se trató de un ruidoso avión bimotor que se extravió de su ruta y que fue a parar contra un cerro, no sabemos cuán lejano, pero sí lo nefasto que resultó para la tripulación. Muchos de los habitantes de Agua de Dios, los que estaban allí desde hacía más de una década, no conocían un avión, otros no sabían de su existencia y por eso se lanzaron de rodillas al piso pensando que el anunciado final de la vida se aproximaba. Pidieron perdón por todos sus pecados, como si ignoraran que la lepra, como tragedia, les alcanzaba para borrar hasta los asesinatos que cometían mentalmente.

Algunos tenían referencias de esos pájaros metálicos cuyas latas brillaban con el reflejo del sol y muy pocos, como mis padres, los habían conocido frente a frente en su versión inofensiva, es decir, posados sobre la tierra o sobre el agua. De ahí que los comentarios de todos esos días giraron en torno al accidente de la nave y a la paranoia y la fobia que desde entonces empezó a sentir mamá por los aviones.

—¿El aparato que se cayó es igual al que vamos a utilizar para ir hasta Barranquilla? —exclamó mamá hecha un manojo de nervios. Papá trató de tranquilizarla con unas palabras que resultaron desafortunadas:

—Es igual pero no es el mismo.

—Debes saber que no me voy a montar en un aparato de esos con mi hija y contigo. Prefiero que muramos aquí.

—En cuestión de días van a descubrir a nuestra hija. En este pueblo no hay niños. ¿Cómo crees que pueda crecer Isabella en medio de adultos solamente?

Un pájaro milagroso

Cuando el estruendo del avión fallando hizo mover la mesa de noche patuleca donde María descargaba cuatro vasos de agua antes de acostarse, Aarón soltó la risa al verla desesperada, vociferando por igual oraciones y groserías y tratando de salir hacia la calle sin importarle que estaba desnuda, con sus tetas y sus nalgas aceitadas, el rostro demacrado y el pelo enmarañado:

—¡Dios mío, Aarón! Hijueputa, ¿qué está pasando?

Él se limitó a agarrarla por la cintura gritándole que se trataba de un avión. María, que no sabía de lo que le estaba hablando su amante furtivo, lo golpeó con fuerza y siguió corriendo en medio de gritos espantosos. Antes de abrir la puerta de la calle, el pequeño asistente de Benchetrit logró controlarla.

—Es un avión, es un avión, mujer. No temas. No va a pasar nada. He manejado muchos, he visto cómo se estrellan contra el mundo. Es eso lo que acaba de suceder y nada más.

Asomada a la calle viendo pasar la muchedumbre asustada que corría hacia el lugar del accidente, María Barragán recobró su calma. Luego de mil preguntas todas respondidas con paciencia por Aarón, la mujer regresó a la habitación con su amante y lo conminó a seguir leyendo las setecientas sesenta y un cartas eróticas que recibió de igual número de amantes efímeros del pueblo donde vivió su adolescencia. Esa extensa lectura que equivalía a leer la Biblia dos o tres veces, dado que muchas de las cartas tenían hasta diez páginas, se convirtió en el pasaporte de Aarón hacia la libertad. Ese fue el compromiso que hicieron la analfabeta lujuriosa y el extranjero secuestrado por sus piernas, cuando éste le pidió de rodillas que lo dejara salir.

—Me lee todas las cartas y espera a que me llegue el hombre de mis sueños y se va.

—¿Cómo es el hombre de sus sueños?

—Es un hombre imposible. Estoy antojada de un hombre imposible. Cuando lo tenga en mi cama lo dejo ir, Araón —así le llamaba ella.

—Oiga no tengo la culpa de sus antojos. Déjeme ir, por favor.

—La culpa no. Pero sí la llave para abrir el corazón. Me encantan los retos.

Cuando a la alcaldía llegaron los reportes sobre las causas del accidente del avión que se estrelló contra el cerro de las Tres Cruces, mamá retomó su miedo a volar poniendo en riesgo el éxito de la fuga. Entonces le suplicó a papá que no la involucrara en el viaje a Cartagena salvo si decidían hacer el viaje por tierra. Papá le expresó con sinceridad que llegar a Cartagena, a lomo de caballo, en menos de un mes, era poco menos que imposible y la invitó a reflexionar, porque su capricho podía echar a perder la fuga.

Mamá no supo qué decir, sólo se limitó a imaginar, por centésima vez, la escena trágica de un accidente en el cual los cadáveres de ella, mi padre y el mío aparecían carbonizados y abrazados entre sí. Todo porque su miedo a volar se. había multiplicado y estaba amenazando su salud mental y el éxito de la operación.

Macareno le insinuó a papá que nos dejara en Agua de Dios, confiado en que los estudios bastarían, pero papá se negó. Le dijo que no quería estar lejos de nosotras y que a donde fueran ellas iría él. Se rehusaba a separarse, temía morir en el intento de fuga sin despedirse de las dos y sin que mamá fuera lo último que vieran sus ojos, como se lo había prometido en una de sus tantas cartas fallidas.

Por eso le insistió y hasta le suplicó a mamá que cambiara de idea, que no propiciara con su capricho la desunión familiar. Los argumentos de mamá eran igual de contundentes.

—El avión se va a caer y nos vamos a morir todos.

—Qué propones —preguntó papá con total comprensión mientras apretaba sus manos sudorosas.

—Que me duermas antes de subir a ese aparato y que involucres a todo el pueblo en la fuga.

—¿Por qué a los demás?

—Tenemos que distraer a los soldados en otros frentes mientras escapamos.

Macareno y papá discutieron largamente la idea de mamá, que más que un capricho era un simple ejercicio estadístico de probabilidad. Entre más gente estuviera involucrada en la fuga, menores eran las posibilidades de que nosotros muriéramos. Consuelo objetó la estrategia al considerarla un tanto mezquina, pero al final todos estuvieron de acuerdo en que otras personas de Agua de Dios también merecían tener el chance de escapar.

La conspiración

Dos días después, papá, Macareno y Consuelo estaban sentados en las bancas de guadua del templo al aire libre del padre Ramón frente a doce personas: Humberto Corcho, Agripina Montes, Isaac Manjarrés padre de Consuelo, el panadero que nunca dijo su nombre pero al que apodaban el Paisa, Berna-bé Jovel, Simón Cancino, Octavio Calarcá, el siempre asustado Argemiro Mora, Marcos Cala, Eloísa Villamil la empleada del servicio de la casa cural que sobrevivió al desplome de la iglesia, y el doctor Benchetrit. María Barragán llegó unos minutos más tarde causando revuelo entre los asistentes por su escote pronunciado y su vestido de seda verde esmeralda que ni siquiera le cubría las rodillas.

—Disculpen la demora —fue lo único que atinó a decir, esbozando una sonrisita tímida y se sentó, deliberadamente, frente al médico marroquí a quien empezó a intimidar con un constante cruce de piernas que lo hizo tragar saliva en cantidades inusuales.

Al comienzo con pereza, luego muy atentos y después con euforia, los invitados escucharon de labios de papá la hazaña que pensaba cometer. Aunque se contempló la idea, Marciana Rangel no fue invitada porque entre mi papá y Macareno no hubo acuerdo en torno a su confiabilidad. Tampoco hubo unanimidad en la decisión de invitar y poner al tanto de lo sucedido al Padre Ramón, no sólo porque nadie conocía nada de su personalidad, hasta entonces sumida en el misterio porque muy poco hablaba con los feligreses, sino porque el etéreo religioso frecuentaba bastante a la esposa del nuevo alcalde, una beata que rezaba el rosario tres veces al día, lo que ponía sobre su cabeza una estela de duda que nadie quiso despejar con un asunto tan mediático y delicado de por medio como la fuga.

Mamá y yo permanecimos en casa, listas a salir cuando se nos indicara, porque era claro que su presencia improvisada, podría causar una conmoción entre la gente que no sabía de su regreso.

Entre tanto, mi padre hablaba a los asistentes a la reunión secreta, preparatoria de la fuga, que se disfrazó como una congregación católica para dialogar sobre la reconstrucción del templo.

—Es inhumano, injusto, avergonzante e ilegal este sometimiento, este destierro, por el sólo hecho de estar enfermos. El doctor Macareno y yo les podemos garantizar, sin margen de error, que la lepra que padecemos no nos hace peligrosos para la sociedad. Luego estamos frente a una injusticia y las injusticias se combaten con dignidad...

Hasta entonces, los invitados que habían asumido una actitud parca frente a la convocatoria empezaron a murmurar y a asentir con sus cabezas mostrando acuerdo con las palabras de papá, quien continuó acrecentando el entusiasmo entre estas personas con un discurso muy sentido y elocuente que arrancaba especial admiración en María. La insensata no dejaba de mirarlo con ojitos picarones, tal vez, recordándole la promesa que le hiciera el día que lo conoció en el lugar donde Macareno explicó la versión científica sobre la partida de mi madre hacia los cielos. Algo se traía entre manos porque alternaba sus coqueteos entre él y el doctor Benchetrit. Papá continuó hablando sin prestarle atención:

—El no poder ver a nuestras familias, el no poder traer hijos al mundo, el no poder enviar una carta ni trasladarnos libremente por fuera de los límites de este pueblo que más que pueblo es una cárcel, viola nuestros derechos elementales, nuestros derechos básicos y lo que es peor, el único derecho inalienable y que no podemos entregar ni negociar, el de la libertad.

Un aplauso, expresado aislada y tímidamente por Jorge Isaac y seguido instintivamente por María, hizo presente la lentitud con la que el grupo fue aceptando, uno a uno, los argumentos que papá iba esgrimiendo a medida que sacaba las palabras de su corazón enardecido:

—Y por eso, porque nos sentimos burlados, engañados, maltratados y secuestrados es que el doctor Macareno Aljure, a quien ustedes ya conocen, otras personas que ya verán en su debido momento, el doctor Benchetrit, la señorita Consuelo Manjarrés y yo, hemos decidido sacudirnos de esta humillación y mirar alternativas para salir de este encierro. Pero no queremos ni podemos hacerlo solos.

—¿Acaso una fuga? —preguntó Marcos Cala.

Papá asintió con seguridad. Todos se asustaron, se alegraron, se preocuparon y sintieron gozo a la vez.

Ya con el ánimo pegado de la copa de los árboles y entre murmullos desordenados, los demás invitados empezaron a preguntar por lo que debían hacer para contribuir a la causa que tanto les estaba moviendo los cimientos dormidos de su orgullo.

—Hemos dedicado varios años, especialmente el doctor Aljure, a investigar las causas que producen nuestra enfermedad y también sus consecuencias, convencidos, cada vez más, de que no somos unos monstruos peligrosos y desechables como nos quieren hacer ver las autoridades sanitarias de Agua de Dios, de Colombia y del mundo entero.

Ya entrados en sentimientos, embriagados de razones y vulnerados en lo profundo de sus seres por las palabras de papá, los invitados interrumpieron con aplausos el discurso. El bullicio de las palmas fue aprovechado por María quien se acercó al doctor Benchetrit con intenciones de hablarle.

—¿Qué pasó con su asistente, doctor?

—Es un traidor. Huyó del pueblo dejándome solo después de que tanto le ayudé. Después de sacarlo del Ejército donde arriesgaba la vida y de enseñarle a ganarse la vida.

—Ya —dijo María asintiendo con una sonrisa burlona, y regresó a su puesto sin quitarle los ojos de encima a papá.

Al cesar los aplausos, los asistentes empezaron a hacer todo tipo de comentarios, efusivos unos, lógicos otros, cómicos algunos, y pesimistas los demás.

—Sólo digan qué hay que hacer, doctores —vociferó el Paisa.

—Yo creo que las cosas están muy claras. Tenemos que salir de aquí como sea —dijo Jorge Isaac muy animado.

—Una cosa es lo que ustedes creen de la enfermedad y otra lo que dicen la prensa y las autoridades, doctores. Mejor ni nos hagamos ilusiones —opinó Simón Cancino apoyado por las palabras negativas de Marcos Cala.

—Es muy importante lo que están diciendo, pero para ser sinceros muy difícil de demostrar. Si no han podido los científicos de por allá del otro lado del charco…

—Yo estoy de acuerdo con don Simón y con don Marcos —opinó doña Agripina apoyando sus palabras en un argumento mucho más diplomático pero igual de demoledor—, es muy lindo lo que proponen pero no le veo pies ni cabeza.

—Yo sí le veo pies y cabeza —murmuró sin fundamento María, recorriendo con su mirada toda la humanidad de papá. Lo alcanzó a intimidar.

—¿Cómo así que cómo así? —exclamó el Paisa en abierta defensa del proyecto de fuga—. ¿Es que ustedes se volvieron bobos o qué? ¿No se dan cuenta que nos están dando una oportunidad muy grande de volver a vivir?

—De volver a nacer… —añadió Jorge Isaac centrando las miradas de todos en su rostro de abuelo bonachón.

—De volver a vivir o renacer —repitió el Paisa, y aprovechó el desconcierto general para reforzar su propuesta— ¿Qué perdemos? ¡Respóndame alguno! ¿Qué perdemos?

Después de un silencio prolongado y muchas miradas estrellándose en las caras de los presentes, el Paisa procedió a esgrimir sus razones con un desparpajo y una convicción tan gigantes que las cosas empezaron a cambiar a partir de entonces:

—¿Nada, verdad? No tenemos nada que perder. ¿Y saben por qué? Porque nosotros ya estamos perdidos, porque nosotros ya estamos muertos, porque si la esperanza es lo último que se pierde, eh, Ave María, la esperanza es lo que ya se nos fue hace años. ¡Ésa no viene por acá ni a tomar agua!

Después de arrancar unas primeras sonrisas en los asistentes el Paisa arremetió, sin quererlo, en los terrenos de su optimismo:

—Así que si ustedes no se quieren dar la pelea pues bien idos, muéranse sin luchar porque lo que soy yo, sí voy a intentarlo. ¿O es que ustedes no tienen familia? ¿No? Pues yo sí. Y si puedo hacer alguito más para volverlos a ver, si puedo mover mis manos y mis pies para volver a sentar en mi canto a mis nietecitos… Eh, Ave María, pues lo hago. Señores. Yo no me voy a morir sin haberme atrevido lo suficiente.

Luego de un silencio que María aprovechó para decir algo que conmocionó a Benchetrit, el Paisa sentenció convencido, mirando a papá y a Macareno:

—Cuentan conmigo, señores, y yo cuento con ustedes.

Luego se puso del lado de ellos dos y los demás quedaron en desventaja psicológica para rehusarse a luchar por ellos mismos.

—¿Alguien más? —preguntó Macareno.

—Yo —gritó Simón Cancino con la cabeza agachada. A él se sumaron Bernabé, Argemiro y Agripina, menos Marcos Cala.

—Lo único que le pedimos don Marcos, si su decisión es la de no acompañarnos, es que por favor, por favor, por favor, no vaya a hacer eco de lo que aquí ha escuchado. Créanos que con su silencio estará contribuyendo enormemente a la causa.

—No puedo creer que se haya acullillado don Marquitos, en cambio, para otras cosas si no le da por nada, ¿no?

En medio de las risas que produjeron las imprudentes declaraciones de María, Marcos se defendió expresando con altanería que él tenía derecho a sentir miedo de morir, aunque su inexpresable temor era el de quedarse sin clientes para su negocio de ataúdes.

—Si logramos salir de aquí y si llegamos con vida hasta ese Congreso de Lepra, nos volveremos a reunir con nuestros padres, nuestros hermanos, nuestras esposas y nuestros hijos y eso vale más que vender un par de ataúdes cada mes, señor —agregó Consuelo.

—Qué pruebas tienen para que les crean allá lo que están diciendo —preguntó Marcos Cala.

—Tenemos pruebas poderosas que en este momento no les podemos revelar para que no corra peligro el plan, pero ustedes tienen que confiar en nosotros.

—Ver para creer —replicó el mismo Marcos.

CAPÍTULO VEINTE

La parábola del chantaje

Papá se quedó pensando que ya no tenía más remedio que presentarme ante sus amigos y se marchó a casa mientras Benchetrit abordaba a María con angustia.

—No entiendo. Explíqueme por qué sabe que Aarón está en el pueblo.

—¡Porque yo sé dónde está!

—No es posible. Él jamás dejaría de hablarme si estuviera aquí.

—Está secuestrado —explicó María sin dejar de lado una sonrisa entre coqueta y perversa que enloquecía al extranjero.

—¿Secuestrado? —exclamó aterrado.

—Bueno, mejor escondido. Retenido por las malas.

—¿Quién lo tiene? Tenemos que informar a la policía.

—Usted no va a informar nada a nadie. Araón está en mi poder y si dice algo no lo vuelve a ver nunca.

—¿Qué? —exclamó aterrado el médico sin salir de su asombro—. Son varios meses. Tiene que entregármelo.

—¿Por qué cree que vine aquí? Claro que lo voy a entregar. Pero primero usted me ayuda en algo. Digamos que ése es el valor del rescate.

—Lo que sea. Aarón es mi discípulo, debe estar conmigo. Lo necesitamos para huir de aquí. ¿Qué quiere?

—Que el doctor Varoni me haga suya.

—¿Qué? ¡No entiendo!

—Si quiere volver a ver a su discípulo, tiene que hacer que el doctor Alejandro Varoni pase por mi cama, al menos una noche. Hasta luego.

Y así, con total desfachatez, bamboleando sus caderas, se fue sonriendo a los asistentes sin importarle dejar a Benchetrit en la más absoluta incertidumbre. Por eso el médico corrió tras ella en busca de claridad.

—Señorita, no puedo hacer eso. No mando en ese señor. Necesito que me devuelva a mi discípulo Aarón.

—Ya le dije lo que tiene que hacer. Ésas son mis condiciones.

—Pero cómo diablos hago algo así. No mando en su voluntad.

—Piense doctor. Usted es inteligente. Dígale que no lo acompaña hasta el tal congreso ese de lepra si no me hace el amor antes.

Benchetrit quedó tan asombrado y tan excitado con la propuesta de la mujer, que desde la distancia solo atinó a gritarle que él podía sacrificarse y pagar personalmente el rescate. María le respondió con una sonrisa de negación y moviendo su dedo índice de lado a lado.

—¡Al menos necesito una prueba de supervivencia! —le gritó mientras la mujer se alejaba. María asintió con su cabeza en señal de que la obtendría.

LA PRUEBA REINA

Cinco minutos después y contra todo consejo, papá se apareció en la improvisada iglesia conmigo en brazos. Me envolvieron en mantas suaves y me metieron en un canasto tapado con frutas cuyos olores silvestres, dulces y ácidos se tuvieron que haber fundido en mi olfato porque aún los recuerdo.

—He aquí la prueba reina —dijo papá y de inmediato, como si nunca hubieran visto un bebé o como si por las restricciones lo hubieran olvidado, todos se acercaron a verme con palabras de asombro.

Mientras me exhibían, sin revelar mi origen, abrazándome con gran cuidado del clima, de los jejenes y de posibles mirones, papá y Macareno se esforzaron en explicarles a nuestros nuevos cómplices que yo, a pesar de haber sido engendrada por un padre leproso, no había heredado la enfermedad. También expusieron el caso de mi mamá quien tampoco tenía los síntomas de la lepra a pesar de estar conviviendo con papá hacía varios años. Todos empezaron a entender la importancia de llegar a Cartagena con esa prueba tan frágil y contundente. El único que no se pronunciaba era Benchetrit, inmerso como estaba en la propuesta de María y en su deseo de ir a buscar a Aarón.

—¿Quiénes son los padres de la niña? —preguntaron varios de los asistentes poniendo en jaque la intención de papá de no tener que decirlo.

Antes de que papá abriera la boca Macareno lo llevó del brazo a un rincón del lugar y le advirtió que si confesaba mi origen debería también revelar la existencia y el paradero de mamá.

—No podríamos esconderla si deseamos escapar con la ayuda de todos —dijo papá preocupado, pero muy pronto los asistentes empezaron a presionar y se escucharon voces críticas que amenazaban con romper el acuerdo al que ya se estaba llegando.

—Qué pasa. Por qué no nos dicen.

—No queremos secretos.

—Si quieren contar con nosotros no pueden tener secretos.

—Queremos que nos cuenten de dónde a sacaron la niña.

Con miradas de complicidad y sin más remedio que revelar el secreto, papá se acercó de nuevo. Todos lo miraron inmersos en un silencio de curiosidad absoluto, pero él no encontraba las palabras adecuadas para contarles la verdad sin afectar el propósito. Al cabo de muchos segundos, que parecieron horas, empezó a hablar aunque de manera cortada y con poca confianza en sí mismo.

—Quiero que… mejor dicho, no quiero que nos vayan a juzgar. Todo lo hemos hecho por ustedes.

Luego se enredó nuevamente en sus temores y le pidió con susurros a Macareno que fuera a casa por mamá. Mientras el científico cumplía su mandado, con muchas dudas de estar haciendo lo correcto, papá improvisaba un discurso que, en medio de todo, resultó convincente:

—Hay cosas en la vida que no tienen explicación. Ésta es una de ellas. Por eso les pido que no vayan poner en duda lo que les vamos a mostrar, lo que les vamos a contar. ¿Recuerdan a mi prometida? No la enfermera, sino a Jazmín.

—La Ángela —dijeron varios en coro.

—La Ángela, exactamente. La Ángela como ustedes la llaman. Bueno pues de ella es de quien quiero hablarles.

—Ella subió a los cielos —recordó Eloísa totalmente convencida de su verdad.

—Bueno… no es del todo cierto, Eloísa, pero…

—Es así. Es verdad. Bartolomé la vio ascendiendo a los cielos y él jamás dijo mentiras —añadió la ex empleada del padre Domingo poniendo a papá en aprietos.

Acorralado por las palabras de Eloísa, el pobre siguió titubeando sin saber cómo expresar lo que la gente quería escuchar:

—Eh… no sé cómo decirles. Lo que sucede es que mi prometida regresó tiempo después. Mejor dicho, ella nunca se fue.

La noticia cayó como balde de agua fría sobre los asistentes. Nadie creyó. De inmediato los murmullos y comentarios se apoderaron del lugar. Había en el ambiente una mezcla de indignación con incredulidad. Pero todo cambió cuando aparecieron en el lugar mi madre y Macareno. Para que no la descubrieran, mamá llegó con una pañoleta blanca sobre su cabeza. Por sugerencia del científico no se despojó de ella hasta que papá la tomó de la mano, la llevó hasta el centro del improvisado templo y la presentó sin más dilataciones.

—Amigos y amigas, aquí está la madre de la niña. Ella es mi mujer. Ella es Jazmín. La que ustedes llaman "La Ángela".

De inmediato mamá se quitó el manto de la cara y todo fue caos. Fue absoluto el asombro de los asistentes. Al verla, con la sola excepción de Argemiro y Marcos Cala, todos se aterraron. Eloísa y Agripina lloraron. Ninguno daba crédito a lo que estaba viendo. Aquella mujer que llegó y se fue volando del pueblo estaba ahí, inmaculada, santa, misteriosa y divina, compartiendo con ellos el mismo pedazo de cielo. Cuando varios quisieron correr a contarle al pueblo sobre aquello que para ellos era una aparición, Macareno y papá se esforzaron con gritos y los brazos abiertos para controlarlos.

—Nadie puede saber o se echará a perder la fuga —gritaban desesperados.

Cuando lograron convencer a la gente de la mala idea que significaba poner a circular la noticia, Macareno le cedió la palabra a mamá. Todos la escucharon con suma reverencia y respeto:

—No tengan miedo. Soy de carne y hueso. Nunca he volado.

—Bartolo la vio señorita. No nos quite la ilusión —expresó con lágrimas en los ojos Eloísa.

—Me vio volando porque subí a un árbol cercano al pueblo y al bajar me enredé con unos aleros que tenía mi vestido y me vi forzada a zafarme de ellos y lanzarlos al piso. Junto con ellos cayó mi sombrero de ala ancha y tal vez fue eso lo que vio volando el pobre Bartolomé. Y sobre mi ascenso a los cielos, también visto por él, no fue más que una treta montada por Alejandro y Macareno quienes, además, lo emborracharon. Sé que no estuvo bien pero era necesario. Ellos debían impedir que me sacaran de aquí. No querían dañar la investigación que hoy nos servirá para liberar a todos los pueblos que tienen lepra de la pesadilla del destierro.

Hubo expresiones de indignación e intentos de incendio que pronto papá y Macareno saltaron a apagar:

—Ya sabíamos que Jazmín estaba embarazada y teníamos que protegerla para que el gobierno no nos fuera a arrebatar el derecho a tener a nuestra hija —explicó papá—. Sabíamos que de nacer sana, sin lepra, el bebé nos iba a servir de prueba para liberarlos a todos ustedes.

Ante las miradas de tristeza mamá indicó:

—Lo sentimos mucho, sentimos haberlos defraudado, pero todo lo hicimos por ustedes.

Enseguida varios se acercaron a tocarla, a palparla, a sentir que lo dicho no obedecía a una nueva mentira. Cuando confirmaron el carácter humano de mamá volvieron a sus puestos, un tanto decepcionados, pero ya muy convencidos de la necesidad de apoyar a papá y a su socio en la tarea de llevar la investigación hasta Cartagena. Sin embargo, persistía en algunos un tufillo de escepticismo que papá quiso sepultar finalizando la reunión con una inyección de ánimo a los asistentes:

—Así no lo logremos, así no podamos salir de aquí, habremos anotado un triunfo en nuestras historias, porque el solo atrevimiento ya es un triunfo. Quien fracasa no es el que pierde o el que no logra sus objetivos, fracasa quien no lo intenta. Solo intentarlo nos hace valientes, porque valiente no es el que va a la fija. Valiente es el que se atreve a sabiendas de que no tiene posibilidades. Valiente no es quien no siente miedo. Valiente es quien con miedo va a conquistar sus sueños. Esos somos nosotros, unos valientes resueltos a conquistar nuestra libertad y la de muchos más. Eso nos hace grandes. ¡Hagámoslo!

El entusiasmo se apoderó del lugar. Hasta hubo aplausos. Desde luego no faltó la voz discordante.

—Muy bonitas sus palabras doctor Varoni, pero como dicen por ahí, de valientes están llenos los cementerios.

—¿Acaso dónde cree que estamos viviendo, doña Agripina? ¿No les parece un cementerio el lugar donde estamos enterrados en vida? ¿El lugar donde vamos a morir si no hacemos nada? Como dice el Paisa, doña Agripina, todos nos vamos a morir, pero el olvido matará por segunda vez a quienes no se atrevan.

Un silencio sin recuerdo, acompañado por una brisa fresca y el olor a hierba machacada se instaló en el lugar. El corazón de todos había sido tocado por la varita mágica de la grandeza.

La revolución era un hecho.

Aprovechando la sensibilidad de papá en ese instante, Benchetrit se acercó y le dijo al oído:

—Si no te mata el olvido, te va a matar tu mujer.

—¿De qué habla, doctor?

—Si queremos salir de aquí tienes que pasar por la cama de María Barragán.

—¿Está loco? ¿Por qué dice eso? ¿De dónde saca esa locura?

—Tiene a Aarón y me ha pedido como rescate una noche a su lado.

—Jamás —dijo papá enfático y muy seguro de sus palabras—. Dígale que su discípulo no es más importante que mi familia y que se puede quedar con él toda la vida porque yo no soy capaz de cometer una nueva infidelidad a mi esposa.

—No tiene opción, doctor Varoni. Hace lo que esa mujer dice o no voy con ustedes a ninguna parte.

Mi padre palideció ante la amenaza de Benchetrit. No era para menos. Estaban hablando de echar a perder toda la investigación, todas las esperanzas de varios pueblos y la felicidad misma de todos nosotros.

—Tiene que haber otra alternativa, doctor Benchetrit. No permita que mi esposa sufra de nuevo por mi culpa.

—No hay otra salida, doctor Varoni, créalo. Además que Aarón nos garantiza llegar a salvo hasta Barranquilla en ese avión. No sabemos qué reacción tome el piloto si lo secuestramos. Con mi discípulo no corremos riesgo alguno.

—No soy capaz —replicó papá muy preocupado porque en el fondo sabía que no tenía opción.

—Sí es capaz, doctor. La mujer no desmerece. Haga de cuenta que lo soñó. No tiene por qué contarle a su esposa. Esto quedará entre los dos.

—Hay cosas que aunque no se cuenten, hacen el mismo daño, doctor. Mi esposa no merece mi engaño.

—No piense tanto en ella. No piense tanto en usted y en sus remordimientos, doctor Varoni. Piense en la alegría que le va a producir a miles de familias en todo el mundo. Además, a la mujer esa no le va a entregar el corazón, solamente unas cuantas calorías de su cuerpo.

—Doctor, se lo suplico. ¿Qué posibilidades hay de irnos de aquí sin su discípulo? —imploró papá.

—Ninguna, doctor Varoni. Vine con él. Me voy con él.

—¿Y si avisamos a la policía?

—Ella dijo que lo mataba y le creo. Una loca que ha podido retener por la fuerza a un piloto laureado en la primera guerra mundial, debe ser una psicópata muy avezada en el crimen. No me arriesgo.

—Podemos intentar un rescate nosotros —argumentó papá en medio de su desespero, pero recibió un nuevo "no" rotundo de parte del marroquí.

Sin más alternativa que acceder al chantaje de la impía, papá se quedó muy preocupado y pensativo, sospechando que esta nueva situación terminaría en tragedia. Barajó desde entonces dos posibilidades. Hacerlo con el consentimiento de mamá o a escondidas de ella. Descartó denunciar a María Barragán por secuestro ante las autoridades porque, con toda seguridad, en retaliación, María iba a delatar la fuga. Nunca volvió a dormir esperando el desenlace de tan embarazosa situación. Mamá notó sus desvelos pero los atribuyó inocentemente a la carga de preocupación que le generaba la organización de la huida. Entretanto, Benchetrit recibía en el parque del pueblo una bolsa que le entregó María con las pruebas de supervivencia de su discípulo. Era toda su ropa interior.

CAPÍTULO VEINTIUNO

La parábola de la evocación

El entusiasmo entre los leprosos creció como espuma los días previos a la fuga. Los involucrados se organizaron en cuatro grupos de a tres personas que apoyarían la fuga de los que nos montaríamos al avión y acordaron salir de esa forma por los cuatro puntos cardinales del pueblo. Debían llamar la atención de los soldados y conseguir distraerlos.

Isaac, que vino a Agua de Dios para no dejar sola a su hija en la tragedia, sintió que ella lo abandonaba, pero la absolvió antes de que viniera a explicarle la situación.

—No tienes que explicarme nada hijita. Yo sé cómo son estas cosas del corazón. Vive y disfruta que tu felicidad es la mía.

Con un abrazo y varios besos sellaron la paz para sus corazones.

Mis papás, Macareno, Consuelo y los doce apóstoles que apoyaban la operación, fijaron la partida para dos días y medio después, a las cuatro de la mañana aprovechando que en ese momento los centinelas ya llevaban seis horas de haber recibido el turno y podrían mostrar algún desgaste natural o reflejar algún cansancio que les impidiera reaccionar con sus reflejos intactos. Sin embargo, persistía la duda sobre el acompañamiento del doctor Benchetrit. En varias ocasiones le dejó claro a papá que si su discípulo no regresaba él no daba un paso hacia los límites del municipio. Esto mortificó duramente a Alejandro. Sabía que la libertad del pueblo no era compatible con la lealtad hacia mi madre.

Con los comentarios de los pacientes que ahora nos acompañaban en esa especie de "resistencia" que se había conformado, pudieron mi padre y su amigo definir el mapa de ruta más correcto posible y completar los elementos necesarios para nuestro desplazamiento.

Entre el Paisa y Marcos Cala, usando maderas de la carpintería con las que este último fabricaba los féretros, elaboraron una balsa con capacidad para 6 personas. Consistía en una especie de planchón impulsado por una vela rústica y artesanal que fabricaron al coser con hilos de cáñamo muchas cobijas que encontraron en las casas de los implicados. Tres ataúdes perfectamente impermeabilizados con brea y resina de caucho hacían las veces de balsa ya que sobre ellos se atravesaron varias tablas de cedro macho perfectamente amarradas entre sí.

Argemiro Mora y Bernabé Jovel se encargaron de recolectar, de casa en casa de cada uno de los miembros de la resistencia, las provisiones que se necesitaban para el viaje. No faltaron la panela, el bocadillo de guayaba, la avena, el pan aliñado que preparaba con arte y gozo absoluto Orlando Afanador, un paciente de Mariquita, Tolima, que se hizo famoso en el pueblo por fabricar el roscón más grande de la historia de ese lugar con motivo del cumpleaños del anterior alcalde.

Humberto Corcho y Eloísa Villamil armaron un pequeño botiquín con gasas, vendajes, alcohol, ungüento chino, parches y mertiolate, para que, en caso de emergencia durante la huida, no se fueran a morir por cuenta de una simple infección después de haber pasado lo peor.

Agripina Montes e Isaac Manjarrés fueron asignados a la realización de un simulacro. Caminar las calles por donde iban a pasar los fugitivos a la misma hora en que estaba planeada la salida con la intención de conocer lo que sucedía a las cuatro de la madrugada. Y no vieron nada distinto que gatas persiguiendo gatos, perros siguiendo perras y uno que otro lagarto asexuado cruzando las calles a toda velocidad, haciendo sonar sus uñas contra el piso. Durante las dos noches que salieron a patrullar el pueblo a esa hora de la mañana sin sol, solo observaron algo extraño que no quisieron dejar pasar, tratándose de quien se trataba, a la hora inusual en que se estaban presentando los hechos.

Eran las cuatro y treinta de la madrugada cuando Isaac advirtió el sonido de una puerta al cerrarse. Inmediatamente él y doña Agripina buscaron refugio agazapándose en un antejardín de la heladería de Simón Cancino. Al instante vieron pasar muy cerca de sus narices a un hombre que llevaba el rostro cubierto con una bufanda y que llevaba a cuestas un pico y una pala. A medida que el hombre avanzaba hacia las afueras del pueblo, Isaac y Agripina lo seguían a prudente distancia camuflándose tras árboles, columnas de cemento, materas, barbacoas y cuanto escondite iban encontrando, con tal de no ser descubiertos por el misterioso hombre que nunca miraba hacia atrás, transpirando seguridad con lo que estaba haciendo.

—Debe ser un guaquero —aseguró el padre de Consuelo con la certeza que dan las canas—. En estas tierras habitaron los Panches, una tribu indígena que poseía mucho oro.

Cuando sobran las palabras

Un par de cuadras más adelante, cuando el misterioso hombre estaba a punto de escabullirse, el sonido de otra puerta al cerrarse retrajo las miradas de Jorge Isaac y doña Agripina hacia una figura humana de un hombre que huía, a trote, calle abajo, con la agilidad que dan los remordimientos. Como no pudieron darle alcance ni con sus pies ni con sus miradas, porque su prioridad era no perder de vista al supuesto guaquero que perseguían, caminaron a paso apurado hasta la puerta por la que había salido el misterioso hombre y se encontraron, de sopetón, con la figura de María Barragán. Estaba sonriendo, regulando su agitada respiración y observando cómo se perdía en la distancia aquel fulano que, a juzgar por su expresión, le acababa de procurar una madrugada inolvidable.

Al momento y casi atropellándolos salió Aarón con sus ropas debajo del brazo gritando:

—¡Soy libre! ¡Soy libre!

Ni el padre de Consuelo ni doña Agripina entendieron un milímetro de lo que estaba sucediendo ni se esmeraron en averiguarlo, afanados como estaban por no perder de vista al hombre de las herramientas al hombro.

Al cabo de unas tres cuadras más de persecución, lograron ponerse nuevamente tras la huella del hombre que huía sin mirar atrás. Lucía una vestimenta oscura y un andar que se les antojó muy tranquilo para ser el de un buscador de riquezas. En su estado de seguridad, el tipejo llegó al lugar donde el Padre Ramón estaba construyendo el templo de su Dios y allí descargó las herramientas. Isaac y Agripina lo observaron agazapados desde un samán de flores amarillas que estaba sembrado en la orilla de la carretera. De un movimiento mecánico el hombre se despojó de la bufanda dejando su rostro al descubierto. La oscuridad no les permitió identificarlo con exactitud, pero sus movimientos no eran bruscos y, por el contrario, lucían muy torpes para ser los de un experto buscador de tesoros.

De modo que la pareja de persecutores esperó a que el sol despuntara por entre las ramas de los árboles para identificar al extraño personaje que, durante una hora y media continua excavó en el suelo sin el menor asomo de cansancio. Unas veces picando, otras veces sacando tierra de los huecos que cavaba, otras veces limpiando el sudor de su cara con el antebrazo. Y así lo sorprendió la mañana hasta que su silueta un tanto doblada y su rostro barbado pudo ser identificado por doña Agripina en primer lugar.

—¡Dios mío, es el padre Ramón!

Un cura, un verdadero cura

Era el mismísimo padre Ramón Bautista que lejos de querer encontrar una guaca, como lo supuso Isaac, estaba abriendo las zapatas para fijar en ellas las columnas del templo que los jesuitas, su comunidad religiosa, le habían encomendado levantar para sacudirse de la humillación de los ateos liberales. Y lo estaba haciendo, literalmente. Lo estaba levantando con el sudor de su amor. Él solo, sin la ayuda de nadie.

Dicen mis padres que nunca conocieron a un sacerdote más entregado a su causa y a su religión. Era de esos hombres obsesivos con su misión, templados en su andar, seguros en su hablar y definidos en su moral. Muy coherente en cada acto de su vida. Se le notaba un amor tan grande por Jesús que no había manera de hacerlo sucumbir, ni dudar de su fe. Ni mil mujeres desnudas habrían puesto en peligro sus votos de castidad, ni mil toneladas de oro hecho trastabillar sus votos de pobreza. Porque el cura, a pesar de su juventud, era obediente, célibe y pobre, pero decididamente.

Al pueblo llegó con un baúl de ébano corroído por el tiempo y los recuerdos, que le regaló una anciana de Tocaima antes de morir. Lo que existía dentro de ese baúl era todo lo que poseía en la tierra: dos sotanas, un anillo pastoral, un alba, un báculo, un cíngulo, una estola, dos túnicas dalmáticas, tres clérigman o cuellos clericales, tres pantalones de paño, cuatro camisas de dacrón, tres camisetas de algodón, un bonete, una casulla, un solideo, dos pares de zapatos de cuero negro, cuatro pares de medias, dos pares de sandalias, varios juegos de calzoncillos, un cepillo de dientes, un paquete de aseo básico, ocho libros, entre ellos tres biblias de diferentes versiones, una en hebreo, otra en latín y una en español llena de tachones que obedecían, según él, a las imprecisiones horrorosas de su pésima traducción.

Al rato, con la mordida exacta del sol sobre las montañas, después de celebrar con mucho entusiasmo el retorno de Aarón, luego de las mil preguntas de rigor acerca de su paradero, los ahora quince de la resistencia estaban rodeando al padre Ramón con todo tipo de herramientas. Sin mediar palabra y entendiendo lo que el cura necesitaba, colaboraban en el levantamiento del templo, mientras papá y mamá lo invitaban a conocerme y a darme su bendición dentro de una habitación muy modesta y pequeña que había al lado del lote.

—No sabía que hubiera un niño en este lugar —exclamó el religioso henchido de ternura.

—Nadie aparte de los que estamos aquí lo sabe padre, y nadie más aparte de usted puede saberlo —aclaró mamá.

—A propósito, ¿por qué no hay niños en el pueblo?

—Porque las autoridades esterilizan a los pacientes para que no puedan procrear —explicó papá.

—¡Qué horror! ¡Es contra las leyes de Dios! —exclamó indignado el sacerdote.

—Es contra las leyes de la naturaleza —agregó mamá.

Pero papá, sabiendo que el tiempo corría en contra lo abordó para lo pertinente:

—Todo aquí camina en contravía de las leyes de Dios Padre, pero este no es el momento indicado para tocar ese tema. Ahora solo queremos que bautice a nuestra hija.

—Pero por supuesto. El domingo podemos entregarle el sacramento del bautizo.

—El domingo es muy tarde. Tiene que ser ahora, padre. No hay más tiempo.

—No entiendo. ¿Por qué el afán, la niña está enferma?

—No, padre. Es una historia larga pero se la resumo. Mi esposa, mi hija, un científico amigo con su novia y esas personas que están afuera ayudándole a cavar los cimientos del templo, y yo, vamos a escapar mañana del pueblo.

—¿Escapar? ¿Por qué escapar?

—Ay padre, discúlpeme, pero usted pareciera estar viviendo en otro país. Nos toca escapar porque aquí no podemos salir por la puerta, tampoco podemos tener a nuestra hija y porque nos urge mostrar al mundo unos estudios que demuestran que la lepra no es contagiosa ni es hereditaria.

—¿Qué tan seguros están de lo que dicen y de lo que van a hacer?

—Totalmente seguros padre —apuntó mamá con mirada piadosa.

—En ese caso, voy por el agua bendita y bautizamos a este angelito, porque ustedes sabrán que los niños que mueren sin el sacramento del bautismo…

Mis papás asintieron con resignación mientras el sacerdote salió afanado en busca de los elementos necesarios para impartir el sacramento, pero antes de cruzar el umbral de la puerta que lo dividía de la zona donde los amigos de papá estaban trabajando, se detuvo a mirar y exclamó:

—Si están con Dios no deben temer.

En esas apareció María, llena de gracia como siempre lucía y se paró frente a nosotros con su sonrisita tonta que la caracterizaba y le dijo a papá:

—Doctor Varoni. ¡Qué linda niña!

Papá palideció por la mirada de celos de mamá, pero trató de actuar para no despertar sospechas.

—Es nuestra hija —expresó con orgullo abrazando a mamá—. Supongo que es el fruto de un amor puro y transparente —opinó con sarcasmo la Barragán.

—Sí. Demasiado. Aunque haya accidentes insalvables que para nada influyen en la verdadera esencia del amor —puntualizó él.

—Qué bien. No entendí mucho lo que dijo pero los felicito. Que tengan buen día, ya que no pueden tener una buena relación.

Y se marchó dejando en el ambiente una sensación de guerra que estallaría al momento, cuando la infame decidió devolverse a decir alguna canallada de última hora:

—Se le quedó esto en mi casa anoche —dijo con total desfachatez, y le entregó a papá una peinilla que él siempre cargaba en el bolsillo trasero de su pantalón. Él supo enseguida que la muerte no le iba a llegar dentro de las latas retorcidas del Junker sino ahora.

—No entiendo —exclamó mamá perturbada, pero la misma María, que en su juego perverso acababa de meter a papá en el infierno, le lanzó un salvavidas en cuestión de segundos, que aunque lo salvó de morir en el corazón de mamá, sí dejó en el ambiente una sensación de sospecha con la que la pobre tuvo que vivir en adelante.

—Esta madrugada cuando nos reunimos para ir a rescatar al discípulo del doctor Benchetrit, al doctor Varoni se le cayó su peinilla.

—Gracias —expresó papá a punto de infarto. Luego recibió el peine y lo envió instintivamente con su mano derecha a uno de los bolsillos traseros de su pantalón, mientras rebuscaba las palabras para deshacerse de la incómoda visita—. Le agradecería si nos deja a solas, vamos a celebrar el bautizo de nuestra hija en familia.

María lo miró con desdén y se marchó. Las preguntas de mamá afloraron como agua en represa rota: que quién era, que por qué había dicho eso, que por qué se cayó la peinilla con tanta facilidad si para que se saliera del bolsillo se requería que el pantalón estuviera en una posición invertida. Le preguntó también por las miradas coquetas de esa mujer y por el susto de papá. Por qué la reunión en casa de esa bellaca, por qué a la madrugada, que con razón papá había llegado en silencio y cabizbajo, que si tenía algún sentimiento de culpa, que si entre los dos había pasado algo, que si tenía algo que decir o algo de qué arrepentirse y por último, que si papá era capaz de serle infiel nuevamente.

Y ya estaba alistando papá su respuesta, quizás la más sincera, cuando regresó afanado el padre Ramón con el agua bendita y los utensilios para celebrar mi bautizo.

CAPÍTULO VEINTIDÓS

La parábola del error

El 24 de abril de 1931, a las dos de la mañana, don Isaac Manjarrés despertó a todos los miembros de la resistencia con un gracioso toque de diana producido con sonidos de su garganta y sus labios. Ansiosos, a sabiendas de que la ilusión no les iba a permitir conciliar el sueño, los participantes en la fuga decidieron quedarse esa noche a descansar, en los pasillos y en las diferentes áreas sociales de la casona, para salir desde allí hacia sus diferentes destinos en la madrugada. Era viernes, aunque por la inactividad comercial del pueblo y lo aburridos que solían ser los días ordinarios, la gente ya había perdido la capacidad de distinguir entre el color amarillo de los domingos, el blanco de los lunes, el rojo de los viernes, el azul de los miércoles o el verde de los sábados. Daba lo mismo que fuera viernes. Unos en hamacas, otros en el piso y algunos en las alcobas vieron pasar las horas en vela, con el nerviosismo propio de quien inicia una aventura peligrosa.

Mientras las mujeres preparaban sendas ollas de caldo en un lado y agua de panela con canela en el otro, los hombres, reunidos en torno a un mapa que papá extendió en el patio principal con una piedra en cada una de sus esquinas, decidían por cuál lado iba a actuar cada uno de los cuatro grupos distractores.

Acordaron entonces que, como nosotros teníamos que escapar por el sur, el flanco contrario, el del norte, estuviera dirigido por Bernabé Jovel, aquel joven que con agilidad e impertinencia burló la guardia del Puente de los Suspiros para ponerse a corretear a un oficial ante las risas y el aplauso de todos los presentes. Eso mismo le encomendaron que hiciera ese día. Eso mismo y nada más. A Bernabé lo hicieron acompañar de los más jóvenes en la resistencia, teniendo en cuenta que éste era el grupo que más iba a arriesgar. Ellos fueron Humberto Corcho y Argemiro Mora, el otrora reconocido hombre de las gestas valientes, a quien Consuelo pidió disculpas, delante de todos, por haberle extraído el corazón aquella noche de conjuros tendientes a proteger la casa de Luz Helena de los curiosos. Enseguida todos recordaron, entre risas, el episodio de la casa embrujada donde el pobre por poco pierde el habla. Fue en ese momento, nunca antes, cuando confesó haberse orinado del susto.

—¡La verdad es que nunca he sentido un susto tan hijueperra! —exclamó ante las risas de todos los presentes—. Nadie lo supo, pero me oriné en los pantalones.

El segundo trío de colaboradores, el que debería intentar la fuga por el occidente, en la rivera del río Bogotá, quedó conformado con sólo mujeres. Lo encabezaba María Barragán a quien con mucha lógica se le ocurrió que podía montar un *show* muy sensual frente a los soldados de la garita para distraer su atención. Con la Barragán, quien a esas alturas de la vida suspiraba tres veces cada vez que veía a papá, quedaron Eloísa Villamil y la señora Agripina Montes.

Un tercer grupo, el que debía distraer la atención de los guardas que cuidaban la franja oriental del pueblo, quedó conformado por Isaac Manjarrés, Marcos Cala y el Paisa.

Otro grupo, el último, el más sorpresivo, el que debía intentar escapar por el flanco central, quedó liderado por el cura Ramón, Octavio Calarcá, y Simón Cancino. Nadie lo esperaba y ni siquiera lo invitaron a arriesgar su reputación, su cargo, sus votos de obediencia y hasta su vida, pero el sacerdote dijo sentirse avergonzado ante los ojos de Dios si no hacía parte de tan noble empresa. Porque después de mi bautizo que, a pesar del mal ambiente creado por la Barragán, se realizó sin afanes y en medio de grandes gestos de cariño, mis padres le contaron cada detalle de la fuga y del porqué de la misma. Muy convencido de la nobleza de nuestras intenciones, el padre Ramón nos dijo que viéramos en él a un soldado más pero no a cualquier soldado:

—Un soldado de Dios. De los que nadie puede tocar sin el permiso del señor Jesucristo.

Con ese halo de invulnerabilidad, el sacerdote fue aceptado dentro del grupo y no como miembro honorífico, porque se negó a serlo, alegando que el hecho de no haber tenido nunca una mujer en su cama no lo hacía menos hombre, sino como el más incisivo guerrero. Guerrero de avanzada. Soldado de vanguardia. Así dijo sentirse cuando luchaba por una causa justa.

Organizados los cuatro frentes de distracción y listas las provisiones de quienes estábamos dispuestos a fugarnos, el plan estaba en marcha. Con las despedidas sentidas y solidarias de parte de Isaac a su hija y de Macareno y mis papás con los demás colaboradores, se dio inicio a las acciones. Aprovechando que mamá entró al cuarto a buscarme, María se acercó a papá con humildad y un respeto que jamás sintió por él y le dijo al oído que lo amaba. Lágrimas muy finas brotaron de sus ojos mientras le confesaba, con cinismo imperdonable en aquella época para una dama, que de los más de trescientos hombres que firmaron su cuerpo, el suyo era el más memorable. Al verle llorar, Aarón sintió suyas esas lágrimas que rodaban por el borde de la nariz de la mujer porque, como en los cuentos modernos, se había enamorado de su secuestrador. Tanto que el día de su liberación, él le pidió que lo retuviera por unos años más.

Cuando mamá regresó conmigo en brazos ya todos estaban listos para partir. No se notaba rastro de tragedia en ningún rostro. Sólo Benchetrit supo lo que acababa de pasar, pero como siempre, haciendo alarde de su prudencia, tomó a su discípulo del brazo y lo instó a salir.

En grupos de tres como habían quedado organizados previamente, los miembros de la resistencia fueron saliendo de la casa con cinco minutos de diferencia. Como sabían que la hora cero para atacar era la de las cuatro y treinta en punto, al menos alguien de cada trío decidió sincronizar su reloj con el de Macareno Aljure.

Antes de cruzar la puerta Isaac abrazó a su hija, le reiteró su inmenso amor y le deseó la mejor de las suertes. A Macareno le advirtió con total seriedad:

—Trátela bien, trátela como a una flor.

Macareno asintió, lo abrazó, le agradeció su colaboración y lo invitó a salir para que el plan no sufriera retrasos. Cuando Isaac terminó de atravesar el jardín de la casa, aparecieron el padre Ramón, Simón Cancino y Octavio Calarcá. Ellos eran el frente central y tenían la obligación, primero de guiar a nuestro grupo hasta las afueras del municipio por la parte sur, la más despoblada, y luego, venir a la puerta principal del pueblo a tratar de salir por las malas hasta formar un gran escándalo que distrajera a la mayoría de uniformados posible.

UN JUDAS ENTRE LOS 12 APÓSTOLES

Y ya estaban todos los grupos recorriendo las calles del pueblo por todos sus costados rumbo a los sitios predestinados, rumbo a la libertad por todos anhelada, cuando de la nada, en instantes que no dieron lugar a la reacción y agazapados tras la oscuridad aparecieron, de repente, los soldados del gobierno apuntando con sus rifles.

Los primeros en levantar las manos en señal de rendición fueron Jorge Isaac, Marcos y el Paisa. Como ninguno tenía armas la única opción que tuvieron fue la de entregarse o morir. Sin embargo, sucedió algo que despertó las sospechas de Isaac y fue

la actitud nerviosa de Marcos Cala. Y como buen santanderea-
no, el padre de Consuelo no tubo reparo alguno en enfrentarlo:

—¿Usted nos vendió, cierto?

—Cómo se le ocurre —respondió con altanería el fabricante de ataúdes.

—Entonces por qué está sudando si ni siquiera ha salido el
sol. Por qué tartamudea si usted no tiene ese defecto. ¿Por qué
se mira con los soldados y agacha la cabeza?

A ninguna de esta andanada de preguntas altaneras y de
tono agresivo respondió Marcos Cala por lo que el mismo Isaac,
inmerso en su ira, se tomó el atrevimiento de responder mientras los tres hombres eran sometidos sin oponer resistencia:

—¿No será que al único que no le interesa que este pueblo
maldito se acabe es al fabricante de ataúdes?

A mis papás, a sus amigos y a mí nos atraparon cuando ya el
pueblo se divisaba a lo lejos. Ya habíamos pasado dos cañadas
medio secas y un par de matorrales y nos disponíamos a en-
rumbarnos hacia una colina desde la cual se divisaba el río
donde echaríamos a andar la balsa que cargaban Macareno,
Aarón, Benchetrit y papá, cada uno tomando una de las esquinas de la embarcación. Los soldados cayeron de los árboles como frutos podridos. No nos dimos cuenta en qué momento
resultamos rodeados. Papá y sus amigos supieron que era inútil
morir por una causa que nos pretendía revivir y se entregaron.

EL FINAL DE UN SUEÑO

Media hora después, cuando en los calabozos de la estación de
policía se encontraron todos los miembros de la resistencia con
sus caras de decepción y derrota, la pregunta fue respondida.
Los únicos que no estaban presos eran Marcos Cala y el padre
Ramón, quien logró escapar al alto de los soldados con un
argumento que a todos hizo desilusionar:

—No hago parte de esto, señores. Sólo estaba poniendo a Dios al servicio de sus temores. Como representante del Señor en la tierra no puedo negarme a hacerlo.

Estas palabras que fueron tomadas por los miembros de la resistencia como una traición del padre Ramón a la causa, mermaron el ánimo de todos y causaron honda desilusión.

En las sucias celdas donde fuimos recluidos, mis papás buscaban explicaciones a lo sucedido.

—Fue un error, nos equivocamos mucho —exclamó Consuelo.

—Ni error, ni equivocación, ni fracaso —argumentó Macareno—. El peor error no es equivocarse. El peor error es no intentarlo.

—El corazón suele fallar cuando la ambición se interpone —dijo papá refiriéndose a Marcos y abrazándome muy fuerte, mientras mamá indagaba por mi futuro, muy preocupada por lo que pudiera sucederme.

—Lo único que quiero saber es qué va a pasar con nuestra hija. El alcalde ya debe saber de su existencia y te juro que me tienen que matar antes de que nos la quiten.

—Nos tienen que matar. O vivimos los tres o morimos los tres —sentenció papá con mucha seguridad y los ojos humedecidos, mientras nos arropaba con sus brazos fuertes y largos.

A esa hora, Marcos Cala y la bruja Marciana Rangel, la encargada por Marcos de avisar a las autoridades, rendían declaración ante el alcalde. Entre los dos, el primero por ambición, la segunda por envidia, le detallaron al burgomaestre todos los pormenores de la fuga, pero se cuidaron mucho de no explicar el porqué de la misma.

EL TIEMPO PASA PERO NO PERDONA

Cuando el nuevo comandante de la policía, aquel coronel tímido que poca vida social había tenido desde su llegada, entró al despacho a informar sobre la novedad de las capturas, entre ellas una niña de brazos, Misael Moreno se levantó y golpeó su escritorio con rabia.

—¿Cómo puede crecer un vientre nueve meses y cómo puede crecer una criatura otros nueve sin que nadie lo sepa?

—No puedo responderle esas preguntas, pero la bebé está con sus padres en el calabozo, señor alcalde.

—Es inadmisible —gritó contrariado—, ¡en un gobierno liberal una bebé de nueve meses no puede estar en la cárcel!

—Pero lo está señor. Los padres dicen que la sueltan de sus brazos cuando les disparemos en la frente.

—Quiero verlos —dijo con disgusto, y salió de la calurosa oficina recordando justo al atravesar el umbral, que tenía dos invitados a quienes se dirigió tratando de borrar su gesto de disgusto—. Gracias. Gracias, el gobierno les recompensará la información.

Luego continuó su camino. Marcos Cala y Marciana Rangel le sonrieron con melosería, aunque aburridos quedaron por el poco valor que le diera el alcalde a su colaboración.

El infalible paso del tiempo

Los presos estaban tristes, sobre todo por la traición del padre Ramón, en quien más confiaban. De Marcos Cala y de la Marciana Rangel se podía esperar cualquier cosa, pero no del sacerdote que les había devuelto la esperanza y la fe en Dios. Se sentían traicionados y no dejaban de pensar en una salida a esa pesadilla que estaban viviendo.

—Podemos escapar de aquí —opinó María Barragán con mucho convencimiento, pero nadie atendió su entusiasta idea porque jamás ella logró convencer a nadie de nada, salvo cuando por ella hablaban sus encantos.

—Pensar en escaparnos, más que una ilusión es una necesidad y una obligación —opinó Macareno mientras miraba las ventanas de las celdas.

—Aunque sea por curiosidad, me gustaría saber, antes de escapar, por qué Aarón fue secuestrado y por qué no escapó por su propia voluntad —dijo el doctor Benchetrit cambiando de rumbo la discusión pero abriendo el debate a un tema que a muchos venía dando vueltas en sus cabezas.

—Porque a mí ningún hombre me miente y él me mintió. A mí me llevan a la cama, pero me cumplen las promesas que me hagan —sentenció María mirando a Aarón mientras el pequeño sonreía con vergüenza—. Cuando a mí un hombre me trata de seducir, lo primero que le pido es que sea sincero. Entonces le pregunto qué quiere de mí. Y depende de lo que me diga yo miro si tengo sexo con él no.

—Dios mío, qué horror —exclamó Eloísa recordando para sí misma que su cuerpo aún no había soportado el terror de permitir a un hombre su ultraje.

—Así se aterren, así soy yo —observó con el desparpajo de siempre la Barragán.

—Y cuál fue la mentira que te dijo Aarón —preguntó con curiosidad Macareno logrando interesar a todos.

—Él me prometió que si le hacía el amor se quedaba conmigo toda la vida.

Todos se miraron aterrados por el rigor de la mujer que luego se explayó a dar todo tipo de excusas por su pecado. Les dijo que muchos hombres tenían la sinceridad de decirle que esa sería la única vez porque nunca se conformaban con una sola mujer. Otros le pedían comprensión por encontrarse casados y que algunos le pedían permiso de hacer la promesa después del primer polvo. Que algunos tenían sexo con ella dos o tres veces, otros catorce o quince pero que ninguno se lo hacía indefinidamente y sin que su promesa tuviera fecha de vencimiento. Que por eso le había llamado tanto la atención la promesa de "Araón". Una promesa que logró ilusionarla con pasar el resto de su vida al lado de un solo hombre. Y que por eso, cuando descubrió que el extranjero de pequeña estatura le estaba mintiendo y que sólo la estaba ilusionando para lograr sus favores sexuales, se enfureció mucho. Al punto de quererlo matar primero, golpear después y por último secuestrar.

—Lo merece —dijo con rabia—, lo merece porque a una mujer no se le ilusiona, no se le miente. Las mujeres preferimos sangrar por una verdad que dormir sobre un colchón de pétalos de flores mentirosas. Y menos una mujer sin valor. Porque soy una mujer que no vale nada por el sólo hecho de haberme atrevido a dejar volar los caprichos de mi cuerpo. ¿Cuántas mujeres no quisieran besar una boca a toda hora? ¿Cuántas mujeres no quisieran dormir abrazadas todas las noches por unos brazos fuertes, y cuántas no quisieran que unas piernas peludas se metieran en sus nalgas al dormir? ¿Cuántas? ¿Cuántas mujeres no quisieran tener un pene todos los días adentro? ¿Cuántas?

Ante el silencio cómplice de todos, María entregó una respuesta lo más honesta y desabrochada posible mirando siempre y por instantes alternados a Agripina, a Eloísa, a Consuelo y a Jazmín:

—Pues yo les voy a decir. Todas. Todas. Todas. Lo que pasa es que todas se reprimen. Todas sienten miedo de sentir. Todas creen que están siendo asaltadas por el diablo. Todas creen y con razón, que las lenguas de las gentes las van a acabar. Todas piensan que están pecando y se niegan a realizar sus deseos. Las mujeres son animales al servicio de los hombres. No quieren pensar por sí mismas, no quieren cumplir sus sueños. Les da miedo pensar. La iglesia, el colegio, la familia les protegen la virginidad con mentiras y amenazas. Por eso, ellas siempre están esperando que el hombre tome la iniciativa. Jamás, jamás se acercan a un hombre a expresarle su gusto. Nunca le declaran su amor a un macho. Siempre esperando que venga un hombre a decirle que le gusta. Esperando que un hombre le proponga matrimonio. Esperando que un hombre se lo pida. Esperando que la sociedad apruebe sus actos. Esperando que los curas no nos excomulguen por fornicar. Con miedo de que Dios se enoje con nosotras por violar los mandamientos que le hacen cerrar a uno las piernas. Hasta nombres de santas y de vírgenes nos ponen para cohibirnos. María. Y lo hacemos. Siempre sumisas, siempre aplazando sus sueños, siempre guardando sus proyectos, siempre aplazando sus metas, siempre reprimiendo sus deseos, siempre guardando las ganas de desvestir al hombre, siempre esperando que nos desnuden. Calladas, sin poder expresar sentimientos, llorando a solas… llorando a solas…

Y luego se ruborizó como si no creyera que el monólogo que acababa de lanzar hubiese sido suficiente para convencer al auditorio de sus palabras.

Y con su llanto, llegó el llanto de Jazmín. Y con el llanto de Jazmín llegaron las lágrimas de Eloísa y con las de Eloísa los lamentos callados de Agripina, y con la catarsis de las cuatro llegó el mea culpa de todos los hombres que sobrepoblaban aquella celda húmeda y maloliente.

Y mientras unas lloraban y otros sentían vergüenza, en el ambiente quedaron los interrogantes de Benchetrit. De todas, Agripina fue la más apuñalada por los dardos de realismo que lanzó María. Y todo porque según sus palabras Agripina acababa de descubrir que nunca fue mujer. A esa misma conclusión llegó al desmenuzar una a una las sílabas despiadadas de la muchacha. Ella recordó que siempre estuvo enamorada de alguien que nunca lo supo. Recordó que la mayoría de las veces hizo el amor sin querer. Agripina recordó que jamás pudo expresar un gusto o un deseo, ni siquiera gastronómico. Por eso Agripina empezó a morir ese día y no el día en que le diagnosticaron un cáncer de páncreas que desde hacía varios meses tenía controlado tomando sangre de gallinazo, rezando cuatro veces al día y licuando cascabeles de culebra en pulpas agrias de sábila que luego comía con huevos de codorniz y corazones de cerdo. Con lepra, cáncer y la certeza de una vida perdida, Agripina bajó los brazos inmediatamente y dejó de luchar.

Nadie podía creer aún que una muchacha loca, prostituta para la mayoría, hubiese podido esbozar con tanta crudeza una realidad que muchos desconocían. Aun así, Benchetrit puso fin a la magistral disertación volviendo al pragmatismo que lo caracterizaba.

—¿Por qué mi asistente nunca intentó escapar? —preguntó.

María se limitó a explicar con una sonrisa pidiendo a Aarón que él mismo respondiera a ese interrogante. El pequeño se negó con risas avergonzadas pero dejó algo en claro:

—Todo el tiempo estuve preso por mi propia voluntad, jefe. El que no se quería marchar era yo. Y nunca salí a la calle, ni siquiera a avisarle, porque María me dijo que si traspasaba la puerta sin su permiso, jamás volvería a entrar. Y comprenda, doctor, ésa era una decisión imposible de tomar.

—Entonces por qué finalmente está libre —indagó Eloísa, ya muerta de curiosidad por saber más.

—Él me dijo que me iba a hacer el amor toda la vida y digamos que a mí, porque me quiero morir joven, me quedan treinta años de vida útil, mi señora. Una pareja de casados hace el amor dos o tres veces a la semana en promedio. Calculé dos para que no le saliera tan cara su mentira. Como cada año tiene cincuenta y dos semanas y a esto le debemos descontar las doce semanas en que las mujeres menstruamos, digamos que me debía hacer el amor dos veces durante cuarenta semanas, es decir ochenta veces al año. Si los multiplicamos por treinta años, eso da dos mil cuatrocientas veces. Si no quería estar más conmigo, faltando a su promesa de estar conmigo toda la vida, su asistente tenía que hacerme el amor dos mil cuatrocientas veces antes de irse.

—Eso era imposible —exclamó Macareno.

—Es posible y delicioso —dijo el joven Bernabé mirando con lujuria a María y despertando las primeras sonrisas en horas.

—Llevaba mil setecientas sesenta y ocho veces cuando fue rescatado —exclamó María haciendo persignar a las mujeres y reír con picardía a los hombres. Luego, a una pregunta de mamá, un silencio censurante inundó cada rincón del lugar:

—¿Por qué lo dejó ir antes de hacerle el amor dos mil cuatrocientas veces? Según sus cuentas le faltaban más de seiscientas.

Papá agachó la cabeza, Benchetrit miró hacia otro lado. María sonrió. Y tuvo que ser que las oraciones de papá, devoto desde hacía poco tiempo, surtieron efecto, porque María canceló el tema y de paso las dudas de mamá con una respuesta más que sabia:

—Esos seiscientos y pico de polvos que me quedó debiendo Aarón, son mi aporte a la causa. Son mi aporte a esta revolución.

CAPÍTULO VEINTITRÉS

LA PARÁBOLA DEL CALUMNIADO

Escoltado por varios hombres, el alcalde se apareció en el oscuro calabozo muy majo pero intranquilo. Sólo las luces del día que entraban por las claraboyas de tres celdas alumbraban con sus halos de luz el lugar. Había una humedad fastidiosa en ese sitio y los olores de un pozo séptico, que debía estar muy cerca, se colaban por entre las ventanitas abarrotadas, provocando náuseas entre los detenidos.

Misael Moreno era un hombre alto, esbelto pero no hermoso, que sanaba su miopía con unos lentes redondos que apenas cubrían las órbitas de sus ojos y le daban un toque intelectual. Vestía bien, pero no con ropas finas y sus modales, aunque educados, no eran los de una persona nacida en cuna de oro. Tenía el pelo negro, largo sobre la tapa del cráneo y muy corto atrás. Se lo peinaba de medio lado, aplanado con alguna gomina y tirado en diagonal hacia la mitad de su frente.

Después de mirar a los presos durante un largo silencio preguntó, con más amabilidad que autoridad, acariciando con dos dedos su bigotito insípido:

—¿Quién es el líder de la fuga?

Papá quiso echarse la culpa, por ética, por valentía y por proteger a quienes lo dieron todo por acompañarlo en la gesta, pero Macareno le apretó el brazo para que permaneciera callado.

Desde luego nadie respondió.

—Si nadie señala al líder de la fuga, aunque por informes de inteligencia ya sé quién es, voy a asumir que todos son autores intelectuales y los vamos a juzgar por igual. Créanme que no les va a ir bien. Les ofrezco penas mínimas si confiesan el hecho, si me dicen por qué querían escapar. Sobre todo ahora que las cosas han cambiado y que desde el gobierno nos estamos esforzando por su bienestar.

—Queremos salvar la vida de nuestra hija, alcalde. ¿Hay algo de malo en ello? ¿Lo intentaría usted si estuviera en nuestro lugar?

El alcalde tuvo que pensar mucho la respuesta porque se sintió acorralado por la pregunta.

—Sí —respondió—. Pero debieron confiar en mí.

—¿Y qué hubiera hecho si se hubiera enterado de la presencia de una niña, hija de leprosos, ah? ¡Respóndanos con la verdad! —inquirió Jazmín

—Nada distinto a lo que me toca hacer ahora, mi señora. En virtud de la ley 79 de 1926, tengo que llevarme a la niña y ponerla a disposición del Instituto Tutelar mientras un juez de menores resuelve su situación.

—Primero me mata, señor —exclamó mamá apretándome contra su pecho.

—Nos tiene que matar, alcalde —apoyó papá.

—El Instituto Tutelar es una entidad adscrita a la Dirección Nacional de Higiene y Asistencia Pública. Créame que allí va a estar mejor que —miró la celda de arriba abajo— en este sitio.

—Si lo desea usted puede venir con ella, señora —dijo con amabilidad Moreno.

—No voy sin mi esposo.

—Haga lo que le digo. Es por su bien.

—Mi esposa ya lo dijo, alcalde. A donde vaya nuestra hija iremos sus padres o no iremos a ninguna parte.

—No están en condiciones de imponer condiciones, doctor Varoni.

—Debe saber que en la fuga estábamos dispuestos a morir. Así que planee su estrategia partiendo de la base de que habrá dos muertos, alcalde.

—Tres —exclamó Macareno a secas haciendo quitar los anteojos al burgomaestre.

—Cuatro —dijo Isaac, y ya nadie más quiso quedarse por fuera de esa apuesta heroica de impedir que me separaran de mis padres.

De modo que con más de quince personas en contra y dispuestas a morir, al alcalde no le quedó más remedio que buscar a su comandante de policía para estudiar, de manera conjunta, una solución que no lesionara a nadie, ni siquiera su autoridad.

Y mientras el alcalde y el coronel buscaban fórmulas para hacer cumplir la ley sin desmedro de la integridad de los pacientes presos, se empezaron a escuchar ecos de botas militares en la lejanía. Señal inequívoca de que el alcalde y el misterioso militar habían tomado ya su decisión.

Al momento aparecieron el alcalde Moreno y un capitán de apellido Andrade en representación del coronel cuyo apellido todos ignoraban. Los detenidos se quedaron mirándolos con valentía, casi desafiándolos, mientras predisponían sus neuronas, sus glándulas y sus corazones para resistir. Sabían que los dos hombres eran los dueños del poder, y por las expresiones adustas de sus rostros adivinaron que no venían en plan amistoso. Lo comprobaron cuando el alcalde tomó la palabra.

—Señoras y señores, entendemos sus reclamos, entendemos sus necesidades, en fin, entendemos lo que desean y, como alguien de ustedes mismos dijo, es posible que si nosotros estuviésemos en su lugar, lo más probable es que hubiéramos actuado de la misma manera. El problema es que nosotros somos los representantes de la institucionalidad. Somos los encargados de hacer cumplir las leyes. Y en el cumplimiento de las leyes radica el orden en una sociedad.

—Una sociedad imperfecta —reclamó Macareno.

—Perfecta o imperfecta, justa o injusta es la sociedad en la que vivimos, es la sociedad que nos correspondió por suerte, aquí vivimos y bajo sus reglas actuamos. Si no lo hacemos, nuestra convivencia se convertirá en un caos.

—Por qué no se ahorra su discurso, señor alcalde —dijo Isaac como sabiendo las intenciones del burgomaestre.

—Es cierto. Debería ser más directo.

—Si ya tomó una decisión, adelante. Adelante con ella porque nosotros aquí también hemos tomado ya nuestras propias determinaciones.

—Correcto, correcto. Vamos a hacerlo de esa manera. El coronel, comandante de Policía del Municipio y yo hemos decidido usar la fuerza para imponer el orden.

—No estamos desordenados, alcalde. No estamos usando la violencia y usted no puede usar la violencia para someter personas pacíficas —indicó papá.

—Entonces entréguenme a la niña. No puede haber una niña en una celda y no puede haber una niña en este pueblo. Son las leyes.

—Nuestra hija no va a crecer en un hogar distinto al de nuestros brazos. No va a crecer discriminada porque ustedes piensen que será leprosa en algunos años. Así que proceda, alcalde. Empiece a matarnos porque no se la vamos a entregar —exclamó mamá agarrándome con más fuerza que nunca.

Entonces el alcalde asintió y con una mirada lacónica le dio la orden de proceder al capitán.

—Como usted ordene, señor alcalde —respondió Andrade, poniéndose firme con la mano extendida apuntando a su sien derecha, y salió afanado en busca del coronel para que le ratificara la orden y le asignara un pelotón de hombres para llevar a cabo la misión. Moreno aprovechó el momento para jugar una última carta, en aras de solucionar la crisis por las vías de la diplomacia.

—Les garantizo con mi vida que su hija va a estar bien, doctor Varoni. Evitémonos un desenlace peligroso.

—Muchas gracias, alcalde, y no dudo de su promesa, es usted un hombre creíble, pero mi hija vive con nosotros o muere con nosotros.

—Es una posición egoísta. No le están dando oportunidad de decidir sobre su propia existencia.

—Dios nos da a los padres la facultad de decidir por nuestros hijos hasta que ellos tengan edad de decidir por sí mismos. ¿Y sabe por qué? Porque nadie ama más a un niño, nadie ama más a un bebé, nadie quiere mejores cosas para él que sus propios padres. Y nosotros lo somos y hemos decidido que no es justo para ella vivir y crecer sin sus papás en un país con leyes tan absurdas y gentes tan malas como el alcalde Álvaro Elías, que Dios tenga en su gloria.

El alcalde Moreno asintió derrotado y respetuoso y sólo atinó a cerrar los ojos cuando escuchó trotar el pelotón de policías hacia el lugar. Al momento aparecieron el capitán Andrade y el coronel con un piquete de policías dispuesto a cumplir órdenes.

Papá se quedó mirando al oficial de más alto rango. No podía creerlo. Sus recuerdos lo remontaron al Puente de los Suspiros cuando el oficial indicaba a los familiares de los leprosos con gritos que no se hicieran ilusiones con el regreso de sus seres queridos. Recordó incluso, como si lo hubiera pronunciado hacía un minuto, sus últimas palabras: *"La despedida es para siempre, señoras y señores. No crean en las palabras de este hombre. Ninguno de ellos va a regresar. Deberían hacer de cuenta que ya no existen"*.

Y debió suponer el coronel Ismael Buitrago, ahora caído en desgracia por un brote de lepra en sus orejas, que papá lo había reconocido porque agachó la cabeza, como sintiendo vergüenza de su pasado. El tiempo que no sabe guardar una revancha, se detuvo para que papá y el ex director de la Policía Sanitaria saldaran una cuenta pendiente.

—Ya ve usted, coronel, la despedida no era para siempre.

—Lo sé —respondió con gallardía el oficial y se adelantó a las ironías para zafarse de la burla—. Ahora estamos aquí, en el mismo sitio, con las mismas penas pero con la misma diferencia. Yo tengo el arma y la enfermedad. Usted solo tiene la enfermedad.

—Pensé que había perdido la soberbia. La lepra suele volver humildes a las personas. Veo que a usted no —anotó papá con lástima por él.

—No confunda humildad con circunstancia. Estoy aquí porque Dios lo ha querido pero no lo acepto aún. Así que entréguenos a su hija y evite una tragedia.

—Estamos acostumbrados a las tragedias, coronel Buitrago. Así que proceda sin ningún problema. Iba a decir sin ningún remordimiento pero ya veo que no conoce esa palabra.

Asintiendo con rabia, el coronel Ismael Buitrago, el otrora poderoso jefe de la Policía Sanitaria a nivel nacional, aceptó el reto de papá.

—Estamos listos, señor alcalde.

El alcalde tomó aire, ganando un tiempo, antes de dar una orden que iba en contravía de los principios de su humanismo. Al cabo de unos segundos eternos que pusieron a todos el corazón en suspenso dijo las palabras que su investidura le obligó a pronunciar:

—Coronel, haga lo que tenga que hacer para defender las leyes de nuestro país. Luego se marchó, con el corazón destrozado, sin mirar atrás, muy preocupado, escuchando los primeros gritos, denigrando de su profesión pero orgulloso de su integridad.

De inmediato el coronel procedió a cumplir la orden. El objetivo era recuperar la niña. En la celda, los amigos de papá conformaron un escudo humano de dos filas. En la primera estaban los hombres y en la segunda las mujeres.

—Puede evitar una matanza, coronel —le imploró Consuelo, apelando a su nobleza para tratar de desarmarlo.

—Dios no va a ver con buenos ojos lo que piensa a hacer —agregó Eloísa.

—Obedezco órdenes de mis superiores, mi señora.

—¿Hay algo superior a Dios, coronel?

El coronel titubeó pero muy pronto se sacudió de sus remordimientos.

—Señora, por favor, no me dañe la cabeza. Si no cumplo esta orden lo más probable es que me den de baja y yo quiero llegar a general. Tengo derecho a aspirar.

—No hay generales con lepra, Buitrago. No sea iluso —observó papá desatando la ira del coronel.

—¿Un general con las manos manchadas? ¿Un general con las manos ensangrentadas? —preguntó Jorge Isaac.

—Un general de tres soles y quizás un Presidente —les dijo a todos con orgullo.

—No será general y menos Presidente de la República alguien con lepra, coronel. No sea iluso. Usted ahora es de los nuestros. Debería ayudarnos. Es por su propio bien.

—Les voy a demostrar que sí se puede llegar a general con lepra.

De inmediato entregó instrucciones al capitán Andrade y a sus hombres.

—Señores, vayan por la niña. Si los presos no oponen resistencia háganlo sin violencia. Si oponen resistencia utilícenla.

Los policías, unos veinticuatro en total empezaron el operativo abriendo la celda y pidiendo de buenos modales que les entregaran la niña. Los amigos de papá cerraron el cerco enganchándose de los brazos para no dejar espacios entre sí y se aferraron a Dios para que nada les sucediera.

—No tienen que hacerlo señores. Como dijo doña Eloísa, las órdenes de los humanos no están por encima de los mandatos de Dios —exclamó papá en un intento desesperado por evitar lo inevitable. Y fue tarde porque los policías ya se abrían paso entre ese primer cerco humano que los separaban de mí. Primero usaron los bolillos. Golpearon en sus manos a todos los amigos de papá, que sin embargo resistieron el embate y hasta lo respondieron con inteligencia puesto que desarmaron los corazones de los policías al no responder sus agresiones. La no violencia empezó a triunfar obligando al capitán a solicitar más fuerza de sus hombres.

Y ya estaban rompiendo el primer cerco, arrancando del suelo y por la fuerza al ahora miedoso Argemiro Mora, cuando a lo lejos empezó a escucharse una algarabía de multitudes.

Entretanto, los hombres de la policía ya estaban terminando de levantar por la fuerza, a razón de cuatro policías por cada hombre, a los cinco amigos de la causa que conformaban el primer muro humano. En ese grupo estaban Bernabé, el Paisa, Argemiro Mora, Octavio Calarcá y Humberto Corcho. A todos se los llevaron alzados y golpeados. Después doblegaron a golpes y por la fuerza al segundo cerco donde estaban Macareno Aljure, Isaac Manjarrés, Simón Cancino, el doctor Ariel Benchetrit y su discípulo Aarón. Aunque no opusieron resistencia haciendo uso de los consejos de Macareno, los cuatro hombres fueron rápidamente doblegados. A todos se los llevaron alzados y amarrados como bultos de papa.

Cuando descubrieron la tercera barrera compuesta por cuatro mujeres, los policías miraron al capitán como buscando en sus miradas la aprobación que necesitaban para transgredir los límites de la caballerosidad. El capitán entendió la solicitud y les gritó que así se interpusiera el papa Pío XI de Roma, o el rey Jorge V de Inglaterra, debían cumplir la orden. Empezaron a despegar a las mujeres de la tierra pero no la tuvieron fácil porque María los empezó a arañar en la cara con la fuerza de mil gatas y Consuelo los golpeó en los testículos con las rodillas. La única que no hacía nada, no porque no quisiera, sino porque sus fuerzas anímicas estaban menguadas era doña Agripina. Sin embargo inspiraban tanto respeto sus arrugas y sus canas que ningún policía se atrevió a tocarla. Ella inteligentemente al ver el respeto que inspiraba nos arropó a mi madre y a mí con sus brazos.

—Con las mujeres no se metan o me olvido de mis buenos modales —gritó papá, y muy pronto tuvo que cumplir su promesa, porque Consuelo fue sometida a punta de golpes y tirones de cabello. Entonces papá no resistió más la cobardía de los uniformados y se lanzó sobre ellos con tal furia que la primera fila de militares cayó de bruces. Muy efímero fue su triunfo porque tres segundos después los catorce hombres que quedaban se abalanzaron sobre él, con tanta violencia, que de no ser porque mamá gritó que les iba a entregar a su hija, lo hubieran matado.

Con la promesa de mamá el capitán puso fin a la agresión con un grito:

—¡Basta! ¡Ya déjenlo!

Como sólo la mitad hizo caso a la orden, el Capitán volvió a gritarles que se detuvieran. Los policías se incorporaron con la satisfacción de haber vengado la humillación a la que fueron sometidos por parte de papá, y el capitán Andrade caminó hasta mamá. Cuando se paró frente a ella que lloraba profundamente por la suerte que hubiera podido correr la salud de papá, estiró sus brazos para recibirme. Mamá lo pensó un par de veces. Presionada porque pensaba que papá necesitaba ayuda y preocupada por mi suerte. Entonces lloró. Lloró mucho antes de tomar la decisión correcta. Finalmente me entregó al capitán y corrió a socorrer a mi padre que lucía golpeado y aún permanecía sujeto por la gavilla de policías. Lo vio tan mal que de inmediato posó sus labios sobre los suyos y bombeó aire desde el fondo. Papá empezó a reaccionar. Pero fue tarde. Cuando volvió en sí, ya el capitán estaba transitando conmigo hacia la calle.

Y no supimos lo que sucedió en ese instante, pero el capitán regresó conmigo pálido del susto gritándole a mamá que lo debía acompañar.

—Tiene que salir o nos linchan a todos.

—¿Qué pasa, capitán? —preguntó papá adolorido y tal vez con más de dos costillas rotas.

—Su esposa tiene que salir conmigo.

—Deme a mi hija y salgo.

Y no tuvo tiempo de pensarlo cuando a la celda llegaron los amigos de papá que los policías se habían llevado por la fuerza. Macareno fue el primero en regresar gritando:

—Vienen, vienen. ¡El padre Ramón está aquí con miles de personas!

Papá entendió el alcance de sus palabras y se dirigió al capitán con la confianza y la felicidad debidas:

—Deme a mi hija, capitán —y le devolvió sus mismas palabras—: evítese un derramamiento de sangre.

—No lo voy a hacer —gritó aferrándose más a mí.

—Si no la entrega, la multitud lo va a linchar —opinó Macareno—, la inteligencia no riñe con la cobardía.

—Primero muerto —dijo con nerviosismo, presintiendo que su carrera de militar se esfumaba.

—No tengo duda de que lo van a matar. Ya doblegaron a toda la policía del pueblo y tienen al alcalde y al coronel Buitrago como rehenes.

—Pues no me voy a ir derrotado —exclamó, y en un intento desesperado por huir de su cobardía desenfundó su pistola y la puso sobre mi cabeza. Todos quedaron paralizados del miedo. Aunque dudaban de que alguien pudiera atentar contra la vida de una criatura tan indefensa, dejaron un margen de error para sortear algún impulso de su sistema nervioso. Pero ya era tarde. La muchedumbre ya estaba dentro de la estación de policía aclamando a mi madre por su falso nombre de Ángela. Enseguida aparecieron el cura y los adeptos a la causa que milagrosamente reclutó en tres horas.

Al ver la escena del capitán apuntándome a la cabeza el padre Ramón se enfureció y lo encaró con valentía:

—No se me acerque o disparo, padre —le dijo nervioso el capitán, pero el cura no se amedrentó y le habló muy cerca, mirándole a los ojos mientras mis papás se abrazaban con el susto y la angustia debida.

—Le ordeno en el nombre de Dios que baje esa arma inmediatamente capitán. Es una criatura de Dios, es la más bella creación del Señor lo que usted está amenazando con su maldito orgullo.

—No me convence, padre… ahora voy a salir de aquí y no intenten nada —dijo nervioso el militar, y empezó a caminar hacia la salida.

—No se lleve a mi hija, por favor —le gritó mamá tratando de acercarse, pero el capitán montó el gatillo de su revólver enmudeciendo aun más el ambiente. De esa forma se empezó a abrir paso nerviosamente entre nuestros amigos que esperaban la oportunidad para despojarlo del arma. Pero no tuvieron necesidad. Al segundo, el ruido avasallante de la multitud se posó sobre nuestros oídos y el patio que rodeaba los calabozos empezó a llenarse de más manifestantes ávidos de justicia. El capitán se asustó aun más y ya no tuvo más remedio que dispararse. La nobleza le alcanzó para no soltarme del todo hasta tanto su cuerpo no hubiese hecho contacto con el suelo. Incluso buscó la forma de no caer de bruces para evitar que yo me golpeara. Apenas cayó de espaldas amortiguando mi golpe, sentí cómo sus brazos perdían fuerza. De inmediato mis padres se dividieron para que mi madre me alzara y mi padre le prestara auxilio al oficial. Aún respiraba y los alientos le alcanzaron para pedir perdón. Le dijo a papá que un caballero no podía vivir después de haberse equivocado tanto. Tal vez se refería al impulso que lo hizo tomar de rehén a un niño y amenazarlo con su revólver. Papá le dijo que lo entendía y que lo perdonaba, pero pidió que se callara mientras trataba de contener la sangre que copiosamente bajaba por su cara. Al instante murió, como mueren los caballeros.

Con pesar papá cerró los ojos del capitán Andrade y regresó al lugar donde mamá me protegía de la muchedumbre que quería tocarnos para cerciorarse de que fuéramos reales. Nadie quería que fuéramos reales. Por eso Macareno, muy inteligentemente se negó a que tuviéramos algún contacto con ellos.

Nadie supo qué inventó el padre Ramón para lograr convencer a la gente de volcarse sobre la estación de policía. Nadie imaginó, de momento, lo que hizo el sacerdote para convocar a casi todo el pueblo en tan poco tiempo si su poder de persuasión era inferior a su timidez. Lo importante es que lo hizo. Los gritos que se agolpaban contra la edificación y que cobraban fuerza con el paso de los segundos, no solo parecían multitudinarios sino que se antojaban provistos de una energía y una rabia que nunca se había manifestado en Agua de Dios.

El revuelo en el pueblo por la aparición de la Ángela era total. Ése fue el inteligente argumento que utilizó el sacerdote para enfurecer a la gente y sacarla de sus casas:

—¡La ángela que un día voló hacia los cielos ha regresado y está presa en la estación de policía! —repitió cientos de veces en cada puerta de cada casa, en cada puerta de cada negocio.

Ése fue el detonante de esa rabia que todos estaban guardando para una fecha especial. Esa fecha había llegado y nadie quería guardarse una sola caloría de su inconformismo en el corazón.

Cuando la marcha arrasó con la poca resistencia de los policías y se tornó incontenible, papá pensó que la oportunidad de camuflarse entre la muchedumbre para escapar era ésa y sólo ésa, siempre y cuando el padre Ramón siguiera liderando la muchedumbre, ahora, hacia los límites del pueblo.

Papá no tuvo que esforzarse mucho para convencerlo de usar la muchedumbre para escapar, porque desde el interior de su alma el sacerdote sabía que, aunque ese episodio no tenía buenos ni malos porque unos estaban cumpliendo órdenes y leyes y otros estaban buscando justicia y libertad, la investigación de Macareno Aljure tenía que llegar a las manos de algún gurú de la enfermedad, de la manera que fuera.

La gente que recién ingresaba al recinto se paralizó con la presencia de mamá y la mía. No lo podían creer. Un niño, que no veían desde hacía mucho tiempo, y la mujer que un día abandonó el pueblo volando estaban ahí, a la vista, casi humanas, casi perfectas desde sus miradas de idólatras.

Entonces papá le pidió al padre Ramón que no aplazara más la decisión de liderar la marcha hasta los límites del pueblo, aprovechando la efervescencia que se sentía entre la multitud, y el cura atendió el llamado.

—¡Atención! ¡Atención!

Gritó a todo pulmón y sólo hasta el cuarto grito fue escuchado con esa voz de seminarista amable que, sin embargo, le alcanzó para seducir y conducir a la gente:

—Ahora vamos a salir de aquí, en orden, protegiendo a estas dos mujeres de Dios. Como ya les dije, ellas están aquí para bendecirnos y es necesario rescatarlas de la ignorancia oficial.

Y en completo orden la gente empezó a desfilar hasta el parque que quedaba frente a la estación de policía. Eso sí, a nuestros amigos les tocó tender un cerco humano en torno a mi madre y mí para llegar hasta allí sin ser tocadas.

Cuando las más de mil personas se agolparon frente al atrio de lo que fuera la iglesia del padre Domingo, aún en ruinas, mi padre y Macareno le pidieron que no fuera a desmitificar nuestras presencias. Que del convencimiento que tuviera el pueblo de nuestra divinidad dependía el éxito final de la fuga. El padre Ramón le dijo que mentir no era bien visto a los ojos de Dios y que nunca, en un solo día, había dicho tantas mentiras juntas, pero que estaba con nosotros hasta el final. Sintió tanta compasión al ver a tantos leprosos juntos, que no tuvo más remedio que persignarse, pedir perdón a su señor y dirigirse a la multitud con total convencimiento.

Les dijo que ese era un día muy especial. El día que Dios había señalado para que todos cumplieran el sueño de regresar con sus familias. Que para hacerlo envió de nuevo a la tierra el alma de Jazmín, en compañía de un ángel para que nadie tuviera duda de su presencia. Les dijo también que mucha gente no entendía sus anhelos de libertad y de curación y que por eso debíamos marchar, en varios frentes, hasta las goteras del pueblo para proteger a las dos enviadas de Dios. Que ésa era la única forma de llevar a buen fin este designio del Señor.

Mientras la gente sonreía cambiando de semblante y sembrando en sus corazones una esperanza que creían perdida, el padre Ramón les reveló la existencia de una investigación, guiada por Dios también y elaborada por el doctor Macareno Aljure con la que iban a demostrar, ante las autoridades sanitarias del mundo entero, que la lepra no era una enfermedad contagiosa. Macareno le acercó un argumento en voz baja y el cura lo hizo extensivo.

—Me dice el doctor Macareno, que si todo sale bien, si esta investigación puede llegar a manos de expertos, muy pronto todos ustedes podrán regresar a sus casas con la completa seguridad de que nadie va a resultar contagiado.

Por último, les pidió que no utilizaran la violencia para franquear la resistencia del ejército que seguramente se iba a oponer a la salida del pueblo, y que luego de desarmar a los policías que tenían presos los liberaran, incluido el alcalde Moreno y el coronel Buitrago, cuya autoridad debían seguir reconociendo. Incluso se opuso a que los manifestantes tomaran en sus manos las armas de los policías reducidos. Les dijo que las misiones de Dios no ameritaban el uso de las armas del demonio.

Con estas recomendaciones y muchas palabras de motivación, el padre invitó a los presentes a marchar hacia cuatro lugares distintos. Los cuatro límites cardinales del pueblo. Eso era lo acordado y lo más conveniente para que durante la persecución, que de seguro se iba a presentar, las autoridades no tuvieran mucho chance de caer precisamente sobre los encargados de llevar el preciado botín de la investigación. Varios pobladores de la parte alta que pudieron salvar sus caballos, se ofrecieron a prestarlos para que la Ángela y su hija viajaran más seguras hasta Girardot.

Cantando odas religiosas a la virgen y a los santos, las multitudes viajaron hacia su libertad. Por su mística y entusiasmo, daban la sensación de estar iniciando una cruzada. Bastaba con imaginarlos con cascos y corazas de hierro sobre sus cuerpos y portando espadas y lanzas para tener la certeza de que todos esos guerreros estaban dispuestos a dar la vida por una idea, por un sueño, por ese bicho peligroso del orgullo que les enquistó el padre Ramón en su discurso puerta a puerta, que los sacó de sus casas mientras los de la resistencia pensaban que el cura los había traicionado.

Cuando fue desamarrado, junto con los funcionarios y policías, el alcalde trató de recobrar el control de la situación pero ya era tarde. No obstante que su nobleza liberal le alcanzó para evitar un derramamiento de sangre al abstenerse de dar la orden a los policías de disparar contra los manifestantes, el alcalde Moreno perdió toda la autoridad. Autoridad que el coronel Buitrago quiso ejercer pero por muy poco tiempo porque los policías le manifestaron que no tenían armas y que a semejante turba no se enfrentaban solo con el uniforme.

Ahora las armas de los policías y la Luguer del coronel estaban escondidas en la heladería de Simón Cancino y ya no supo el alcalde si mandar a sus policías desarmados era más peligroso que dejarlos en la estación. Por eso nadie quiso hacer caso a sus arengas sobre la inconstitucionalidad del movimiento y sobre las consecuencias jurídicas que la sublevación iba a tener en el futuro. En lo que sí tuvo razón, aunque nadie se la diera, fue en el peligro que representaba el tratar de traspasar los límites del pueblo sin la autorización del ejército.

—Es peligroso —gritaba angustiado—, van a morir muchos.

Nadie quiso hacer caso a sus advertencias. Todos marcharon unidos en una sola voz, en un solo sentimiento, en un solo sueño, agradeciendo a Dios por la esperanza, cantando a la virgen con devoción. Ni siquiera sintieron tristeza al dejar para siempre sus casas de bahareque y techos de lata con sus pertenencias dentro. Nunca les cogieron cariño, ¿cómo hacerlo? No les importó abandonar sus muebles de bambú, sus cuadros del Sagrado Corazón de Jesús, porque en cada sala había uno, ni sus solares repletos de chécheres, matas de plátano y árboles de mango cargados por la primera cosecha del año. No se acordaron de sus albercas lamosas con pescaditos dentro, ni de sus ropas ásperas y olorosas a humo de leña. No pensaron en sus ollas ennegrecidas por el hollín ni en sus cucharas de palo, ni en sus tazas de totumo ni en sus fogones de piedra. No lloraron por sus altares repletos de santos, vírgenes, flores marchitas y Biblias ajadas sobre repisas tapizadas de veladoras derretidas.

Sólo pensaban en esas personas que dejaron un día allí, paradas del otro lado del Puente de los Suspiros, conteniendo el llanto para no causarles daño. Sólo pensaban en el momento sublime y glorioso en que los volverían a ver. En sus caritas de incredulidad, en sus lágrimas de felicidad, en sus sonrisas sinceras. En las arrugas de sus abuelos, en los muertos que no pudieron despedir, en los niños que no vieron nacer.

En menos de media hora un silencio selvático se incrustó en cada rincón del pueblo y las aves empezaron a invadir las cocinas de las casas en busca de comida. El cadáver del capitán, el único muerto de la revuelta, empezó a convocar un remolino de gallinazos que desde el cielo preparaban el ritual de su descenso en espiral hasta su presa. Por eso, en tan sólo lo que tarda un sueño en derrumbarse, Agua de Dios se convirtió en un pueblo fantasma. El pueblo fantasma que siempre debió ser.

CAPÍTULO VEINTICUATRO

LA PARÁBOLA DEL DUELO

❦

El alcalde tenía razón.

Hubo muchos muertos. El doble de los que anunciaron las cifras oficiales, la mitad de lo que dijeron los amotinados.

Los aguadediosenses se liberaron temporalmente del yugo de su enfermedad y de la incomprensión oficial, pero no todos. Murieron muchos. De lado y lado.

Pero los del lado de la razón murieron felices.

Luchando por algo.

Prefirieron morir buscando un sueño, a vivir en una cárcel sin haber cometido delitos.

Prefirieron la aventura de la muerte a la certeza de una vida inviable. Prefirieron abolir el destierro a renegar de su patria.

Prefirieron dejar sus vidas a vivir sin ilusiones, como pasotas esperando el momento de la muerte en sumiso conformismo. Prefirieron vivir las horas a estarlas contando.

Prefirieron apostar su libertad contra su vida en la ruleta, a no apostarle a nada.

Prefirieron echarse a correr como salvajes por las montañas con la ilusión de un niño y la destreza de un jaguar a esperar la muerte en una hamaca, sin dolientes que los devolvieran a la tierra como alimento de gusanos.

Fueron más los que alcanzaron el otro lado de la frontera, que los que se quedaron de este lado con la boca abierta y sonriente. Porque todos murieron sonrientes, como mueren los que intentan.

Muchos prefirieron dejar sus sueños flotando en el río o enredados en una cerca de alambre con púas a suspenderlos en el reloj del tiempo.

Y aunque todas las muertes duelan.

Aunque todas las muertes se deban llorar.

Hay muertos que duelen más que otros.

Hay muertos que nunca debieron morir.

Hay muertos que desgarran.

Hay muertos que desangran.

Hay muertos que nos roban la memoria.

Hay muertos que despellejan.

Hay muertos que despedazan los recuerdos.

Muertos que no se mueren.

Hay muertos que ultrajan el alma y desaliñan la vida y arrugan el corazón.

Hay muertos que debieran volver, para abrazarlos y meterlos en nuestros cuerpos y darles calor, alimentarlos con nuestra impotencia y más nunca dejarlos ir.

Esos muertos que quisiéramos canjear por nuestras vidas. Esos muertos, que deberíamos sacar de sus tumbas deshaciendo la tierra a punta de lágrimas y luego golpearlos para que resuciten y besarlos con sus bocas llenas de tierra hasta hacerlos regresar.

Macareno Aljure Q.E.P.D.

CAPÍTULO VEINTICINCO

LA PARÁBOLA DEL AMOR ETERNO

Sin Macareno, la travesía hacia Girardot se hizo dolorosa. Si no hubiéramos elegido el río para llegar hasta ese puerto sobre el Magdalena, el llanto de papá por la muerte de su amigo hubiera dejado un rastro tan visible que los soldados del gobierno que nos perseguían en manada nos hubieran descubierto. O tal vez se hubieran resbalado por entre esos cañones de greda y piedras calizas que abundaban por el camino. Porque fueron tantas las lágrimas que derramó por su hermano de viaje, que le tocó beber agua en cantidades para no morir deshidratado. Y no era para menos. Macareno, no solo fue su amigo, su socio, su compañero de aventuras. No sólo fue el hombre que dedicó con desinterés muchas noches y muchos días de su vida a la investigación de la lepra para que sus congéneres aumentaran sus expectativas de existencia, sino que también fue el hombre que dio la vida por él.

Macareno Aljure prefirió morir a dejarme huérfana. Macareno Aljure a quien Dios debe tener en su santa gloria, observó cuando el centinela nos apuntaba en el momento justo en que estábamos subiendo a la balsa de ataúdes. Y no se quiso agachar ni eligió tirarse al piso. Macareno Aljure decidió interponer su humanidad entre la bala y el pecho de papá, cuando en ese instante fugaz que sucede entre la tirada de un gatillo y el impacto de un proyectil, intuyó que esa bala iba a truncar nuestros sueños.

Aunque alcanzó a gritar para que papá nos resguardara, con una agilidad felina que nadie sabe de dónde sacó, dada su edad, saltó sobre nosotros para que el tiro se incrustara en su espalda y no en nuestros corazones.

Por eso, cuando la muerte lo sorprendió mientras nos arropaba con su abrazo frío, se echó a reír. Sabía que sus metas estaban más que cumplidas. Confiaba en la tenacidad de papá para llegar a la hora y en la fecha indicadas al Congreso de Lepra en Cartagena.

Por eso se tomó todo el tiempo para despedirse de nosotros y de su amada Consuelo. A ella le dijo que estar un segundo a su lado había pagado su viaje al mundo. A papá, le dijo que escribiera esta historia o me la transmitiera a mí cuando tuviera edad de entenderla, como una forma de registrar para el mundo la existencia de amores valientes. A mamá le dijo que se iba creyendo que sí era una ángela. Y mientras la balsa avanzaba río abajo sin que ninguno de sus tripulantes se percatara de las rocas que nos estaban esperando para volvernos pedazos, empezó a toser sangre mientras pedía al doctor Benchetrit que defendiera con sus cojones la investigación. Moribundo, mirándonos con una piedad infinita, el científico tomó la mano de Consuelo, su niña bonita, y la apretó por última vez.

Cuando llegamos al sector de rápidos los ataúdes se empezaron a romper en medio del pánico y salpicaduras de agua no potable sobre nuestros rostros. Mamá mantuvo la calma, concentrada en mantener el equilibrio para que, en uno de esos saltos bruscos, yo no me saliera de sus manos. Consuelo le ayudaba a sostenerme con un brazo mientras abrazaba con el otro la cabeza de Macareno cuyo mentón posaba aún sobre la balsa. Lo lloró tanto como papá.

Benchetrit sostenía los documentos de la investigación con el mismo o más cuidado con el que mi madre me sostenía a mí o papá sostenía el cuerpo ya inerte de Macareno. Fueron momentos de pavor que por suerte y aunque lo parecieron, no fueron eternos. Pronto las rocas desaparecieron para dar paso a un trayecto calmado.

Las aguas parecían quietas, como dibujadas por un pintor aburrido. Papá consideró que ese era el lugar indicado para abandonar el cadáver de su amigo. Todos guardaron silencio y cerraron los ojos para no ver el río tragándose al hombre que hizo posible toda esta guerra de la esperanza.

Desde su visión borrosa por las lágrimas Consuelo observó que muchos peces se acercaron a probarlo. Al comienzo con timidez y luego con avidez.

—Ya déjalo ir, amor —le expresó mamá con solidaridad—. Ya déjalo ir —repitió mortificada.

Papá asintió. Supo que la hora de empezar el duelo había llegado.

Al igual que Consuelo entendió que a un hombre grande no se le podía despedir con frases de cajón y ni el tiempo ni las circunstancias estaban dadas para elaborar una frase que mereciera colgarse en los libros de máximas. Por eso empuñó sus labios con mucha fuerza, arrugó sus ojos para no verlo absorbido por las aguas de un río tan vapuleado y empezó a resbalar su mano a lo largo del brazo del científico. Cuando sus manos se juntaron papá ejerció una presión sutil sobre ellas. Al instante las abrió con la lentitud de un egoísta y le permitió marcharse sin más traumas.

Macareno se fue a lo profundo dejando en torno a sí algunas burbujas, varios círculos de diferentes tamaños viajando hacia las orillas y la total certeza de que su vida no había sido en vano.

Y estaba el final del científico negociado con la historia, cuando la balsa se sacudió terriblemente. Mamá me agarró muy fuerte con la ayuda de papá y no supimos en qué momento los pasajeros ya no fuimos cinco sino cuatro. La bendita Consuelo saltó al agua con la decisión de un ignorante y nadó hacia el fondo en busca del hombre que le hizo encontrar sentido a su vida.

—¡Es inútil, ya está muerto, Consuelo, no vale la pena! —le gritó mamá mientras la mujer terminaba de hundirse, pero papá le dejó claras las intenciones de la heroína con una frase lapidaria:

—No quiere rescatarlo de las aguas, amor. Se quiere hundir con él.

Un minuto, dos minutos, tres minutos después, mamá entendió las palabras de papá. Consuelo nunca volvió a salir a la superficie. Su inmenso amor por el hombre que prometió hacerla suya todas las noches de su vida, le alcanzó para tomar la fatal decisión de acompañarlo hasta el más allá de sus pasiones. Aterrados por el desenlace, mis padres y Benchetrit continuaron la travesía en estado de absoluto silencio.

El lenguaje de la lujuria

A Girardot llegamos la mañana siguiente. 25 de abril, sábado. Todos lucían mermados anímicamente. Nadie nos estaba esperando. Ni siquiera la policía, algo que todos daban como un hecho por lo que papá tomó todas las medidas de camuflaje posibles durante nuestro arribo. La balsa, a la que sólo le quedaba un ataúd y medio de base, nos dejó en toda la desembocadura del río. Era un cañón selvático e inhóspito de exuberante belleza y espeso follaje por lo que tuvimos que fabricar un camino para salir a la superficie y transitar en paralelo al río. Papá sabía, por los mapas y la información recolectada previamente, que el embarcadero quedaba un par de kilómetros abajo, pero no había preocupación alguna de equivocarnos y llegar a un lugar distinto, gracias al enorme puente que se levantaba imponente en el lugar exacto para el cual íbamos.

—En ningún lugar del mundo habría dos puentes iguales a pocos kilómetros de distancia —nos dijo para darse y darnos tranquilidad. Tenía razón.

Fue una travesía corta pero difícil pues no sólo tenían hambre y las ropas totalmente empapadas, también sentían miedo de tener que enfrentar a la policía y tristeza por las muertes de Macareno y Consuelo. Lo único que no se había mojado porque se tomaron todas las medidas del caso como enrollarlos y envolverlos en un tapete de cuero, fueron los estudios de Macareno y un dinero en pesos que nos regaló el padre Ramón después de incitar a la gente a salir de Agua de Dios. A partir de entonces, papá fue el guardián de los documentos y mi madre la de los billetes. Aunque existía el agravante de que las coscojas en ningún lugar, fuera de Agua de Dios, tenían un valor real por lo que, mucho o poco, la moneda que teníamos era casi una mentira. Cambiarlas podía delatarnos. No cambiarlas podía significar morir de hambre.

Luego de estar caminando por más de dos horas, allá a lo lejos, como una aparición divina divisaron el enorme puente férreo.

Fue la primera impresión que tuvieron al llegar a un lugar parecido a un mercado persa donde vendían mercancías de todo tipo, alimentos, pescados y verduras de todas las calidades.

Aprovechando el gentío que los sábados se aglomeraba en una especie de galería para comprar y vender mercancías, se camuflaron entre comerciantes para avanzar unas cuadras hacia el objetivo. A nuestro paso los vendedores ambulantes ofrecían desde bocachicos y bagres ensartados hasta guacamayas y ardillas, pasando por collares elaborados con semillas pintadas de colores vivos, aves exóticas y gallinas agarradas por las patas con su pico mordiendo el polvo.

Papá me dejó con mamá en un hotel de segunda clase que operaba a una cuadra del embarcadero y se fue con el doctor Benchetrit a averiguar acerca de los vuelos a Barranquilla.

El embarcadero era un muelle improvisado de aguas profundas de donde zarpaban barcos a vapor repletos de racimos de plátano, bultos de yuca, chivos, burros, sacos de cacao y de café hacia el Atlántico. Había un gran movimiento comercial allí. Trilladoras, silos de almacenamiento, muchas personas laborando en medio del calor sofocante y vendedores de todo tipo de mercancías, casi siempre con una bebida helada en sus manos. El puente que se levantaba majestuoso sobre el Magdalena parecía tejido en aceros de gran calibre y miles de tornillos de tamaño descomunal. Estaba compuesto por dos carriles laterales de uso peatonal por los que cruzaban por igual girardoteños que viajaban hacia Flandes y flamencos que caminaban hacia Girardot. En el centro estaba atravesado por una carrilera que dejaba ver la corriente del río, a lo lejos, por entre el espacio que había entre los maderos que soportaban los rieles. Sobre esos rieles de acero no sólo se deslizaba el tren, también lo hacían niños y jóvenes que se salían de las barandas de los carriles peatonales dispuestos a ganar elogios por su destreza. Algunos, los más osados, se echaban a correr delante del tren apostando llegar primero hasta el otro lado.

Y bajo aquel puente, que visto desde lo lejos parecía un sostén de mujer, estaba el imponente hidroavión de la marca Junker que tantas veces imaginó papá en sus sueños de fuga. Era un monoplano de ala baja, completamente metálico, de unos diez metros de largo y unos tres de alto con dos flotadores en su tren de aterrizaje que facilitaban su acuatizaje en cualquier lugar del río. De hecho, dado que su autonomía de vuelo era de solo ochocientos cincuenta kilómetros, para viajar entre Neiva y Barranquilla el pájaro de acero debía hacer dos o tres paradas para reabastecer combustible. Una de esas paradas, obligatorias, era la que hacía los domingos en Girardot.

Descartada la idea del secuestro del avión por la desaparición de Macareno y Consuelo, papá decidió indagar por el precio de los pasajes para que en el último de los casos el viaje se hiciera de manera rutinaria y tranquila. El tiempo jugaba en contra porque no estaba lejos la hora en que sus nombres aparecieran entre los más buscados por la policía.

Cuando la vendedora de la aerolínea Scadta le indicó con amabilidad que los cupos para el vuelo del día siguiente estaban agotados papá sintió que sus piernas se destemplaban, pero con rapidez acarició la idea de realizar el viaje por barco o a lomo de mula. Preguntó entonces al capitán de un vapor que realizaba viajes hasta el mar por el tiempo que tardaba en llegar a Barranquilla y ni siquiera le quiso decir a mamá la respuesta puesto que la descartó de plano. Y sobre el viaje a caballo ni se tomó la molestia de indagar. Se requería de una logística que no tenían.

Regresaron a la aerolínea a preguntar si había algún otro vuelo en los días siguientes, pero la vendedora les indicó que los cupos para el vuelo del domingo siguiente ya estaban vendidos y que no era posible viajar en ese avión antes de quince días y eso, si separaba los pasajes de inmediato. Le dijo también que ya estaba operando el aeropuerto de Techo en Bogotá y que desde allí se podría embarcar más fácilmente hasta Barranquilla. Papá supuso que no era buena idea ir a la capital a sabiendas de que allí la policía ya los debería estar buscando.

Sin dinero y con el tiempo acortándose, faltaban tres días para el Congreso, papá empezó a desesperarse. Preguntó por los nombres de los pasajeros que viajarían al día siguiente, pensando que podía convencerlos de venderle, aunque fuera, el tiquete del doctor Benchetrit. La señorita le dijo que no estaba autorizada para dar esa información, pero lo vio tan necesitado y apurado que en secreto y cuando todos ya abandonábamos la oficina de pasajes, lo llamó en voz baja y le entregó un papelito diminuto donde decía: Señores, Smith, Scott, Brown y Watson, Hotel San Germán.

En la noche la oscuridad parecía brotar de las entrañas mismas del río. Ante la paranoia de papá, la pobre iluminación de la ciudad se convirtió en la mejor cómplice para nuestros deseos de no ser descubiertos.

Cinco minutos más tarde nos encontrábamos en el *lobby* de ese hotel de habitaciones coloniales ubicadas a lo largo y ancho de tres pasillos en forma de herradura, repletos de columnas de madera, alrededor de una piscina de aguas cálidas preguntando por los extranjeros. La recepcionista le indicó que se hallaban comiendo en el comedor del restaurante, una enramada de palmiche típica de la zona, adornada con peces gigantes disecados como recuerdo de una gran pesca, maracas de colores fabricadas con totumos secos, un tiple y un tambor hembra enredado entre atarrayas de piola.

Papá los ubicó desde la puerta pero, por decencia, decidió esperar a que terminaran de comer para ir a implorarles, de rodillas si fuera necesario, que le cedieran sus pasajes para viajar a Barranquilla.

Al término de dos siglos, luego de beber dos botellas de vino tinto, una de ginebra y una de *whisky* los cuatro hombres se levantaron de sus mesas, con gran esfuerzo, porque el equilibrio a duras penas les alcanzaba para ponerse en pie con el apoyo de alguna pared, una palma de coco o el brazo de un mesero.

Con todo el pesimismo que pudo recoger de las caras del doctor Benchetrit y de mi madre, papá se dispuso a abordar a los extranjeros ebrios. Era tan imposible la misión que el pobre ya se sentía derrotado sin haberles hablado siquiera. Y tenía razón. Ninguno hablaba español y solo se dedicaron a reír cada vez que papá les deletreaba las palabras, pensando tal vez que de esta manera le entenderían. Viendo sufrir a papá para hacerse entender, Benchetrit se ofreció como intérprete y les tradujo la solicitud en un inglés básico, mal pronunciado, sin tiempos verbales ni construcciones sintácticas ni semánticas, pero a la final entendible.

—*Our family need to travel urgent. How much your tickets to Barranquilla please?*

Los americanos siguieron riendo y le dijeron al marroquí que ni por oro se los vendían puesto que los habían reservado con semanas de antelación. O al menos eso fue lo que tradujo. Entonces papá le pidió que mintiera acerca de la urgencia pero que los convenciera de vendernos los tiquetes.

—*Please, our son is very bad. We are desperate. We need to arrive to Barranquilla beaches today. It is of life or death.*

Algo mal interpretó el rubio por la mala y seca pronunciación del leprólogo porque respondió muerto de risa haciendo un gesto morboso con sus dos brazos hacia atrás:

—*I'm sorry. This is impossible because my bitch wife's waiting for me tonight. She's desperate without me too.*

Benchetrit tradujo lo que alcanzó a entender y papá ordenó la retirada refunfuñando:

—No eran putas de Barranquilla, doctor. Eran playas de Barranquilla.

Derrotados y ya sin esperanzas regresaron al hotel muy aburridos, sin ganas de pensar y se sentaron en el andén de la calle con sus cabezas metidas entre las rodillas. Se sentían perdidos. Era casi la medianoche y todo estaba callado. Incluso los grillos. Cohabitaba con la oscuridad un silencio misterioso que solo se rompía con la carcajada lejana de algún borracho o los gritos beligerantes de alguna prostituta. El resplandor de la luna sobre el río imprimía un aire de nostalgia a la escena. Papá analizaba cómo ese reflejo de luz lunar se resistía a ser arrastrado por la corriente del caudaloso río y sintió ganas de seguir luchando pero muy pronto las perdió. Sonrió pensando que esta vez su filosofía de guerrero no le iba a funcionar. Una música casi inaudible por lo distante agregaba melancolía al momento. Ninguno pronunciaba palabra. Ya ni siquiera el alivio para millones de leprosos en el mundo mortificaba tanto a papá, como el no cumplir la última voluntad del hombre que dio la vida por él.

Mamá salió a ver qué pasaba y los encontró derrotados, sin salidas, sumidos en la impotencia que da estrellarse contra la realidad. Se sentó a su lado y acarició su cabeza que seguía metida entre sus piernas. Con total comprensión y solidaridad les pidió que fueran a descansar. Y estaban despidiéndose de la recepcionista que les acababa de entregar las llaves de las habitaciones amarradas a un trozo de madera, cuando el silencio de aquella noche inerme fue roto por una risa que se iba aproximando con fuerza y que a nadie le fue indiferente. Esa risa contagiosa de una muchacha endemoniada que ante nada ni nadie se sustrae. La risa natural, auténtica, sincera, la risa espontánea, la risa loca, la risa hermosa. La risa desaplicada de la mujer que no ha calentado los pupitres de un colegio. La risa lujuriosa de la mujer que no asistía los domingos a misa. La risa de la mujer que, sin que nadie lo esperara, nos habría de poner muy en punto de las dos de la tarde del 26 de abril en las cómodas sillas del Junker de Scadta rumbo a Barraquilla. La risa de María Barragán.

Venía acompañada de Aarón, muy comprometido, con su honor, a completarle las más de seiscientas relaciones sexuales que le faltaban para cumplir su palabra. Supieron del hotel donde nos estábamos quedando porque el asistente del médico mostró, en todos los sitios donde pudo, la fotografía que el doctor Benchetrit había hecho imprimir en los volantes donde promocionaba sus menjurjes. Alguien le dijo que estábamos hospedados en el Hotel Río, donde ahora se abrazaban todos con más emoción que nunca. Traían noticias tristes, noticias malas, noticias feas y noticias buenas como su misma presencia. La más triste y absurda de todas, una fatal decisión tomada por el padre Ramón. El cura se quería morir. No por la bala de un soldado. No por la punta de una bayoneta ni por el golpe de su cráneo sobre una roca lamosa del río.

—El padre Ramón está muriendo de remordimiento, don Alejandro —comentó María consternada, frenando en seco su risa.

Contó que les dijo, a quienes lo vieron perder la voluntad, que había mentido para no truncar los sueños de libertad de su pueblo, pero que ya no resistía más el peso de conciencia que le producía el haberle fallado a Dios engañando de paso a sus feligreses. Un remordimiento que se acrecentó cuando en el campo de batalla vio caer inocentes por montones.

Se sentía culpable de esas muertes. Pensó que si no hubiera incitado a los aguadediosenses con su discurso a escapar, nada terrible les estaría sucediendo. Cuentan que el Paisa lo trató de absolver de toda culpa, diciéndole que toda esa gente a la que él incitó ya estaba muerta en vida y que él solo les había brindado una magnífica oportunidad de resucitar. Le dijo que nadie en Agua de Dios tenía una vida digna y que si eligieron escapar, asumiendo los riesgos que ello implicaba, era porque nadie tenía nada que perder y sí toda una vida por ganar.

Pero el cura no creyó en su buen intento de hacerle cambiar de opinión y se recostó sobre un árbol muy grueso y muy frondoso a esperar la muerte de la manera más triste posible que pudo encontrar.

Nadie lo vio morir pero todos creyeron en su promesa de no moverse de donde estaba cantando salmos hasta que la muerte viniera por él.

—Dos veces no miente este verraco —exclamó el Paisa antes de reanudar la huida, precipitada por el ruido de sables que se escuchó muy cerca del lugar.

Cuentan que la fiel Eloísa se quedó a su lado con la firme intención de no abandonarlo hasta que el sacerdote cumpliera su última voluntad.

María y Aarón contaron que habían hecho la travesía desde Agua de Dios a lomo de caballo junto con los miembros de la resistencia que sobrevivieron al ataque brutal de los centinelas del ejército. Con ellos venían Humberto Corcho y Simón Cancino que siguieron río abajo en una chalupa rumbo a Honda, de donde eran oriundos, y Jorge Isaac Manjarrés que los estaba esperando sobre la playa del río, acostado como una estrella, rendido por el cansancio.

Sabiendo que debía contarle a Isaac lo sucedido a su hija, papá quiso que la tierra lo consumiera, pero las cosas fueron más fáciles de lo que pensó. Cuando lo tuvo enfrente, no debió abrir la boca para explicarle nada. Jorge Isaac entendió la tragedia cuando llegó a la recepción del hotel a preguntar por Consuelo. Papá palideció al escucharlo preguntar por su hija.

Fue tan elocuente el silencio de mi padre y tan compasiva su mirada que el hombre de abundantes y prematuras canas comprendió enseguida lo que había sucedido.

Con sorprendente dignidad el atribulado padre asintió con la cabeza, bajó la mirada y se quedó inmóvil por minutos hasta que el charco que formaron sus lágrimas rodó hasta el suelo y se metió bajo la suela de sus viejos y acabados zapatos. Papá no sabía qué hacer, ni qué decir. Pensó que si estuviera en su lugar lo único que hubiera preferido es que nadie le dijera nada. María y Aarón se solidarizaron con él y respetaron su decisión de permanecer muerto en vida por un buen rato.

Papá aprovechó el tiempo que se estaba tomando el padre de Consuelo para organizar su duelo y los invitó a la calle con el deseo de contarles cada detalle de lo que estaba sucediendo con el proyecto de viajar al Congreso de Cartagena. Les habló de la muerte de Macareno y el suicidio de su amada. Cuando llegaron al punto de la escasez de vuelos y la imposibilidad de llegar a Cartagena antes de que el evento terminara, Aarón se ofreció a viajar amarrado en los flotadores del avión.

—Morirás congelado, hijo —le dijo papá.

—No si me cuelgo una docena de gabardinas y mantas encima.

—Entonces harás que la nave caiga por sobrepeso —opinó bromeando en serio y cerró el ofrecimiento con una palmadita en su hombro.

Ensayando posibilidades, dándole vueltas a cada asunto llegaron al tema de los gringos. Papá lo abordó sin muchos deseos y hasta se arrepintió de haberlo contado pero ya no tenía más de qué hablar, y don Jorge Isaac permanecía como una estatua de hielo derritiéndose. Lo supieron cuando el río de su sollozo salió por la puerta del hotel y se instaló en los pies de todos.

Entonces a María, muy interesada en conocer detalles del intento de papá por subir a ese avión, se le ocurrió algo que nos devolvió la vida a todos.

CAPÍTULO VEINTISÉIS

LA PARÁBOLA DE LA DOBLE MORAL

A la una en punto de la tarde, mis padres, el doctor Benchetrit, Aarón, Jorge Isaac y María Barragán, estaban parados junto al avión.

Mis padres, que lucían impecables y elegantes con vestidos blancos de lino y corbatas de seda del mismo color y de la mejor calidad, se limitaban a gesticular, a asentir y a disentir con la cabeza, sobre todo mamá, que jamás había vestido como hombre. Sus maletas finas fueron puestas en el maletero de la nave por un atento y sumiso ayudante al que proporcionaron una buena propina en dólares. La misión era que los dos miembros de la tripulación, piloto y copiloto, no llegaran a notar que mis padres, el doctor Benchetrit y Aarón estaban suplantando a los cuatro norteamericanos, que a la misma hora, trataban de soltarse de los amarradijos que con sábanas y toallas les habían puesto María y Aarón en una madrugada mágica y bandida repleta de ingenio y anécdotas.

El leprólogo, con su aceptable inglés de acento árabe, pasó sin complicaciones su papel de señor Scott, mientras, papá y mamá, suplantaron con su silencio y sus sonrisas falsas a los señores Smith y Watson. Aarón fue quien la tuvo más fácil, pues sus treinta y ocho años de edad casaban perfectamente con los treinta y dos del joven Arnold Brown y su inglés de traductor en línea le permitía darse ciertos lujos de charlatanería que los demás no podían darse. Pero no hay crimen perfecto.

—No está reportado que viajan con un *baby* —reclamó con amabilidad el piloto alemán en un español tan rudimentario como el inglés de Benchetrit.

—Dijeron que por la edad no pagaba tiquete. Sólo tiene nueve meses —respondió papá.

—No es un problema económico. Es un problema de seguridad y de espacio, señor —replicó el comandante de la aeronave y preguntó mirando a su alrededor—: ¿Dónde está la madre del pequeño?

Todos se miraron estupefactos hasta que María volvió a salvar la situación.

—Soy yo.

El piloto la observó de arriba abajo dudando de sus palabras, pero María lo volvió a desarmar, abrazando a mi padre y comentando:

—Mi esposo es extranjero y se lleva a mi hija, porque no es un niño, mientras la embajada me da el permiso de viajar.

El ayudante del conductor del Junker, él sí colombiano, explicó a su comandante la situación. Ambos se fueron a un lado a tomar decisiones. Mis padres y los dos marroquíes solo observaban sus movimientos de manos y cabeza. Los tripulantes estaban discutiendo. María me hacía muecas y gracias sin importar la seriedad de mamá.

Mi presencia fue tal vez la única pieza que dejaron suelta Aarón y María la mañana del 26 cuando se aparecieron muy temprano en nuestro hotel con las ropas de los extranjeros entre un par de maletas de cuero muy elegantes. Papá, que no entendía nada de lo que estaba sucediendo, tuvo que ponerse muy serio para que María dejara de reír mientras le explicaba la procedencia de las maletas.

—Necesito saber de dónde diablos sacaron estas vestimentas y para qué nos las quieren hacer poner.

—Son de los gringos que viajaban hoy en el avión.

—¿Que viajaban o que viajan? —preguntó papá un poco confundido.

—Que viajaban —respondió Aarón en medio de las sonrisas y miradas pícaras que se cruzaba con María, pero la respuesta no aclaró las dudas que tenía en la mente.

—¿Me pueden explicar qué diablos hicieron?

—Eso no importa. Lo que importa es que ahora nos vamos para Barranquilla con el doctor Benchetrit —agregó Aarón, pero papá tampoco quedó satisfecho con la apreciación.

—No voy a viajar si no me cuentan la verdad.

Entonces y para calmarlo, María y el piloto marroquí decidieron contar lo que les hicieron a los cuatro norteamericanos. María, vestida con una sensual ropa interior, les había golpeado la puerta de sus habitaciones, a eso de las dos de la mañana. Uno por uno sucumbieron a los encantos de la huésped que desnuda y fingiendo estar borracha les preguntaba por la habitación 109.

Por más ebrios que estaban, los gringos quedaron estupefactos con los chorros de sensualidad que emanaban de los labios y el cuerpo de la mujer que les estaba preguntando por la habitación equivocada. Lo demás es historia. La hacían seguir, le ofrecían su cama, ella no aceptaba pidiendo un *whisky*. Se lo tomaba y luego expresaba sus inmensas ganas de bailar. Cuando empezaba a agitarse como gusana y a batirse como palmera, los gringos le pedían con angustia que se quitara la ropa. Ella les proponía que por cada prenda se tomaran un trago triple y ellos por supuesto accedían. A la tercera prenda, la última que le quedaba, los tipos tocaban fondo, muy cercanos al límite de la intoxicación. Entonces María le abría la puerta a Aarón y entre los dos se hacían a la ropa, los tiquetes, los pasaportes y el dinero de los ingenuos americanos. Luego los amarraban y amordazaban.

Papá se alcanzó a indignar por el acto delincuencial, pero se abstuvo de reprocharlo recordando que gracias a semejante despropósito estaba a las puertas de cumplir la palabra a su amigo Macareno.

Cuando piloto y copiloto terminaron de discutir, se acercaron a los viajeros y les autorizaron el ingreso del infante al avión. Hubo júbilo, aunque disimulado. Lo habían logrado. O al menos eso creímos. Enseguida Aarón se despidió de María con la promesa de regresar a saldar la deuda que con su lujuria había contraído, mientras mis padres lo hacían sentidamente de don Jorge Isaac. Fue un momento maduro, de esos en los que se olvidan las ofensas para dar paso a los sentimientos nobles que afloran en las partidas. Hasta mamá tuvo la gallardía de acercarse a la Barragán, con amabilidad, para agradecerle su valiosa ayuda para con la causa. Papá la abrazó tímidamente, conteniendo un mar de gratitud que sintió por ella, pero se abstuvo de hacerlo porque mamá no le quitaba los ojos de encima. El que sí la besó con ansiedad pero a la vez con torpeza, fue Aarón. No lloró por pena con su jefe pero se subió al avión con el corazón destrozado. Benchetrit se despidió de la ahora mujer de su discípulo con la nostalgia que se siente cuando algo que añoramos no ha podido suceder.

—Espero que lo respetes —le dijo mirando a Aarón, pero la muchacha se echó a reír sabiendo que no iba a cumplir. Entonces el joven se acercó y le advirtió sin mucha autoridad, tal vez en broma:

—Aquí el árabe soy yo, mala mujer.

María no entendió el sentido poligámico del chiste pero se echó a reír mandándole besos desde la distancia.

—Voy a volver por ti, María —le gritó Aarón subiendo de nuevo al Junker.

—Tienes que volver a pagarme la deuda, Araón. ¡Prométemelo!

—¡Lo prometo, lo prometo!

Estábamos subiendo al avión, con el pesar de dejar en tierra a María Barragán y al vapuleado Jorge Isaac Manjarrés, cuando a lo lejos se escuchó un gran escándalo. Como era día de mercado, nadie le prestó la atención debida, pero se trataba de los americanos saliendo del hotel pidiendo en su idioma que detuvieran a los impostores. Como iban medio desnudos, apenas con una toalla amarrada a sus caderas y nadie les entendía lo que querían decir, la gente solo atinó a reír con burla.

María los divisó desde la distancia y se angustió, pues apenas el piloto estaba poniendo a girar los tres poderosos motores del Junker. Entonces le pidió a Jorge Isaac que le ayudara a inventar algo para detenerlos. Sabía que dejarlos llegar al embarcadero del río era echar a perder el viaje.

El viejo le señaló un par de policías que prestaban servicio apostados en una esquina del embarcadero y la luz fue hecha. María se despelucó, se rompió el escote del vestido rojo que llevaba puesto, se acercó a ellos como huyendo de algo y, gritando como loca les aseguró que esos hombres desnudos intentaron violarla. El avión estaba listo para cerrar sus puertas y los gringos se encontraban a treinta metros. Los agentes le creyeron a María y se interpusieron en el camino de los cuatro rubios corpulentos que gritaban con angustia en su inglés perfecto que ninguno de los policías entendió.

—*Stop that plane!*

El alboroto fue tal que los policías se vieron obligados a desenfundar sus armas para calmarlos. Ellos señalaban el avión pidiendo que lo detuvieran.

—*Stop that plane!*

—*Stop that plane!*

—*Please! Stop that plane!*

María se hizo notar para que los hombres la identificaran. Y lo hicieron. Entonces empezaron a gritarle y a quejarse ante los agentes. Querían decir, aunque nadie les entendiera, que esa mujer era la culpable del asalto.

—*She is a thief, she stole our things, she was…*

Muy inteligente, María les hizo creer a los agentes que ella estaba entendiendo todo lo que decían y les respondía en español.

—Ah, que todavía me quieren violar. Abusivos, los voy a denunciar.

Entonces los gringos le respondían en coro con una andanada de insultos en inglés a los que ella contestaba con astucia en castellano.

—¿Cómo así que yo los provoqué, entonces uno no se puede vestir bonito porque ustedes se sienten con el derecho a violarlo a uno?

Los americanos no se daban por vencidos y gritaban nuevas cosas al ver que el técnico en tierra empezaba a cerrar las puertas del Junker, pero María mantenía en firme la escena con nuevos gritos.

—¿Cómo así que donde me vean me violan y me matan? Señores agentes detengan a estos hombres. ¿No se dan cuenta de lo que están diciendo? ¡Dijeron que me iban a matar!

Los policías se miraron con desconcierto, poniéndose de acuerdo en lo que debían hacer y procedieron a esposarlos. Aunque los extranjeros trataron de oponer resistencia al arresto, al final fueron doblegados y el avión pudo salir del muelle a tomar pista sobre el río sin más contratiempos. María se esfumó con Jorge Isaac para que los policías no la condujeran hasta la estación a instaurar la denuncia.

LA TRAVESÍA

El avión despegó a las dos en punto de la tarde. Dijo papá, observando desde el aire esas nubes como copos de algodón, las cimas de las verdes montañas, las crestas blancas de los altos nevados y los ríos serpenteando por entre la tierra como dragones vivos, que sentía vergüenza por haber dudado de la existencia de un creador. Se le antojaba tan inmenso ese cielo y esa tierra que se veía a lo lejos con sus casitas diminutas, que por primera vez no tuvo duda que detrás de tantas maravillas debía existir un poder divino. Sintiéndose tan cercano a Dios extrañó a sus padres. Ellos siempre le pidieron, alguna vez de rodillas, que dejara de despreciar a Dios. También extrañó a Macareno.

Desde la ventana del avión miró hacia abajo con la esperanza de ver el pedazo de agua donde murió al lado de su amada. Varias lágrimas rodaron sobre el hombro de mamá cuando ella trató de consolarlo.

—Mi amigo. Mi pobre amigo. Nunca debió irse. Doy gracias a Dios por tenerlas conmigo —nos dijo con sinceridad y disertó sobre la fe—: si alguien me hubiera dicho hace unos años que existía un aparato que surcaba los cielos a la velocidad de los rayos y que gracias a ese esperpento con forma de pájaro uno podía hacer en dos horas un viaje que por tierra tardaría meses, y que el pájaro metálico se sostenía en el aire con seis personas a bordo, cómodamente sentadas y bebiendo café caliente, le hubiera dicho a ese alguien que era un iluso, un fantasioso y un mentiroso. No hubiera creído bajo ningún modo en sus palabras. Pero las cosas son así y los seres humanos, complejos por naturaleza, nos rehusamos a creer en lo que jamás hemos visto.

Sobre las tres de la tarde acuatizamos en Puerto Berrío, una población más pequeña que Girardot, pero igualmente construida a orillas del río Magdalena. El piloto invitó a los pasajeros a tomar un refrigerio, mientras se hacía la operación de abastecimiento. Era el momento del asalto. Aarón debía tomar la nave y conducirnos hasta Cartagena. Papá le dijo que era el momento pues los pilotos estaban lejos del aparato.

—¿Momento para qué? —exclamó el discípulo mirando a Benchetrit, que solo atinó a bajar la cabeza.

—Cómo que momento para qué. ¡Quedamos en que aquí nos tomábamos el avión y usted lo piloteaba hasta Cartagena!

—Hasta Cartagena. ¿Acaso no vamos a aterrizar en Barranquilla? Además yo no sé manejar un avión. Ni siquiera sé conducir un auto.

—¡¿Qué?!

Entonces papá entendió todo. El relato épico de las hazañas de Aarón en la aviación alemana durante la primera guerra mundial eran simples embustes. Puros cuentos de Benchetrit para asegurarse que su discípulo fuera encontrado por los días en que se perdió dentro de los genitales de María Barragán.

Entonces papá sacó el Varoni que llevaba dentro, sumó la ira que tenía guardada por los tres meses que desperdició enseñándole español a un hombre que ya sabía el idioma y dio rienda suelta a las ganas que de matarlo tenía. Sin pensarlo, se abalanzó sobre él y lo tomó por el cuello. Benchetrit le dijo que lo había hecho porque vendiéndolo como alguien necesario, ellos le podían ayudar a encontrarlo más rápido. Con un puño de papá viajando hacia su cara pidió perdón y fue salvado por un grito de mamá.

—Ya déjalo, Alejandro. Primero lo primero.

UNA NUTRIDA MALVENIDA

El avión acuatizó en Barranquilla con el ocaso. A esa altura el río parecía un mar. Su caudal asustaba y no era para menos. En la desembocadura que se daba en un lugar conocido como Bocas de Ceniza, donde acuatizamos, se aglomeraban todas las cosas que el río iba recogiendo a lo largo de sus mil seiscientos kilómetros de longitud. Bañistas que se ahogaban en cualquiera de sus remolinos, vástagos de plátano, ramas de árboles, vacas, perros y gatos muertos y peces haciendo mala cara a su contacto con el agua salada, venían a dar a este lugar rodeado por selvas impenetrables.

En las oficinas de Scadta, una comitiva estadounidense esperaba a los señores Smith, Scott, Watson y Brown. El mismo cónsul de los Estados Unidos formaba parte de esa comitiva dentro de la que también había un par de periodistas con sus cámaras fotográficas. Al verlos, mi papá dedujo que los estaban esperando a ellos y se esfumó con maestría por la orilla del río, antes de que el piloto descendiera de la nave. Sabía que el testimonio del alemán podía echar al traste con el plan. Por eso les ayudó a bajar a mi madre y a los extranjeros, uno a uno, me tomó en sus brazos y se echaron a correr por la rivera del río con el agua a la altura de las rodillas. Y no habíamos terminado de desaparecer del punto de vista de los miembros de la tripulación cuando estos aparecieron, en la puerta del Junker, un tanto asombrados porque en el camino hacia las oficinas donde la comitiva gringa esperaba, no se veía a nadie. Entonces mis papás y los marroquíes se zambulleron en las aguas del río dejándome a flote. De esa forma ganamos una orilla donde ya no nos veían y luego se echaron a correr de nuevo con sus lujosos trajes empapados y una que otra risa ya fuera nerviosa o real. Querían encontrar un refugio seguro antes de que los americanos se dieran cuenta de la suplantación que hicimos de sus esperados.

Dentro de una embarcación muy vieja, oxidada y abandonada, encontramos el lugar donde podíamos escondernos mientras se apaciguaban las cosas. Era un navío turístico con maderas finas que, seguramente, había encallado hacía mucho tiempo porque ya no tenía el timón y mucho menos la tapicería, ni los boceles, ni los muebles que hicieron de ese esqueleto náutico algo útil en el pasado. Los mástiles donde otrora ondeaban unas banderas que se desintegraban al tocarse y un catalejo ya sin óptica, eran los únicos sobrevivientes de aquel barco que ya había cumplido su mayoría de edad. La máquina estaba corroída por el óxido y el agua estaba entrando de a pocos a su cuerpo con la promesa de hundirlo en algún momento. Ya se había conformado en el fondo de su casco, que estaba hundido hacia la popa e inclinado a estribor, un insípido ecosistema dentro del cual habitaban una pequeña selva de manglares, cangrejos rojos, algunas especies de corales y los pececillos de colores que anidaban en un rincón del armatoste pero que salían y entraban al barco a su antojo.

Desde una escotilla redonda cuyo vidrio estaba vencido en tres partes, papá, Aarón y Benchetrit observaron el movimiento que siguió a nuestra partida. La charla del piloto con la comitiva de recibimiento no pareció muy amistosa. Vieron también los alegatos mímicos del cónsul, la llegada de la policía y la captura de los dos tripulantes, injusta desde luego y por la que mi papá estuvo a punto de salir.

—¡No soporto una injusticia más!

El doctor Benchetrit se lo impidió en nombre de todos los leprosos del mundo y con eso pudo controlarlo. En ese tenebroso lugar pasamos la noche aunque sin poder dormir porque a papá le dio por contarle a los marroquíes una leyenda sucedida en esas aguas que ahora mojaban sus pies. La Leyenda del Hombre Caimán.

Les habló de un pescador bastante lujurioso que le encantaba espiar a las mujeres que se bañaban desnudas en las aguas del Río Magdalena a su paso por el municipio de Plato en la Costa Norte. Como fue sorprendido y apedreado en varias ocasiones por su aberración voyerista, el pescador se fue a la Guajira en busca de un brujo que le prepara un brebaje que lo convirtiera temporalmente en caimán, para así poderse camuflar y sumergir en las aguas del río y observar de cerca a las mujeres que lo traían loco por su exuberante belleza y protuberancia. El brujo le preparó dos pócimas, una de color rojo para convertirse en caimán y otra de color blanco para regresar a su estado humano. Con la pilatuna en sus manos, el pescador regresó a Plato y le pidió a un amigo que lo impregnara con la pócima roja. Y ¡oh, sorpresa! El pescador se convirtió en caimán. Muy feliz, el reptil nadó hacia el fondo del río y desde allí observó con avidez a las bañantes durante un buen rato. A la orilla regresó feliz en busca del amigo que lo convirtiera en humano nuevamente y lo encontró llorando pensando que su amigo caimán no regresaría más. Entonces se dispuso a embadurnar de la pócima blanca al pescador, con tan mala suerte, que cuando apenas había untado la cabeza del animal, la pócima se zafó de sus manos y se rompió contra el suelo dejando la tarea inconclusa. De modo que el hombre tan solo recobró su condición humana en la cabeza convirtiéndose desde entonces en el Hombre Caimán. Muy afligido y con sentimiento de culpa, el amigo del Hombre Caimán se fue a La Guajira, con instrucciones precisas, a buscar al brujo, y se encontró con que el hechicero había muerto. Desde entonces el pescador se refugió en las orillas del río buscando ocultar su tristeza y su vergüenza. La única persona que lo empezó a frecuentar, dada la impresión que causaba al verle, fue su madre. Ella lo visitaba todas las noches con su comida preferida: yuca cocida, queso salado y pan mojado en ron. Contó papá que el relato concluía con la muerte de su madre, la única que le procuraba cariño y protección, por lo que el Hombre Caimán había resuelto nadar hasta Barranquilla y hacerse a un sitio eterno en las riveras selváticas del Magdalena en Bocas de Ceniza, un delta caudaloso donde desembocaban las aguas del río en el Mar Caribe, justamente donde nos encontrábamos ahora. De inmediato los marroquíes encogieron sus piernas con todo el susto del mundo y se treparon al mástil ladeado de la nave mientras mis padres reían por la importancia que el doctor Benchetrit y su discípulo Aarón le estaban dando a una simple leyenda, a lo mejor nacida de la imaginación de un pescador que en el fondo soñó con convertirse de verdad en un caimán mirón.

El amanecer nos sorprendió con un escándalo de proporciones exageradas producido por una migración de guacamayas que pasaron muy cerca de nuestros oídos. Papá dijo que ése era el despertador de Dios y se puso de pie dispuesto a buscar la manera de llegar a Cartagena dentro de los dos días que nos quedaban. Aunque teníamos dinero las cosas iban a estar más difíciles porque la policía ya nos estaba buscando por haber atentado contra la comisión americana que llegó al país a asesorar al Banco Central en materia de créditos internacionales. Además, como lo pudo ver papá al llegar al centro de Barranquilla, los periódicos ya daban cuenta de una fuga masiva de leprosos en Agua de Dios por lo que la ciudadanía había entrado en pánico. Era el comentario en cada esquina.

Con las ropas cambiadas y caminando de manera separada, Aarón adelante, mi madre conmigo en el centro y metros más atrás Benchetrit con papá, nos dirigimos hacia una población de nombre Puerto Colombia donde según varios informantes podíamos conseguir un barco que nos trasladara hasta Cartagena.

Cuando llegamos al lugar los ojos de todos se embelesaron con el largor eterno de un muelle férreo de impresionante belleza, que se adentraba casi un kilómetro y medio dentro del mar, inaugurado poco menos de cuarenta años atrás.

Al instante un tren ruidoso avanzaba hacia el océano dando la sensación de querer suicidarse en sus aguas turbias. Las bases del muelle, una infinidad de columnas de madera de manglar que desafiaban el fuerte oleaje daban una sensación de grandeza y desarrollo al lugar. Nos dijeron que el último navío con destino a Cartagena había salido hacía dos horas. Aunque el reloj del faro marcaba las tres de la tarde nos informaron que la marea del ocaso era tan violenta, que ya había hundido varias embarcaciones. Así que nos citaron para las nueve de la mañana del día siguiente, sólo un día antes de la conferencia, por lo que papá perdió la calma que lo acompañó desde su nacimiento. En ese estado de alteración y evadiendo con variadas estrategias las miradas de la policía y los curiosos, pudimos llegar hasta un hotel muy pobre que quedaba a una cuadra de la iglesia. Era una casa de tres pisos comunicados entre sí por escaleras surrealistas y estrechas y cuyas habitaciones estaban adornadas en todas sus esquinas por nidos de arañas y salamanquejas nerviosas.

Muy cerca se escuchaba la algarabía de varios borrachos cantando por despecho y compitiéndole al volumen de las radiolas. Desde luego nadie pudo conciliar el sueño, hasta antes de las tres de la mañana, cuando apenas quedaban en el ambiente los gritos de alguna prostituta alegando por su pago o el canto a capela de un coro de borrachos dándoles serenata a las damiselas de sus sueños. Con el silencio de los equipos de sonido llegó el ruido del abanico que no habíamos escuchado porque el primero lo opacaba. Era un chillido fastidioso que se repetía con cada vuelta de la hélice y al que llegamos a aborrecer más que la música estridente de las cantinas.

La brisa soplaba tan fuerte que a lo lejos se escuchaban puertas y ventanas abriéndose y cerrándose con violencia. A veces el silbido pasaba muy cerca, pero la sensación de escuchar las palmeras meciéndose con el viento era agradable. Tan agradable como el olor a sal que traía consigo la brisa. Olor a sal revuelto con el perfume de los peces del mar.

Papá durmió con un ojo abierto. No confiaba en el lugar en el que estábamos. Temía que en cualquier momento alguien nos abriera la puerta por equivocación o con premeditación y terminara llevándose todo, incluida la investigación de Macareno Aljure, que custodiaba como su mayor tesoro. De hecho, mamá llegó a reprocharle sus exagerados cuidados para con el rollo de papeles y hasta le preguntó en algún momento si le parecían más importantes que yo. Con su inteligencia de siempre papá le respondió que lo importante de esos papeles era que garantizaban mi felicidad y la de mi madre.

—Esos papeles representan todo el amor que siento por ustedes.

Desbaratada de ternura por sus palabras, a mamá no le quedó más remedio que comerse su protesta y entregarse a su cariño, pidiéndole perdón con besos por la pataleta injustificada.

Para corroborar sus palabras sobre la importancia de los documentos de Macareno, papá hizo algo por primera vez en su vida: durmió con la pistola de los gringos en su mano derecha. Ni siquiera la sabía manejar, pero se llenó de confianza al verla y la metió bajo la almohada con la que se protegió de una docena de zancudos que le zumbaban al oído y del chirrido del ventilador.

No acababa de salir el sol ni el viento se marchaba aún, cuando se escucharon unos pasos cuidadosos dentro de la habitación. Papá desenfundó la pistola, al tiempo que encendía la luz con un movimiento rápido. Al lado de nuestra cama, ya bañado y arreglado estaba el doctor Benchetrit.

—Qué hace doctor, casi me mata del susto —exclamó papá bajando el arma y terminando de abrir los ojos.

—Tenemos que marcharnos —le dijo con naturalidad.

—El barco sale a las 9. Aún hay tiempo —replicó papá.

—Es mejor estar listos para no tener afán, pero tiene razón. Los espero en un par de horas en el muelle. Voy a buscar un café.

—Está bien. En minutos empezamos a alistarnos y… por favor, doctor… no vuelva a ingresar a la habitación sin antes tocar.

Benchetrit afirmó con la cabeza ofreciendo disculpas y salió. Papá se quedó preocupado logrando paulatinamente la plenitud de su despertar. Entonces fue al baño y miró que nuestras ropas estaban revolcadas y se extrañó al recordar que mamá tenía la manía de no irse a la cama hasta tanto no viera el lugar en completo orden. Sospechando algo, saltó hacia el armario y descubrió enseguida que la envoltura de cuero donde transportaban la investigación de Macareno Aljure no estaba en su lugar. Creyendo que mamá la hubiese podido cambiar de sitio la despertó. Ella le dijo que los había visto por última vez sobre una cómoda que había cerca del armario. Entonces papá entendió la extraña entrada de Benchetrit a la habitación y se puso el pantalón de un tirón, casi sin soltar la pistola y así, sin camisa ni zapatos, salió de la habitación como empujado por un espanto, haciendo caso omiso a las súplicas de mamá. Bajó las escaleras de a tres escalones y salió a la calle hecho un loco a perseguir al leprólogo, con la pistola en la mano y buscando orientarse sin error.

Decidió correr hacia el mar donde dormían arrulladas por las olas decenas de embarcaciones. Llegando al muelle, donde a esa hora pescaban con caña un sinnúmero de hombres y niños, papá divisó a lo lejos al marroquí. Estaba apurando el paso con la intranquilidad de un delincuente, mirando atrás, de vez en cuando, avanzando hacia una embarcación pequeña de nombre "Romares" cuyo dueño, un moreno fortachón de cabeza calva ya se aprestaba a desamarrar el ancla, para zarpar ayudado por Aarón.

Papá aceleró la marcha tratando de no alertarlo para sorprenderlo antes de que se trepara a la barca, pero no alcanzó.

Por llevar un arma en la mano la gente se escandalizó y la bulla llegó a oídos de Benchetrit. Cuando el médico se percató de que estaba siendo perseguido, se echó a correr también. Con la premura debida, subió al navío afanando a su conductor para que levara el ancla. Pero papá fue más rápido. De dos saltos llegó a la embarcación y apuntó con la pistola a Benchetrit.

—Deme la investigación.

—Pasé muchos meses en ese maldito pueblo y no pienso salir con las manos vacías —le respondió aferrándose al tubo de cuero.

—No le pertenece. No puede buscar la gloria con oraciones ajenas.

—No me importa de qué manera. El mundo debe saber que soy quien más ha luchado por descubrir una cura para esa enfermedad.

—Eso es mentira, no es más que un embaucador. No está interesado en que el mundo conozca la verdad para poder seguir traficando con el dolor de la gente —le gritó papá, y al marroquí pareció no importarle porque le dio la espalda y se sentó dentro de la barca vociferando sin miedo.

—Haga lo que quiera —le gritó a papá, y le dio al moreno la orden de salir, mientras Aarón se interponía entre los dos, atento a defender a su mentor. El lanchero, que estaba asustado por la inusual escena no supo qué hacer y papá aprovechó el momento de incertidumbre para acercarse a Benchetrit.

—Suelte la investigación o disparo.

—Lo conozco, doctor Varoni, usted no es capaz de dispararle a nada.

Entonces papá soltó un primer disparo que le pasó muy cerca al marroquí que, con gran susto empezó a creer en la seriedad de la amenaza, obligándolo a levantar las manos con el paquete. Pero su deseo no era entregárselo a papá. De un momento a otro sacó los documentos de su amarradijo de piel de vaca y los expuso al viento con su mano sobre el agua. Quería darle tiempo a Aarón para que intentara desarmarlo.

—Suelte el arma o los dejo caer al mar.

Papá se angustió y no supo qué hacer.

—Si su deseo es que los enfermos de lepra sean libres, déjeme ir. A la historia no le importará si el descubrimiento lo hizo un amigo suyo o lo hice yo —expuso amenazante.

—Si supiera que los va a llevar hasta Cartagena lo dejaría ir, Benchetrit. Pero nadie me garantiza que lo hará. Para mí que usted quiere deshacerse de la investigación para seguir vendiendo sus malditos remedios y menjurjes de mierda.

—Piense lo que quiera, doctor Varoni. Le doy tres segundos para que baje el arma y salga de la embarcación o le juro que se los entrego al viento.

Papá descubrió en su rostro de perdedor un halo de verdad y bajó el arma. Luego descendió de la embarcación y la vio partir con el corazón en suspenso. Y tampoco tuvo mucho tiempo para pensar. A la entrada del muelle aparecieron varios policías corriendo hacia él mientras un grupo de pescadores lo señalaban desde la distancia.

Sin posibilidades de regresar por el muelle, dado que su angostura hacía imposible romper la barrera de los policías y sin el menor deseo de enfrentarse a tiros con la ley —jamás lo hubiera hecho—, papá no tuvo otra opción que la de lanzarse al mar. Sintió miedo al ver las olas burbujeantes y furiosas estrellándose contra los maderos del muelle pero dejó de pensar y saltó. Los policías apuraron el paso y alcanzaron a hacer algunos disparos al agua que ni siquiera pusieron en riesgo la vida de papá, que en el mismo instante trataba de luchar para que el oleaje no lo fuera a zafar de una columna de madera que estaba abrazando con toda su fuerza. No fue una lucha fácil, no había forma de que lo fuera.

CAPÍTULO VEINTISIETE

LA PARÁBOLA DEL TRIUNFO

Al Congreso sobre lepra llegaron comitivas del mundo entero. Los tres pisos de balcones y la nave central del teatro Heredia estaban atestados de médicos, leprólogos, dermatólogos, epidemiólogos, científicos, ministros de salud de varios países y muchos funcionarios de los lazaretos de todo el mundo, incluidos los tres que funcionaban en Colombia. La comidilla del día era la fuga de los cerca de mil ochocientos enfermos de Agua de Dios. Nadie podía dar crédito a esa noticia que a todas luces resultaba traída de los cabellos. La prensa había tergiversado tanto los acontecimientos, que algunos periódicos hablaban de un líder espiritual invitando a los feligreses al suicidio. Otros se dedicaban a inflar las cifras de muertos y heridos y algunos a alertar a la ciudadanía por las nefastas consecuencias que tendría para el país, el hecho de que esos cientos de enfermos estuvieran expandiendo la lepra peligrosamente por todo el territorio nacional.

Muy en punto de las ocho de la mañana y en medio de comentarios en voz baja sobre el episodio de Agua de Dios, se llevó a cabo la instalación del evento más esperado por los cientos de miles de enfermos de lepra en el mundo. Después de la entonación del Himno Nacional vinieron las palabras del

Ministro de Salud. Haciendo alarde de su demagogia el funcionario calificó de gravísima la situación de Agua de Dios y atribuyó sus causas a la aparición, en el pueblo, de un falso mesías llamado Ramón Bautista a quien el ejército había dado de baja luego de congregar y conducir a la población hacia el suicidio colectivo, que significaba una fuga por las fronteras custodiadas por el ejército. Luego dio la bienvenida a las delegaciones de los diferentes países y los invitó a discutir el tema, invocando la sabiduría divina y sin anteponer intereses particulares.

Con el paso del tiempo los distintos exponentes fueron haciendo uso de la palabra, sin hacer aporte alguno, a lo que ya se sabía de la enfermedad. Incluso hubo quienes se quejaron por la falta de inversión de sus gobiernos en el campo de las investigaciones, tendientes a encontrar una cura para ese "mal del infierno", como lo catalogó el director de un lazareto en Venezuela.

Hubo de todo. Por Cuba habló Angelito García, un charlatán soportable de la Cuba capitalista que no aportó nada nuevo al debate, salvo que a los leprosos les deberían dar la oportunidad de hablar en un Congreso como este, obviamente que con las medidas sanitarias del caso, a lo que todos respondieron con una silbatina de desaprobación. El representante de los Estados Unidos, que lo era más de los laboratorios de las multinacionales, explicó con cinismo pero con muy buen fundamento que el problema de la lepra era un problema económico. Con estadísticas en mano demostró la caída del turismo en países donde la enfermedad proliferaba como la India, España, Brasil y Colombia, y propuso un fondo común para investigar con seriedad la enfermedad y así poder acercase a la posibilidad de una vacuna o un tratamiento para la misma.

Y así, entre ponencias predecibles y aburridas estaba terminando el primer día de congreso cuando en la puerta de acceso al teatro se presentó un gran escándalo.

A oídos de Francisco Espinosa, director del Departamento Nacional de Higiene y Asistencia Pública que hacía las veces de Presidente del Congreso, llegó la noticia de un hombre que decía traer una ponencia, desde el lejano país de Marruecos, pero que carecía de cualquier identificación e invitación.

El Doctor Espinosa se excusó ante los asistentes y salió a atender al misterioso personaje. Benchetrit hablando árabe pero traducido al español por su intérprete, le explicó quién era y qué quería. El burócrata no dio crédito a sus aseveraciones, aunque se ilusionó con que al menos una parte de ellas fueran ciertas. Con recelo y desconfianza le pidió que se quedara hasta·el final del evento para proponer al auditorio su intervención, pero el médico marroquí lo terminó de convencer de la urgencia de presentarlas, cuando le enseñó las memorias de Macareno Aljure que, desde luego hizo pasar como suyas.

—No es sólo una investigación, es el futuro de la humanidad lo que traigo conmigo, señor —aseguró con autoridad y ese dejo de estafador que ya se le notaba desde la sonrisa.

Tres minutos más tarde, Benchetrit estaba hablándole a todo el auditorio de sus investigaciones, de los seis años que pasó observando y entendiendo la enfermedad y de las conclusiones de sus estudios, que daban como resultado la total certeza de la condición no heredable y contagiosa de la enfermedad. Explicó que sus estudios estaban sustentados en la práctica, con el nacimiento de una niña en el seno de una familia en Agua de Dios, donde el padre estaba infectado pero la madre no. Mostró la evolución de los exámenes de sangre practicados a la infante diariamente desde su nacimiento y certificó la sanidad tanto de la madre como de la hija a pesar de haber tenido contacto con el padre leproso durante años.

La mitad de los asistentes tildó de fraudulentas las investigaciones. La otra mitad terminó sorprendida y convencida de la veracidad de aquellas. Otra parte del auditorio, tal vez mayoritaria, pidió que se nombrara una comisión científica, a la cabeza de la delegación de los Estados Unidos, para que, en un tiempo prudente, se diera a la tarea de comprobar la veracidad del estudio que el marroquí estaba presentando.

—Queremos conocer a esa familia en la que están basados sus estudios, doctor Benchetrit —opinó el representante de la leprosería de Cabo Blanco en Venezuela. El médico marroquí no supo qué responder. Sabía que esa petición era difícil de cumplir.

—Si no podemos tener acceso a esa familia es imposible creer en este estudio —recalcó el venezolano—, esas personas podrían sólo existir en la mente del investigador.

—O tendrán la lepra y no se les va a manifestar antes de cinco años —opinó el representante de España.

Muy acorralado por los señalamientos, Benchetrit cayó en la cuenta de su error. Maldijo haber robado la investigación evitando la llegada de papá al Congreso y hasta sintió deseos de ir en su búsqueda, pero recordó que él mismo los había denunciado ante las autoridades como el autor de la fuga masiva de pacientes de Agua de Dios. Entonces al auditorio no le quedó más remedio que votar negativamente y por unanimidad la brillante y no solicitada ponencia del doctor Benchetrit.

—Fue un buen intento —exclamó algún delegado en medio de risas.

—Que vaya a timar a su madre —opinó un miembro del ministerio de Salud de Panamá.

Y ya estaba retirándose el marroquí del teatro, derrotado y arrepentido, por muchos vilipendiado y convertido en objeto de burlas, cuando un nuevo escándalo se escuchó en la puerta de acceso. Una trifulca mayor, que terminó en gritos y advertencias de parte de los encargados de la seguridad. Un hombre y una mujer en estado de indigencia y cargando en sus brazos a un menor, irrumpieron en el recinto de las deliberaciones con hambre de justicia.

El Presidente del Congreso empezó a pedir explicaciones a gritos por la presencia de esos mendigos y de todas partes aparecieron hombres gigantes a cumplir la orden de desalojarlos del lugar. Pero no les quedó fácil. Los intrusos estaban luchando con la fuerza de la verdad. Se querían hacer sentir y lo hicieron con gritos de libertad.

—Soy médico, por favor, tienen que escucharme, soy médico. Tengo algo importante que decir… —gritó papá mientras era sacado con violencia por cuatro hombres.

—No lo maltraten —gritó mi madre.

De repente se escuchó una voz fuerte solicitando que la pareja fuera escuchada.

—Déjenlos. Suéltenlos. Yo los conozco.

Todos centraron sus miradas en el hombre elegante que acababa de elevar su voz para defendernos. Era Eliécer Campusano, el eterno enamorado de mamá. Ella lo miró con agradecimiento y él, con el amor que aún le quedaba por la mujer que lo rechazó infinidad de veces. Entonces Espinosa empezó a discutir con los miembros de la mesa directiva del Congreso la petición del médico bogotano. En esas apareció Benchetrit entre apenado y feliz a terciar, con descaro, a favor de mis padres.

—Ésta es la familia que fue estudiada por mí, señores. Los estaba esperando.

Todos se llenaron de expectativas con la revelación.

Benchetrit se acercó a papá y le habló al oído:

—Sólo busco gloria, doctor Varoni. Mía o de su amigo, lo que necesitan los leprosos de todo el mundo es que la investigación sea avalada por la comunidad internacional.

—Es un maldito embustero.

—Lo sé. Mi padre me crió así. Pero con una sola palabra mía los hago expulsar de aquí y los enfermos perderán una oportunidad histórica de redimirse.

Papá se quedó pensando, aunque con rabia, que Benchetrit tenía razón, pero no quería traicionar la memoria de Macareno.

—Piensa en lo que haría el doctor Aljure si estuviera en tu lugar —le dijo mamá con fundamento y lógica.

Papá reflexionó con el corazón y descubrió que lejos de anhelar gloria, lo que perseguía su amigo del alma era el bienestar de los pueblos afectados por la lepra.

—Si hubiera querido fama o dinero o reconocimiento, Macareno no nos hubiera compartido su investigación, y menos te la habría entregado con tanta devoción antes de morir —concluyó mamá haciendo que papá se parara frente a Espinosa esperando su autorización para hablar.

—Llévenselos… tienen lepra —gritó alguien desde el tercer piso, pero sus consejos surtieron el efecto contrario, porque los guardias reaccionaron con asco a la petición. Pensando en un seguro contagio salieron corriendo a limpiarse las manos y las partes del cuerpo que tuvieron contacto con los desarrapados. Entonces papá aprovechó el asco y el miedo que despertaba su presencia para acercarse al micrófono sin que nadie se interpusiera.

Con algo de escrúpulos y algún temor viral, los asistentes lo escucharon con atención. Papá lanzó un discurso irónico a favor de Benchetrit, muy a su pesar pero pensando siempre en los enfermos.

—Soy el doctor Alejandro Varoni. Ella es mi esposa Jazmín Sotomayor y ésta nuestra hija Isabella Varoni Sotomayor. Padezco de lepra hace siete años y fui recluido en el pueblo de Agua de Dios hace dos. Sólo quiero decirles un par de cosas. La primera, que los estudios que juiciosa y denodadamente realizó el doctor Ariel Benchetrit son reales y merecen toda la aprobación de la comunidad científica internacional. El doctor Benchetrit basó sus estupendas investigaciones en pruebas practicadas a mi esposa y a mi hija con quienes he compartido mi vida de leproso sin recurrir a aislamiento alguno. Es fácil demostrarlo. Desde luego, los tres nos sometemos a cualquier tipo de pruebas que nos quieran realizar. Quedamos a disposición de la comunidad científica para que las hagan. Lo segundo que quiero decirles, es que los leprosos no somos victimarios. No somos esos monstruos que vamos por el mundo contagiando gente a diestra y siniestra sin ninguna compasión. Somos seres humanos que no pedimos, ni compramos, ni buscamos esa terrible enfermedad que nos tiene hoy como parias merecedores de todo tipo de vejámenes como el destierro, la esterilización forzada, el aislamiento y el desamor. Porque no sólo sufrimos nosotros. También sufren nuestras familias. Sufren nuestros hijos y nuestras esposas y nuestros padres, a quienes todos los leprosos del mundo debemos el hecho de estar aquí demostrando que no contagiamos, que no procreamos niños enfermos. Gracias a la decisión de Jazmín, gracias a que un día inventó una mentira para llegar hasta el lugar donde me encontraba confinado, es que los lazaretos de todo el mundo verán la luz al final del túnel. Gracias a ella volveremos a ser humanos. Gracias amor mío. Gracias por devolvernos la vida. Gracias por regalarme esa hija tan inmensamente bella que hoy constituye la razón de ser de mi existencia y la prueba reina que necesita la ciencia para demostrar estas cosas que dice el doctor Benchetrit en su reporte. Gracias doctor Macareno Aljure, que en paz descanse, asistente del doctor Benchetrit en todo el proceso de investigación. Es uno de los luchadores que cayó en el campo de batalla cuando intentaba escapar de la ignominia y el encierro de Agua de Dios. Eso es todo lo que quería y debía decir señores. En sus manos quedan nuestra vida, nuestra esperanza, nuestros sueños para que los lazaretos del mundo entero se conviertan en pueblos sin miseria, donde la sonrisa de los niños se pueda volver a escuchar.

Esperando tal vez un aplauso o una manifestación de aprobación que sólo provino del doctor Benchetrit, papá puso fin a su discurso.

Hubo un silencio largo. Miradas parcas. Ni un solo aplauso ni un solo comentario. Ni un solo sonido distinto al de la brisa marina pegando en los ventanales del teatro y el movimiento de sillas. Tampoco hubo desaprobaciones. El Presidente del Congreso, muy alejado del micrófono y con mucho escrúpulo, se limitó a llamar al siguiente conferencista, sometiendo antes, al consenso del auditorio, la posibilidad de que la ponencia del doctor Benchetrit pasara a estudio de pruebas y posterior evaluación. Un nuevo silencio se instaló en el lugar. Todos se miraban esperando que alguien tomara la iniciativa. Entonces Jorge Eliécer Campusano, mirando a mamá levantó la mano. Ella sonrió en agradecimiento. Luego la levantó el representante de Cuba. Cuando parecía que nadie más iba a aprobar la proposición, la levantó el delegado de los Estados Unidos. Eso garantizó el éxito de la propuesta porque enseguida, como si este señor hubiese sido la primera ficha de un dominó, los demás levantaron las manos como resortes. Papá y mamá se abrazaron. Benchetrit guardó distancia para no comprometerse ante un público tan conocedor de la enfermedad. Sabía que, terminadas sus intervenciones los iban a trasladar presos a un leprocomio, pero necesitaba salvarse. Por eso, mientras mis padres celebraban el triunfo él, sin acercárseles mucho les dijo que debían mentir si querían que la investigación siguiera su curso. Mentir en el sentido de atestiguar que él, Benchetrit, jamás había tenido contacto directo con leproso alguno.

—Cuenta con eso, hijo de puta asqueroso. Diremos eso y las mentiras que tengamos que decir, pero nos prometes que vas a luchar por hacer entender a la comunidad médica internacional que este estudio es serio, que tiene respaldo en una gran investigación.

Benchetrit lo prometió con tal solemnidad que papá por primera vez creyó en él.

Mientras dos personas con guantes y tapabocas limpiaban el micrófono con desinfectantes, otro funcionario del Instituto Nacional de Salud ingresaba al recinto del teatro Heredia con varios policías de la división sanitaria.

Muy satisfecho por haber cumplido su cometido de llegar a Cartagena, el día y la hora indicadas para revelar la investigación de su amigo, pero con el sinsabor de no conocer el resultado de su gestión, papá fue capturado junto con mi madre. Ninguno resistió el arresto aunque se batieron como fieras para evitar el de Benchetrit asegurando que ese benefactor de los pueblos leprosos estaba más sano que todos los asistentes a la conferencia juntos. Varios delegados que lo conocían terciaron en la defensa y el marroquí pudo eludir a los agentes de sanidad por la vía diplomática. Papá y mamá, cansados como estaban, y sin fuerzas ni motivaciones extras para luchar, se entregaron dócilmente a las autoridades. La misión ya estaba cumplida.

Fueron trasladados, con medidas de seguridad sanitarias, hasta el leprocomio de Caño de Loro distante a pocos kilómetros del lugar. Lo único que pidieron y ya con sus voces resignadas fue que no me separaran de su lado.

A veces los triunfos no tienen que estar supeditados a los resultados inmediatos. Papá lo entendió así cuando avanzábamos en la parte trasera de un camión rumbo al lazareto. Se le notaba diezmado pero rejuvenecido por una sonrisa que se instaló en su rostro desde que escupió el discurso que tenía atravesado en la garganta desde la muerte de Macareno. Abrazado a mamá, nos besaba sin mediar palabra y siempre sin dejar de mirar el mar. Estaba embelesado con su inmensidad. Imaginó la escena de los tres jugueteando con las olas y me vio en la arena haciendo castillos mientras él le pintaba a su Jazmín un corazón gigante en la playa y las iniciales de nuestros nombres en letras mayúsculas.

El fin del viaje del héroe

En Caño de Loro, sin esperarlo, papá fue recibido por los pacientes como todo un héroe.

Cientos de enfermos se acercaron a tocarlo y levantarlo en hombros, agradeciendo hasta las lágrimas, lo que había hecho por ellos en Agua de Dios y luego en Cartagena. A mamá también la aplaudieron a rabiar y si no la alzaron fue por respeto y cuidado para conmigo. Sin embargo, ella no le quitó la mirada de encima. Se sentía más orgullosa que nunca del hombre que había elegido como esposo.

Mientras papá viajaba sobre los hombros, las manos y las cabezas de cientos de leprosos delirantes, miró al cielo y se dirigió a ese Dios en el que no creyó buena parte de su vida. Le dijo que todo era perfecto. Que todo tenía su tiempo, su lugar y su espacio. Que el universo no se puede alterar sin su voluntad y hasta tuvo tiempo de pedirle que le dijera a Macareno Aljure, que su obra había culminado. Que era cuestión de esperar a que la soberbia humana entendiera los alcances de sus investigaciones. Desde lo alto miró a mamá y nos sonrió. Nos hizo un guiño con el ojo y nos llenó de besos imaginarios. Mamá lloró al verle tan feliz por primera vez en muchos meses.

Recordó lo que les dijo Macareno Aljure la noche anterior a la fuga, en los patios unidos de las casas que separaban la droguería de la casa de Luz Helena:

"Podemos ir a dormir con problemas, con rabia, sin comer, sin amor, sin salud, sin dinero, incluso con miedo. Pero no podemos ir a la cama sin esperanza, porque en ese caso, no habrá amanecer".

Con su ejemplo de lucha, la multitud delirante por su héroe, recibió una inyección de vida superior a cualquier tratamiento contra la lepra que los estaba carcomiendo. Entonces empezó a sacar conclusiones, como siempre lo hacía, ante un triunfo y ante un revés. Vio un Benchetrit enseñándole que los malos a veces son necesarios. Sintió que todo esfuerzo tiene su recompensa. Supo que a veces los resultados hablan por sí solos, sin la intervención de la casi siempre odiosa y vanidosa lengua humana. Por eso, cuando fue parado en medio de la plaza donde los leprosos se detuvieron bajo el sol piadoso de las seis de la tarde a escucharlo, se quedó nublado. Por primera vez en su vida no tenía nada que decir. El silencio mudo que se apoderó de él hizo sufrir a mamá. Todos lo miraban esperando a que ese héroe de carne y hueso dijera algo, pero la magnitud de las cosas, no le permitía empañar la historia con palabras inferiores al momento mismo. Por eso, cuando se empezaron a escuchar aplausos aislados que luego se fueron juntando, uno a uno, hasta conformar un estruendo similar al de un aguacero sobre las tejas de lata bajo las cuales por tanto tiempo vivió, papá tomó aire. Dejó que sus lágrimas salieran libremente y pronunció un corto discurso que hizo honor a las circunstancias:

—Compañeros de calamidad. Gracias por estas manifestaciones de cariño que nadie merece más que el científico Macareno Aljure, que Dios tenga en su gloria, autor de la investigación y gestor de toda esta ola de inconformismo pacífico que se enquistó en nuestros corazones, y un cura, un santo de nombre Ramón Bautista, quien ofrendó su vida y su verdad para facilitarnos la fuga. Sólo les quiero decir que acabamos de entregar, en el Congreso sobre Lepra de Cartagena de Indias, los juiciosos y bien fundamentados estudios del doctor Macareno. De ahí a que ellos arrojen algún resultado a corto o mediano plazo, sólo Dios sabe. Lo que sí les puedo decir, es que en el día de hoy hemos sembrado una semilla de lucidez en el corazón de la insensatez. No sé cuánto tiempo demore en florecer, pero de lo que sí estoy seguro es que nadie ni nada podrá detener su crecimiento. Porque no es una semilla cualquiera, es la semilla de la justicia, es la semilla del amor —dijo levantándome—, y no hay posibilidad alguna de que Dios no esté incubado en ella. La presencia misma de nuestra hija aquí, ya es un triunfo.

La gente se quedó muda. Tal vez grabando en sus mentes ese legado. Hubo llanto. Vinieron luego los gritos, los aplausos y todo tipo de manifestaciones de euforia y agradecimiento porque en el fondo, todos sabían que las palabras de papá eran más ciertas que ese mar que escuchaban golpeando espolones a lo lejos, pero que no podían ver. Muchos se ofrecieron a acogernos en sus casas pero papá, muy respetuoso de la privacidad de sus nuevos amigos, rechazó las invitaciones. Incluso, una muchacha muy parecida a María Barragán nos dijo que en su hogar había una habitación desocupada. Obviamente mi mamá la rechazó, contundentemente, ante las sonrisitas culpables de papá.

Sólo aceptaron el ofrecimiento del párroco del lugar, de pernoctar en la capilla mientras el alcalde resolvía nuestra situación en los días venideros.

En ese templo semioscuro, de energías misteriosas, y santos mirándonos con mucha compasión. En ese lugar mágico, con Dios rondando en alguna parte, y con el olor a incienso y parafina derretida sobre una alcancía de cobre; allí bajo la mirada piadosa de un Jesucristo crucificado, de piel brillante y pálida, con un par de ángeles como testigos, papá nos hizo la promesa más hermosa que un hombre puede hacer. Nos dijo que en ésta, o en la otra vida, que en éste, o en otro mundo, con o sin Dios, siempre íbamos a estar los tres. Que aun muerto, en el caso de que le tocara entregar su vida por alguna de nosotras, iba a estar a nuestro lado.

Ya en penumbras, porque una brisa apagó la última vela del candelabro, con la voz enredada por el sueño y los ojos entrecerrados, nos dijo que su amor por nosotras era más eterno que el viento, más infinito que el firmamento, más grande que el océano, y que dejar de amarnos podría ser tan o más difícil que convertir en oro los pensamientos de la humanidad entera. Más difícil que volver dulce toda el agua del mar. Luego nos abrazó con fuerza como queriendo fusionarnos con su alma, metió su cabeza entre el pecho de mamá y mi cara y empezó a llamar al sueño para que viniera por él. Se sentía cansado, pero tuvo fuerzas para tomar la mano derecha de mamá, resbalarla entre su camisa y posarla sobre su corazón. Sólo quería que ella sintiera sus fuertes latidos. Fue su forma perezosa de decirle que la amaba profundamente.

Antes de desconectarse del mundo y mientras las veladoras se iban apagando, una a una, nos acarició el rostro a tientas, nos llenó de besos y se quedó dormido. Pero mamá lo despertó mortificada por algo que tenía atravesado en su garganta desde hacía algún tiempo.

—¿Cambiarás tus promesas cuando te cuente algo que desde hace mucho no me deja respirar, amor?

—No —dijo sin despertar.

—Siento tanta pena de decírtelo. Pero creo que no tendremos otro momento así de propicio.

—Dime lo que sea, amor —respondió entre dormido y despierto.

—Alejandro. Fui yo quien te delató con la Sanidad. Eliécer Campusano descubrió tu carpeta en el consultorio de Martín Mejía y me puso al tanto de tu enfermedad. Sentí rabia porque no habías confiado en mí. Eliécer me dio un plazo de cuarenta y ocho horas para delatarte, de lo contrario lo haría él. Quise asegurarme de que estuvieras bien y preferí entregarte yo misma.

Luego de un largo silencio. Papá sonrió en medio de su letargo.

—¿No me vas a decir nada?

—No te lo dije en su momento, no te lo diré ahora… No vale la pena.

—No entiendo —exclamó desconcertada. Tal vez esperaba una reacción distinta de papá.

—Ya lo sabía —le dijo con la tranquilidad que da la madurez.

—¿Cómo que ya lo sabías? ¿Por qué no me dijiste nada?

—Porque nada tengo que decirte —dijo poniendo un beso sobre su frente.

—Arruiné tu vida, Alejandro.

—Sólo cumpliste con tu deber. Yo hubiera hecho lo mismo. Es nuestro deber de médicos proteger a la sociedad. Y no arruinaste mi vida. Al contrario, le diste luz y más sentido. Me regalaste una aventura hermosa que de otra manera no hubiera vivido. Me enseñaste a luchar contra la muerte y me enseñaste a sacarle partido al miedo. Porque todos sentimos miedo, pero demostrarlo es opcional ¿Y sabes algo? Lejos de resentirme, tu acto de honorabilidad me enamoró más de ti. Saber que voy a compartir mi vida con una persona valiente y correcta me ató definitivamente a tu alma.

—Lo siento. Sólo quería que te trataran. No tenía idea de lo que ibas a padecer en ese pueblo.

—Lo sé —dijo por fin cerrando los ojos y aferrándose a ella con mucha fuerza. Y orgulloso le dijo que le había encantado verla sonreír durante varios episodios difíciles de la historia que vivieron juntos. Mamá le dijo que los valientes sonríen ante las tragedias porque saben que ellas son inferiores a su capacidad de reponerse.

De repente, las teclas del órgano de la capilla empezaron a moverse solas. Ambos se miraron y tomaron la opción de no demostrar el miedo. Y sonrieron como valientes.

En las muchas conversaciones que tuvimos con papá, años después, impulsado por la promesa que le hiciera a Macareno sobre contar esta historia, él no recuerda si fue un sueño o si fue realidad el embrujo de aquel teclado melancólico, pero sí se acordó de la melodía que salió de los tubos largos por donde bajaban los sonidos románticos en octavas altas. Era la canción de cuna de Johannes Brahms, que interpretó el maestro Morales con María Barragán acaballada sobre su cuerpo, el día de mi nacimiento. Al sentir mojada la cara de mamá, supo que no era el único que la estaba escuchando. Entonces la abrazó y le cerró los ojos con un par de besos.

Al despertar, a la mañana siguiente, se incorporó de un brinco y con curiosidad, sin dejar de mirar el piano, caminó hasta el armatoste. Era un órgano vertical de maderas maltratadas y teclas manchadas como dientes con caries. Fue entonces cuando recordó la melodía que sonó la noche anterior y sintió dudas de que aquello hubiese sido real. Por eso despertó con un beso a mamá y le preguntó si ella había escuchado, en la madrugada, la canción infantil que salió del piano sin que nadie lo tocara. Mamá se quedó mirándolo con la tranquilidad que surge de comprobar algo en lo que no creemos.

—No te lo dije para que no fueras a pensar que estoy loca. El Maestro Morales estuvo aquí —le dijo.

—Como diría Macareno: ¿probabilidades de que en verdad se haya sentado en esa silla? —preguntó papá con una sonrisa, observando la silla sin dueño del órgano.

—Todas —contestó mamá.

Entonces las teclas empezaron a hundirse de nuevo, esta vez con mayor lentitud. De inmediato se empezaron a escuchar las notas de una nueva melodía, el Claro de Luna de Beethoven. Una sonata de amor terriblemente conmovedora que los hizo abrazarse sin dejar de imaginar a Morales en su silla, mirándolos con simpatía.

—Está aquí —dijo mamá aferrándose muy fuerte a papá y cerrando los ojos.

—No se va a marchar si no hago algo —observó poniéndose de frente a mi madre, tomando su cara, inclinándola un poco hacia arriba y besándola como años después lo harían Clark Gable y Vivien Leigh en la película *Lo que el viento se llevó* que juntos vieron embelesados en el teatro Faenza ocho años después. Entonces la melodía cobró vitalidad y el beso de mis padres se prolongó eternidades. Solo cuando sus labios se despegaron, la música dejó de sonar mientras un viento fuerte rompió la ventana lateral de la capilla, levantó las cortinas, apagó las velas que aún quedaban encendidas. Todo volvió a la quietud. Al segundo se escuchó mi llanto. Mis padres sonrieron.

—Puede acabarse el mundo hoy. Puede entrar una bala por el agujero que dejó Morales en el vidrio al salir y siempre pensaré que valió la pena. Por eso quiero pedirte, si muero primero, cosa que exijo al cielo, que en mi tumba pongas este epitafio, esposa.

—¿Cuál, amor mío?

—Ni el tiempo con su afán, ni el olvido con su olvido, pueden acabar con un amor verdadero.

—Es hermoso —dijo mamá con los ojos aguados por la dicha—. Yo le agregaría otro que haga honor a tu espíritu guerrero y a lo que hiciste por estar con nosotras.

—¿Cuál? —preguntó papá.

—Aquí yace un amor valiente.

❖⸺◦⟡◦⸺❖

La parábola de la ironía

Del leprocomio de Caño de Loro fuimos trasladados al de Agua de Dios donde mis padres pudieron reunirse con los pacientes que fueron recapturados y los que se entregaron voluntariamente. Allá fue objeto de todo tipo de homenajes, incluso por parte del alcalde Moreno, quien lo invitó a su casa para decirle que entendía lo que había hecho y que, en adelante, siempre y cuando las cosas se hicieran dentro de la ley, se convertiría en un soldado más de su causa.

Fue un momento triste porque papá suponía que después del Congreso del teatro Heredia, las cosas iban a cambiar radicalmente. Olvidó que estaba tratando con científicos que todo lo quieren comprobar porque no creen ni en sus propias existencias.

Hubo un momento doloroso en nuestras vidas porque, a los pocos meses de instalarnos de nuevo en Agua de Dios, unos funcionarios de Bogotá vinieron a recogerme. Por ningún motivo mamá estuvo dispuesta a permitirlo. Pero los hombres le advirtieron que si no tenían forma de comprobar en mi cuerpo lo que decían los estudios realizados por Benchetrit, la investigación se aplazaba. Entonces papá la convenció de dejarme ir con ellos para no truncar el futuro de las investigaciones. Les dio confianza que entre la comitiva estuviera una mujer que mostró dulzura a la hora de asegurarles que nada me pasaría. Entonces se despidieron de mí. Dijo mamá que había sentido el desprendimiento de un órgano vital. Papá la consoló asegurándole que de igual forma se sentía desmembrado.

Al cabo de una semana me devolvieron con ellos y ya más nunca nos separamos como no fuera por causa de la muerte. Papá se quedó muy ansioso y hasta me preguntaba constantemente por lo que me habían hecho. Mamá sonreía recordándole que ni siquiera podía hablar. Durante meses esperó una carta, un correo o una noticia sobre el resultado de lo investigado por Macareno. En muchas madrugadas despertó sobresaltado imaginando que lo buscaban los científicos para notificarlo de la aprobación, por parte de la comunidad internacional, de los estudios de su amigo.

Era cuestión de esperar porque no hay fecha que no se cumpla. Por eso un día cualquiera de 1934, cuando mi léxico ya me permitía hablar con mediana soltura, en el trance de aprender a escribir, la semilla de la que papá les habló a los pacientes de Cartagena dio frutos. El alcalde Moreno nos congregó en el parque central para anunciarnos que el gobierno nacional acababa de firmar el decreto por medio del cual ponía fin al aislamiento de los pacientes. Ese día se convirtió en el más feliz de nuestras vidas. Era el triunfo del tesón, de la lucha de Macareno por la verdad. Era un triunfo de la sensatez. Era un triunfo de mamá, a fin de cuentas la verdadera heroína de toda esta historia.

Nos leyeron las conclusiones del Congreso de Lepra de Cartagena, celebrado tres años atrás, como si todo hubiese sido descubierto por los americanos y por Benchetrit y no por los que verdaderamente ofrendaron sus vidas para que la vida viviera. Aun así, lo celebraron durante varios días y varias noches, porque los familiares de los pacientes pudieron, por fin, atravesar el Puente de los Suspiros y conocer el pueblo que sólo tenían en la imaginación y en el corazón. Fueron momentos de gloria y de dicha indescriptibles.

María Barragán, quien regresó voluntariamente al leprosario, recibió una visita larga, que habría de alegrarle la vida hasta el final de sus días. Aprovechando la apertura de fronteras, Aarón vino por ella y se la llevó a Marraquech, su ciudad natal en Marruecos. Nunca volvimos a saber de ella, pero de una cosa sí todos estuvieron seguros: Araón, como nunca dejó de decirle, pagó con creces los seiscientos momentos de dicha que le estaba debiendo y cumplió de paso con su promesa de estar a su lado la vida entera.

Benchetrit se convirtió en un héroe, digno de estatuas en su país, premios y condecoraciones en varias naciones del mundo y de distintas biografías en todos los idiomas posibles. Fue el gran gurú de la época en el tema. Ganó tanto dinero dictando conferencias y asesorando gobiernos que hasta le hizo llegar a José Ignacio Aljure, el hijo de Macareno, una suma decente que al joven le alcanzó para culminar sus estudios en el exterior y al charlatán marroquí para lavar su conciencia y cesar sus remordimientos.

Al cabo de muchos homenajes y hasta una carta del Gobernador de Cundinamarca, felicitándolo por su tesón a la hora de luchar por los enfermos de lepra, papá nos llevó hasta Bogotá con el fin de empezar una nueva vida. Muchos se quedaron a vivir en Agua de Dios porque sus familiares en otras partes del país no contaban con una casa propia que allí sí tenían.

Nancy Peñaranda y Martín Mejía cuyo hijo Luis Felipe ya tenía casi mi edad, no sólo nos sirvieron de soporte económico para tomar una casa en renta, sino que también les sirvieron de padrinos a mis padres para su boda. Se casaron un mediodía de julio en la iglesia de las nieves con muy pocos invitados. La ciudad volvió a sonreír con sus presencias y sus sonrisas enamoradas.

Con la liberación de los lazaretos, el prestigio de papá creció a tal punto, que le llovieron ayudas económicas para fomentar la investigación de la enfermedad. En compañía de varios científicos organizaron un laboratorio que llevaba el nombre de Macareno Aljure y que tenía la misión de descubrir una cura para la lepra. Lograron muchos avances y descubrieron el método para una detección temprana de la enfermedad, pero los estudios tendientes a encontrar la cura para el mal fueron truncados por una revuelta que, en 1948, acabó no sólo con el laboratorio, sino que casi destruye la capital de la República entera. Yo estaba terminando mi bachillerato por aquella época en un colegio del barrio La Candelaria y desde los balcones de la institución, alcancé a ver la ciudad en llamas.

Mucho ha sucedido en los ochenta años que han pasado desde el congreso de Cartagena de Indias. Suficientes para concluir que he vivido experiencias infinitamente peores que la lepra. La cura para este mal llegó tarde, o como diría papá en el momento justo, porque para él todo era perfecto.

El doctor Alejandro Varoni, filósofo, guerrero, el mejor amigo, el mejor amante, el mejor esposo, el mejor padre del mundo, murió un 26 de abril de 1957, a la edad de cincuenta y tres años. Mamá no lo lloró como habían acordado años atrás cuando él empezó a sentir que las fuerzas se le terminaban. El día de su muerte, ella estaba vestida de blanco. Era el color favorito de papá. Decía que la hacía ver como el ángel que siempre fue. Esa tarde nos citó en el jardín y nos dijo que se iba a morir. Ninguna de las dos confió en sus palabras y él tampoco se esforzó mucho para que le creyéramos. Nos dijo que nos amaba desde antes de conocernos. Que habernos dejado vivir unidos, había sido el peor error del diablo porque nosotros habíamos llenado de amor este mundo. Nos llenó de besos y de flores. Nos pidió que no lo lloráramos y que fuéramos pacientes para aguardar la muerte porque él nos iba a estar esperando en el más allá o en el sitio donde Dios dispusiera, porque su intención era la de deambular por el universo de nuestra mano. Luego me pidió con la ternura de siempre que lo dejara solo con mamá. Me contó ella que él le había dicho que no quería irse a la tumba con un remordimiento, un secreto que lo quemaba cada vez que veía una peinilla. Le contó que, por el bien de la humanidad, se había tenido que acostar con María Barragán. Mamá le dijo que veintiséis años era demasiado tiempo para andar recordando accidentes de la vida. Que ese delito ya había prescrito. Papá le dijo que eran muy pocos para borrar ese pecado. Ella le dijo que lo sospechaba y que se fuera tranquilo porque sabía que a la Barragán le había prestado su cuerpo por un rato, pero que a ella le había endosado su corazón por toda la vida. Con un beso lo absolvió y papá gritó mi nombre pletórico de felicidad por el perdón. Se despidió de mí como quien sale hacia un viaje corto, le pidió a mamá que me repasara esta historia, por él contada dos veces y me exigió, en tono militar, que fuera feliz.

Para no causarnos dolor nos pidió que lo dejáramos solo y se recostó contra un pino que teníamos en el patio a esperar el momento, mientras imaginaba las notas del réquiem incompleto de Mozart interpretado por Morales. Mamá murió a los seis meses, dos días después de entregarme a Luis Felipe en el altar. Verme feliz era lo único que le faltaba para ir a reencontrarse con papá y hacer realidad el sueño de amarse eternamente.

Es agosto de 2012. A mis ochenta y dos años y luego de superar un cáncer de seno, quisiera decirles que la vida es un *collage* de fotografías. Unas buenas, unas malas, unas oscuras, unas claras, unas nítidas, otras desenfocadas, unas grandiosas otras intrascendentes. Cada cual magnifica sus tragedias al acomodo de su autocompasión. Sólo después de tanto tiempo, puedo llegar a la conclusión de que la lepra era una simple gripe comparada con los males que aquejan hoy a la humanidad.

Pronto partiré, muy feliz por lo vivido, muy amargada por lo que estoy viendo en los noticieros de televisión. Entonces, muy acorde con la costumbre de mis padres de poner epitafios en sus tumbas, quiero dictarles el mío para que se sirvan escribirlo sobre el cemento fresco de mi bóveda:

"Podemos sobrevivir a varias enfermedades incurables, pero no a la epidemia de estupidez que azota a la humanidad".

Deben hacerlo ustedes porque ni mi esposo ni mis hijos existen. Los mató la peor enfermedad que azota a mi país desde hace sesenta y cuatro años: el odio.

Marco histórico

❦

Debido a la propagación de una idea según la cual la lepra era altamente contagiosa, los leprosos de la época se convirtieron en humanos desechables. Los primeros llegaron en 1865 a una población distante cien kilómetros de Bogotá llamada Tocaima. De allí fueron expulsados por los nativos enfurecidos a punta de palo y piedra, por lo que se vieron obligados a marchar, sin rumbo, por áridos desiertos hasta llegar a una hacienda de nombre "Agua de Dios", que no tuvieron reparo en invadir, encariñados como quedaron de ese lugar apacible, verde y distante donde estarían a salvo de la intolerancia y la ira de los tocaimunos y el hostigamiento de las autoridades sanitarias. El predio pertenecía a don Manuel Murillo Toro, un rico hacendado que después fue Presidente de la República. En 1867 el gobierno compró a don Manuel esos terrenos y los destinó a partir del 10 de agosto de 1870 como lazareto.

Los primeros habitantes no supieron cómo manejar el aislamiento total al que fueron sometidos y escaparon por los linderos del poblado en busca de alimentos, medicamentos y cariño, obligando al gobierno a delimitar el pueblo con barricadas de alambre de púas para dificultar e impedir fugas futuras.

La segunda tanda de enfermos llegó hacia 1882 y fueron tantas las penas por las que pasaron y fue tan duro el encierro y tanta la desdicha al saberse enfermos, desterrados y presos a la vez, que la mayoría murió de tristeza antes de la fecha que el destino les tenía escrito en el libro de la muerte.

Una tercera generación de leprosos arribó a Agua de Dios hacia 1895, pero todos los enfermos, sin excepción, fueron liberados hacia el año de 1899 por un liberal revolucionario que participó en la Guerra de los Mil Días y que a sus veintidós años ya había obtenido el grado de capitán gracias a su tremenda osadía a la hora de salvar vidas. Se llamaba Américo Muñoz. Cuando descubrió que una mancha púrpura detrás de su oreja era lepra, se internó voluntariamente en el lazareto y, aprovechando el asco que le sentían las autoridades sanitarias, el corajudo se camufló entre las ropas un par de pistolas que le habían entregado como dotación los revolucionarios liberales que bajo el mando del general Rafael Uribe Uribe, luchaban por derrocar al gobierno conservador de Manuel Antonio Sanclemente.

Apenas se instaló en el pueblo, buscó un socio para su aventura y le resultaron siete. A todos los preparó militarmente con denodada disciplina. Luego convocó a los demás enfermos y los puso al tanto de lo que tenían en mente. Nadie estuvo en desacuerdo. Entonces se armaron con machetes, cuchillos, caucheras, cerbatanas y un sin número de armas caseras, de las que no estaba de más ninguna, dada la cantidad de soldados que se iban a encontrar por el camino.

Una mañana de lunes, cuando las tropas insurgentes del general Uribe Uribe atacaron Viotá, una población cercana a Agua de Dios, Américo dio la orden de fuga. Estaba seguro de que el gobierno iba a conjurar la escaramuza guerrillera de Viotá con los soldados que tenía apostados en el lazareto. Y así fue. Cuando los uniformados empezaron a montar en sus caballos y a abandonar las garitas desde las que custodiaban los límites del municipio, los enfermos se lanzaron a conquistar su libertad y lo lograron, pero con el sin sabor que dejan los triunfos cuando no se tiene contra quién pelear. El revoltoso y su turba ganaron su libertad sin disparar un solo tiro ni lanzar una sola pedrada a nadie, porque no encontraron contra quién luchar.

Cuando terminó la Guerra de los Mil Días con la derrota del ejército liberal en la batalla de Palogrande, y gracias a una información de mala prensa que estaba circulando a nivel internacional, según la cual Colombia era el país con más leprosos en el mundo, el gobierno ordenó recapturar a las malas y confinar en los lazaretos a todos los enfermos de elefancia, como se le llamaba en el argot médico a la enfermedad. Dentro del mismo paquete de medidas que buscaban devolver la confianza a los extranjeros que se rehusaban a viajar al país y a los que estaban empezando a emigrar, el Presidente fijó en diez pesos la recompensa para el ciudadano que diera información sobre alguna persona infectada con la enfermedad. Y para minimizar las fuertes y odiosas medidas ordenó en el mismo decreto, adecuar los lazaretos con nuevos servicios que hicieran más amena la vida de los enfermos.

Al mismo tiempo, aumentó las medidas de seguridad para garantizar que los enfermos no escapasen de los lazaretos y tampoco trajeran al mundo niños que heredaran su desgracia. Primero intentaron la separación de sexos dentro de los leprosarios. En virtud de ese descabellado decreto, hombres y mujeres que la naturaleza unía, ahora se veían separados por un decreto oficial que desconocía sus necesidades afectivas y biológicas. Desde luego, las protestas no se hicieron esperar y en las tres poblaciones donde se confinaba a los pacientes, Agua de Dios, Caño de Loro y Contratación, se presentaron huelgas de hambre, asonadas, incendios y cuanto método de protesta encontraron los habitantes de los leprosinios para luchar por lo único que les generaba felicidad en esos lugares tan lúgubres y desgraciados. El sexo. "Preferimos la muerte a vivir sin emociones" advirtieron con total convencimiento, y amenazaron con un suicidio colectivo con un lema entre cómico y dramático pero que de todas formas resultó efectivo para que no los condenaran a la angustia de vivir sin un orgasmo de por vida: "Preferible convertirse en polvo a vivir sin polvo".

El gobierno perdió la batalla pero no la guerra. Cedió en su empeño de separar a los enfermos por sexos, pero se inventó una fórmula mucho más macabra para impedir que trajeran hijos al mundo. Por eso, lo primero que hacían los inquisidores de la salud al ver llegar a los enfermos era someterlos a un examen, supuestamente de rutina, durante el cual dormían a los pacientes con engaños y una infusión de dormidera revuelta con hojas de naranjo, cilantro y valeriana. Luego los sometían a una cirugía sumaria por medio de la cual se les castraba la posibilidad de concebir hijos con un método arbitrario que consistía en extirparles las gónadas a los hombres y los ovarios a las mujeres, cerrando así y para siempre, toda posibilidad de que en Agua de Dios o cualquier otro lazareto pudiera nacer nunca un niño. Por eso las calles de esos tres pueblos carecían de toda alegría.

Sin las sonrisas ingenuas de los infantes, Agua de Dios empezó a crecer con amargura, sin sentido, por pura necesidad, por mera inercia. Todo porque además de contagiosa a la lepra se le declaró una enfermedad hereditaria. Y para poder justificar la falta de embarazos, el gobierno le pagó a un científico deshonesto para que presentara una investigación según la cual la lepra volvía estériles a los hombres.

De modo que hacia finales de agosto de 1929, cuando Alejandro pisó por primera vez las calles del pueblo, ya habían transcurrido algo más de diez años desde la llegada de la cuarta generación de leprosos, los que se consideraban presidiarios, por lo que en el ambiente los fundadores del pueblo ya dejaban sentir una hegemonía revuelta con una odiosa insolidaridad, como si la lepra les desfigurara a ellos la cara o el cuerpo de mejor modo, como si a ellos se les cayeran los pedazos de humanidad con más glamour que a los recién llegados.

La mayoría, ya tenían sus casas en un estado decente y tuvo que ser que las promesas del gobierno se cumplieron a medias o nunca se ejecutaron, porque el pueblo carecía aun de acueducto y alcantarillado, y la atmósfera del lazareto se antojaba espesa y un tanto nauseabunda. Las gentes defecaban en letrinas construidas en sus patios y bebían agua del río Bogotá aunque hervida previamente en fogones de piedra alimentados por leña.

Sobre la avenida principal de la población, se había conformando un comercio insípido, donde los inmigrantes podían conseguir un restaurante, una farmacia, una carnicería, una librería, un estanco, una oficina de correos, una funeraria que clientes nunca le faltó y un sistema de transporte público sobre burros mansos que movían a los leprosos por los distintos lugares del pueblo, principalmente a la iglesia y al mercado.

Los pagos se hacían en monedas y billetes acuñados especialmente por el gobierno para circulación restringida entre los leprosos. Cuando los enfermos llegaban a las fronteras del pueblo, el tesorero municipal les recibía los pesos, procedía a quemarlos previa elaboración de un acta que firmaban el alcalde el tesorero y un representante del Banco Central, y luego les entregaba el equivalente en "coscojas" que era el nombre que recibía la moneda local.

En 1901 se alambraron los límites de la ciudad y se encomendó a la Policía Nacional su custodia. En 1907, el Congreso de la República aprobó la ley 14 que ordenó auxiliar a los pacientes con un subsidio de tratamiento denominado "la ración". Durante el periodo de aislamiento, Agua de Dios fue una ciudad regida por leyes y normas propias.

BRIDGET JONES: LOCA POR ÉL
de Helen Fielding

¿Qué haces cuando tu amiga cumple sesenta años el mismo día que tu novio cumple treinta? ¿A qué fiesta vas? ¿Es mejor morir de Botox o morir de soledad porque estás tan arrugada? ¿Es malo mentir cuando haces citas en línea? ¿Es moralmente inapropiado ir a la peluquería cuando tu hijo tiene piojos? ¿Es normal tener menos seguidores cuanto más tuiteas? ¿Acostándote con alguien después de dos citas es el equivalente moderno a casarte después de dos citas y seis meses de escribir cartas en los tiempos de Jane Austen? Al reflexionar sobre estos y otros dilemas modernos, Bridget Jones tropieza con los retos que traen las perdidas inesperadas, ser madre soltera, tuitear, la tecnología, y redescubrir la sexualidad en —¡Advertencia! ¡Frase en desuso a continuación!— la mediana edad. Un regreso triunfal tras catorce años de silencio, *Bridget Jones: loca por él*, es oportuna, tierna, conmovedora, ingeniosa, y divertidísima.

Ficción

LA CASA DE LOS AMORES IMPOSIBLES

Clara Laguna es una hermosa joven de un pueblo español de finales del siglo XIX. Cuando se enamora de un hombre rico, su madre, una hechicera tuerta, le previene de la maldición de las Laguna: están condenadas a sufrir el desamor y a engendrar niñas que también sufrirán mal de amores. Así, el hombre la abandona tras dejarla embarazada y Clara, ciega de rabia, abre un burdel en la casona roja, en las afueras del pueblo. Allí da a luz a Manuela, una niña fea y marchita. Mientras Clara se convierte en la prostituta más solicitada de la zona, Manuela se cría con Bernarda, la cocinera barbuda. Con el paso de los años, el odio hacia su madre y la firme convicción de que sólo acabará con la maldición si limpia de vicio el nombre mancillado de las Laguna harán que Manuela se vuelva una mujer marcada por el fanatismo.

Ficción

EL PAÍS DE LAS MUJERES
de Gioconda Belli

En las elecciones de Faguas –país imaginario que aparece en las novelas de Gioconda Belli– ha triunfado el PIE (Partido de la Izquierda Erótica). Sus atrevidas integrantes tienen un propósito inclaudicable: cambiar el rumbo de su país, limpiarlo como si se tratara de una casa descuidada, barrerlo hasta sacarle brillo. Pero nada de esto resulta fácil para la presidenta Viviana Sansón y sus ministras, sometidas a constantes ataques por parte de sus enemigos. ¿Podrán sobrellevarlo y sobrevivir? ¿Será Faguas, al final de su administración, un país mejor? *El país de las mujeres* es una novela divertida y audaz, por la que la reconocida autora nicaragüense obtuvo el Premio Hispanoamericano de la Novela La Otra Orilla.

Ficción

EL SUEÑO DE LAS ANTILLAS
de Carmen Santos

En la Habana del siglo XIX, una mujer decide tomar las riendas de su vida y forjar su propio destino. En 1858, cuando Valentina partió desde España hacia la colonia de Cuba en pasaje de tercera clase, tenía un joven marido a su lado y el corazón repleto de ilusiones. A su llegada a la isla, sus sueños se resquebrajan: su esposo ha muerto durante la agotadora travesía y el lugar, de pronto, se revela como un entorno hostil. Sin otra opción, Valentina tiene que vender su cuerpo en un refinado prostíbulo caribeño. De las calles habaneras al prostíbulo y de allí a los fastuosos salones de la alta sociedad isleña, enriquecida hasta lo inimaginable con el cultivo de la caña de azúcar, *El sueño de las Antillas* nos cuenta la historia de una mujer fuerte, valiente y carismática que, en una época de intrigas políticas por la independencia de Cuba y por la abolición de la esclavitud, se debate entre la ambición, la venganza y el amor verdadero.

Ficción

VINTAGE ESPAÑOL
Disponibles en su librería favorita.
www.vintageespanol.com